기억을 위한 기록의 비평

저 자 약 력

▌김 윤 정

　　인천에서 태어나 서울대학교 국어국문학과 및 같은 대학원을 졸업했다.

　　문학평론가로 활동 중이며 현재 강릉원주대학교 국어국문학과 교수로 재직하고 있다.

　　주요 저서로는 『김기림과 그의 세계』, 『한국 모더니즘 문학의 지형도』, 『언어의 진화를 향한 꿈』, 『한국 현대시와 구원의 담론』, 『문학비평과 시대정신』, 『불확정성의 시학』 등이 있다.

기억을 위한 기록의 비평

초 판 인 쇄	2017년 07월 20일
초 판 발 행	2017년 07월 26일
저　　　자	김 윤 정
발 행 인	윤 석 현
발 행 처	도서출판 박문사
책 임 편 집	최 인 노
등 록 번 호	제2009-11호
우 편 주 소	서울시 도봉구 우이천로 353 성주빌딩 3층
대 표 전 화	02) 992 / 3253
전　　　송	02) 991 / 1285
홈 페 이 지	http://www.jncbms.co.kr
전 자 우 편	bakmunsa@hanmail.net

ⓒ 김윤정, 2017. Printed in KOREA

ISBN 979-11-87425-23-6　03800　　　　　　　　　　　정가 27,000원

기억을 위한 기록의 비평

김윤정(金玧政) 저

박문사

머리말

　2014년부터 2016년까지에 걸쳐 여러 문예잡지에 실린 글들을 모아 네 번째 비평집을 낸다. 특집으로 실린 2편의 비평 및 8편의 계간평과 14편의 시인론, 그리고 4편의 서평 순으로 구성하기로 한다. 누군가 비평의 본질은 '청탁'이라고 말한 글을 본 적이 있는데 실제로 해당 잡지사에서 기획한 바에 따라 그때그때 썼던 글들이다. 비평이 청탁에 의해 이루어진다는 점은 비평집이 일관된 성격이 없는 글모음으로 전락할 위험에서 자유롭지 못하도록 한다. 언급된 시인들의 시가 아무리 우수하고 뛰어나다 할지라도 비평집이 처해 있는 상황은 달라지지 않는다.

　2014년은 우리에게 잊히지도 않고 잊혀져서도 안 되는 해이다. 4.16 세월호 참사가 있던 해이기 때문이다. 2년이 넘는 세월이 흘렀지만 세월호는 세월 속에 가라앉지 않고 계속해서 우리와 함께 머물고 있다. 모든 이들이 그러하겠지만 특히 나의 경우 세월호의 아이들과 같은 또래의 내 아이들을 볼 때마다 가슴이 미어지고 눈시울이 뜨거워지곤 한다. 나의 아이들이 성장하는 것을 지켜볼 때마다 배 안에서 고통스럽게 죽어갔던 그 아이들이 떠오를 것이다. 아이들을 기억하는 것은 남아있는 자의, 그들에 대한 또한 사회에 대한 의무일 것이다.

2014년 봄부터 쓰여진 비평들이므로 4.16 세월호 사건에 대한 이야기가 많이 나온다. 이 시기에 발표된 시들 역시 세월호로부터 멀리 있지 않았음을 의미한다. 최근 있는 특검조사에 의해 밝혀지는 바 단순히 '여객선 사고'라는 식으로 보는 정부의 관점과 달리 '세월호 사건'은 대부분의 시민들에게 씻을 수 없는 상처이자 깊은 집단적 트라우마이다. 시인들이 그로부터 자유로울 리 없다. 시와 비평이 정치가 되어 세상을 바꿀 수 있으리라는 신념으로부터 시작된 것은 아니지만 우리의 시와 비평은 사건을 기억하고 그것을 가슴 속에 여물게 묻는 역할을 하였으리라. 우리의 가슴 속에 묻힌 사건의 기록은 땅에 단단히 뿌리내린 민들레의 씨앗처럼 훨훨 날아올라 세상의 끝까지 퍼져갈 것이다. 그 번식의 눈들은 사건을 축소하고 진실을 은폐하려는 관계자들을 압박하는 무서운 힘이 될 것이다. 그들의 거짓된 말들은 진실의 말들에 의해 무력하게 부서질 것이며, 사건을 기록하는 문학의 언어들은 유한한 우리의 기억이 영원히 지속될 수 있도록 이끌 것이다.

1부의 원론 비평과 주로 계간평에 해당하는 2부의 비평들이 사건과 밀착된 현장성을 바탕으로 쓰여진 것이라면 3부의 비평들과 4부의 서평은 시인들의 신작 시들을 중심으로 작가의 의식 세계를 집중 조명한 것들이다. 시인들이 보여주고 있는 우주적이고 활달한 서정적 상상력으로부터 당대에 대한 치열한 고민들, 정치 · 경제 · 문화 등 전 영역에 걸쳐 허상이 지배하는 시대에 시란 무엇인가와 관련한 문제의식들은 혼란한 시대를 살아가야 하는 우리에게 뚜렷한 정체성과 바른 인식을 형성하는 데 기름진 양분이 될 것이다. 비평의 기능이 시와 대화하면서 우리의 모습을 비추고 성찰하도록 하는 데 있는 만큼 시인들의 작품을 통해 시대 및 사회, 그리고 그 이상의 의식의 지평과 만나고자 하였다. 시인들의 너른 상상의 지대가 비평을 통해 온전히 전달될 수 있기를 소망해 본다.

그러나 나의 무딘 펜이 그러한 소망을 이루는 데 얼마나 근접해 갈 것인가에 대해서는 불안과 회의가 앞서지 않을 수 없다. 거칠고 투박한 글들이 혹여 시인들의 마음을 어지럽게 하는 일이 있었다면 널리 양해해주기를 바란다. 또한 여러모로 어려운 시기에 날렵하지 못한 글들을 더듬어 가며 고된 편집과 출판 작업을 해주신 박문사의 여러 분들께 깊은 감사의 말씀을 올린다.

2017년 1월
저자 김윤정

차 례

머리말/5

2015년 '지금·여기'의 일상성과 시적 전망   13
시적 미학의 특수성과 독자와의 관계망   31

뒤틀린 시대의 분노의 시학   47
'天' 의식의 부재와 불통不通의 인간   61
암울한 사회에서의 비판적 중얼거림   75
'말'의 진정성과 사회 정의正義   89
시적 언어의 회복과 미래지향성   105
구조적 폭력에 대한 언어의 표정   119
혼돈의 시대와 시의 원시성   136
'생명'을 둘러싼 정치경제학적 시선   152

3부

미국에서 보낸 한 철   167
　　– 김승희 론

운명의 중력과 견딤의 방식   179
　　– 신덕룡 론

내부로부터 파열破裂되는 '진실'의 시간을 위하여   192
　　– 문현미 론

허상虛想이 된 세계에서의 '외줄타기'   207
　　– 최서진 론

앨리스가 본 이종異種 현실의 세계   220
　　– 유형진 론

'쓰기'의 지평에서의 정치의 언어   234
　　– 김안 론

몸에 각인된 시간의 말들을 찾아서   249
　　– 하재연 론

회로에 갇힌 디지털 세대의 초상   262
　　– 서연우 론

일상의 흐름 속에 접힌 의미의 돌기   275
　　– 유희선 론

일상의 크레바스로부터의 탈주   289
　　– 김도연 론

생과 사의 양면적 사태로서의 일상에 대한 기록   301
　　– 김소연 론

무한성과 일상성의 충돌에서 구한 시의 '말'　　　315
　－ 김창균 론

어둠과 빛의 이중적 뒤틀림의 상상력　　　327
　－ 한상철 론

실낙원 시대의 잃어버린 총체성과 비극적 자아　　　339
　－ 지연식, 김향미 론

4부

주체와 타자 간 윤리적 관계의 구조화　　　359
　－ 정진규의 『무작정』, 신달자의 『살 흐르다』, 이근배의 『추사』

허상虛像의 세계에서의 '시쓰기'의 의미　　　379
　－ 최금진의 『사랑도 없이 개미귀신』, 김안의 『미제레레』

말의 꽃으로 피어나는 주술의 노래　　　395
　－ 정수경의 『시클라멘 시클라멘』

'수인囚人'을 위무하는 치유의 시　　　410
　－ 박윤배 『알약』

찾아보기/421

1부

2015년 '지금·여기'의 일상성과 시적 전망

시적 미학의 특수성과 독자와의 관계망

기억을 위한 기록의 비평

2015년 '지금·여기'의 일상성과 시적 전망

1. '일상성'의 관점

우리가 시의 '일상성'을 말할 때 그것은 곧 오늘날 이 땅에서 펼쳐지고 있는 시의 사상적 사태를 묻는 것과 다르지 않다. '일상성'은 단순한 '일상'과 달리 정치경제적 맥락에서의 성찰을 요구하기 때문이다. 모든 시가 일상적 경험에 대한 미적 체험의 기록이라는 점에서 포괄적 의미를 지닌다면 '일상성'은 근대 도시라는 문명적 배경 속에서의 인간 문제와 관련된다. 일반 서정시가 탈역사적인 차원에서 인간의 보편성과 초월성의 세계를 보여준다면 그 중 '일상성'은 '지금, 여기'에서 벌어지는 사회적 갈등에 대한 구체적인 관점을 문제 삼는다. 때문에 그것은 경제 및 정치적 모순, 그리고 그로 인한 동시대 인간들의 소외와 분열에 대해 다루게 된다.

우리 시사에서 '일상성'을 다루기 시작한 것은 1930년대 모더니즘 시로부터 비롯된다. 이 시기 모더니즘은 최초로 전개된 근대 도시에서의 일상적 체험을 바탕으로 식민지인의 우울과 소외를 다룬 바 있다. 김광균의 비애의 정서, 정지용의 도시적 체험에 의한 불안의식, 이상의 문명 비판적 시들은 우리 시사에 거의 처음으로 모습을 드러낸 '일상성'의 시들이다. 이들 모더니스트들은 보편적 서정의 정서와 달리 도시적 일상들에 대한 구체적 체험들과 그로부터 비롯된 부정적 의식을 감각적인 언어로 형상화하고자 하였던 것이다.

이처럼 '일상성'의 키워드는 일제시대 이후 지속적으로 확대된 근대문명에 대한 성찰과 도시적 환경으로 인한 감수성의 측면을 전제하면서 주체들의 갈등과 비전을 조망하도록 해준다. 이점에서 '일상성'의 의미는 역사철학적 사유와 관련된다. '일상성'이 항상 당대적으로 말해져야 하고 바로 지금의 사태와 관련지어 이야기되어야 하는 것도 이 때문이다. 그렇다면 오늘날의 '일상성'의 의미는 어떻게 구할 수 있을까? 오늘날의 '지금·여기'의 양태와 이로부터 꿈꿀 수 있는 비전은 무엇인가?

2. '세월호'와 권력의 정치학

2015년 사상적 사태로서의 '일상성'을 말할 때 가장 먼저 언급해야 할 것은 단연 '세월호' 사건이다. 세월호 사건은 일견 단순한 사고로 보이지만 그에 대응했던 정부의 태도는 우리나라 정치와 권력 전반에 관한 성찰을 유도했다는 점에서 '일상성'의 문제와 관련된다 하겠다. '세월호' 사건을 둘러싼 각종 의혹과 정부의 비정상적 자세는 폭력으로서의 정치와 오늘날 주체의 역할을 새삼 환기시키는 계기가 되었다.

일 년이 흘렀습니다.

사람이 가라앉으면 물거품이 떠오릅니다. 부딪쳐야만 발생하는 것 앞에서 아무도 순순히 입을 열지 않았습니다. 물거품이 스러졌습니다. 희망이 사라졌습니다. 어느 순간, 가라 앉아야 떠오른다는 말을 믿지 않게 되었습니다.

만약이라는 약은 아무 소용도 없었습니다. 한숨을 아무리 쉬어도 숨이 막혔습니다. 바닷속처럼 깊은숨을 쉬어도 숨이 가빴습니다. 마지막으로 모은 두 손이 물거품이 되자 우리는 모두 숨죽여 얼었습니다. 마음만 늘 법석였습니다.

일 년이 흘렀습니다.

말도 안 되는 일들이 있었다고 우리는 말합니다. 다녀오겠습니다. 구조하겠습니다. 지켜지지 못한 말과 지켜지지 않은 말이 있었습니다. 아직 아홉 명이 남아 있습니다. 그리고 여기, 뜨거운 물에 발을 담가도 차갑다고 말하는 사람들이 있습니다.

매일 법석입니다. 매일매일 안간힘을 쓰고 말하는 그들의 소리를 듣습니다. 여기가 차갑습니다. 사방이 차갑습니다. 살고 싶습니다. 내밀던 손을 잡지 못했습니다. 마음만 겨우 법석입니다.

일 년이 흘렀습니다.

일 년이 또 흐를 겁니다.

오은, 「법석이다」(『리토피아』, 2015년 여름호) 부분

　미국의 언론은 '세월호' 사건이 6.25 전쟁 다음으로 한국이 경험한 가장 참혹한 사건이라 논평한 바 있다. 물론 우리의 현대사 속에서 5.18의 참혹함도 잊을 수 없다. 광주 사태로 우리의 80년대가 들끓었고 온 국민이 고통받아야 했던 것도 기억할 수 있다. 광주 항쟁은 우리의 민주주의가 한결 성숙해진 계기가 된 것도 사실이다. 그런데 '세월호' 사건도 그와 다르지 않은 아픈 사건이었다. '다녀오겠습니다' 하고 아무렇지 않게 길 떠난 아이들이 도움의 '손'을 잡아보지도 못하고 죽어간 사실은 그들의 부모는 말할 것도 없겠거니와 우리 모두가 잊을 수 없고 잊어서도 안 되는 사건이었다.

　'세월호' 사건이 있은 직후 어떤 이는 '일상이 요즘처럼 죄스러웠던 적이 없었다'고 고백하기도 하였다. 온 국민이 슬픔에 빠졌고 3.1 운동의 좌절 때나 있었을 집단 우울증이 우리 사회를 뒤덮었다. 그러나 국민들의 이러한 의식과는 달리 정부는 책임을 회피하고자 하였다. 집권 정부는 스스로 자신들이 '콘트롤 타워'가 아님을 주장했으며 사건 당시의 대통령의 행방에 대해서도 답을 회피했다. 진상 규명을 요구하는 국민들의 거센 항의가 이어졌지만 정부는 이를 역시 묵살했다. 이러한 비정상적인 정부의 행태들 이후에도 여전히 해결된 문제는 아무것도 없다.

　그렇게 '일 년이 흘렀'다. 또 다른 일상으로 이어진 일 년의 시간으로 많은 사람들의 기억 속에서는 그때의 사건이 점차 희미해져 가고 있는 듯하다. 언급 자체를 꺼려하는 이들도 있다. 그러나 우리들 주

변에는 "뜨거운 물에 발을 담가도 차갑다고 말하는 사람들이 있"다. 상처에 정직한 이들이 그들일 것이다. 진실의 당위성에 대해 포기하지 않는 이들이다. '세월호' 사건 이후 이들의 일상은 아직도 죄스럽고 마음이 매일 편치 않다. 위 시의 화자는 이를 '법석이다'라고 말하고 있다. 이들은 여전히 '한숨을 아무리 쉬어도 숨이 막'히고 '바닷속처럼 깊은숨을 쉬어도 숨이 가쁘'다고 토로한다. '세월호' 사건은 우리에게 이러한 일상을 심어 놓아버렸다.

이처럼 가슴 먹먹한 일상들을 보내면서 우리는 권력의 성격에 대해 되짚어 보게 되었다. 자본주의 체제 자체가 정상적이고도 비가시적 방식으로 인간들에 대한 통제와 소외를 일으키는 폭력의 절대주체라는 점을 기왕에 알고 있었을지라도, 현재의 정부가 일관되게 조작과 은폐로 유지되고 있음을 확인하는 일은 충격적이다 못해 절망적이었다. 우리는 지금 이 땅에서 일어나는 일들이 민주주의의 기본적 공리마저 무시하고 있다는 점을 보면서 오늘의 권력의 근거가 과연 무엇인가에 관해 묻게 되었던 것이다. 국정원의 선거 개입 및 부정 선거의 문제는 아직 건드려지지 않는 뇌관으로 남아 있거니와, 부정에 기반한 오늘의 집권 정부의 토대는 이미 허약할 대로 허약해져 있다.

아마도 사건이 터질 때마다 이를 은폐시킬 또 다른 사건을 만들어내는 집권 정부로서는 '세월호' 사건도 정상적으로 마무리되었다고 생각할 것이나, 그러나 매일같이 이를 '잊지 않겠다'고 다짐하는 이들이 있다. 일상 중에서도 항상 '목울대가 뜨겁고' '마음이 법석인' 이들, 마음이 항상 죄스럽고 빚을 진 것처럼 편치 않은 이들이 있는 것이다. 정상적인 것은 사태가 고요히 끝나고 안정을 되찾았다고 여기는 자들이 아니라 바로 이들이다. 이들이 우리 사회의 모순과 아픔을 기억하는 자이자 이를 해결하고자 하는 주체가 될 것이다. 이들이 존재하는 한 '세월호'의 문제는 역사의 무대로 재등장할 것이지 결코 뒤안길로 묻혀버리지 않을 것이다.

3. 실업과 절망의 일상성

오늘날 청년 실업률은 10%로 역대 최고치에 달한다고 한다. 대학생들이 졸업을 해도 취직을 할 곳이 없다. 그나마 있는 일자리의 질도 나빠서 계약직 등 비정규직의 비중이 이 중 30%에 육박한다고 전해진다. 3D 업종이나 비정규직이라도 마다하지 않는 젊은이들도 늘어나는 형편인데, 이들이 자력으로 결혼을 해서 집을 사고 가정을 꾸리는 일은 거의 불가능해 보인다. 2007년 같은 제목의 책이 발간된 후 오늘날 20대를 규정하는 용어가 된 '88만원 세대'는 우리 사회의 일자리 구조 및 소득 분배 양상을 단적으로 말해준다. 그만큼 정규직이 없고 알바나 비정규직에 종사하는 청년들이 많다는 것이다. 입시 지옥을 거치고도 대학 졸업 후 비전이 뚜렷하지 않는 우리의 젊은이들은 매우 절망적인 상황에 처해있다고 말할 수 있다. 이들에게 미래는 기다리는 것이 무언지 뚜렷지 않은 '고도Godot'처럼 모호하고 불투명하기 그지없다.

무소속
더 나은 시급과 연봉으로 건너가고자 했지만

결국 떠돌이였을 뿐.

우리는 소속이 없다는 뜻에서만

여전히 자유인이며

불안은 우리의 항상심이 되었다.

유연하게 갈아타기하고 싶었지만

우리는 믿음이 없는 신앙인처럼

우리는 여기에서 없고 그 어디에도 없으며

구원도 없고 심지어 절망도 없다.

러시 앤 캐시

우리는 대부시스템으로 살았다.

끌어 쓸 돈이 얼마간 있다는 건

아직 끝난 것이 아니며

미래란 거기 잠시 있었다. UFO처럼

대부분 믿지 않지만 마치 잠깐 놀라기 위해서만 있다 사라지

는 것이었다.

　　　이현승, 「고도를 기다리며」(『현대시』, 2015년 8월호) 부분

　위 시의 시적 화자가 말하는 '무소속'은 곧 오늘날 젊은 세대들이 말하는 정체성의 한 국면이다. 그것은 곧 정규직 취업의 어려움과 관련된다. 알바와 비정규직으로 전전하는 이들에게 꿈과 희망은 관념 속의 추상어일 뿐이다. 자신의 적성이나 비전에 따라 소신껏 직장을 구하던 시절은 이들과 상관없는 과거적 추억이 되었다. 그저 조금 '더 나은 시급과 연봉으로 건너가고자 할' 뿐, 이들에게 연대감

이나 소속감과 같은 공동체적 의식은 없다. 그러나 '건너가기'도 여의치 않다. 비정규직 노동자에게 계약의 종료는 '결국 떠돌이'가 되는 것을 의미하기 때문이다. 이들의 '자유'란 소속되지 않는다는 것을 의미하는 것이므로 아이러니한 것이다.

이러한 일상의 상황은 IMF 이후 등장한 신자유주의의 정책에 의해 야기된 것이다. 90년대 후반 IMF 극복 과정에서 기업인들 중심으로 재편된 경제 제도들은 기업인들에겐 혜택으로 작용한 반면 노동자들에겐 희생의 강요로 다가왔음은 주지의 사실이다. 비정규직의 대량 양산 역시 이때 시행된 노동시장의 유연화 시책에 의해 발생한 것임을 알 수 있다. '불안이 항상심이 된' 화자의 내면 의식은 이와 같은 정치경제적 상황과 관련된다. 비정규직 노동자들이야 계약 종료 즉시 다른 '계약'을 소망하겠으나 '유연하게 갈아타기'는 쉬운 일이 아니다. 이러한 상황에서 이들은 '여기에도 없고 그 어디에도 없는' 소외된 자아가 된다. 취업이 불안정한 젊은이들에게 결혼은 화중지병畵中之餠이다. '구원도 없고 심지어 절망도 없다'는 자조 섞인 말은 따라서 젊은 세대의 비명처럼 들린다.

이처럼 일자리 구하기에 어려움을 겪는 젊은 세대들을 가리켜 '3포세대', '4포세대', '5포세대' 등의 말들이 유행어처럼 떠돌기 시작하는 것도 '지금, 여기'의 주요 현상이다. 그것은 연애, 결혼, 출산, 인간관계, 내집마련 등을 줄줄이 포기해야 하는 젊은 세대들의 세태를 지시하는 것으로서, 이는 오늘날의 청년 실업 문제가 얼마나 심각한지를 말해주는 대목이다.

그런데 오늘날의 젊은 세대들의 경우 미래의 생활 자금만 문제가 되는 것이 아니다. 최근 졸업을 앞둔 대학생들 가운데 60%가 빚이 있으며 이들의 평균 부채는 1320여만 원이라는 조사 결과가 나온 바 있다. 이들은 대학 시절 등록금 부담을 위해 이미 빚을 지고 있는 상태에 있는 것이다. 위 시의 화자가 '우리는 대부시스템으로 살았다'고 진술하는 것은 오늘날 젊은 세대들의 이와 같은 사정을 떠올리게 한다. '러시 앤 캐시'와 같은 대출업체들이 우후죽순으로 생겨나 TV에서 버젓이 광고를 해대는 것은 오늘날 경제구조가 젊은 세대들에게 얼마나 악성으로 다가가고 있는지 짐작하게 한다. 그들에게 '미래'란 '끌어 쓸 돈이 얼마간 있을 때'의 '잠시 있'는 것에 불과하다고 시의 화자는 토로하고 있다.

4. 도시인의 고독한 일상

근대 자본주의 체제는 인류의 전 역사에 비추어 볼 때 가장 특이한 사회 성격을 지니고 있다고 해도 과언이 아닐 것이다. 자본이 사회의 중심이 되었다는 것은 단지 경제체제만의 문제가 아니라 인간성과 문화 현상까지도 탈바꿈시켰음을 의미한다. 고독하고 개인적인 인간성, 그리고 그로부터 비롯된 이기적이고 합리주의적인 문화 세태는 자본주의가 만들어낸, 이전과는 매우 다른 양상이라 할 수 있다. 이것은 한마디로 공동체 문화의 붕괴와 관련된다. 공동체 문화의 소멸이 인간관계를 단절시키고 인간의 삶을 팍팍하고 쓸쓸하게 만들었음은 주지의 사실이다. 건조하고 단절적인 인간의 삶의 모습은 도시인이 겪어야 하는 소외의 대표적 양태라 할 수 있다.

울음이 헤픈 한 마리의 매미로

소주 몇 잔 목덜미로 넘긴

지친 육신이 깃발처럼 흔들린다

날 선 오체투지의 밤사이로

아무렇게나 포함되어 버스에 오른

시든 웃음이 출구에서 뿔뿔이 흩어진다

어둠으로 채워진 세상을 짚고 일어선

가로등이 제 몸을 달구어 길을 밝히고

독한 매연의 꽁무니를 뒤쫓던 달빛이

등을 맞댄 의자 위에서 갈라진다

차들의 비명이 나뒹구는 횡단보도에서

헐벗은 어깨들이 취기가 도는 얼굴로

안전띠에 묶인 나를 입력된 칩에서 지우고 있다

이리저리 구겨진 봉투 속 붕어빵 몇 마리와

소리없이 안겨오는 아이들의 눈빛을 싣고

비탈길을 내 달리는 마지막 버스는

마치 버려진 여자의 음부처럼

독이 서린 향기를 뿜어 올리며 흑흑 거린다

허정은, 「집으로」(『시사사』, 2015년 7, 8월호) 부분

아침에 눈을 뜨자마자 졸린 눈을 비벼가며 출근 전쟁을 치르고, 하루 종일 조직의 팽팽한 압박감에 눌린 채 업무에 시달리는, 그리고 해가 떨어진 후 지친 몸을 이끌고 겨우 퇴근하여 하루를 마무리하는 너무도 전형적인 일상은 도시인의 그것이다. 새벽 6시에 기상

하여 저녁 8시에 퇴근하기까지 도시의 직장인의 일상은 실로 고단하고 힘에 부친다. 하루의 피로도 다 가시지 않은 채로 다시 하루를 시작해야 하고 밀려드는 업무들과 만남들에 부대끼다 보면 육신은 지칠 대로 지치고 에너지는 고갈된다. 그나마 일자리를 얻었다는 사실에 만족하며 반복되는 일상 가운데서도 웃음을 잃지 않으려고 애쓰는 도시 직장인들이 많이 있지만 받은 대로 투명하게 드러나, 있는 세금 없는 세금 다 바쳐야 하는 도시 직장인들은 이 시대의 노예나 다름없어 보인다.

위 시는 이러한 삶의 도시인의 초상을 매우 사실적으로 그려주고 있다. 지친 하루 '소주 몇 잔'으로 달래며 '깃발처럼 흔들리'는 도시 직장인들은 하루하루가 위태롭게 느껴진다. 덜컹거리는 '버스', 힘없이 껌벅거리는 '가로등', 자욱한 '매연', 낡은 '의자' 등은 끝도 없이 이어지는 도시의 힘없는 일상들처럼 지쳐 보이는 도시적 사물들이다. 이들과 뒤섞이며 매일을 보내는 도시인들이라면 어느 구석에서라도 한 줄기 생생한 에너지를 얻지 못할 것이다.

이러한 환경에서 인간은 언제까지 버티며 살 수 있을까? 삶의 활력이 되는 에너지는 어디에서부터 공급받을 수 있는 것인가? 쳇바퀴처럼 무한히 돌아가는 일상의 반복을 견딜 수 있는 사람은 누구인가? 시간을 분, 초 단위로 균등하게 쪼개고 시간을 돈으로 환산하는 근대의 패러다임 속에서 도시인들이 호흡은 자연스러운 것인가?

이러한 질문들은 도시적 환경이 인간에게 매우 반인간적인 것이라는 점을 환기시킨다. 여기에서는 인간이 타인 및 자연과 함께 호흡하고 소통하는 흐름의 에너지가 느껴지지 않는다. 여기에는 텅 빈 고독한 자아가 있을 뿐 충만한 자아의 정체성이 감지되지 않는다.

최소한의 낙원이 될 '집'조차 '구겨진 봉투 속 붕어빵 몇 마리'처럼 작고 힘없는 모습으로 다가온다. 도시에서의 쉼 없이 이어지는 일상은 인간을 끝도 없이 고갈시키며 이곳에서 인간은 주변과 단절된 채 건조한 삶을 이어가야 한다. 위의 시는 도시인의 생태를 통해 도시적 환경의 부조리함과 그 속에서 살아가는 인간의 소외된 모습을 잘 형상화하고 있다.

5. 인간적인 일상의 성찰

오늘날 이 땅에서의 '일상성'은 근대 도시라는 문명적 배경 및 권력과 자본에 의해 몇 겹의 모순이 중첩된 복합적인 것임을 알 수 있다. 그것은 근대적 시공성을 기반으로 하여 현 정부의 통치 형태를 아우르는 중층적 성격을 띤다. 근대적 시공성이 인간성의 고갈과 분열을 일으키는 것이라면 우리는 근대의 삶 속에서도 충만과 완성을 향한 일상을 창조하도록 힘써야 할 것이다. 나아가 사회주의권의 몰락 이후 거대담론과 이성의 해체 경향에 따라 비판적 주체의 소멸을 목도한 오늘날, 신자유주의적 경제 정책 및 초권위적 통치 체제에 효과적으로 대응하기 위해 새로이 결집하는 주체의 실체를 확인할 수 있어야 한다.

예전엔 너나 할 것 없이 가난한 살림살이
하나밖에 없는 장롱도 채우지 못해
아이들은 그곳에서 숨바꼭질도 하곤 했다

곳간과 쌀독은 항상 헐렁했지만
허기 묻은 웃음은 해맑기만 했다
음식물쓰레기라는 이름도 몰랐고
사람이 남겨줘야 가축들도 먹을 수 있었으니
남김이 아니라 나눔이었지
넉넉하진 않았어도 방안 가득 웃음이 출렁였고
꼬르륵거리는 배를 쥐고도
하염없는 옛이야기에 날 새는 줄 몰랐다
지금은 곳곳에 먹을 것이 널리고
자고 나면 내다 버리는 것 천지라도
웃음은 늘 가뭄이고 인심은 점점 굳어만 간다
모든 것이 풍요롭고 흔한 세상이지만
가족 간의 사랑과 이웃 간의 정은 점점 말라가니
풍요 속에 빈곤이 바로 오늘이 아닌가 싶다
박종숙, 「풍요 속 빈곤」(『예술가』, 2015년 여름호) 부분

가난했지만 사랑과 정이 넘쳤던 것으로 기억되는 '예전'은 물질이 인간성의 고양에 오히려 역으로 작용할 것이라는 점을 짐작하게 한다. '곳간과 쌀독이 헐렁하고' '허기진' 날들이 많았어도 그 시절을 그리워하는 것은 그러한 삶 속에 있었던 정겨움과 넉넉함 때문이었다. 물론 그 때의 '넉넉함'이란 물질이 넘치는 데 있는 것이 아니라 마음이 그러했던 데 있다. 당시의 '마음'은 소박한 삶에서 피어나는 천진스런 '아이들의 웃음'과 '가족간의 사랑', '이웃간의 정', 그리고 '가축까지도 염려하는 따뜻함' 등으로 넘쳐흘렀던 것이리라. 물질의

부족함은 배는 곯게 했을지라도 마음을 곯게 하지는 않아, 물질의 빈자리는 사람과 사람, 이웃과 이웃 사이에 흐르는 따뜻한 마음으로 채울 수 있었던 것이다.

이웃과 가축까지도 아끼며 사랑할 수 있었던 '넉넉함'은 '예전'의 무엇 때문이었을까? 그것이 오늘날엔 왜 사라진 것일까? 그것은 '곳곳에 먹을 것이 널리는' 시대에 왜 소멸해버린 것인가? 이러한 질문들은 스스로 자체증식하면서 확장해온 '자본'이란 것이 인간성과는 하등 상관없는 반인간적이고 냉혹한 괴물과 같은 것이 아닌가 생각하게 한다. '자본'에게서는 도무지 인간다운 따뜻함이라거나 연민 따위는 찾아볼 수가 없는 것이다. '자본'은 말 그대로 비인간적으로 자기 확대만을 꿈꾸는 비정한 물질이다. 이러한 '자본'에 의해 세워진 세계는 차디찬 얼음왕국과 다르지 않을 것인데, 이 세계에서는 모든 인간들이 '자본'을 꿈꾸게 되는 아니러니한 상황이 펼쳐진다.

이는 역으로 인간은 '자본'과 멀어질 때 보다 인간다운 면모를 유지할 수 있을 것이라고 생각하게 한다. 돈이란 단순히 생활의 편리함만을 위해 구해지는 것이 아니다. 그것은 자본주의라는 왕국에서 보다 더 큰 힘과 권리를 누리기 위해 추구되는 것이 아니겠는가. 이때의 힘과 권리는 순수히 자기 삶의 안락만을 위한 것에 국한되는 것이 아니라 타인에 대한 자신의 권세를 확장하기 위해서라는 혐의가 강하다. 그것은 곧 세상 속에서 권력을 구가하기 위한 것이요, 타자에 대한 자신의 지배력을 공고히 하기 위함인 것이다. 물질의 소유는 언제나 타인에 대한 자기과시의 수단이 되어 왔고 타인에 대한 권력을 강화시키기 위한 계기가 되었던 것이다. 때문에 '자본'으로부터의 자유는 곧 바른 인간성을 회복하기 위한 첩경이라고 말할 수 있다. 이러한 정황은 물질의 풍요가 왜 정신의 빈곤을 가져오고, 물질의 빈곤이 왜 정신의 풍요를 가져오는지와 같은 역설을 해명하게 해준다.

'자본'의 이와 같은 성격은 자본주의가 얼마나 반인간적인 체제인가를 증명하는 대목이다. '자본주의'가 야기하는 소유와 분배의 불균형, 가중되는 빈익빈 부익부 현상은 인간성을 파괴하고 인간을 소외시키는 악성 코드이다. 그것은 인간과 인간 사이에 따뜻한 정을 흐르게 하는 대신 냉혹한 이기심만을 흐르게 할 뿐이다. 위 시의 '예전'과 오늘이 다르게 느껴지는 것은 '물질'의 증가와 함께 차가운 괴물 같은 마음이 동시에 증식했기 때문일 터이다.

오늘날은 극도로 발달한 자본주의가 내부의 모순마저도 유연하게 삼켜버릴 정도로 견고한 시스템을 구축한 시대다. 오늘날의 자본주의는 전세계적으로 단일하고도 거대한 통제체제를 구축하고 있다. 이에 대한 대안체제도 부재한 시점에 그것은 지구상의 가장 강력한 권력으로서 인간 위에 군림한다. 상황이 이러하므로 인간은 더욱 자본을 소유하려 들고 자본으로부터 소외된 인간은 더욱 철저히 낙오되는 처지에 놓여 있다. 자본주의 체제 자체가 이미 보이지 않는 폭력이 되는 시대에 우리는 살고 있는 것이다. 이러한 상황에서 우리가 희망을 말하고 비인간적 세계에 대응하는 주체를 말하는 것이 가능한 것인가?

찬바람 혹독할수록 시장은 시끌벅적하다

상주 풍물시장 간이정류소 버스 한 대 기우뚱 서자
알록달록 꽃 몸뻬 노파 뒤뚱뒤뚱 보퉁이에 얹혀 내린다

파카 속에 목을 집어넣고 있던 장꾼들
우루루 몰려가 보퉁이 끌고 당기고 장이 익는데

단단히 여미고 쟁인 보퉁이 통째로 풀어져
호두며 대추 땅콩 곶감들 푸지고 자지러지고 통통통 튄다

(중략)

진눈깨비도 바람 추임새 따라
얼쑤얼쑤 춤추는 한낮

무르팍걸음으로 기어가는 노파의 굽은 등이 쿨럭쿨럭 또 풍물을
친다
황구하, 「풍물시장」(『리토피아』, 2015년 여름호) 부분

더욱 힘세고 완고하여 구조 자체가 폭력이 되어가는 오늘날의 자
본주의 체제는 인간을 더욱 종속적으로 만든다. 인간의 분열과 소외
는 더욱 경향적으로 되어 갈 것이며 인간은 더욱더 왜소해져 갈 것
이다. 자본은 거대한 차가움과 어두움으로 인간을 비정하게 또 지치
게 만들 것이다. 이 속에서 인간의 에너지는 더욱 고갈될 것이다.
　이러한 경제체제 못지않게 오늘날 이 땅에서 폭력의 절대주체가
되는 것은 감시와 통제가 극에 달한 부정한 정권이다. 오늘날의 정
부 행태는 한 손으로는 폭력을 행사하고 다른 한 손으로 그것을 감
추는 작업들을 연속적으로 해대는 형국이다. 정당성이 취약한 권력

은 그 권력을 유지하기 위해서라도 계속해서 타자들을 희생시킬 것이다. 이러한 상황에서 우리가 기댈 것은 결집된 주체들의 힘일 뿐이다. 오래되어 철 지난 담론처럼 들리는 '주체의 결집된 힘'은 그러나 과거와 같이 파괴적인 정치력으로 현상하기는 힘들 것으로 보인다. 지금은 70년대도 80년대도 아니라는 것을 우리는 안타깝게 인식하곤 하는 것이다. 그러나 민중이 정치력을 발휘하지 않는다 해서 권력의 정치력이 사라지는 것은 아니다. 민중이 정치를 외면하는 것이 정치를 사라지게 하지도 않는다. 오히려 민중이 정치를 외면할 때 정치는 소외된다. 반인간적인 정치는 더욱더 자본과 권력에 의해 확장되는 괴물 같은 정치가 되어 갈 것이다.

위 시에 등장하는 '시장'은 각지에서 모인 '장꾼'들이 '단단이 여미고 쟁인 보퉁이'를 풀고 귀하게 마련해온 '호두며 대추 땅콩 곶감들 푸지'게 파는 곳이다. 여기엔 흥겨운 '흥정'도 있고 소란스런 '풍물소리'도 있다. 민중들이 모이는 이곳은 활기로 넘쳐나 '시끌벅적하다'. 이곳의 '노파' 역시 몸은 노인일망정 풍물을 치는 기운은 남에게 뒤지지 않는다. 시의 화자는 노파에 대해 '무르팍걸음으로 기어가는 노파의 굽은 등이 쿨럭쿨럭 또 풍물을 친다'고 묘사한다. 또한 노파의 풍물소리에 '진눈깨비도 바람 추임새 따라 얼쑤얼쑤 춤'을 춘다고도 말한다. 이는 생명력이 가득 찬 인간의 기운에 자연도 응답하고 화합한다는 점을 떠올린다. 인간의 힘은 그것으로 제한되는 것이 아니라 다른 인간들과 또 자연의 그것과 한데 어우러져 더 큰 에너지로 융합하는 것이다. 위 시의 '풍물시장'에서 느껴지는 활기찬 에너지는 오랜만에 확인하는 민중의 에너지이기도 하다.

몇 겹의 부조리와 모순으로 중첩된 오늘 우리의 일상은 지치고 암담하다. 구조화된 폭력은 켜켜이 우리를 에워싸고 있는 듯하다. 일상적 체험을 토대로 쓰여진 시편들은 그 구체성에 의해 우리의 삶을 성찰하게 하고 우리 사회에 겹겹이 싸인 억압의 층위들을 환기시키는 계기가 되었다. 오늘날의 '일상성'을 돌이켜보면서 우리는 절망과 암울함 속에서도 비전을 포기하지 말아야 할 것이다. 그것은 결국 다른 데서 주어지는 것이 아니라 우리들의 내면에서 구해져야 한다. 우리는 여전히 인간의 마음속에 있는 순수성과 생명력을 회복해야 할 것이다. 괴물들이 만든 얼음 왕국에서 이것들은 아주 미약해 보인다. 그러나 이러한 '인간적인' 마음은 인간성을 결집시키고 나아가 자연, 우주와의 결합을 이루어낼 것이다. 이는 결코 나약하지 않은 힘인 것이다. ○『리토피아』, 2015년 가을호

시적 미학의 특수성과
독자와의 관계망

1. 작가와 독자의 소통의 관계

　모든 문학 작품은 작가의 개성과 자발성에 의해 쓰여지지만 그것이 항상적으로 독자를 향한 발언임이 전제되는 것도 사실이다. 작가는 자신의 목소리를 낼 때 이미 독자의 수용을 의식하게 된다. 작가와 독자와의 의사소통의 관계는 무의식적 차원에서 구조화되어 있다 해도 과언이 아니다. 작품이 작가로부터 떠날 때부터 작품이 불가피하게 독자와의 관계 속에 던져진다는 사실은 작가로 하여금 독자와의 의사소통의 관계망을 수용하게 한다. 요컨대 작가와 독자는 모두 작품을 매개로 하여 서로를 수용하고 소통하는 관계 속에 놓여 있다.

　한편 작품을 둘러싸고 그것이 작가와 독자 사이의 의사소통의 관계라고 하는 대전제가 있음에도 불구하고 모든 작가들이 같은 정도로 독자와의 대화에 개입하려 하지는 않는다는 것을 알 수 있다. 마치 일상의 말들이 적극적인 대화와 소극적인 대화 내지 내적 독백 등의 다기한 범주로 구분되는 것처럼 작품들 또한 미학의 특수성에 따른 독자와의 차별적 관계망을 구축하고 있다. 가령 참여 문학이라든가 계몽주의의 미학 등 이념성을 띠는 작품의 경우라면 강경한 어조로 독자와의 적극적 교섭을 추구하겠지만 서정 시학이라든가 아방가르드 미학은 상대적으로 독자와의 교섭에 적극성을 보이지 않는다 할 수 있다. 이들 미학은 오히려 내면적 사색에 주력함으로써 독자와의 대화에 소극적인 독백적 어조를 띠는 것이다.

이러한 시의 미학적 특수성에 대하여는 시의 미적 구조에 관한 매우 엄밀한 고찰이 요구될 것이겠지만, 일찍이 문학 이론 가운데 수용미학에서는 작품의 평가 기준을 독자와의 교섭의 정도에 둔 바 있다. 수용미학에서는 작품의 질적 평가 기준을 독자의 참여 정도로 파악했던 것이다. 여기에서 독자의 참여란 작품에 내재하는 의미와 가치를 구현하기 위해 독자가 어느 정도로 적극성을 발휘하는가의 문제인데, 수용미학의 관점에서는 작품에서 드러난 가치가 분명하고 의미 구조가 단순할 경우 의미 구현을 위한 독자의 참여를 유도해내지 못한다고 하여 이를 낮은 수준의 작품이라 평가하는 반면 작품의 의미 구조가 표면화되어 있지 않고 난해한 경우 이를 해독하기 위한 독자의 자발적인 개입을 끌어낸다는 이유로 높은 수준의 작품이라 평가한다. 적정 정도의 난해성은 이를 이해하기 위한 독자의 적극적인 사유를 유도하는 것이며 이러한 방식의 작품 수용이 창조적이고 생산적이라는 것이다. 수용미학자들이 볼 때 리얼리즘 문학이 전자에 해당한다면 후자에 해당하는 작품은 모더니즘 문학이다.

수용미학의 이러한 접근은 리얼리즘과 모더니즘이라는 대립 구도 하에 상대적으로 강한 미학성을 지닌 모더니즘 문학을 옹호함에 따라 문학 작품에서의 미학성의 가치에 관해 시사점을 준 것이 사실이다. 그것은 예술 작품에서의 미적 기법들이 단순히 기교를 위한 것이 아니라 독자와의 매개 지점에 해당한다는 관점 또한 제공하고 있어 주목된다. 그러나 수용미학은 독자의 의미 해독에의 개입을 유도하는 것이 작품의 전적인 의미와 가치에 해당하는가 하는 문제와 독자와의 긴밀한 교섭을 가능하게 하는 미학성이란 무엇이며 또한 독자와의 교섭이 과연 미적 기교에 의해서만 이루어질 수 있는가 하는 질문에 대해서는 해답을 주지 못한다. 즉 미적 기교란 과연 독자와의 효과적인 교섭에 기여하는가 혹은 오히려 방해하는가? 작품이 지닐 수 있는 의미란 유독 의미 해독의 차원에 놓이는 것인가, 그렇지 않다면 그 외의 차원에서의 가치 구현은 가능한 것인가, 가능하다면 그것은 무엇인가?

이러한 질문에 답하는 일은 우리 시단의 미학의 성격을 가늠하는 일이 될 것이며 나아가 향후 우리의 시가 추구해야 할 시적 의미와 가치에 관해 논하는 일이 될 것이다.

2. 현실주의 미학과 '대중성'의 문제

현실주의 미학은 미학성을 떠나 문학의 현실에 대한 윤리적 개입을 우선시 하는 경향을 가리키는 것으로 독자의 미적 감수성이라든가 개인적 서정보다 집단적 이념의 보편화에 가치를 두고 있다. 현실주의 문학에 의해 독자들은 세련된 미적 취향에 노출되지는 않는다 할지라도 사회의 공동선에 관해 의식의 각성을 얻을 수 있는 기회를 얻게 되는데, 여기에는 사회성과 개인성, 정치성과 미학성이라는 문학의 기본 개념을 둘러싼 대립과 갈등이 항상적으로 따라오게된다. 이들 사이의 갈등 해소를 위한 논쟁은 문학 이론의 역사가 될 정도로 뿌리 깊은 것이다.

우리 시사에서 본격적으로 현실주의 미학이 등장한 것은 주지하듯 1920년대 계급주의 문학으로부터이다. 카프에 의한 계급주의 문학은 대중에게 사회주의 이념을 고취하는 것을 목표로 하여 이루어졌다. 그것은 대중으로 하여금 노동자 계급 의식을 각성시켜 이들이 계급투쟁의 전선에 나설 것을 촉구하였다. 당시 사회주의 이념은 곧바로 우리 나라의 민족해방 사상에 닿아 있었다는 점에서 계급주의 문학은 가장 현실주의적인 문학이기도 하였다.

계급주의 문학의 목적이 대중의 의식의 각성과 투쟁의 조직에 있던 까닭에 이는 필연적으로 독자와의 전달과 수용의 관계를 고려하게 된다고 할 수 있다. 독자는 작가와 수신자와 발신자라고 하는 긴밀한 의사소통 관계 속에 놓이게 된다. 독자는 언제나 작가에 '음험한' 의도 아래 목적의식적으로 방향지워지도록 되어 있다. 현실주의 미학에서 어쩌면 작가와 독자는 갑과 을의 수직관계에 놓여 있다고 해도 과언이 아니다.

말하자면 독자의 참여 없이는 그 가치 구현이 불가능해지는 까닭에 현실주의 미학은 필연적으로 '대중성'의 문제를 고려해야 한다. 대중으로부터 외면당하는 작품이란 현실주의 미학에서는 성립하기 어려운 까닭이다. 1920년대 후반 카프진영에서 펼쳐졌던 예술 대중화론은 그러한 맥락에서 도출된 것임을 알 수 있다. 당시 이 운동을 주도했던 팔봉은 "지극히 재미없는 정세에서 카프 문학이 나아갈 방향을 상실하고 독자 대중으로부터 유리되었다"고 진단하면서 카프의 현실주의 문학이 대중에게 수용될 수 있는 조건에 대하여 고민한 바 있다. 그는 독자로부터 멀어진 카프문학을 다시 독자에게로 가져오는 것을 당면한 첫 번째 과제로 설정하였고, 그 일환으로 이른바 '재미있는 문학'의 구현을 내세우게 되었다. 여기서 '재미있다'는 것은 사상성이 담보된 내용성의 적실한 구현, 즉 형상화의 방법적 문제를 가리키는 것이었다. 그는 독자에게 흥미있는 요소를 제공하지 않는 한 어떤 훌륭한 이념이라 할지라도 카프문학의 가치와는 무관하다고 인식하였던바, 그의 이러한 문제의식은 그 이전에 있었던 이념의 '내용'과 그것의 구현이라 하는 '형식' 간의 관계 정립이라 하는 관점의 연장선에서 제시된 것이었다.

> 사랑하는 우리 오빠 어저께 그만 그렇게 위하시던 오빠의
> 거북무늬 질화로가 깨어졌어요.
> 언제나 오빠가 우리들의 '피오닐' 조그만 기수라 부르는 영
> 남永男이가
> 지구에 해가 비친 하루의 모-든 시간을 담배의 독기 속에다
> 어린 몸을 잠그고 사 온 그 거북무늬 화로가 깨어졌어요.
> 임화, 「우리 오빠와 화로」 부분

인용시는 팔봉이 눈물을 흘리며 읽었다는 임화의 「우리 오빠와 화로」의 한 부분이다. 팔봉이 이 시에 특히 주목하자 했던 것은 이념의 선도성이 아니라 경험의 보편성이었다. 팔봉은 임화의 '단편서사

시'를 통해 정서의 공감대에서 오는 독자의 수용을 도모하고자 하였다. 요컨대 팔봉은 프로문학에 세속성과 사상성을 적절히 가미하여 개념화된 프로문학으로부터 멀어진 독자들을 다시금 계급 투쟁의 전선에 참여시키려 했던 것이다. 그러나 그러한 의도와는 달리 그의 예술 대중화론은 프로문학 측의 비판을 받았고 심지어 자신의 '소시민성'을 자기비판하는 임화의 기세에 눌려 철회되고 만다. 현실주의 미학의 원칙은 사상성을 떠나서는 그 어떤 경우라도 정당시될 수 없다는 극좌적 논리에 밀려난 것이다.

팔봉이 제기한 문제는 모든 문학 작품이 지니고 있는 의사소통의 구조적 관계라는 대전제 위에서 이루어진 것으로서 작품의 독자에의 수용성을 진지하게 고민한 대목이라 할 수 있다. 더욱이 작품의 유통이 집단적으로 이루어지던 전근대와 달리 개인의 읽기 중심으로 이루어지는 상황 속에서 개인의 정서에의 배려가 근대 문학의 필연적인 조건이었음을 고려할 때, 팔봉의 문제 제기는 사회주의 혁명 실현이라는 절대 가치를 위해서라도 필수적으로 고려되었어야 할 부분이었음을 알 수 있다. 그러나 당시의 계급성에 대한 조급적 태도는 이러한 저변의 맥락을 충실히 인지하지 못하였고, 결국 카프문학은 대중과의 이반 속에서 곧 해체되는 운명을 겪게 되었다.

당시 프로문학이 걸었던 일련의 과정은 문학의 기본적 관계틀이 작가와 독자의 상호관계를 떠나서는 성립할 수 없다는 초보적인 진리를 외면한 결과에 해당함을 말해준다. 독자의 존재를 무시한 카프문학은 공식주의라든가 분파주의 같은 기계성의 한계를 벗어나지 못함으로써, 현실주의 문학이 아무리 훌륭한 사상성을 지니고 있다 하더라도 독자와의 수용 관계를 외면할 경우 그 가치 실현에 실패하게 됨을 우리에게 보여주고 있다. 팔봉의 예술대중화론에서도 읽을 수 있던 것처럼 오히려 현실주의 문학일수록 대중의 수용의 측면에 대해 보다 더 진지한 성찰을 수행해야 했던 것이다. 이에 대한 고민은 일차적으로는 사상의 정립을 통해 이루어져야 하지만 그와 함께 문학 작품의 형상화의 문제와 관련되는 것이라 할 수 있다. 당시 예술대중화론은 아무리 좋은 사상성을 갖고 있다고 하더라도 그것이 대중 속으로 들어갈 수 없다면 존립근거를 잃어버릴 수 있다는 사실을 일러주었던바, 문학과 독자의 친숙성 없이 사상의 전파는 불가능하다는 것이 당시 현실주의 미학이 우리에게 가르쳐준 교훈이었던 것이다.

3. 아방가르드 미학의 시적 의미

아방가르드란 넓은 의미에서 보면 모더니즘의 한 갈래이다. 그럼에도 모더니즘의 사조 가운데에서 아방가르드를 분리시켜 논의하는 것은 이 미학이 갖고 있는 과격한 시학적 특색 때문일 것이다. 익히 알려진 대로 아방가르드 시학은 전통적인 시의 관점을 부정하는 데에서 시작한다. 기존에 관습적, 습관적, 규범적으로 알려지고 수용되던 것들에 대한 반항적 사유 속에서 무언가 새로운 패러다임을 구하는 것이 아방가르드 미학이 갖는 근본 의의일 것이다.

새로움이나 신선함을 추구하는 아방가르드 미학의 뿌리는 러시아 형식주의이다. 문학의 과학화, 참신한 것의 문학성을 추구한 이들이 가장 먼저 주목한 것은 소위 '낯설게 하기' 효과였다. 이에 따라

이들은 시적 인식의 확장에 미학의 목표로 삼고 기존의 관습적인 것들을 파괴하기 시작했다.

러시아 형식주의자들의 '낯설게 하기'의 의장은 아방가르드 미학에 이르러 작가와 독자의 관습적 관계에 대해서도 일대 변혁을 요구하게끔 만들었다. 이들의 관점에서 보면, 작가와 독자는 고정된 것이 아니다. 따라서 전통적 의미의 작가라든가 독자는 새로운 가면을 써야 했다. 작품을 매개로 하여 작가와 독자는 기존의 습관화된 관계와 달리 전혀 새로운 형태의 작가, 독자가 되어야 했다. 작가 곧, 저자란 더 이상 의미의 고정체이자 의미의 중심이 아니게 된다. 중심이란 아방가르드 미학이 부정하는 첫 번째 조건인바, 푸코 식으로 이야기하면 저자란 하나의 인식 단위, 곧 에피스테메에 자리를 내주어야 했다. 발전하는 주체, 성장하는 주체가 전통적인 작가의 모습이라면, 아방가르드 미학에서의 주체는 지워진 주체, 사라진 주체가 본연의 모습이 된다.

저자가 사라졌으니 독자 또한 새로운 모습을 갖추어야 했다. 독자 역시 작가 못지않게 의미를 생산하는 조건으로서 따라서 독자 역시 기존의 관습틀을 벗어나야 했다. 전혀 새로운 형태의 독자가 출현할 수밖에 없는 현실이 만들어진 것이다. 다음의 시는 그러한 시대적 흐름을 잘 대변하는 작품이다.

> 내 詩에 대하여 의아해하는 구시대의 독자놈들에게 – 차렷,
> 열중쉬엇,차렷
> 이 좆만한 놈들이…
> 차렷,열중쉬엇,차렷,열중쉬엇,정신차렷, 차렷, OO, 차렷, 헤

처모엿

　이 좃만한 놈들이...

　헤처모엿.

　(야 이 좃만한놈들아, 느네들 정말 그따위로밖에 정신 못차
리겠어, 엉?)

　차렷, 열중쉬엇, 차렷, 열중쉬엇, 차렷....

박남철, 「독자놈들 길들이기」 전문

　아방가르드 시대의 작가는 전변했다. 그렇게 바뀐 작가에 의해 생
산된 작품이니 독자는 "내 시에 대하여 의아해"할 수밖에 없다. 그러
니 그들은 구시대의 독자일 수밖에 없다. 구시대의 독자란 무엇을
말하는 것인가? 그들은 시는 이러저러해야 한다는 고정 관점, 틀에
박힌 시의식을 갖고 있는 사람들이다. 그렇게 생각하는 것 자체가
중심일 수밖에 없다. 중심이란 계속해서 또 다른 중심을 만들어내고
결국에는 해체할 수 없는 거대 권력이 된다. 아방가르드의 정신은
중심을 해체하는 전략을 방법적 정신으로 받아들인다. 따라서 기왕
에 형성된 작가와 독자의 관계는 일탈할 수밖에 없다. 작가는 이전
의 작가가 아니고 독자 또한 이전의 독자가 아니다. 하나의 공통적
정서라든가 경험에서 묶이는 작가와 독자의 관계는 사실상 무너지
게 된다.

　이처럼 아방가르드 시학에서 작가와 독자는 서로에 대해 일탈을
요구하는 긴장된 관계 아래 놓이게 된다. 작가는 독자를 상대로 끝
없는 일탈과 부정을 실험하게 되고 독자 역시 작품을 매개로 한 끊
임없는 부정과 파괴를 시도한다. 작가와 독자 사이에는 고정된 중

심의 해체라는 공동의 지향성만이 공유될는지 모른다. 어쩌면 작가와 독자는 기존의 관습과 규범에 대한 도전과 부정을 통해 서로의 얼굴을 보며 소통을 시도할는지 모른다. 아방가르드 미학에서 작가와 독자는 서로의 모습 속에 드리워진 고독의 그림자를 통해 서로의 모습을 보며 위안을 얻는 관계가 된다고 해도 과언이 아니다. 이는 아방가르드 시학에서의 작가가 그만큼 자기의 세계로 멀찌감치 달아나 있음을 의미하는 것이다. 그들은 독자로부터 가능한 한 멀리 달아나 자신만의 고립된 세계 속으로 빨려들어가는 경향에 놓이게 된다. 독자의 수용은 아방가르드 작가들에겐 단지 옵션에 불과하다. 이들에게서 정서나 의미의 공통분모를 찾는 일이란 크게 의미있는 것이 되지 못한다. 아방가르드 미학에서 작가와 독자의 가장 강력한 공유망은 서로에게 부과되는 부정과 도전의 운동력이라할 수 있다.

4. 서정 미학의 시대적 가치

서정시란 리리시즘이 담보된 시 고유의 음역이다. 서정시는 언제나 있어 왔고, 또 앞으로도 그럴 것이다. 그것은 우리 시의 갈래에서 가장 전통적인 시학에 해당한다. 그럼에도 어느 특정한 시대, 특수한 경우에 서정시가 강조되는 때가 있었다. 적어도 우리 시단의 80년대말 90대초가 그러하지 않았던가 생각된다.

서정시가 특별히 주목되던 이 시기를 많은 문학인들은 '은유'의 회복에서 구했다. 이 시기에 '은유'는 서정시의 고유한 의장이면서 새로운 시대적 패러다임을 담는 독특한 시정신으로 받아들여졌다. '은유'가 시대의 새로운 패러다임으로 요구될 때 그것은 더 이상 단순한 수사적 장치로 그치는 것이 아니라 시대를 이끄는 특수한 기능적 가치에 해당되는 것이었다. 그러나 중요한 것은 왜 이 시기에 시의 은유성이 강조되었는가 하는 점에 있을 것이다.

지난 세기말은 모든 것이 일단락되던 시기였다. 자본주의와 사회주의라는 거대담론의 대립이 무화되었는가 하면, 제3세계권을 휩쓴 군부통치가 사라지던 시기였다. 이들이 지배하던 과정에서 중요한 역할을 담당하던 것이 문학적 저항이었을 텐데, 현실주의 미학이라든가 아방가르드적 해체의 정신이 그 주요한 일익을 담당했던 것은 잘 알려진 일이다. 이들 미학이 추구한 것은 계몽과 해체의 정신이었는데, 이때 현실주의 미학은 선진적인 사고를 가진 작가층이 독자들에게 자신의 사상을 일방적으로 강요했다. 작가는 엘리트 의식의 꼭지점에서 독자를 다만 교화의 대상, 계몽의 대상으로 간주했을 뿐이었다. 독자는 다만 그들의 의식을 취사선택해서 받아들이는 대상에 해당되었다.

아방가르드 문학을 비롯한 해체주의 미학 역시 독자를 일방적 대상으로 인식했던 점은 현실주의 문학과 크게 다르지 않았다. 기존의 관습을 전복시키고자 했던 작가의 불온 정신은 독자와의 정서적 공감대를 유도하기보다는 자신의 의도가 독자에게 일방적으로 전달되도록 요구했던 혐의가 있기 때문이다. 이런 극단화가 낳은 결과가 역설적이게도 서정의 회복이라는 리리시즘의 복원으로 나타난 것은 아이러니한 일이 아닐 수 없다.

큰 산이 큰 영혼을 가른다.

우주 속에

대붕大鵬의 날개를 펴고

날아가는 설악산 나무

너는 밤마다 별 속에 떠 있다.

산정山頂을 바라보며

몸이 바위처럼 부드럽게 열리어

동서로 드리운 구름 가지가

바람을 실었다. 굽이굽이 긴 능선

울음을 실었다.

해지는 산 깊은 시간을 어깨에 싣고

춤 없는 춤을 추느니

말없이 말을 하느니

이 아닐 수 없을 것이다.

이성선의 「큰 노래」 부분

이 작품은 90년대 초에 발표된 이성선의 「큰 노래」이다. 자연을 서정화하는 방법으로 쓰여진, 우리의 일상에서 쉽게 발견할 수 있는 작품이다. 그럼에도 이 작품이 의미가 있는 것은 발표된 시기와 그것이 담고 있는 내용과 관련된다. 시대가 시의 서정을 요구했을 때, 곧 작가와 독자의 새로운 경험이 요구되었을 때, 이 시는 탄생한 것이다.

그 동기야 어떠했든 새로운 서정의 모색이나 리리시즘의 회복은 독자로 하여금 서정시 본래의 영역으로 되돌아오게끔 하는 구실을 제공해주었다. 서정시에 있어서의 '은유'의 회복은 작가의 분열과 소외의 극복이라는 의미를 지니는 것 못지않게 독자의 회복과 동일한 의미를 갖는 것이었다. '은유'는 자아와 세계 간의 대립과 갈등을 화해시켜 주는 기제가 되었을 뿐 아니라 작가와 독자 사이에 있었던 수직적이고도 일방적인 관계를 해소시켰다는 의미도 되기 때문이다. 서정 정신의 구현을 통해 작가의 체험은 독자의 체험이 되고 독자의 체험은 역시 작가의 체험이 되는 관계가 되었다. 또한 체험의 공유지대가 넓어질수록 계몽에 의해서, 해체에 의해서 벌어진 이들의 관계망이 좁혀지게 되었다. 이러한 서정의 미학에 의해 시는 더 이상 엘리트의 근엄한 목소리를 지니지 않게 되었으며 독자로부터 달아나는 난해한 어법을 구사하지도 않게 되었음을 알 수 있다. 작가와 독자 사이의 체험지대의 공유야말로 서정미학의 갖는 본령이라 할 수 것이다.

5. 시와 독자의 간극과 긴장

시인은 독자를 외면할 수 없다. 독자 또한 시인의 그러한 노력을 암암리에 이해하고 있다. 이러한 관계망 속에서 새로운 시들은 탄생하고 또 읽혀진다. 따라서 독자없는 시란 존재하지 않으며, 작가 없는 시란 존재하지 않는 것이다. 작가와 독자는 작품을 통해서 만난다. 경험의 넓이와 깊이를 매개로 이들은 서로를 밀고 당긴다.

독자에게 다가갈수록 시는 어찌 보면 평이해지고 세속화 될 수 있다. 역으로 시가 독자에게서 멀어질수록 사적 경험의 특수성에서 시가 생산될 수도 있을 것이다. 여기에 사상성과 상업성이 개입됨으로써 전통적인 이들의 관계가 훼손될 수도 있을 것이다. 그러나 중요한 것은 시대와 상황에 따라서 약간의 편차는 있을지라도 작가와 독자 사이에 형성된 관계란 쉽게 변질될 수 있는 성질의 것이 아니라는 점이다. 작가의 역할과 독자의 역할은 그 나름의 고유성이 있다는 뜻이다. 다만 중요한 것은 어느 한쪽으로 기울어지지 않는 정신일 것이다. 이를 중용의 미덕으로 설명할 수도 있을 것이다. 작가는 작가 나름의 역할이 있고, 독자는 독자 나름의 역할이 있을 것이다. 이 둘의 관계는 보족의 관계이지 어느 하나가 다른 하나에 대해 균형을 해치는 관계에 놓일 수 없다는 점이다. 만약 그러한 기울기가 어느 한쪽으로 현저하게 기운다면, 그것은 우리가 흔히 알고 있는 시 본연의 모습과는 어느 정도 거리가 있을 수 있다는 점이다. ○『리토피아』, 2014년 겨울호

2부

뒤틀린 시대의 분노의 시학

'天' 의식의 부재와 불통不通의 인간

암울한 사회에서의 비판적 중얼거림

'말'의 진정성과 사회 정의正義

시적 언어의 회복과 미래지향성

구조적 폭력에 대한 언어의 표정

혼돈의 시대와 시의 원시성

'생명'을 둘러싼 정치경제학적 시선

기억을 위한 기록의 비평

뒤틀린 시대의
분노의 시학

영혼이 부재한 사회에서 인간은 한낱 해프닝에 불과하다. 영혼이 존중되지 않는 사회에서 인간은 인간으로서 존재하지 않는다. 인간이 고귀한 생명체이기보다는 물체이고 그저 숨쉬는 동물로 간주되는 사회, 그곳에서 우선시되는 것은 사람이 아니라 힘과 권력, 돈과 재산, 그리고 이기적 욕심이다. 누리는 자의 개인주의적 무사안일이 횡행하는 사회에서 사람은 사람으로 호명되지 못하고 항상적으로 희생의 개연성 속에 던져진다.

애매모호한 말로 담론을 채워나갈 수 있는 시대는 얼마나 평화로운가. 분명한 실천이나 명확한 주장이 유보될 수 있는 때, 지성의 바벨탑을 쌓고 소통의 부재를 당연한 관습으로 받아들이는 때, 그러한 시대에 모든 것은 환타지가 되고 유희가 되며 문화 생산이 된다. 그러한 시대에 시는 정치를 말해도 위협이 되지 않고 투쟁을 말해도 가상이 된다. 담론은 현실적인 실천력을 지니지 못하며 시대의 가슴을 뚫는 울림이 되지 못한다. 그러한 시대의 인간의 몸짓은 한낱 제스추어일 뿐이고 일회적인 시뮬라시옹 이상이 되지 못한다. 그것은 '나'의 절망도 타인에게 이르러 농담이 되는 뒤틀림의 시대이자 인간과 인간 사이가 서로 스미지 못하는 단절과 불통의 시대를 의미한다.

타인을 자신의 이기적 욕심을 채우기 위한 도구로 만들면서도 그 메커니즘에 대해 무지하게 되는, 따라서 자신의 죄에 대해 맹목이 되는 평화로운 시대는 어떻게 만들어지는가. 누리는 자의 웃음이 한없이 해맑고 삶이 영화롭되 보이지 않는 손에 의해 어둠의 나락으로 추락하는 이들에 대한 보상은 어떻게 이루어지는가. 세계를 누리는 자와 희생되는 자, 그 식상한 가진 자와 가지지 못한 자들로 가름하는 보이지 않는 손을 오늘의 우리는 통찰할 수 있는가. 살아있는 말에는 재갈이 채워지고 죽은 말들만이 질량없이 부유하는 오늘날에는 애매모호한 평화가 한없이 지속된다. 오늘날 인간은 더 이상 영혼으로 살아있는 존재가 아니라 무겁게 가위눌려 침묵하는 물체일 뿐이다.

역사의 시간을 거꾸로 돌려 우리가 발휘할 수 있는 생의 에너지를 먹먹한 심해 속에 수장시킨 오늘날 감춰진 손은 수면 위에서 여전히 누리는 자의 안위를 다지기 위한 치밀한 손놀림을 계속하고 있다. 반면 우리가 놓인 애매모호한 평화의 지대는 무기력이 지배하는 진공의 시공간에 해당한다. 이곳에서 출구를 찾는 것이 가능하기나 할 것인가. 신지혜 시인의 「내가 들어온 문 하나 있을 것이다」는 오늘 우리가 놓여 있는 막힌 시공성에 관한 생생한 묘사가 된다.

완벽히 음소거된 아침,
모든 게 비로소 투명해진다

이 고요의 투명한 벽 어디쯤
필경 내가 들어온 문 하나 있을 것이다

수 억 년 전에도 있었던 문
늘 왕래하는 이들로 북적거렸던 문
한번 퇴장한 이들 언젠가 또다시 입장할 문

하지만 그 문 열고 다시 들어올 땐
반드시 전생의 모든 흔적 삭제해야만 한다

우리는 누구나 그 문 통과하여 이곳에 입문한다

여기 내가 왜 왔는지,
또 어디로 가는지,
거기 돌아가선 또다시 무얼 하는지,

(중략)
이 고요 어디쯤
필경 우리의 입구이며 출구인 문 하나 있을 것이다
　　　　　　　신지혜, 「내가 들어온 문 하나 있을 것이다」
　　　　　　　　　　　　（『예술가』, 2014년 봄호) 부분

　실재하는 것이 아닌 추측으로만 존재하는 '문'의 설정은 지금 화
자가 처한 곳이 외부로부터 차단된 절대 유폐의 공간임을 암시해준

다. '내'가 지금 내부에 있으므로 그 입구 또한 있을 것이 틀림없는 '그곳'은 그러나 '입구'와 '출구'가 짐작만 될 뿐 실제로 있지 않으므로 막힌 공간이다. 그곳은 '나'를 담고 있는 까닭에 가능한 공간이지만 '완벽히 음소거'가 이루어지는 특수한 공간이다. 그곳에서 '나'의 모든 것, 가령 기억이라든가 전생이라든가 북적임들이 모두 지워지고 고요와 헤매임만이 남게 된다. 때문에 그곳은 세상과 닿아있는 듯하지만 철저하게 세상으로부터 단절되어 있다. 그곳은 세상과의 교통이 이루어지는 '문'이 봉쇄된 막다른 골목이다.

시의 화자가 그러한 '문'에 관해 말하는 대목은 혼란에 차 있는 듯하면서도 그다지 어둡거나 절망적이지 않다. 화자는 그의 공간을 '투명'함으로 본다. 그곳을 화자는 언제나 있어왔던, '수 억 년 전에도 있었던' 곳이자 '늘 왕래하는 이들로 북적거렸던' 곳이라 말한다. 그곳은 그의 일상의 삶과 그다지 구분되어 있지 않다. 그곳은 그의 생활의 일부이자 자아의 부분인 것이다. 문제는 화자가 그곳에 있되 어디로 와서 '어디로 가고 있는지', '왜 왔는지' 모른다는 점에 있다. 그곳은 어느 순간 알 수 없는 필연에 의해 발생해 '나'를 점령하고 있다. 이곳에서 지워지는 것은 '문'의 흔적만이 아니라 '나'의 정체이다. 이곳에서 '나'는 과거의 기억도 세상의 관계도 모두 차단당하거니와 대신 '나'의 혼돈은 끝도 시작도 알 수 없이 전면으로 채워진다.

투명함과 고요함으로 인식되지만 인과성과 역사성이 말소된 그곳은 화자에게 요나의 뱃속같은 편안한 곳이기보다 세계의 흐름과 소통할 수 없는 먹먹한 곳이다. 고요의 한가운데에서 화자가 체험하는 것은 평화라기보다 혼돈이다. 그곳엔 바닥의 소용돌이를 알 수 없는 애매모호한 평화가 지배하고 있다. 존재의 들끓음이 있으되 보이지 않는 무엇인가에 의해 압도되는 긴장이 서린 평화, 그것은 막다른 골목에 있음을 어렴풋이 느끼므로 출구의 흔적을 찾으려 고심하는 자아에 의해 전복될 소지를 안고 있는 불안정한 평화이다.

그러나 출입의 경로와 입구의 흔적조차 지워진 막힌 공간에서 전복은 어떻게 이루어질 것인가. 어떤 균열도 없이 완성된 유폐의 공간에서 사태의 전이는 가능할 것인가. 그 이상의 사태가 없으므로 투명함만이 남아있는 완전한 허무가 변화할 수 있는 국면은 무엇인가. 위 시의 화자는 어느 것도 암시하고 있지 않다. 그는 다만 절망 속에서 '문'을 찾고 있다. 그는 '고요의 투명한 벽 어디쯤 필경 내가 들어온 문 하나 있을 것'이라는 믿음을 한 가닥 희망처럼 되뇌이고 있다.

이와 같이 세계로부터 유폐된 먹먹한 공간이란 비단 특정한 개인 혼자만의 것일까. 송승환 시인의 「밤의 이름들」은 그것이 곧 오늘의 시대성 자체에 대한 규정임을 암시적으로 그리고 있다.

    1
    자정

    불 꺼진 건물 앞에 있다

    나는 올려다본다

    2
    검은 유리창

검은 유리창

검은 문

　자동문 로비 기둥 복도 복도 계단 계단 엘리베이터 버튼 자
동문 버튼 자동문 벽 복도 비상구 비상등 소화전 소화기 경보
기 천장 환풍기 복도 비상구 비상등 벽 철문 손잡이 열쇠 철
문 책장 책장 책상 스탠드 컴퓨터 서류 서류함

의자

나는 이름을 부른다

　3
나는 나에게 붙여진 이름을 안다

나는 내가 가진 이름을 알지 못한다

나는 있는다

　4
나는 밤의 불빛들 속으로 걷는다
　　　　　송승환, 「밤의 이름들」(『문예연구』, 2014년 봄호) 전문

'나에게 붙여진 이름을 안다'고 하는 동시에 '내가 가진 이름을 알지 못한다'고도 말하는 위 시의 화자 역시 정체의 혼돈을 겪기는 마찬가지다. 그것은 그가 협애한 닫힌 공간 속에 놓이는 것이 아니라 도시의 거리 한가운데에 처해 있어도 같은 상황이다. 고요 속에 몸을 웅크리는 대신 몸을 움직거리지만 여전히 그것은 먹먹한 고요에 잠식될 뿐이다. '나는 있는다'에서 알 수 있는 것처럼 동사의 몸짓은 애매한 형용사가 되어 버린다.

도시 전체가 닫힌 공간이 되어 버린 상황을 시인은 '밤'이라는 배경과 '검은' 색채 이미지를 통해 형상화하고 있다. '자정', '불 꺼진 건물', 그리고 '검은 유리창', '검은 문' 등이 그것이다. 위 시에서 세계와의 통로를 상징하는 '유리창'과 '문'은 역시 차단과 절망을 의미하는 '검은' 색으로 그려지고 있다. 시인은 더욱이 교통과 상관되는 수다한 기표들을 끌어들임으로써 시대의 총체적 불통의 형국을 부각시키고 있다. 가령 "자동문 로비 기둥 복도 복도 계단 계단……"의 연쇄적 기표들은 모두 우리가 이동을 위해 거치게 되는 매개가 되는 것들로서 '검은 문'과 함께 출구의 봉쇄를 상징하는 것들임을 알 수 있다. '자동문'도 '복도'도 '계단'도 '엘리베이터'도 '비상구'도, 심지어 '비상등', '경보기' 또 다른 '비상구 비상등' 모두가 막힌 것은 우리에게 닥칠 수 있는 총체적 난국의 사태를 매우 단적으로 나타낸다. 요컨대 위 시의 화자가 처한 사태 역시 도시의 막다른 골목인 것이다.

위 시에서 화자는 어떠한 정서적 술회도 직접적으로 표하지 않는다. 그러나 위 시에서처럼 기표들을 나열시키는 화자의 어조에는 짙은 절망감과 암울함이 느껴진다. 그것은 마치 불통의 시대 속에서 침몰해가는 우리 사회를 예견하는 것처럼 들려 섬뜩하기까지 하다.

'의자'를 찾되 찾을 수 없고 안식을 구하되 깃들 수 없는 오늘의 시대가 '불 꺼진 건물'과 다르지 않아 참담하다. '밤의 불빛들 속으로 걷는' 화자는 우리에게 희망없이 이어지는 시대를 떠올리게 한다.

세계와의 교통이 차단당하여 절망의 막다른 골목에서 휘청거리며 사는 오늘의 우리는 희망의 담론을 찾을 수 있을까. 괴물처럼 이지러진 사회에서 실천력을 발휘할 수 있는 담론은 과연 존재할까. 기괴한 시대에 숭고한 생명의식도 따듯한 서정의 목소리도 미약하게 스러질 것이라면 애매모호한 평화의 시대에 우리가 정작 희망의 줄기로 여길 수 있는 것은 무엇인가? 문병란 시인의 「아니오」는 이 시대에 매우 낯설게 울리는 새된 어조의 시로서 7,80년대를 관통하던 현실주의적 상상력을 느끼게 한다. 그것은 시인의 강한 비타협적 태도를 형상화하고 있으며 시대를 비판하는 날선 정신이 담겨 있다. 이런 점에서 7,80년대 민중시를 쓰는 데 앞장서 왔던 문병란 시인의 근작시 「아니오」는 시인이 여전히 과거적 상상력에 머물러 있는 것이 아닌가 생각하게도 한다. 그러나 애매한 평화속에 압도당해 있는 이 시대에 문병란의 시는 가장 눈에 띄는 시 가운데 하나다. 문병란 시인의 시에 드러나 있는 강한 정신은 우리에게 무력감을 떨쳐내는 힘으로 작용함을 알 수 있다.

가난은 불편할 뿐이고
결코 부끄럽지 않다
이 말의 당위성은 무엇인가.

부질없는 목숨 굶주려도 죽어도

정신이 살아 굽히지 않은 그 마음
부끄럽지 않은 그 죽음 무엇인가.

희미론 마음 희미론 하늘
칼날 앞에 떨리는 모가지
아니오 아니오
마지막 외치는 단심 무엇일까.

그대 철창에 갇히고
쇠사슬에 꽁꽁 묶이고
무릎엔 낭자한 피꽃
육신 산산 조각이 나도
성삼문의 부릅뜬 눈
아니오 아니오
피 뱉고 뱉은 피 도로 삼켜
마지막 토해낸 피울음 무엇일까.
　　　　文병란, 「아니오」(『리토피아』, 2014년 봄호) 부분

　　위의 시는 과거에 줄곧 준엄한 어조로 시대의 불합리를 질타했던
노시인의 근작시라는 점에서 더욱 관심을 모은다. 그의 목소리는 시
대가 달라졌어도 여전히 과거의 기개 그대로임을 말해준다. 시에 나
타난 강경한 어조와 투쟁적 태도는 과거 7, 80년대에 흔히 볼 수 있
었던 현실주의적 경향의 시를 떠올리게 한다. '칼날 앞에 떨리는 모
가지/ 아니오 아니오'는 자아의 비타협적인 모습을 형상화한다.

그렇다면 시인이 형상화한 비타협적 태도는 무엇을 향한 것일까? 과거 민주주의를 향한 투쟁의 시대 독재정권에 의한 탄압에 저항하는 것과 같은 것이 아니라면 시인의 메시지는 무엇을 가리키는 것일까? '성삼문'은 역사적 상상력의 한 부분으로 제시된 것인가? '그대 철창에 갇히고/ 쇠사슬에 꽁꽁 묶이고/ 무릎엔 낭자한 피꽃/ 육신 산산 조각이 나도'와 같은 절체절명의 상황은 군사정권도 독재정권도 모두 소멸한 이 시대에 무엇을 염두에 두고 그려진 것일까? 시가 그려내고 있는 '피 뱉고 뱉은 피 도로 삼켜/ 마지막 토해낸 피 울음', '칼날 앞에 무너진 육신' 등의 표현은 과장의 클리쉐에 불과한 것인가?

시인은 위 시에서 시의 화자가 무엇을 향해 누구와 겨루며 항거의 자세를 취하는 것인지 명시하고 있지 않다. 무엇이 화자에게 굴종과 타협의 극단적 요구를 하는 것인지에 관한 구체적인 정보를 우리는 구할 수 없다. 때문에 위의 시가 '성삼문'이라는 역사적 인물을 소재로 한 단편적인 것, 과거 현실주의적 상상력의 연장에 놓인 상투적인 것이라는 혐의로부터 자유롭지 못할 수도 있겠다. 그러나 위의 시는 이 모든 맥락을 떠나 지금의 우리에게 무엇보다도 강한 호소력을 발휘하고 있다. 어떠한 시대적 상황적 동일성도 희미해진 지금, 위의 시는 어떤 목소리보다도 절실하게 우리의 가슴에 울린다.

실상 억압의 주체가 없으되 희생이 있는 오늘과 같은 애매모호한 평화의 시대는 시인이 지적하듯 '희미론 마음 희미론 하늘'이 팽배한 부조리의 시대가 아닐까. 그러함에도 부조리의 타개를 위한 어떤 날선 실천도 보이지 않은 이 때, 시대착오적이리만큼 처절한 시인의

'단심'은 애매모호함 속에서 숨죽이고 있는 오늘 우리의 정신을 일깨우는 질타의 외침이 아닐까. '부끄럽지 않은 죽음'으로 표현되듯 시인의 준열한 일갈은 부조리한 시대의 두께에 매몰되어 가는 우리의 정신을 향한 강한 메시지가 아닐까 한다.

　문병란 시인이 보여주는 현실주의적 상상력은 짙은 침묵으로 일관된 애매모호한 평화의 시대에 비로소 균열을 내고 부조리를 깨뜨릴 수 있는 힘을 내포하고 있다. 거친 역사를 강인하게 헤쳐나온 불굴의 정신은 오늘날 절망적인 유폐의 공간에 출구를 낼 수 있는 에너지가 된다. 그것은 오랜 관성과 무감각을 깨우는 날카로운 칼날이 될 것인바, 그러한 정신은 시대가 변하여도 변하지 않는, 변하지 말아야 할 윤리와 정의의 정신에 해당한다.

　이처럼 암담한 부조리의 사태를 전복할 생생한 에너지를 우리는 장석주 시인의 「11월의 편지」에서 역시 만날 수 있다.

　　　바닥까지 내려앉아 보면 알게 되지.
　　　솟구치는 일이 얼마나 기쁜 서러움인가를!
　　　우리는 서 있었지, 바람 부는 새벽거리에
　　　쓰레기수거차와 취객들, 비둘기들과 함께
　　　우리가 견딘 것은 한 줌의 편두통
　　　공무원의 직무유기와 인공조미료와 진부한 악,
　　　여자의 거짓말과 죽을 것 같은 우울,
　　　함부로 날아오던 목소리들!

　　　뼈를 갖고 시를 쓰는 당신,

지금은 피우던 담배를 길바닥에 던지는 사람,
나는 회색의 벽에 머리를 기대고 있지.
우리를 빚은 건 달빛과 물,
두 사람의 어깨 사이로 모래바람이 불어가지.
사람이 먼지거나 물이 아니라면 무엇이겠니?
강건한 호랑가시나무는 멀리 있고
우리가 가기엔 너무 먼 곳에서
찬 물결 일렁이고 동이 터오지.

(중략)
998번의 실패와 천 번의 실패 사이에
우리는 서 있지, 뭘 더 바래?
바람에 무릎 꺾는 건 마른 갈대의 일,
쓰러질 때마다 일어서는 것,
솟구쳐 일어섬만이 우리의 일인 것을!
우리는 완전한 어둠에 이르기까지
어둠 속에 서 있어야만 하지.
마지막에 들어온 패도 기대를 배신하고
혈관이 다 타버린 재로 무너지지.

진흙에 뿌리를 묻었다 해도
호랑가시나무와 함께
눈은 성간星間우주의 숨은 별들을 보자.
머리 위 별자리와 함께 움직이자.

아직 우리는 무엇인가.

아직 우리는 무엇이 아닌가,

    장석주, 「11월의 편지」(『시와 표현』, 2014년 봄호) 부분

  '우리는 무엇인가'를 묻는 장석주 시인의 위 시는 사람을 한없이 하찮이 여기는 '진창' 같은 오늘의 세태를 환기시키고 있다. 그 무엇보다 가장 우선이 되어야 하는 사람은 부조리한 세계에서라면 '먼지거나 물'처럼 간주된다. '공무원의 직무유기와 인공조미료와 진부한 악' 그리고 '여자의 거짓말'과 '함부로 날아오던 목소리들'은 사람을 존엄하게 여기지 않는 부패한 세계의 환유적 표현들이다. 부패한 세계 속에서 악은 매우 체계적으로 생장한다. 여기에서 사람은 일상적이고 구조적으로 희생당할 운명에 처해진다. '우리가 무엇인가'를 묻고 또 '아직 우리는 무엇이 아닌가'를 되뇌이며 미래를 밝혀야 하는 이유도 여기에 있다. '바닥까지 내려앉'았다가 '솟구쳐' 올라야 하는 것도 이와 관련되며, '바람 부는 새벽거리'의 스산함과 '죽을 것 같은 우울'을 딛고 '뼈를 갖고 시를 쓰는' 일을 말해야 하는 것도 이 때문이다. '998번의 실패와 천 번의 실패 사이에' 서 있어도 '쓰러질 때마다 일어서는 것'이 요구되는 것도 이 시점이다. 시의 화자는 '솟구쳐 일어섬만이 우리의 일인 것'이라 외치고 있다.

  '진흙에 뿌리를' 두고도 솟구쳐오를 것을 외치는 화자의 목소리엔 분노가 서려 있다. 그의 목소리엔 사회를 향한 거센 항의와 비판의 어조가 담겨 있다. 그것은 우울과 좌절의 상황에서도 이에 주저앉지 않으려는 생존의 몸짓이며 부정한 세태에 굴복하지 않겠다는 저항의 의지이다. 시인이 등장시키는 '진창에 뿌리를 내려 꽃피는 호랑

가시나무'는 부정과 대결하는 매서운 존재를 상징한다. 화자는 '호랑가시나무'를 '착한 나무짐승'이라 하거니와 그것은 진흙 속에서 초월에 이르는 '연꽃'이 아니라 '칼바람에 살갗이 터져 온몸에 가시꽃을 두른 채' '진흙 강'과 같은 '무간지옥'에서 '한 줌 햇살을' 비추어내는 그러한 존재인 것이다. 즉 시에서 '호랑가시나무'는 험하고 거친 세상을 견디며 바로 그곳에 희망을 키워내는 존재를 의미한다는 것을 알 수 있다.

분노와 저항의 어조를 통해 미래적 비전을 펼쳐내는 위 시와 같은 담론은 오늘날 매우 드문 것이다. 무언가에 '가시'를 돋우고 비판의 날을 세우는 일은 80년대식 담론에 해당되는 세련되지 못한 것으로 인식된다. 오늘의 시가 이루어 놓은 풍요의 지대에 그러나 바닥부터 서서히 차오르는 혼돈의 소용돌이는 균열의 틈을 뚫고 올라와 애매한 고요를 깨는 시의 진동을 울릴 것이다. 억압과 거짓이 사태를 침묵과 진공의 상태로 몰아갈 때 우리는 알 수 없는 무기력으로부터 벗어나게 하는 '가시' 돋힌 말을 구하게 될 것이다. 오늘날 분노의 시학이 다시금 주목되는 것도 이 때문이다. 분노의 시학은 입구도 출구도 봉쇄당한 채 수면 깊은 곳으로 침몰해가는 우리의 현실 인식에 기인하며 암울과 참담함 속에서 생존과 희망을 구하려는 외침에 해당한다. 위 시의 우리는 과연 무엇이고 '무엇이 되어야 하는가' 하는 시인의 질문을 분노와 저항의 시학으로 읽는 것은 오늘의 애매모호한 평화를 진정한 평화로 정립하기 위한 한 걸음이라 할 수 있다. ○ 『예술가』, 2015년 여름호

'天' 의식의 부재와
불통不通의 인간

『논어』에서 공자가 말한바, 30세의 이립而立과 40세의 '불혹不惑', 50세의 '지천명知天命'과 '이순耳順'에서 읽을 수 있는 인생의 과정은 인간이 세상에 난 후 어떻게 자신을 다스리며 궁극적으로 '하늘'로 상징되는 우주의 이법에 조화되어 가는지를 잘 보여주고 있다. 세상이라는 대해에서 표류하지 않기 위해 인간은 진리에 의지하여 사물의 이치를 터득해야 하며 나아가 하늘이 세상에 부여한 의미를 받들어 살아가야 한다는 것이다. 그러할 때 인간은 자아와 세계간의 험한 갈등으로 곤란을 겪지 않으며 세계와 조화되는 원만한 자아로 거듭나게 될 것이다. 동양의 가르침은 자아가 개인으로만 함몰되지 않은 채 우주의 원리에 합일되어 가는 상태를 천지인天地人의 조화라는 관점에서 보여주고 있다.

그러나 오늘의 인간에게 이같은 공자의 말은 인간의 한 가지 드라마로 여겨질 뿐 의미있는 전언으로 다가오지 않는다. 현대인의 의식에는 '하늘'이 없다. 진리라든가 우주의 이법, 천명天命과 같은 궁극의 개념들이 현대인들의 의식의 패러다임에서 사라진 지는 오래고 대신 현대인의 머릿속은 개인의 이익과 욕망, 권력과 영달 등으로 과도하게 채워져 있다. 이기체르의 현대인은 따라서 항상 외롭고 불안하며 타인과의 갈등 속에서 소용돌이친다. 의식 구조 속에 '하늘'의 개념이 없는 현대인에게는 평생을 바쳐 추구해야 하는 인생의 가치도 진리도, 따라서 두려움도 죄의식도 없다. 현대인은 자기를 위한 변명속에 살아가는 비윤리의 인간들이 된다. '천天'의 영역을 상실한 현대인에게 오로지 경계해야 하는 존재는 타인의 '눈'일 뿐이다.

유안진 시인의 「귀여, 차라리 깊이 잠들어라」에는 자신의 이기적 고집만을 내세운 채 세상과의 불통 속에 살아가는 현대인의 안타까운 모습이 그려져 있다.

> 잠든 사람은 깨울 수 없어도
> 잠든 척 하는 사람은 깨울 수 없다니
> 듣지 못하는 이는 깨닫게 할 수 있어도
> 들으려 하지 않으면 도리 없는가
>
> 귀가 열리면
> 입은 저절로 닫히고 눈도 감기지만
> 귀도 듣고 싶은 것만을 골라서 듣고
> 듣고 싶은 대로만 듣지
> 갈치가 천원!을 같이가 처녀!로 듣기도 한다니까
>
> 세상의 잡소리 다 듣는 내 청력으로도

못 듣는 음성이 있다
도무지 못 듣는, 안 들리는
'듣는 기도'
겁먹은 귀가 잠든 척 하는 건가?

유안진, 「귀여, 차라리 깊이 잠들어라」
(『시와 소금』, 2014년 여름호) 전문

　자기의 이익을 위해 고집불통스럽게 사는 인간에게 세상은 세계의 이치를 담고 있는 경외의 존재가 아니라 자기의 이해관계에 복무하는 종속된 대상일 뿐이다. 그러한 인간에게 세상에 대한 순응이라든가 소통하고자 하는 양심은 찾아보기 힘들고 자기의 편리와 임의대로 세상을 맞추고자 하는 주관적이고 왜곡된 태도가 자리한다. "잠든 사람은 깨울 수 있어도/ 잠든 척 하는 사람은 깨울 수 없다"는 말은 자기중심적 인간이 보이는 아이러니한 모습을 매우 단적으로 나타내고 있다. 인간의 의식은 이토록 이기적이고 완고할 수 있어서 세계는 그의 의식에 의해 얼마든지 심하게 왜곡될 수 있다.

　위의 시는 인간의 의식이 인간과 세상에 어떻게 장애가 되는지를 보여주고 있거니와 잘못된 의식은 인간을 편협하게 하여 '듣고 싶은 것만을 골라서 듣고/ 듣고 싶은 대로만 듣'게 한다. '들으려 하지 않는' 인간의 의식은 그를 세상으로부터 단절시키는 요인이 된다. 반면 인간의 자기의식이 부재할 때 오히려 감각은 세상에 순하게 작용하고 진리에 귀 기울일 수 있으며 세상의 이치도 '깨달'을 수 있다고 위의 시는 말하고 있다.

　시인이 묘사하고 있는 인간의 모습이 비단 잘못된 의식을 지닌 소수자에 해당할 것인가? 그렇지 않다. 애초에 근대 문명이 신의 존재를 부정하고 영적 세계에 대한 경외심을 파괴하며 시작된 까닭에 이러한 현상은 오늘날 대다수의 인간들에게 적용된다. 근대인들은 모두 자기self를 탄생시키면서 세상에 출현하였으며 자기중심적인 의식을 실현시키는 것을 세상에서 승리하는 것이라고 교육받으며 성장하였다. 근대인에게 자의식을 내세우는 일은 곧 자신과 세계를 존립시키는 일이자 삶의 이유가 된다. 근대인에게 자기의식은 우주의 이치나 '하늘'을 대신하는 절대명제가 되는 것이다. 오늘날 인간들이 한없이 편협하고 천박해지는 것은 개개인들이 지닌 한계 때문이 아니라 문명이 지닌 맹점 때문이라고 볼 수 있다.

그러나 보이지 않고 알 수 없다 하여 '하늘'이 없는 것일까? 세상과 우주를 이끌어가는 이치와 원리가 존재하지 않는 것일까? 인간은 우연히 세상에 나서 아귀다툼 속에서 연명하다가 끝내 병들고 죽어가는, 아무 이득도 되지 않는 삶을 목적으로 하는 것인가? '세상의 잡소릴 다 듣는' 위 시의 화자는 자기의식을 버리고자 하는 자이다. 그는 세상에 관해 선택적으로 감각을 열어두지 않는 자이자, 편협한 감각과 의식의 덫에 걸려 '깨달음'의 길을 포기하는 자가 아니다. 시의 화자는 자신의 귀를 한껏 열어 '그 이상'의 소리를 듣고자 하고 있다.

시의 화자에게 '그 이상'의 소리는 물론 '도무지 못 듣는, 안 들리는' '못듣는 음성'이다. 그런데 화자에게는 그것이 들리지 않는다고 하여 '없는' 것으로 여겨지지 않는다. 시의 화자에겐 언제나 '그 이상'의 세계가 전제되어 있거니와 그것은 진리이기도 하고 우주의 이법이기도 하며 '천天'의 음성이기도 할 것이다. 그것은 그에게 '기도'에 대한 응답과 같은 것일 터이다. 시의 화자는 "귀여, 차라리 깊이 잠들어라"며 외치고 있다. 그것은 인간으로서의 그의 자의식이 '천명天命'의 소리에 걸림돌이 될까 하는 두려움에 기인하는 것이리라. '겁먹은 귀'가 들으려 하지 않음으로써 '하늘'의 소리를 듣지 못할 수 있기 때문이다. '듣는 기도'를 위해서는 인간의 의식은 한없이 '잠들어야' 할 것이다.

만일 인간이 그의 자의식을 '잠재울' 수 없다면 그것은 화자가 위의 시에서 이야기한 대로 천명天命 앞에서 '겁을 먹어'서인가? '하늘'과 인간을 가로막는 것은 무엇인가? 정호승 시인의 「귀」를 이와 관련한 인간의 조건으로 읽어도 좋을 듯하다.

> 내 귀는 청동으로 만들어져 있다
> 절벽의 바위로 만들어져 있다
> 구겨진 거리의 지폐로 만들어져 있다
>
> 내 귀는 솔바람소리의 웃음소리를 듣고 싶으나
> 새소리의 울음소리를 듣고 싶으나
> 내 귀는 무너지지 않는 벽으로 만들어져 있다
>
> 나를 용서해주시는 어머니의 마지막 말씀
> 그래도 나를 사랑한다는
> 당신의 다정한 눈물의 목소리를 듣고 싶으나
> 내 귀는 벽의 벽을 무너뜨리지 못하고
> 산산이 부서진 채 바람이 되어 흩어진다

봄비가 오면
부서진 내 귀에 새싹이 돋으면
뿌리에서 꽃 피는 소리가 들리면
백목련 땅에 떨어져 수줍게 웃는 소리 들리면
나는 이제 죽어도 좋다

정호승, 「귀」(『시와 표현』, 2014년 여름호) 전문

인간의 편협한 자의식이 '하늘'의 소리를 듣지 못하는 정황을 말해주는 것처럼 위 시의 화자는 '내 귀'가 '청동으로, 절벽의 바위로, 구겨진 거리의 지폐로 만들어져 있다'고 고백하고 있다. 견고한 물질과 가벼운 욕망으로 뒤덮인 '귀'는 융통성 없고 완고하며 왜곡된 인간의 초상을 말해준다. 그것은 현대인의 일상화된 모습이며 문명에 의해 제한된 불구화된 모습이다. 그러한 인간은 세상의 피상적인 외현外現에 일희일비하는 존재이자 세계의 본질에 닿을 수 없는 한계 지워진 자이다. 그러한 상태에서 인간에게 진정한 행복이란 있을 수 없다. 위 시의 화자가 '내 귀'가 '솔바람소리의 웃음소리를, 새소리의 울음소리를 듣고 싶다'고 말하는 것은 진정한 행복을 잃어버린 현대인의 절규에 해당한다. '무너지지 않는 벽으로 만들어진 내 귀'는 그토록 간절하게 듣고자 하는 '나를 용서해주시는 어머니의 마지막 말씀'도 듣지 못한다. '내 귀'는 세계의 본질과 차단된 불통과 단절의 '귀'이다.

위 시의 시적 자아에게 '나를 사랑한다는 어머니의 다정한 눈물의 목소리'는 인간에게 '하늘'의 음성이 필요한 것처럼 절박한 소리다. 부재하는 '어머니'의 '목소리'를 들을 수 없음은 시적 자아를 한없는

고독과 좌절에 떨어뜨릴 것이기 때문이다. 반면 '어머니의 사랑과 용서'의 '소리'는 '나'를 구원하는 길에 해당한다. 그럼에도 위 시는 '나'의 구원에의 길이 '벽의 벽'에 '막혀 있음'을 토로한다. '어머니의 다정한 목소리'를 듣지 못함으로써 '나'는 존재의 이유를 구하지 못한다. '나'는 '산산이 부서진 채 바람이 되어 흩어진다'. '하늘'의 소리를, '기도'에의 응답을, '어머니의 음성'을 듣지 못하는 인간은 우주의 미아가 되어 떠돌다가 흔적도 없이 사라질 것이다.

협애한 인간의 조건에 대한 뼈저린 성찰과 '듣'고자 하는 강한 의지에도 불구하고 세계의 본질에 닿지 못한다면 그것은 무엇 때문인가? 인간을 겹겹이 에워싸고 있는 '벽'들을 '무너뜨릴' 수 있는 것은 무엇인가? 여전히 인간과 '하늘' 사이에 놓여있는 단절은 어떻게 해소할 수 있는 것인가? 오래된 문명의 습성은 인간의 '겁'을 풀어내기보단 몇 겹으로 쌓아놓음으로써 인간을 해결할 수 없는 불통과 단절속에 가두어 둔 것인가?

이러한 정황 속에서 위 시의 화자가 할 수 있는 일이란 끝없이 '발원發願'하는 것이라 할 수 있다. 인간이 극복할 수 없는 한계에 처해 있다 할지라도 세계의 본질을 향한 끝없는 소망은 언제가 그 응답을 우리에게 전해줄 수도 있겠기에 말이다. 시의 화자는 포기하지 않은 채 '꿈꾸기'를 계속한다. 그는 '봄비가 오기'를, '부서진 내 귀에 새싹이 돋기'를, '뿌리에서 꽃 피는 소리가 들리기'를 소망한다. 그는 자신을 채우는 헛된 자의식과 욕망을 하나씩하나씩 버림으로써 자신의 '귀'를 덮는 두터운 '벽'이 '부서지'기를 바란다. '백목련 땅에 떨어져 수줍게 웃는 소리'는 인간이 자기의식을 버림으로써 얻게 되는 겸양의 자세를 가리킨다. 이처럼 위 시의 화자는 비움과 낮춤의 의식을 견지하거니와 그는 인간이 할 수 있는 최선의 일을 함으로써 세계와의 소통에의 걸음을 내딛는다. 위 시의 화자는 세계의 본질에 가까이 있는 '작은 소리'를 듣는 것으로도 '죽어도 좋다'고 말하고 있는 것이다.

'발원發願'과 '소망'이 품고 있는 희망에도 불구하고 '하늘'과의 단절은 우리를 헤어나올 수 없는 절망의 나락으로 떨어뜨리곤 한다. 지난 4월 우리는 '인간'이 얼마나 극악할 수 있는가를, 그리고 그러함 앞에 '하늘'이 어떻게 무너지는가를 보았다.

너도 부풀고 나도 부풀고 아이들도 부풀어
안개가 그 마음 잠재웠음을 너는 알고 있었지!

하얀 철쭉이 유난히 하얗다
때가 때인데 4월이 잔인하다

분분히 흘러가는 낙화의 뜻이
떨어지는 꽃잎을 쫓는 두 손이
꽃을 함부로 밟은 어른의 구둣발이

차마, 꿈, 이었으면
잠시, 스쳐지나간 영화, 이었으면
불현듯, 떠오른 상상, 이었으면

실제가 두려운 것은 각이 무너지는 현실

수평이 수직을 지켜내지 못했다.
어른이 아이들을 지키지 못했다.

세월아, 말 물어보자.
우리들의 아이들은 잘 지켜주고 있겠지!

김필례, 「세월아 말 물어보자」

(『예술가』, 2014년 여름호) 부분

2014년 여름호의 잡지들에 실린 시와 평론들은 4월 16일의 세월호 참사에 관한 언술로 가득차 있었다. 어디 시와 평론들뿐이었겠는가. 온라인이건 오프라인이건 우리 국민들의 모든 대화는 세월호의 비극에 관한 이야기로 채워졌다. 우리들은 어른들의 이기와 탐욕으로 아무 죄없는 아이들이 무방비한 채 죽어갔다는 사실을 견딜 수 없어 했다. 우리들은 사건의 실상과 원인을 알고자 하였고 은폐된 사실 및 개연성을 바탕으로 범죄의 시나리오를 엮어보기도 하였다. 실종자 10여 명이 아직 발견되지 못함에 따라 아직도 끝나지 않은 채 계류하고 있는 세월호 사건은 현재 진상조사 위원회를 꾸렸음에도 불구하고 누구하나 철저한 자세로 실상을 조사하려 하지 않고 있다. 유가족들의 한스런 외침만이 들려올 뿐 심지어 야당도 제대로 된 진상규명의 행동력을 보여주지 못하고 있어 분노가 가시지 않는다. 마치 여당, 야당 모두 진상이 제대로 밝혀지는 것이 두려운 것처럼 보인다. 언제나 짜여진 각본과 정해진 약속이 있고 그것이 세상을 이끌어가는 것이지 세상을 이끌어가는 것은 결코 진실이 아니라는 것을 증명하듯 말이다. 그러나 우리가 진실마저 밝히지 못한다면 우리에겐 결코 미래도 희망도 없음을 잊어서는 안 될 것이다.

세월호가 침몰한 다음 날에 전국적으로 아주 어둡고 서럽게 비가 내렸다. '하늘'도 원통해하는 비로 보였다. '하늘'의 소리를 듣는 자가 있었다면 그는 말하지 않았을까, '하늘'이 분노했다고. '하늘'이 벌인 일이 아니라면 누가 했는가.

천인공노할 비극 앞에서 국민들은 대통령을 손가락질했다. 그의 무능력도 무능력이지만 국민들의 눈에는 그가 가슴아파하는 것으로 보이지 않았기 때문이다. 그는 한없이 차갑고 무정하게 보였고 자신의 일로 여기는 것으로도 보이지 않았다. 국민들이 더더욱 분노한 것은 그 점 때문이다. 국민들은 그를 보면서 우리가 '하늘'과 극히 단절되어 있다는 생각에 절망하였을 터이다. 우리는 그에게서 '하늘'로부터 한없이 멀리 있는 임금의 모습을 보아야 했던 것이다. 그에게는 과연 '하늘'에 대한 의식이 있었을까. 지금도 슬퍼하는 것으로 보이지 않는 그에게서 세월호의 흔적을 읽는 일은 부질없는 짓이다. 그에게는 죽어간 아이들의 비명소리가 전혀 닿지 않는 듯하다. 세상의 소리에 귀 기울이는 대신 자신의 의식에 사로잡혀 있는 자에게 세계는 없다. 주어지는 것은 불통과 단절뿐이다.

위 시의 화자는 '각이 무너지는 현실이 두렵다'고 말한다. '수평이 수직을 지켜내지 못했다'고, '어른이 아이들을 지키지 못했다'고 말한다. 모두 인간이 '하늘'을 버렸음을 말하는 대목들이다. 인간의 그릇됨으로 인해 '하늘'이 무너져 내렸음을 갈파하고 있는 부분이다. 인간의 추악한 탐욕이 세계의 가장 고귀한 부분을 산산이 부서뜨렸던 것이다. '하늘'에 대한 두려움을 지녔던들 결코 일어나지 않았을 사건으로 인해 '하얀 철쭉이 유난히 하얗던 4월'은 우리의 역사상 가장 '잔인한' 달이 되었다.

강이여, 너를 부르면

이 세상에서 가장 먼 데까지

닿고야 말 짱짱한 눈물의 이름이었노라면,

강철도 아마 강에서 연유한 말은 아니었을지

천성이 무른 나도 가끔은 강이나

강철 냄새 나는 단어거나 풍경 앞에 멈추어

한 편의 시 같은 것을 비끌어 내어 보려고

다정多情해지는 순간들도 있었다

만약에

눈물과 강철의 지팡이가 없다면

무슨 수로 우리가 천축에 닿을 수 있으리

히말라야에 오를 수 있으리.

정윤천, 「강철의 지팡이가 없다면」

(『유심』, 2014년 6월호) 전문

늘 '하늘' 빛을 보이므로 진리와 구원으로 이르는 환한 길처럼도 보였던 '바다'가 이제는 우리들의 의식 속에서 슬픔과 두려움으로 기억될 것 같다. 아이들의 목숨과 꿈을 일순간에 송두리째 삼켜버린 '바다'는 이제 더 이상 구원으로도, 하다못해 근대역사와 관련하여 희망과 절망이 뒤엉킨 콤플렉스로서도 남게 되지 않을 것이다. '바다'에 대한 깊은 절망을 우리는 지니게 된다. 향후 우리에게 미래나 희망은 다시 이야기될 수 있을 것인가?

위 시의 화자는 '눈물'에 '짱짱한'이라는 전치어前置語와 '강'에 '철'이라는 후치어後置語를 두어 새로운 논리를 펼치고 있다. '짱짱한 눈물'은 슬픔을 안고서도 '이 세상에서 가장 먼 데까지 닿고야 말' 강한 힘을 내포하는 것에 해당한다. '강철' 역시 같은 맥락에서 만들어진 조어로 화자는 '강철'이 '강에서 연유하는 것', '짱짱한 눈물의 이름이'라는 것이다. 요컨대 위의 시는 '강'이 '짱짱한 눈물'을 만나 '강철'이라는 새로운 차원의 개념으로 전환되는 과정을 밝히고 있다. '눈물'을 삼킨 '짱짱한' 의식은 '강'의 무릎을 '강철'의 강인함으로 바꾸어 놓는다. 시는 목까지 차오른 슬픔으로 허우적대는 지금의 우리에게 슬픔을 다루는 방법을 일러준다. 그것은 현실적이지 않은 상황에서도 현실이 되게끔 사태를 전환시키는 일이다. 주어진 조건이라면 가능할 법하지 않은 사태일지라도 사태를 '비끌어 매어' 가능한 사태가 되도록 조건을 만들라는 것이다. '강'을 '강철'로 전환시킨 것처럼 말이다.

화자는 그의 시가 바로 그러한 순간, '강철 냄새 나는 단어거나 풍경 앞에'서 탄생함을 말하고 있다. 그는 절망의 사태 속에서 '한 편의 시 같은 것을 비끌어 매어 보려' 한다고 말한다. 또한 그때의 사태는 '천성이 무른 그'에게 때아니게 '다정多情'이 솟는 '순간들'이라고 한다.

그에게 '강철 냄새 나는 단어나 풍경'은 '시'를 탄생시키는 것에서 그치지 않는다. 화자는 그것이 곧 '우리가 천축에 닿을 수 있는' 길이자 '히말라야에 오를 수 있는' 길이라고 규정하고 있다. '천축天竺'은 무엇인가. 그것은 이상적인 나라이자 낙원이며 신비로운 나라를 의미한다. 시에서 '천축'은 '히말라야'와 더불어 인간이 추구해야 하는 궁극의 세계로 상징화된다. 그것은 곧 인간과 다른 차원에 놓인 본질의 세계이자 우주 이법과 천명天命이 연루된 '진리'의 세계다. 말하자면 그것은 우리에게 '하늘'의 개념으로 다가오는 것이다.

'하늘'이 무너졌는데도 우리는 '하늘'에 도달할 수 있을까. 도달할 '하늘'이 남아 있기는 한 것인가. 시의 화자는 '눈물과 강철의 지팡이'를 우리에게 건넨다. 그는 '눈물과 강철의 지팡이'를 건네며 그것들이 없다면 '우리가 천축에 닿을 수 없다'고 넌지시 말한다. 우리에게 '짱짱한 눈물'을 비끌어 매어서 '강'에서 '강철'을 이끌어내라고 말한다. '눈물'은 '강'에 그대로 버려져 흘러가버리는 것이 아니라 짱짱하게 남아 '강철'이 되어야 한다는 것이다. 그러할 때 '하늘'이 다시 살아날 것이며 그 '하늘'이 우리를 지켜볼 것이리라. 그러한 '하늘'에 대한 경외의 의식을 지닌 채 우리는 우리의 슬픔이 '세월'과 더불어 흘러가 버리지 않도록 '짱짱하게' 진실을 보아야 할 것이다. 인간의 탐욕과 이기성을 버린 순수한 마음으로 세상의 진실에 귀를 기울이자. '하늘'에의 의식이 없는 인간에겐 지켜야 할 가치도 진리도 없지만 '하늘'을 두려워하는 인간은 윤리를 회복하고 그 명命을 기다릴 것이다. '하늘'은 우리의 '기도'에 응답할 것이며 구원의 음성을 들려줄 것이다. 아직 희망을 버리지 않을 일이다. 우리에게 진실과 진리를 구하려는 의지가 있다면 말이다. ◎ 『예술가』, 2014년 가을호

암울한 사회에서의
비판적 중얼거림

토마 피케티의 『자본론』으로 모처럼 사회가 들썩거린다. 21세기는 노동이나 생산보다 자본 자체로 말미암은 이익이 훨씬 큰 까닭에 부는 세습되고 사회의 불평등은 더욱 고착될 것이라는 지적은 그다지 새로울 것도 없는 사실임에도 불구하고 꽤 오랜만에 듣는 비판적 담론이어서 적지 않은 반향을 일으키는 것 같다. 그의 담론이 자본주의 사회에 관한 직접적 언술이므로 피케티가 21세기의 마르크스라며 반기는 사람이 있는가 하면 그가 제시하는 대안이 조세제도의 개혁을 통한 것이기에 마르크스와는 본질상 다르다든가 비현실적인 이상주의라고 하는 비판하는 사람들도 있다. 그러나 부를 거머쥔 상위 1% 계급들의 재산 환수를 제시하는 그의 관점은 얼마전 미국의 금융위기 시 바로 이들의 비윤리성을 경제 모순의 원인으로 지적하였던 비판 세력들의 관점과 크게 다르지 않아 주목할 만하다.

이는 사회 정의가 소득의 분배에 있는 것이지 재산의 분배에 있는 것이 아니라는 전제를 상기하더라도, 상위 1% 계급들의 재산 자체가 임노동이 배제된 자본의 이익에 의한 것이라는 점을 고려할 때 비판력을 얻는다. 그가 제시한 대안이 현실성이 있는 것인가 비현실적인가 하는가를 논외로 해도 그의 담론은 경제의 정치학을 말하고 있다는 점, 근래 보기 드물게 지식인의 비판적 태도를 함의한다는 점에서 시사하는 바가 크다. 우리 사회만 해도 상위 1% 계급의 부가 하위 계급 42%의 부와 같음에도 이에 대한 부조리를 일언반구 언급하는 세력이 없는 것을 보면 우리에게 과연 정의에 대한 개념이나 의지가 있는지 의아할 지경이다. 우리에게 정의는 먼 과거 속에 묻힌 기억이거나 오직 정치적 영웅이 있을 때라야 발현되는 단말마적인 것이거나 뿌리 깊이 왜곡된 역사의 부스럼 정도에 불과한 것이라고 불러야 할 듯하다. 적어도 오늘날 우리에게 정의란 살아있는 담론으로 생생하게 생산되고 유통되는 성질의 것은 아닌 듯싶다.

이점은 우리에게 시의 본질이 무엇인가에 관한 질문을 불러일으킨다. 시가 우리말을 살려내고 우리의 얼을 되살린다는 고전적인 명제는 막연한 정신주의의 차원에 놓이는 것이 아니라 우리가 발딛고 있는 오늘의 현실에 직접적으로 적용되는 것이 아닐까 한다. 시의 언어는 체험에 기반한 가장 직접적이고 생생한 것인 까닭에 그것이 사회의 어두운 곳과 빈 곳을 다룰 경우 이에 대한 구성원의 관심과 인식을 모아내는 힘을 지니는 것이 아닐까. 비단 정치가나 사상가가 아니라 할지라도 그가 말을 다룬다는 점에서 시인의 현실에의 관심은 사회에 관한 비판력을 지니게 된다는 것이다. 우리는 시인의 말을 통해 경제의 모순을 보게 되고 정치의 부조리를 보게 되며 권력의 부당함과 거짓, 부패함과 이기성을 볼 뿐만 아니라 우리들 자신의 허위의식과 맹목성 또한 보게 된다. 시인의 말은 살아있음으로 인해 자동화된 우리의 의식을 깨우치고 우리 자신을 비로소 올바로 보게 한다.

때문에 시인의 말에는 허위나 가식이 없어야 하고 삶의 진실성으로부터 정제되는 100%의 순수성이 담보되어야 하는 것이다. 이는 시인이라는 이름을 청하는 이들의 자의식과 욕망에 닿아있는 것이며, 또한 시인의 말이 우리 사회에서 의식을 일깨우는 살아있는 말이 되는 근거에 해당한다.

> 누린 놈이 누린 놈을 낳고, 그 누린 놈이 누린 놈을 낳고
> 누린 놈이 누린 놈을 낳으니, 누린 놈이 누린 놈을 낳고
> 그 누린 놈이 또,
>
> 빈곤이 빈곤을 만들고, 그 빈곤이 빈곤을 만들고
> 빈곤이 빈곤을 만드니, 빈곤이 빈곤을 만들고
> 그 빈곤이 또,
>
> 자본이 몸 불리니, 그 자봄이 몸 불리고
> 자본이 몸 불리니, 자본이 몸 불리고
> 그 자본이 또,
>
> 노동자가 노동자를 생산하고, 그 노동자가 노동자를 생산하고
> 노동자가 노동자를 생산하니, 노동자가 노동자를 생산하고
> 그 노동자가 또,
>
> 뻔한 지구를 한 바퀴 돌아,

둥그니까 제자리, 자리 잘 잡아!--불쌍한 것들
등골 깊이 자리 잡은 비수 같은 천형

부모를 선택하여 태어날 수 있어서
재벌이 재벌을 낳고 가난이 가난을 낳고
가라사대 永永歲歲, 物神物神한 수열이군.

김태암, 「마르크스 이후, 관계 방정식」
(『예술가』, 2014년 가을호) 전문

　　김태암 시인의 시가 발생한 지점은 어디일까? 그의 시선은 곧바로 우리 사회를 비롯하여 자본의 모순에 의해 구조화된 세계 경제 체제에 놓여 있으며, 그것이 자본과 임노동의 '관계' 및 계급 구조를 겨냥하고 있음으로써 '마르크스적' 관점과 무관하지 않다고 하겠다. 그런 만큼 도식적이고 생경하고 '뻔한' 이야기를 하고 있는 것으로도 보인다. 그러나 또한 그런 만큼 우리 사회의 모습에 대한 가장 본질적이고 사실적인 묘사라 해도 틀리지 않는 듯하다. 비단 부의 세습과 계급의 고착성을 지적한 피케티를 떠올리지 않더라도 시인의 묘사는 누구든지 쉽게 수긍할 수 있는 대목을 가리키고 있다. 사회에 관한 시인의 묘사는 자본의 모순이 출구를 찾지 못하는 오늘날에 이르러 더욱더 확고하고 분명한 진실에 가깝게 들린다. 고착되고 세습되는 계급성은 어느 사회고 피할 수 없는 속성이 되었고 그것이 '자본'의 성질을 들여다볼 때면 더욱더 뚜렷한 근거가 된다는 것을 알 수 있다. 다시 말해 부와 가난의 세습에 관한 인식은 우리 사회뿐만 아니라 '자본'으로 세워진 모든 나라의 공통된 사회 모순에 해당하는 것이다.

부와 빈곤, 계급이 세습된다는 것은 어쩌면 우리에게 전혀 새로울 것이 없는 인식이다. 우리의 역사는 근대에 이르러서도 봉건시대와 하등 다를 것 없이 모든 것들이 부父로부터 자子에게로 끝없이 이어진다는 것을 보여주고 있기 때문이다. 식민지 하에서의 이권세력은 해방 후에도 심판받지 않은 채 권력을 유지하고 있고 한번 불하拂下받은 부는 문어발처럼 가지를 쳐 공고한 계급 기반이 되어주고 있는 것이다. 반면 서민들이 가난의 고리를 끊고 부유층이 되는 일은 하늘에서 별을 따는 일처럼 힘겨운 일임을 알 수 있다. 이것이 우리 사회의 모습이자 역사이며 우리의 운명이자 삶의 '관계식'에 해당한다. 세월이 흐르고 세대가 몇 번을 바뀌어도 고착된 운명은 크게 뒤바뀌지 않았으며 우리의 모순된 사회 구조 속에서 사태는 더욱더 악화되어 가고 있는 듯하다. 운명과 같은 모순 구조를 시인은 '등골 깊이 자리 잡은 비수 같은 천형'이라 말하고 있다. 실제로 오늘날 희망과 행복을 말할 수 있는 자는 얼마나 되겠는가.

반복되는 어구를 통해 시인이 제시하고 있는 '자본'과 '빈곤', '누린 놈'과 '노동자'의 세습은 한없는 역사의 쳇바퀴에 갇힌 채 끝없이 이어지는 것으로 형상화된다. 이들의 끝은 언제고 없다. '그 누린 놈'은 '또' 계속될 것이며 '빈곤'도 '또', '자본'과 '노동자'도 '또' 계속될 것이다. 우리 사회의 고착된 시스템은 물샐 틈 없이 견고하고 굳건할 따름이며 역사가 끝나지 않는 한 지속될 것이다. 여기에 구멍을 낼 수 요인은 과연 무엇이겠는가. 시인은 이를 두고 '永永歲歲 物神物神한 수열'이라 말하고 있거니와, '자본'의 무한 축적은 마르크스가 예견했던 것처럼 계급혁명의 기폭제가 되기보다는, 시스템의 견고화에 기여할 것이다. '자본'을 소유한 상위 1%의 계급들이 의식의 각성을 이루어야 하는 것도 이 부분에서이다. 그것이 불가능하다면 하위 99%의 계급들이 집중된 부와 권력을 어떻게 소멸시킬 수 있는지에 관해 각성해야 할 터이다. 이도 저도 이루어지지 않는다면 '뻔한, 지구를 한 바퀴 돌'아도 달라지지 않는 '천형'을 지닌 자들로서는 '불쌍함'을 어찌 면할 수 있겠는가.

완전히 돌아버린 돈입니다

서울 강남에서 하루에
몇 건의 성형수술이 이뤄지고 있는지 아십니까?
뼈를 깎고 살을 베어내고
지방을 제거하고 피부를 이식하고

20세기 그때는 내면적 가치가 훌륭한 기호였지요
진실성이 보이나요
인간미가 넘치나요
열정이 있나요
21세기 지금은 외면적 가치가 훨 나은 기호
미모인가요
흰칠한가요
세련되게 옷 입는가요

몸매가 기호가 되어 있는 이 세상에서

건강이 재산인가요 날씬함이 재산인가요

모델과 나 사이의 거리

장동건과 나 사이의 거리

김희선과 그대 사이의 거리

그 거리를 메울 수 있는 것은 돈인가요

돈 아닌 다른 무엇인가요

돌고 돌아 돈입니다

　　　　이승하, 「돈」(『시와 소금』, 2014년 가을호) 전문

　'돈'이 세상의 절대 권력이 된 마당에 사회의 모든 구성원들의 의식은 '돈'이라는 절대 권력 아래 종속되어 간다. 사회의 지배적 의식이 지배 계급의 의식이 되는 것은 단지 지배 계급이 그들의 이데올로기를 강요해서 이루어지는 것만은 아니다. 그것은 비非지배 계급들이 지배 계급의 욕망을 자발적으로 전유하는 데서 비롯된다. 비지배 계급들은 자신들의 물적 토대보다 우선적으로 자신들의 의식을 바꿈으로써 지배계급의 속성을 띠고자 한다. 가령 비지배 계급들은 지배계급이 지니는 '옷'과 '가방'과 '자동차' 등과 '문화'를 모방함으로써 자기 정체성을 누린다. 지배계급이 소유하는 '명품'들은 부와 계급의 '기호'가 되는 까닭에 비지배계급은 이들을 소유하는 것만으로도 지배계급의 표지를 지니게 된다고 인식한다. 이러한 왜곡 속에서 허위의식이 발생하며 기형적인 사회 문화가 생겨나고 자아의 빈 곳이 생겨난다.

　시인은 비인간적인 성형수술이 만연하는 것도 '21세기'의 왜곡된 '기호' 때문이라고 말한다. '외면적 가치'를 강조하는 '21세기 기호'

는 '미모'와 '훤칠한 키'와 '세련되게 옷 입는' 것에 조준되어 있다고 시인은 조롱한다. 이처럼 기호화된 사회에서 구성원들은 이들을 소유하지 못하면 자아 자체가 결여되어 있다고 여긴다. '뼈를 깎고 살을 베어내'는 '수술'을 감행하는 것도 이 때문이다. 우리 사회에서 이들 기호를 지닌 자는 이미 권력을 지닌 자이므로 이로부터 당당히 자유로울 수 있는 것은 그리 쉬운 일이 아니다. 사회의 대부분은 이와 같은 부의 기호에 의식이 집중되어 있다. 어쩌면 이는 우리 사회 구성원 대다수의 문제이며 우리 사회의 의식은 권력을 중심으로 한 의식에서 한 치도 벗어나 있지 못하다고 해도 과언이 아니다.

이점은 우리 사회에서 '돈'이 어디에 쓰이는지를 보면 단적으로 알 수 있다. 시인이 말하듯 '돌고 도는 돈'은 어디로 흘러가는가? 우리 사회에서 '집'과 '차'와 '옷'은 편안함이라는 실용성의 차원을 벗어나 부의 상징이자 권력의 기호가 되어 있음을 알 수 있다. 그것들이 자신에게 안온함을 주는 매개가 아니라 부와 권력의 허구적 기호가 되어 버렸음은 의심의 여지가 없다. 학생들을 학원으로 내모는 사교육 열풍 역시 자식들이 권력화된 사회 시스템 속에서 소외될까 하는 두려움에서 비롯한다. 우리 사회에서 이러한 부의 '기호'를 향한 과도한 열정이 이들 '기호'를 소유하지 못한 자들에 대한 냉혹한 소외와 배제를 야기하리라는 것은 불 보듯 뻔한 일이다. 또한 이것이 우리 사회의 갈등을 부추길 것이며 사회 시스템을 더욱 고착시킬 것이라는 점도 분명하다.

시인은 '몸매가 기호가 되어 있는 이 세상에서' '장동건과 나 사이의 거리', '김희선과 그대 사이의 거리'를 '메울 수 있는 것이 무엇인가' 하고 질문을 던진다. 사회의 왜곡되고 집중된 의식에 다른 흐름을 줄 수 있는 요소는 무엇이 있는가? 그것이 유일하게 '돈'이라고 할 때 우리 사회에는 희망도 다양성도 기대할 수 없다. 그러할 때 우리의 의식은 여전히 허위 속에서 허우적거릴 것이며 사회에 진실과 진리의 빛은 요원할 것이다. 시인은 '돈 아닌 다른 무엇'을 찾고 있거니와 그것의 출발은 무엇보다 '진실성'이 되어야 할 것이다. 허위를 버리고 진실을 구할 때 사회에 아름다운 '인간미'와 건전한 '열정'이, 그리고 비로소 미래가 있을 것이다.

> 우리에겐 아무 계획이 없어. 완료된 연락이라고는 들을 수 없지. 원주민을 쫓아내고 섬을 통째 가진 그들의 사고를 이해할 수 없었지만 여행은 계속되어야 했으니까. 빛나는 모래섬에서 발을 베고, 피 묻은 회를 먹으러 가지. 나는 이상한 도시로 빨려 들어가. 버스를 놓치고 집으로 돌아가려 하지만 당신은 말하지. 사서 고생하지마. 나는 돌아가기 위해 단한번 출발한 적 있었던 곳에 도착하려 하지만 이미 없어지기에도 너무 늦은 사라진 시간. 이른 밤이면 암흑을 칠갑한 휴양지의 중심에서, 머리를 들고 있는 무인도의 개수를 세어보지. 얼마나 많은 것들이 저들 속에 감추어져 있을까. 휴양지의 환영은 쓸쓸하고 우리는 말도 없이 끝나버렸지만 당신은 지극히 단축된 문장으로 경고하지. 나는 내가 떠나 온 자리에 남겨진 것들을 잊을 수 있을까. 해변의 모래처럼 주머니를 뒤집을 때마다 생겨나는 치욕들. 삶의 흔적은 없어져버려야 하는 것이 맞아. 해변 위에 누군가 경고문을 남겼다

조혜은, 「휴양지에서-경고문」(『현대시』, 2014년 10월호) 전문

'자본'이 자기증식을 위해 추구하는 것의 경계가 없다는 사실은 언제고 우리를 놀라게 한다. 그것은 인간의 탐욕과 이기성이 자기보존을 위해 파괴하는 것에 한계가 없다는 사실과 전적으로 맞물린다. 인간의 실천과 행동은 대부분 타인을 위한 것이었다기보다 자기자신을 위한 것이었고 그러한 파괴와 착취를 위한 실천과 행동이 인간의 역사를 만들어 왔다고 해도 과언이 아니다. 그것은 비단 근대 역사에 국한된 것이 아니라 인류의 전역사에 해당한다. 말하자면 인간은 태생적으로 파괴적인 동물이며 본능적으로 호전적인 존재라 할 수 있다. '원주민을 쫓아내고 섬을 통째 가진' 것이 다른 것이 아니라 유독 '휴양지'를 개발하기 위한 것이라는 '그들의 사고'는 다른 어떤 생물체에게서도 발견하지 못할 성질의 것이리라. 거기에는 자기 생존을 훨씬 웃도는 탐욕이 자리하고 있으며 자기의 이익을 위해서라면 타인은 어찌 되어도 좋다고 하는 잔인함이 깔려 있다. 자기 자신을 위해 그 외 어떤 것도 파괴할 수 있다고 하는 '사고방식'이야말로 인간의 본성이자 부정할 수 없는 민낯이다.

  위의 시에서 '나'를 불편하게 하는 것도 그 점과 관련된다. '아무런 계획'도 '완료된 연락'도 없이 '여행을 계속'하는 시적 자아는 '그들의 사고를 이해할 수 없었'으면서도 그렇다고 자신의 발걸음을 멈출 수 있는 것도 아니었다. 스스로 탐욕스런 인간성을 의식하면서도 이 작품에서의 '나'는 '피 묻은 회를 먹으러 간'다. 그는 '이상한 도시로 빨려 들어간'다고 말한다. 탐욕으로 일그러진 사회 속에서 그 악으로부터 자유로울 수 있는 자는 누구인가. 위 시의 시적 자아는 탐욕에 관련한 부당함을 잘 알고 있다. 인간이 야기한 파괴와 부조리와 악은 시적 자아의 어조를 무겁고 우울하게 하는 요인에 해당한다.

부정不正한 삶은 자신의 자아를 더욱더 말살하는 것이며 존재의 근원을 훼손하는 것이라는 점은 그에게 뚜렷이 인식된다. 이점을 그는 '버스를 놓치고 집으로 돌아가려 하'는 자신의 욕망으로 표현한다.

그러나 그는 이러한 자신의 의지를 실현하지 못한다. '당신'은 '사서 고생하지 말'라고 속삭이고, '나' 역시 '돌아가기 위해 단 한번 출발한 적 있었던 곳에 도착하려 하지만 이미 없어지기에도 너무 늦은 시간 사라진 시간'이라 생각한다. 뼛속 깊이부터의 탐욕이 만들어낸 사회 속에서 이로부터 벗어나는 일은 어쩌면 불가능하다는 인식이 여기에 있다. 시적 자아는 탐욕이 구조화된 사회 속에서 존재의 근원으로 돌아가기 위한 순수성에의 의지가 연기보다 희미한 것이라는 사실에 방황한다. 시의 어조가 전반적으로 암울한 것도 이와 관련된다.

시인은 '여기'가 '암흑을 칠갑한 휴양지의 중심'이라 말한다. '여기'는 몇 겹으로 에워싸인 허위의 장소이자 탐욕으로 만들어진 환락의 세상이다. 탐욕과 허위가 만들어낸 세상은 보기엔 유쾌함과 화려함으로 넘칠 정도이지만 실상은 '암흑'으로 '칠갑한' 것일 따름이다. '암흑의 칠갑' 속에 진실과 진리는 빛을 잃고 잦아든다. 시인이 눈에 보이는 '여기'의 사태들을 가리켜 '쓸쓸한 환영'이라고 말하는 것도 이 때문이다. '해변의 모래처럼 주머니를 뒤집을 때마다 생겨나는 치욕들'을 괴로워하는 시적 자아에게 '환영'에 싸인 '여기'에 머무는 일은 죄의식이 되기까지 한다. 그에게 '삶'은 곧 거짓이고 허구이며 죄이자 악이 된다. 그는 자신이 '여기'에서 만든 '삶의 흔적' 모두가 '없어져버려야 하는 것이 맞는'다고 되뇌인다.

위의 시에서 시인이 제시하고 있는 '휴양지'는 이기성과 탐욕으로 세워진 허위적 '자본'의 사회와 다르지 않다. 겉으로 보기엔 평화와 안식이 있지만 실상은 파괴와 약탈이 겹겹이 축적된 세계가 곧 그것이다. 그런 점에서 어느 누구도 이로부터 쉽게 벗어나지 못할 것이며 누구든 이 작품의 시적 자아처럼 진실을 위한 방황을 계속해야 할 것이리라.

불쑥 찾아든 돌개바람 앞에
꽃들은 피기도 전에 목을 떨군다
털실이 풀어지듯 사람들 사이에서 사랑이 사라진 때
시간은 늪처럼 고여 한 발짝도 나아가지 못한다
먼 바다를 향한 출구는 열릴 줄 모른다
검은 밤, 빛을 잃은 별처럼 유배된 넌
돌팔매에 실어보낸 어린 것들의 꿈
몇 걸음 못 떼어 수장될 수도 있지만
거친 파도의 갈기 헤치며 수평선까지 달려가리라
일어나라 일어나라
돌멩이에 입혀진 붉은 울음들이 수평선을 향해 달려간다
잡히지 않는 허공 속의 집
따스한 창 활짝 열릴 때까지
잠들지 말라고 잠들지 말라고
서로 호명하며 서로를 일으킨다
　서주영, 「잠들지 않는 시간」(『시와 시학』, 2014년 가을호) 전문

　모성적인 이미지와 함께 흔히 안식과 생명의 상징이 되었던 '바

다'는 우리의 '피지도 못한 꽃들'을 인당수처럼 삼켜버린 후부터 더이상 예전의 의미로 전유되지 않는다. 우리의 의식 속에서 2014년 4월 16일 이후 '바다'의 모성적인 이미지는 '꽃들'의 배와 함께 수장되었다. 이후의 우리 시가 '바다'에서 희망과 안식을 구하는 일은 지극히 어려운 일이 될 것이고 우리의 무의식은 '바다'를 검은 암흑으로 기억할 것이다. 근대의 출발과 더불어 '바다'로부터 희망과 미래를 꿈꾸었으되 식민지의 한계 또한 말해주던 '바다'는 이제 우리에게 완전히 얼굴을 감추게 된다. '바다'를 보며 꿈꾸는 일은 앞으로 가능하기나 할 것인가. '먼 바다를 향한 출구는 열릴 줄 모를' 것이다. 우리에게 희망에 닿아 있는 바닷길은 봉쇄되었다.

자본의 탐욕과 권력의 부패함 앞에서 '어린 것들의 꿈'은 '빛을 잃은 별처럼 유배'된다. '사람들 사이에 사랑' 대신 허위와 이기성들이 겹겹이 쌓여 이루어진 우리의 사회는 '돌개바람'으로부터 그들을 지키지 못하였다. 그들에게 희생과 죽음을 요구하였던 생생한 음성 파일은 삭제되어 증거의 흔적으로 남지 못하였고 진실 규명을 위한 법적 권한을 우리는 눈뜨고도 코앞에서 유실당했다. 보기에는 질서와 합리가 있으되 실상은 거짓과 탐욕으로 끓는 부패한 권력은 자기자신의 보전을 위해서라면 다른 어떤 것도 파괴되어도 좋다는 '사고방식'을 보여주었다. 이들의 견고한 권력 시스템은 어떤 균열도 허용치 않는, 물샐 틈 없는 불통의 망을 구축하고 있다. 진실에의 요구는 번번이 거절되었고 우리 사회의 썩은 얼굴을 직시할 기회는 바다 깊이 가라앉았다. 그날 이후 우리의 역사는 영원히 허위 속으로 수몰되어 갔으며 '시간은 늪처럼 고여 한 발짝도 나아가지 못하'고 있다. 사회의 부정과 악에 대한 점진적인 외면의 대가는 이처럼 큰 것이었다. '돌아가기 위해 단 한번 출발한 적 있었던 곳에 도착하려 하지만 이미 없어지기에도 너무 늦은 시간 사라진 시간'(조혜은, 「휴양지에서-경고문」) 속에 우리는 있는 것일까. 진실을 구하지 못한 죄의식은 앞으로 우리를 얼마나 또 괴롭힐 것인가.

시에서 '거친 파도를 헤치며 수평선까지 달려가리라'는 외침은 헛된 것이다. '일어나라 일어나라' 부르짖음은 '파도'에 휩쓸려 버린 '어린 꽃'들을 향한 허망한 조사弔詞에 해당될 뿐이다. 분노도 원망도 할 줄 모르는 어린 영혼들은 두려움에 숨죽이고 있을 뿐이기 때문이다. 시인은 '돌멩이에 입혀진 붉은 울음들'만이 '수평선을 향해 달려간다'고 말하고 있다. '어린 꽃'들을 불러보지만 그들은 '잡히지 않는'다. 그 자리에 '허공'만이 무성하게 '집'처럼 피어난다. 시인의 바램대로 '잠들지 말라고 잠들지 말라고' '서로 호명하며 서로를 일으킨다'면 '따스한 창 활짝 열릴' 수 있을까. 시인은 누구를 향해 말하는가. 무엇을 향해 말하는가. 그 목소리를 들어야 하는 자는 누구인가.

우리에게 '정의란 무엇인가?' 부와 권력은 어떻게 탄생하는가? 탐욕과 이기성으로 뒤덮인 사회에서 진실의 빛은 어디로부터 피어나는가? 암흑은 끝내 암흑으로 지속될 것인가? 견고한 사회 구조를 향한 비판적 지식인의 작은 목소리에 시선이 끌리는 것도 이러한 의문들에서 비롯한다. ◎『예술가』, 2014년 겨울호

'말'의 진정성과
사회 정의^{正義}

    역사 발전이 투쟁에 의한 것이요, 피지배계급의 단결된 힘이야말로 역사 발전의 원동력이 된다는 명제의 붕괴는 단순히 이념의 몰락을 가져오는 데서 그친 것이 아니라 '말'에 대한 신뢰를 실추시켰다. 현실을 있는 그대로 재현하며 진리를 언표한다는 언어 이론은 역사 발전에 대한 믿음의 붕괴와 함께 해체되었다. 같은 시기 문학에서의 모방론이 고루한 것이 되었고 현실적 진리로부터 벗어난 언어들은 육탈한 영혼처럼 가벼워졌다. 기의를 떠난 기표들의 유희로 이루어진 시들이 새로운 조합들을 만들며 시의 주된 기법들로 군림하기 시작한 것도 궤를 같이 한다.

    기의와의 연관성을 거부하며 이루어진 난수표같은 시들이 의미를 조롱하며 기표의 자율적 망상조직들을 구축하였던 것은 주지의 사실이다. 기의의 고삐로부터 풀려난 여기에 현실이라든가 진리가 끼일 여지는 없다. 기표의 조직은 현실로부터의 탈주와 자체의 완전한 미학을 위해 구축된 것이기 때문이다. 그리고 이러한 탈주의 망상조직은 현대의 전면화된 시뮬라크르적 시스템과 맞물리는 것이다.

기표가 의미를 부정하고 현실을 외면한다는 사실에의 지적은 작금 우리가 목도하는 정치적 사태를 볼 때 시사하는 바가 크다. 오늘의 정치에서 연쇄적으로 벌어지는 조작과 비리는 새삼 '진실' 논란을 일으키기에 충분하다. 정치권의 소통 부재와 일방적 독주는 가장 현실적이어야 할 정치가 가장 허구적인 자율체로 화했음을 여실히 보여준다. 지식인들 사이에서 2014년도를 요약하는 말로 '지록위마指鹿爲馬'가 꼽힌 것은 요즘의 시대상을 단적으로 드러낸다. 최근 화두가 되고 있는 '진실'이라는 '고루한' 말이 매우 새롭게 들리는 것도 이와 관련된다. 기표의 유희는 경직된 사회 상황에서 조직의 권위를 붕괴시키는 탈주의 함의를 지닌 바 있었으나, 이것의 관습화는 결국 진리와 유리된 거짓된 세계를 만드는 데 일조한다. 기의와 결합하지 않는 기표가 유희가 되는 것처럼 현실과 유리된 정치는 장난이다. 의미와 진리로부터 탈주한 정치는 난수표와 같은 시뮬라크르와 다르지 않다.

거짓으로 조작된 자율적 체제는 완전하여 틈이 보이지 않는다. 당연히 동요가 없고 소란이 없고 싸움이 없고 분란이 없다. 가끔 소요를 일으키는 존재들도 있지만 완전한 시스템은 이들을 조용히 삼켜버린다. 완전무결한 체제에 균열이란 용납되지 않으며 이곳에서 미덕은 가만히 침묵하는 일이다. 소요를 일으키지 않고 '가만히 있음'으로 도래되는 평화가 선진 사회의 징표가 아니겠는가! 상황이 그러하므로 균열은 비정치적인 부분에서 발생한다. 하루가 멀다 하고 벌어지는 대형 사건사고들, 거듭되는 화재와 폭발 사고, 각종 폭력 및 엽기적 사건들은 정치에서 봉쇄된 균열이 그 이면에서 이상 징후로 드러나는 것이라 할 수 있다.

'말'에서 진리의 무게를 들어내니 가벼워진 '말'이 거짓된 사회를 만드는 현상을 바라보는 것은 괴로운 일이다. 시에서 일궈낸 '말'의 유희가 정치의 유희로 탈바꿈되는 과정을 지켜보는 것은 안타까운 일이다. 금강석같은 진리와 진실을 지켜냄으로써 존재 이유를 다하여야 할 시가 앞장서서 이를 외면하는 것은 아이러니한 일이다. 시가 스스로 기의로부터 이반되고 기표의 자율체를 구축함에 따라 언어는 그 무게를 상실하고 '말'은 소문처럼 떠돌게 되었다. 조작된 '말'들의 세계에서 진실을 구하는 일이란 얼마나 힘들고 불가능한 일이 되었는가. 이 속에서 우리가 믿고 의지할 수 있는 '말'은 아직 남아 있는 것인가?

최서림의 「사람은 죽어서도 싸운다」에서 만나게 되는 '싸움'은 우리에게 '말'이 무엇이고 그 의미가 어떠해야 하는지를 생각하게 해 준다.

죽은 자가 산 자를 위해
무덤에서 불려나와 대신 싸운다.
산 자들이 죽은 자들의 말을 찾아내어 싸운다.
사람은 죽어 썩어져도 말은 죽지도 썩지도 못한다.
죽은 자의 말이 창이 되고 방패가 된다.

(중략)

세상은 말들의 싸움터,
이긴 말이 패배한 말의 배를 밟고서 히히덕거린다.

까맣게들 잊고 있다가
선거철만 되면, 좌우 할 것 없이 죄다
상주라도 되는 양 검은 옷들을 걸쳐 입고서,
효창동 외진 김구 묘소를 찾는다.
어치도 동박새도 민망한지 쓸쓸히 내려다본다.

역사는 산 자의 전쟁터이면서 죽은 자의 감옥이다.
연극은 끝나도 막을 내리지 못하고 있다.
관객들이 박수치고 고함지르며 일어나지 않는다.
배우들이 퇴장하지도 못하고 엉거주춤 서 있다.

최서림, 「사람은 죽어서도 싸운다」

(『리토피아』, 2014년 겨울호) 부분

역사가 피지배계급과 지배계급의 갈등과 투쟁에서 비롯되는 것이 아니라면 역사를 전개시키는 것은, 적어도 위의 시에 기대어 보면 '말들의 싸움'이다. '역사는 산 자들'의 '말들의 전쟁터'라고 위 시의 화자는 말하고 있다. 전쟁같은 싸움터에서 '말'은 '창이 되고 방패가 된다'. 역사를 이끌어가는 '말들의 싸움'을 통해 우리는 흔히 이념적 주체들의 각축을 떠올리게 된다. 가령 '왕권이냐, 민본이냐', '개발독재냐, 민주주의냐'와 같은 사상적 투쟁을 생각하게 되는 것이다. 그러한 사상 투쟁을 위해 '죽은 자들의 말'이 동원되기도 한다는 점은 하등 문제될 것도 이상할 것도 없다. 국가의 정당한 지표 설정을 위해 선행되는 건전한 투쟁과 대결은 중요한 것이기 때문이다.

그러나 위의 시에서 '싸움'은 사상을 위한 것이 아니라 권력에 초점이 맞추어져 있다는 점에서 문제적이다. 위 시에서 그려지는 '말 싸움'은 민중의 현실에 입각한 바른 지표를 세우기 위해 있는 것이 아니라 자신들의 이익을 채우기 위한 것으로, 이념 투쟁이 아니라 권력 투쟁인 것이다. 예컨대 '까맣게들 잊고 있다가 선거철만 되면 김구 묘소를 찾는' 정치가들의 경우처럼 그것은 진실과 무관한 차원에서 이루어지는 '말'들의 게임이 되는 것이다.

권력을 쟁취하기 위해 벌이는 게임으로서의 '말'에는 진실이 빠져 있다. 싸움을 위해 조직되는 '말'들의 소스는 원천의 제한 없이 구해진다. '산 자들이 죽은 자들의 말을 찾아내어 싸운다'는 통찰은 그 점에서 비롯된 것이다. '죽은 자의 말'은 진실을 전달하기 위한 에센스에 해당하는 것이 아니고 '창이 되고 방패가 되'기 위해 이용된다. 그리고 '말'의 무기에 의한 싸움에서 '이긴 말은 패배한 말의 배를 밟고서 히히덕거린다'. 진실이 추구되지 않는 시대에 '세상은 말들의 싸움터' 그 이상도 이하도 아닌 것이다.

만들어진 '말'들, 누군가를 밟고 이기기 위해 조작되는 '말'들은 허구에 불과하여 이러한 '말'들에 의해 이룩되는 사회란 결국 허위로 채워지게 될 것임이 자명하다. 이 속에서 역사의 진정한 진보는 기대하기 힘들 것이고 '역사'는 단지 '산 자의 전쟁터'에 해당할 뿐이다. '말'들의 주체는 그 누구도 아니고 권력을 양산하는 구조다. 즉 '말'들의 실질적 주체는 게임의 룰이자 권력을 향한 구조가 되는 셈이다. 이러한 상황에서 역사를 이끌어가는 진정한 주체는 도대체 어디에서 찾을 수 있을까.

이진우의 「크거나 작거나」에서 또한 오늘날 '말'을 둘러싼 세태와 진실의 의미를 엿볼 수 있다.

우리 우주가 우주의 우주만큼 커진다면
지구는 이슬 한 방울보다 작아지겠지
이슬방울보다 작은 지구에 사는
우리 몸을 쪼개고 쪼개서
더는 쪼갤 수 없는 조각이 되면
그 조각 하나하나는 생명의 씨앗이 되겠지

크거나 작거나 같이 일상적인 말은
생각보다
너무 너무 크거나
너무 너무 너무 작거나 같이
상상할 줄 아는 말을 이해 못하지

더 쪼갤 수 없이 작거나
더 키울 수 없이 크거나도
헤아리지 못하면서
쪼개지 못할 정도로
작게 쪼개거나
더 키우지 못할 정도로
크게 키울 수 있다는 게
돈과 권력에 눈먼 과학자들의 주장인데

일할수록 쓸 게 많아지고
쓸수록 적게 벌어지는

공상과학적인 우리 살림에 비하면
참과 거짓을 알려준다는 세상의 말들은
비현실적이기 짝이 없어

세상이 아무리 우리를 크거나 작거나
보잘것없거나 잘났거나 기준을 만들고
이익에 따라 나누거나 갈라놓든 말든
가만 상상해 보면
우리 하나하나는
맨 처음 우주에서 온 별의 조각이거나
지구에 모여 사는 별빛,
어두울수록 빛나고
어려울수록 빛내는
사람

이진우, 「크거나 작거나」(『유심』, 2015년 1월호) 전문

세상에서 사용되는 일상의 '말'들은 얼마나 작위적이고 허구적인가? 또한 그것들은 얼마나 공허한 기준에 의해 '참과 거짓'을 구분하는가? 세상에 떠도는 '말'들로 과연 진정한 진위를 가릴 수 있을까? 시인은 '참과 거짓을 알려준다는 세상의 말들은 비현실적이기 짝이 없다'고 지적한다. 또한 '일상적인 말은' '상상할 줄 아는 말을 이해 못한'다고 말한다. 이는 세상의 '말'들이 현실의 진실과 괴리되어 있는 현상, 허위의식에 길들여진 나머지 공고해진 그 틀을 벗어날 수 없는 사태를 말해준다 하겠다. 일상화된 '말'들은 현실의 진리에 맞

추려는 것이 아니라 선험적으로 구조화된 것처럼 보인다. 보이지 않는 무언가를 향해 구조화된 채 양산되는 '말'들은 언제든 조작의 혐의를 띤다. '말'이 '말'인 것은 진실이어서가 아니라 극단적으로 말해 권력이어서 그러하다. '말'은 진리를 가리기 위해 존재하는 것이 아니라 이면의 인자에 의해 조정된 기표일 뿐이다.

이처럼 '말'이 진리를 위한 명징한 매개가 되는 것이 아니라 보이지 않는 무언가에 복무하는 사회는 부패한 사회다. 이러한 사회에서는 '팩트fact'에 충실하려 하기보다는 권력과 풍문을 조장하는 '임팩트impact'에 휩쓸리기 쉽다. 대중이 '팩트'를 지키려는 의지를 지키지 않을 때 권력은 너무도 쉽게 대중을 호도하고 대중에게 자신의 권력 의지를 실현하려 할 것이다. 부패한 사회에서 결국 사회를 이끌어가는 것은 진실이 아니라 힘의 농간인 것이다. '더 쪼갤 수 없이 작거나/ 더 키울 수 없이 크거나도/ 헤아리지 못하면서/ 쪼개지 못할 정도로/ 작게 쪼개거나/ 더 키우지 못할 정도로/ 크게 키울 수 있다는 게/ 돈과 권력에 눈먼 과학자들'은 진리보다는 '돈과 권력'을 더 중시하는 오늘날의 세태를 단적으로 말해준다. '과학자들'조차 진리 자체보다 '돈과 권력'에 좌우된다는 것은 그만큼 사회에 정의가 희박해져 있음을 의미한다.

정의가 지켜지지 않는 사회에서 민중들의 삶은 외면받게 될 것이다. '돈과 권력'의 보이지 않는 힘이 작동할 때 사회는 민중들의 삶의 실재보다 그 이면의 논리에 치중함으로써 민중들의 삶을 더욱 팍팍하게 만들 것이다. '일할수록 쓸 게 많아지고/ 쓸수록 적게 벌어지는/ 공상과학적인 우리 살림에 비하면' '세상의 말들은 비현실적이기 짝이 없다'는 구절은 민중들의 삶 자체와 유리된 '말'의 논리를 상기시킨다. 이는 '말'이 겉돌고 있다는 것이자 '말'이 진정성을 상실한 사태를 의미하는 것이다. 또한 이것은 '말'을 매체로 하는 시에서 기의와의 연관성을 잃고 불안정하게 부유하는 기표가 만연해갈 때 나타나는 현상과도 무관하지 않다. 이로써 우리는 시의 기능을 새삼 확인하게 되거니와 시에서의 의미 상실이 '말'의 진정성과 사회의 정의에 어떻게 직결되는 것인지 짐작할 수 있다.

'말'이 진정성을 상실하고 허구화될 때 진리를 구하기 위해 시인이 할 수 있는 일은 무엇인가? 세상의 의미를 회복하는 길이란 무엇인가? 위 시에서 시인은 '세상이 아무리 우리를 … 이익에 따라 나누거나 가라놓든 말든' '사람'의 본질에 대해 '가만히 상상'을 하였던 바, 그에 의하면 세상을 지배하는 '말'이 어떠하든 상관없이 '우리 하나하나는 맨 처음 우주에서 온 별의 조각'이라는 것이다. 또한 그는 '사람'이 '어두울수록 빛나고 어려울수록 빛내는' 존재라 말하고 있다. 이는 '인간'에 대한 가장 근본적이고 본질적인 규정으로 '사람'이 지닌 존귀성을 강조하는 것이라 할 수 있다. 인간에 대한 이같은 명명은 기실 '말'이 처음 생겨났을 때의 장면을 떠올리게 한다. '말'이란 인간의 존엄성을 증거하는 자리에서 탄생했으며 우주와 인간을 잇기 위해 발명된 것이기 때문이다. '말'이란 인간의 창조적 신과의 소통을 위해 발생한 것인 만큼 인간중심적인 것이다. 반면 진리와 유리된 '말'은 인간을 파괴하고 소외시킨다. 이처럼 허구화된 '말'에 대해 경계하는 자리에서 인간의 근본을 규정하는 일이란 '말'의 순수성을 다시금 회복하는 일 작업에 속한다고 말할 수 있다.

한편 포스트 모더니즘 시대에 등장한 기표 유희의 연원을 따라갈 때 가장 먼저 만나게 되는 것이 초현실주의 시일 것이다. 초현실주의의 언술은 허위적 이성과 관습적 언어를 파괴하는 차원에서 비롯된 것이기 때문이다. 이성과 규칙에 의해 억압된 '말'의 본성이 충동적으로 표현된 초현실주의 언술은 허구적 '말'을 붕괴시키고 '말'의 진실을 회복하기 위한 길에 해당하였다. 이러한 초현실주의 기법은 그러나 부정의 정신으로서의 긴장을 상실하고 기표의 매너리즘에 빠져들 때 더 이상 혁명적이지 않은 허구적인 시가 되어 버린다. 김연종의 「미궁에 대한 돌팔이 처방」은 일견 습관화된 언어유희의 시처럼 보이지만 실상은 내면에 충실한 언어로 되어 있음을 알 수 있다.

발작은 반복되었다 광기와 증오의 흔적이 몸속 깊이 각인되어 그늘의 깊이를 가늠하지 않고서도 몸을 내던졌다 쉽게 멍들고 더디게 회복되었다 토막 난 생각들이 노을처럼 타올랐지만 재를 남기지 않고 사라졌다 끊임없이 이어지는 불면의 나날을 허공에 매달았다 한 번도 가져본 적 없는 구원의 확신을 위해 짐승처럼 울부짖었다 빈약한 사유는 비자금처럼 몸을 위로했지만 부드러운 생선가시가 자꾸 목에 걸렸다 어둠에 걸린 내면의 가시들이 죽음 쪽으로만 가지를 뻗쳤다 우울과 발작의 이중나선을 향해 미답의 감정을 정조준했다 아직 당도하지 못한 과녁을 향해 무수히 방아쇠를 당겼지만 번번이 빗나갔다 목숨 건 발작만이 총구의 방향을 가늠했다

김연종, 「미궁에 대한 돌팔이 처방」

(『예술가』, 2014년 겨울호) 전문

라캉에 따르면, 상징계에 대한 부정정신이 규범 일탈의 언어를 탄생시키는 배경엔 해소되지 않는 충동의 에너지가 있다. 무의식의 지대에 갇혀 있던 욕망의 언어는 소멸하지 않은 채 미끄러지는 기표를 양산한다. 기표 연쇄가 발생하는 것도 이러한 기제 하에서이며, 상상계적 언어와 상징계적 언어의 대결이 벌어지는 것도 이 지점에서이다. 이는 기표의 부정성이 규범과 허위가 전제될 때 성립됨을 말해주는바, 기표 유희의 혁명성은 그것이 이미 권력화된 규범을 향해 있을 때 가능하다. 다시 말해 기표 유희가 단지 유희로 그치는 것이 아니라 저항이 되기 위해서는 권력에 의해 정초되고 비대해진 상징계를 부정해야 한다. 문제는 '어떻게'가 아니라 '무엇을 향해 있는가'에 있는 것이다. 단순히 현란한 기표의 얼개만으로써가 아니라 '무엇'을 향한 치열한 대결 정신이 있을 때라야 상상계의 언어는 사실상 무언가의 해체가 되고 저항의 언어가 된다. 이러한 메카니즘이 결여된 상태에서의 기표화는 또 다른 허구적 구조의 양산이자 허위의 재생산이다.

'무엇'을 향해 있는가? '무엇'에 의한 억압이 있고 그 억압에 대해 얼마나 치열하게 폭로하고 저항하는가? 분출된 기표들로부터 우리는 무엇을 읽을 수 있는가? 이에 대한 자의식을 결여할 때 그것은 공허한 기표가 된다는 것이다. 그렇다면 위의 시는 과연 '무엇'에 대한 기표화인가? '발작'과도 같이 쓰여진 위 시의 언어는 단순히 관습화된 충동의 언어에 해당하는가? 매우 일반적인 초현실주의 기법이자 익숙한 상상계적 언어로 보이지만 위 시는 시가 지켜야 하는 진정성을 강도 높게 지니고 있다. 위 시는 공허한 기표 유희로 이루어져 있는 대신 '무엇'에 관한 언표이자 '무엇'에 대한 치열한 대결 정신을 함축하고 있다. 그것은 곧 '몸'에 관한 진단이다. '광기와 증오'에 시달린 몸, 그로인해 각인된 '그늘의 깊이', '연기처럼 피어나는 토막난 생각들', '불면의 나날', '구원을 위한 짐승같은 울부짖음', '빈약한 사유', '죽음을 향해 있는 내면의 가시들', '우울과 발작' 등은 잘 짜여진 언어의 연쇄가 아니라 상처 입은 자아에 대한 매우 사실적인 기록에 해당한다. 그것은 '임팩트'한 기표 나열이 아닌 절망 속에 갇혀버린 자아와 관련된 '팩트'인 것이다. 죄악에 의해 에워싸인 자아의 고통스런 몸부림과 구원을 향한 열망은 시에서와 같은 일련의 '발작'들을 낳는다. 위 시의 언표들은 죄악으로 괴로워하는 인간의 보편적인 모습을 매우 사실적으로 그리고 있거니와, 시인은 이를 '미궁에 대한 돌팔이 처방'이라 말하고 있다.

죄악에 갇힌 몸에 대한 사실적 묘사는 인간에 대한 지극한 사랑의 정신을 내포하고 있다. 인간은 그 자체로 존엄하며 굴레에 의한 고통으로부터 자유로울 권리를 가지고 있다는 의식이 위 시의 배면에 두텁게 깔려 있다. 모든 인간이 존귀하므로 구원받아야 한다는 이같은 의식은 평범한 것이면서도 이 시대에 매우 희소한 것이다. 흔히 종교에서 유통되는 이러한 담론은 그러나 역시 대부분 관습화된 기표에 불과할 뿐 기의를 상실한 채 떠 있다. 구원에 관한 '말'이 구원의 실천을 이루어내지 못한다면 그것에 진정성이 있다고 말할 수 없기 때문이다. '말'이 지녀야 할 진정성이란 곧 진리를 향한 간절한 의식에 기인하는 것임을 위 시를 통해 깨닫게 된다.

'말'로 쓰여진 시가 힘을 발휘할 수 있기를 요구하는 것은 구태의연하거나 독단적인 일에 해당할까. '말'의 진정성에서 사회 정의가 비롯된다는 것은 지나친 비약인가. 그러나 암담한 시대에, 시의 존재 이유가 무엇일까에 대해 그밖에 어떠한 답도 내리기 힘들지 않을까 생각된다. 허만하의 「최후의 사냥꾼」은 시쓰기에 관한 자의식을 통해 우리 시대에 시쓰기의 의미가 무엇일까에 관해 환기시키고 있다.

　　시는 벼랑의 질서다. 한발 헛디디면 그대로 나락으로 떨어지는
　　아슬아슬한 지점까지 나는 나를 추적했다

　　날카로운 암벽의 끝자락에 당도한 위험한 언어가
　　서쪽 하늘 적막을 불꽃처럼 벌겋게
　　불타오르는 지점까지
　　세계를 그대로 얼어붙게 하는 극한까지
　　세계를 직접 전류처럼 느끼는 지점까지
　　나는 나를 추적했다

　　육체가 없는 추상이 육성의 탄력이 되는 전환점까지
　　표정이 없는 기호가 절묘한 은유가 되는 놀라는 아침까지
　　의미가 조용히 피를 흘리는 암살의 지점까지
　　언어의 결손이 언어의 사명이 되는 눈부신 반전까지
　　쓰는 일이 운명에 대한 유일한 저항이 되는 한계까지
　　나는 내 언어를 추적했다. 시는 벼랑의 질서다

　　위기의 벼랑 끝에 당도한 나는 쓸쓸한 수색대원이다
　　주제가 없는 생존의 의미를 찾는 추적자
　　낙동강 하구를 찾아 일직선으로 노을진 하늘을 횡단하는
　　한 마디 고니처럼, 새로운 자신의 문체를 쫓아

총을 메고 산으로 들어가는

최후의 사냥꾼이다

　　허만하, 「최후의 사냥꾼」(『현대시』, 2015년 2월호) 전문

　'시는 벼랑의 질서'라고 규정하는 그에게 시는 무엇을 가리키는
가. 극한의 지점에서 쓰여지는 그것은 미학적 완전성과 관련되는 것
인가, 혹은 기법의 창조성과 관련되는가. 자신을 가리켜 '생존의 의
미를 찾는 추적자'라고 말하는 시인에게 그것은 삶의 근원을 헤아리
는 일에 해당한다. 그는 '세계를 직접 전류처럼 느끼는 지점까지' 다
다르고자 한다. 영혼과 온몸을 던져 세계와 만나지 않는 자라면 이
와 같은 세계와의 진정한 교감은 이루어지지 않을 것이다. '서쪽 하
늘 적막을 불꽃처럼 벌겋게 불타오르는 지점', '세계를 얼어붙게 하
는 극한'은 세계에 다가가는 자아의 뜨거운 열정과 냉철함을 동시에
말하거니와, 이는 시인이 포지하는 세계를 향한 사랑의 절대성을 암
시한다. 그에게 세계는 단순히 인식의 대상도 향유의 대상도 아닌
바르게 사랑하는 일, 즉 진정성의 구현과 관련되는 것임을 알 수 있
다. 진리를 추구하는 등속의 세계에 대한 책임있는 자세를 논하는
일은 오늘날 고루하게 느껴질지도 모를 일이나 그것은 분명 시인으
로서 가져야 할 기본적인 자질이 아닐 수 없다.

　세계와 관련된 이와 같은 윤리적 자세와 함께 시인은 시적 언어의
성질에 대해서까지 언급하고 있어 주목된다. 그가 생각하는 시적 언
어의 차원은 어디에서 펼쳐지는 것인가? 그것을 서정성과 실험성의
범주에서 논하는 일은 가능한가. 아름다움을 표현하는 시의 서정성
과 새로운 시도를 추구하는 실험성이 오늘날의 시적 경향들을 대변

한다는 점에서 볼 때 시적 언어와 관련된 그의 자의식은 어떤 성격을 지니는가. 그는 '육체가 없는 추상이 육성의 탄력이 되는 전환점'에서 시가 쓰인다고 말하고 있다. 또한 '표정이 없는 기호가 절묘한 은유가 되는 놀라운 아침', '의미가 조용히 피를 흘리는 암살의 지점'에서 시가 쓰인다고 말한다. 이것들은 시인이 시적 언어를 단지 기법적 측면에서 접근하는 것이 아니라 존재론적 차원에서 밝히는 것임을 말해준다. 그에게 시적 언어는 기교와 같은 외피적인 것이 아니다. 그것은 사물과 결합되어 사물을 되살리는 성격의 것, 즉 언어와 사물이 하나가 되는 존재론적 층위에 다가가 있는 것임을 알 수 있다. 이 점에서 그의 언어는 비어 있는 것이 아니다. 의미와 비껴간 채 기표의 현란함을 좇는 일과 그의 언어는 하등 상관없다. 사물의 의미를 묻는 일 없이 아름답게 장식된 언어와도 관련되지 않는다. 그의 언어는 사물의 본질에 닿아 그것에 생명을 부여하는 매개가 된다. 그런 점에서 그의 언어는 충만한 언어이자 대상과 분리되지 않는 언어, 세계의 진리와 만나는 언어에 해당한다. 그가 '언어의 결손이 언어의 사명이 되는 눈부신 반전까지' '언어를 추적했다'고 한 것은 바로 이점, 추상적인 까닭에 언제든지 사물과 빗나간 채 허구화될 수 있는 언어의 함정을 진리에의 지향성으로 극복하고 있음을 말하는 대목이다. 곧 그에게 '벼랑의 질서'로서의 시란 세계의 의미를 끝까지 묻는 일, 그리고 그에 따라 존재의 언어를 추구하는 일과 관련된다는 것을 알 수 있다. 이것을 시의 진정성의 실현이라 말해도 틀리지 않을 것이다.

세계에서의 진리를 찾는다는 말은 오늘날 공허하게 들린다. 혹은 과거적 어법으로 들리기도 한다. 그러나 시가 그것이 아니라면 무엇인가. 시가 이를 감당하지 않는다면 허위로 가득찬 세계에서 그 무엇이 진실을 찾으려 하겠는가. 공허하게도 구시대의 유물처럼도 보이지만 그것은 쉽게 이루어지지 않는 일이다. 거짓으로 가득 차 몰락하는 세계 속에서 이는 불가능한 일처럼도 여겨진다. '벼랑의 질서'를 말하는 시인은 따라서 외롭다. 시인의 발성이 '한발 헛디디면 그대로 나락으로 떨어지는 아슬아슬한 지점'에서 들려오는 것은 어쩌면 당연한 일이다. 실제로 그는 '위기의 벼랑 끝에 당도한 나는 쓸쓸한 수색대원이다'라고 말한다. 또한 시인은 자신을 '한 마리 고니'로, '총을 메고 산으로 들어가는 최후의 사냥꾼'으로 비유하고 있다. 실제로 그에게 '쓰는 일은 운명에 대한 유일한 저항이 되는 한계'가 된다.

세계의 의미를 찾아, 그리고 언어의 한계를 넘어서려는 고투 속에서 탄생하는 시는 시가 행해야 하는 최대한의 윤리성을 갖추고 있다. 그것은 세계와의 냉철한 대결과 뜨거운 사랑을 내포하는 것이자 언어에 의해 죽어가는 세계에 영혼을 부여하는 일에 해당한다. 시인에게 그것은 '자신의 문체'를 찾는 일에 해당할지도 모르겠다. 세계를 향한 사랑이 명징한 언어로 육화되는 것이란 곧 시가 '자신의 문체'로 쓰여지는 일일 터이다. 그러한 '자신의 문체'를 실현한 시인에게서 우리는 비로소 시인으로서의 자의식과 윤리성을 발견할 수 있게 되지 않을까. 또한 시인으로서의 윤리성을 실천하고 있는 시인에게서 우리는 척박한 세계 속에서의 진실과 희망을 엿볼 수 있게 되지 않을까. 이 점에서 우리는 언어의 진정성을 구현하는 일이 그것에서 그치는 것이 아니라 세계의 진리 실현 및 사회의 정의에로까지도 확장된다는 점을 깨닫게 된다. 시에서 추구해야 할 '말'의 의미란 이와 관련되는 것이 않을까 한다. ○ 『예술가』, 2015년 봄호

시적 언어의 회복과
미래지향성

오늘을 가리켜 시뮬라크르의 시대라 일컫는 것은 비단 매체에 기인하는 것만은 아니다. 가상현실화는 전자매체로 인해 지배적 패러다임이 되었지만 그러나 그것은 인터넷이라는 제한된 공간에만 국한된 현상은 아니라는 점이다. 오늘날 전문화된 모든 분야는 자체 내의 구조화된 시스템에 의해 운영되기 마련이다. 언론도, 학문도, 경제도, 정치도 모두 예외는 아니다. 전문화된 영역들은 자신들의 독자적인 체계를 건설하고는 외부의 접근을 쉽사리 허락하지 않는다. 마치 카프카의 『성』에서 주인공 K가 '성'으로 가는 길을 찾고자 끊임없이 시도하지만 결국 그곳에 도달하지 못하였던 것처럼 현대인들은 자신의 영역이 아닌 곳에서라면 낯선 이방인이 되어 출입을 쉽게 허락받지 못한다. 특정의 전문 분야는 문외한을 철저하게 이방인으로 소외시킨다. 여기에는 언제나 시스템을 지배하는 보이지 않는 손이 있기 마련이다.

이때 소외의 범위란 실로 광범위하다. 소외는 단순히 낯설음, 어설픔 등의 정도에서 그치지 않는다. 영역으로부터의 소외는 허위와 기만까지를 포함한다. 전문 영역으로부터의 소외의 범위에 거짓과 기만이 포함된다는 것은 세상이 이미 부패하여 탐욕으로 가득하다는 사실을 가리킨다. 가식과 포즈가 세상을 지배하며 내면보다는 외면, 마음이나 정신보다는 물적 조건에 의해 인간을 판단하는 세계는 허위가 지배하는 타락한 사회에 다름 아니다. 세상은 보이지 않는 큰 손의 힘을 위해 운영될지언정 인간을 위해 존재하지 않는다. 인간은 권력화된 시스템의 노예일 뿐 어느 순간도 주인이 될 수 없다.

이처럼 언론과 경제, 정치 등의 이면에 가로놓인 보이지 않는 손의 실체는 다름 아닌 권력이다. 특정 시스템을 이끌어가겠다는 의지의 주체는 사람이 아니라 권력인 것이다. 많은 경우 시스템 운영의 최대 수혜자는 인간이 아니라 권력이 된다. 인간은 단지 포장된 얼굴일 뿐 시스템의 진정한 본질은 권력인 것이다. 본말이 전도된 이같은 시대에 우리의 삶은 더욱 각박해지고 노동력과 에너지는 어디로 흘러가는지 알 수 없이 고되다. 누구를 위한 권력인가? 무엇을 위한 권력인가? 권력의 탐욕이 존재하는 그 중심에 어디에도 인간의 모습은 놓여있지 않다. 이러한 사회에서 과연 진리라든가 진실이라는 가치가 아직 살아있는 것인지 알 수 없다.

> 타이머 소리를 타고
> 먹이 한 줌이 쏟아진다
> 고양이는 조금 망설이다
> 끼니의 기적을 향해 걷는다
> 자동 급식기에 웅크린 뒷모습이
> 둥근 밥그릇을 닮았다

그릇에서 그릇으로
밥이 흐른다
단단했던 사료가
따뜻한 죽이 된다

급식기는 하루 다섯 번
밥을 허락한다
전원 플러그가 뽑히는 순간
기계는 배식을 멈출 것이다
사소한 정전에도
한 생명이 어두워진다
먹이가 나올거라는 믿음이
기계적인 오늘을 살찌우고
나도 기꺼이
기계의 일부가 된다

　　　이상우, 「비정규식사」(『시와사람』, 2015년 봄호) 부분

　비정규직으로 대변되는 오늘의 고용불안 문제는 매우 심각하다.
2014년 비정규직 비율은 전체 임금노동자 가운데 33%를 넘고 있다.
청년들에게 대학 졸업은 더 이상 가능성과 희망이 아니게 되었고
2,30대 청년들은 3포세대(연애, 결혼, 출산 포기 세대)를 넘어 5포세
대(연애, 결혼, 출산+ 인간관계, 내집마련)라 불리고 있다. 중산층 몰
락은 벌써 오래전부터 얘기되던 일이고, 상당히 안정적인 직업으로
분류되던 전문직 종사자들의 삶도 이제 더 이상 보장되지 않는 시대

가 되었다. 체감하는 생활 경제를 감안하면 사실상 폭동이 일어날 수 있는 수준이라고 말한다.

'비정규직'을 연상시키는 위의 시 '비정규식사'는 기계적으로 그러나 불안정하게 제공되는 급식에 매여 생존을 이어가는 '고양이'의 모습을 그리고 있다. '고양이'에게 '끼니'는 '누군가'에 의해 일방적으로 주어지는 불안한 것이다. '고양이'의 '끼니'를 이어주는 것은 언제 '전원플러그가 뽑힐'지 알 수 없는 '기계'다. '사소하게'도 '정전'이 된다면 '고양이'는 생존이 위태로워진다. 불안정한 '기계'에 생존을 의지하는 '고양이'에게 '사소한 정전'은 '생명을 어둡게' 하는 요인이다.

자기 자신의 능동적 힘이 아니라 자신의 힘을 능가하는 알 수 없는 무언가에 의해 생존을 이어가는 '고양이'의 모습은 곧 보이지 않는 시스템에 지배되어 있는 현대인을 상징적으로 그려낸다. 누군가에게는 생존이 달린 절박한 문제가 누군가에게 있어서는 '사소한' 일에 의해 비롯된다는 정황은 인간 사회의 불평등을 말해준다. 오늘날 우리 사회를 운영하는 것은 인간들의 주체적인 의지가 아닌 정체불명의 권력의 음험한 손이라 할 수 있다. 지금 우리 사회에서 대등한 주체들의 합리적 의사결정과정이라고 하는, 자유민주주의라는 이념을 내걸고 시작된 근대의 가장 기본적인 테제는 더 이상 지켜지지 않는다. 가령 법은 언제나 가진 자들을 위한, 가진 자들에 의한 명령일 뿐 소외된 자들에게 법은 손에 쥐어지지 않는 모래처럼 요령부득의 것이다.

오늘의 세태를 보면 법만이 문제가 아니고 모든 제도라는 것이 더욱더 경향적으로 인간을 소외시키는 방향으로 나아가고 있는 듯하다. 부는 점진적으로 부패한 권력의 손에 집중되어 가고 있을 뿐이며 정의는 갈수록 고전 속에나 등장할 사어死語로 전락하는 듯하다. 살기 어려운 사회일수록 부패한 자들은 타인을 저버리고 자기의 이익만을 더욱더 탐욕스럽게 추구해간다. 때문에 삶의 수준은 경향적으로 나빠지는 경로를 따를 수밖에 없다.

위의 시에서 누가 가동시키는 것인지, 언제 멈출지 알 수 없는 불안한 '기계'에 목숨을 의지하는 '고양이'가 할 수 있는 일은 '기계'를 '믿는' 일이다. '먹이가 나올 거라는 믿음'을 지니고 하루하루를 사는 일이 '고양이'가 할 수 있는 일의 거의 전부라 할 수 있다. 또한 '기계'에 절대 복종함으로써 '나' 역시 '기계'와 하나가 되는 일이다. 그러나 이때의 '믿음'은 얼마나 허약하고 기만적인 것인가. 이러한 과정 속에 놓여 있는 '고양이'는 불안한 '기계'처럼 똑같이 언제 멎어버릴지 알 수 없는 불안한 존재가 아닐 수 없다. 비정규직이 전체 일자리의 30%를 훨씬 웃돌고 대학을 졸업해도 취업할 직장이 존재하지 않는 오늘의 사회는 전체가 곧 '비정규식사'를 하고 있는 '고양이'와 처지가 다르지 않다. 위의 시는 인간을 에워싸는 부조리한 시스템과 그 속에서 살아가는 인간의 처지를 상징적으로 처리하고 있다.

　　　어린 놈 담배 피지 말란 잔소리에 고딩이 벽돌 들어 단숨에
　늙은 할멈의 뒤통수도 찍는

　　　하루같이 공원 산책로에서 이다다드 아랄다드 뜻 없는 방
　언을 판갈듯 엮어대는
　　　성치않은 정신의 중년 여자가 출몰하는

고무통에 살해한 시신 첫 담그고
왕따 친구에게 토사물 먹이고
몸에 끓는 물 들이붓고 패서 죽이는 놀이를
놀이로 즐겁게 노는

제 은밀한 신체부위를 포경선의 작살처럼 꼬나들고 돌진
하는
골목길 바바리 맨도
내 몸 내가 벗었는데 뭐……당당히 히죽거리는

이런 어느 왕국,
인간이 동물로 급발진하듯 튀어 들어가는
인간이 말법의 연옥에 놀이삼아 들어가는
　　　홍신선, 「동물의 왕국」(『리토피아』, 2015년 봄호) 전문

　　인간이 주인이 아니며 사회가 인간을 위하는 곳이 아니게 될 때
그곳에 비인간이 넘쳐나는 것은 자명하다. 선이라든가 진리 대신 힘
과 권력을 추구하는 세상에서 인간적 가치를 기대하는 일은 쓰레기
장에서 열매가 열리기를 기대하는 것과 다르지 않다. 이기적인 욕망
을 채우는 일이 개개인의 절대가치가 되는 사회에서 고통을 견딜 때
라야 비로소 탄생하는 인간의 고귀한 정신이란 존재하지 못한다. 그
리고 인간이 스스로 인간다움의 정신을 갈구하지 않게 될 때 인간은
필연적으로 동물의 차원으로 떨어진다. 저열한 악마성과 동물성은
인간이 힘을 기울이지 않을 때 자동적으로 발현되는 성질이다. 반면

인간의 인간성과 고귀성은 자연스럽게 주어지는 것이 아니라 저열성을 벗어나겠다는 의지를 바탕으로 고군분투할 경우에만 겨우 희박하게 획득할 수 있는 것에 속한다. 그러니까 인간 성격의 저열성과 고귀성의 양대축에서 아무런 힘을 가하지 않을 때의 핀은 저열성을 지향하는 반면 고귀성의 방향이란 마치 물살을 거슬러 올라가는 일처럼 겨운 힘을 요구하기 마련이라는 점이다.

매일 신문기사를 도배하는 사회의 패악질들은 상상을 초월할 지경이다. 효라든가 공경과 같은 오랜 세월 우리 사회의 교양 정신을 지탱해주던 덕목들이 낡은 담벼락 무너지듯 붕괴된 지 오래다. 상상키도 힘든 엽기적 살인, 도를 넘는 학교폭력의 실태들, 정신의 핀이 끊어져버려 미치광이가 돼버린 인간들은 단순히 일회적이고 우연적인 사태에 불과한 것이 아니다. 그것은 곧 우리 사회가 얼마나 심각하게 병들어 있는가를 보여주는 객관적 지표에 해당한다. 오늘날 우리가 목도하는 패악들은 단순히 비뚤어진 개인만의 문제를 의미하는 것이 아니라 사회 전체의 문제인 것이다. 사회가 병들었음은 다른 것이 아니라 공동체를 지탱해주는 가치 개념이 붕괴되어 버려 더 이상 고귀한 인간성을 향한 정신적 에너지가 발휘되지 않는 상태를 가리킨다.

나 자신보다 타인의 안녕을 먼저 생각할 줄 아는 교양 정신이 부재한 곳에서 공동체는 형성되기 힘들다. 그와 같은 정신이 부재함에도 불구하고 사회가 존재하고 있다는 것은 그것은 인간의 정신에 의한 것이 아니라 기계적인 권력의 시스템에 의한 것이다. 그리고 그러한 힘의 시스템 내에는 탐욕으로 거대권력을 구축하는 보이지 않는 존재가 있다. 그것은 악마적인 사회다. 안개의 베일 속에 싸여 있는 듯 실체를 뚜렷이 알 수 없는 존재를 상상하는 일은 유의미하다. 사회를 이끌어가는 주체가 곧 이들이기 때문이다. 사회를 이끌어가는 주체가 인간이었다고 한다면 오늘날과 같은 전면적 패악은 일어날 수 없었을 것이다. 전쟁이야말로 이러한 사실의 극명한 논거다. 곧 인간다움을 향한 고군분투가 존재하지 않는 사회에서 벌어지는 사태는 동물성의 상태에 해당한다. 이를 두고 시인은 '동물의 왕국'이라 표현하고 있다. 시인은 위의 시에 묘사된 대로의 오늘의 사태를 가리켜 '인간이 동물로 급발진하듯 튀어 들어가는' 사회라 규정하고 있다.

그렇다면 오늘날 사회의 구성원들이 탐욕의 권력자에게 자신들의 모든 권한을 양도하는 일은 어떻게 벌어지게 되었는가? 사회가 발생한 이래 역사의 모든 시기에서 교양 정신이 부재했던 것인가? 언제고 없었으므로 지금도 없는 것이 자연스러운 것인가? 또한 그렇다고 말하는 것이 정당한가?

어쩌면 설령 사회가 한번도 이상적인 공동체를 만든 역사가 없다 할지라도 인간에겐 선험적으로 고귀함이 실현되는 이상적 사회에 대한 감각을 지니고 있다. 이것이 인간으로 하여금 고귀한 사회를 만들기 위한 고군분투를 하도록 이끌어왔던 것이다. 교양정신이 존재하는 사회에서 이와 같은 인간의 의지가 항상적으로 있어왔음은 물론이다. 문제는 바로 지금 이곳이다. 오늘을 살아가는 우리에게 과연 교양정신이 살아 있는 것인가? 우리는 음험한 권력이 아니라 인간이 주체가 되는 사회를 과연 꿈꾸고 있는가? 오늘의 우리에겐 인간이라면 선험적으로 지니게 마련이 이상적 사회에 대한 감각이 있는 것인가? 만일 이것이 존재하지 않는다면 우리는 과연 괴물이 아니라 인간이라고 당당하게 말할 수 있을까?

> 그대가 원한다면
> 내 기꺼이 푸른 융단이 되리라는
> 서약 아직 유효합니다
> 소외받고 가난한 이들을 위해
> 예초기가 나를 베어내도
> 안과 밖 똑같은 잎잎이 되어
> 강한 햇빛 아래 오체투지 하렵니다
> 예각의 날을 세운 햇볕이 창날 번뜩이며
> 화인火印처럼 박힌다 해도
> 달콤한 언어처럼 속삭여 주지요
> 등 뒤로 달라붙는 병든 벌레를
> 내쫓지 않고 습한 공기가
> 숨 막히게 가로막아도 마음속
> 사막 하나 키워 견디어 내겠습니다
> 집채만 한 환상과 꿈을 좇아
> 뜻하지 않게 돌풍이 와도
> 나른한 봄날같이 견디어 내겠습니다
>   노향림, 「어느 잔디밭 이야기」(『시와시학』, 2015년 봄호) 전문

언제부턴가 난해하고 요설에 가까운 시들이 주목받고 쉽게 이해되는 시가 저평가되곤 하였다. 지, 정, 의의 인간의 정신작용 가운데 정서적 측면과 의지적 측면이 도외시되고 지적 태도에 거의 전적으

로 의지하는 시들이 요즈음의 해체시라면 상대적으로 서정시는 정서와 의지에 의거하는 시들이라 할 수 있다. 세계에의 지향성, 세계와의 조화가능성, 자아와 세계의 만남과 화해에의 믿음을 여전히 버리지 않는 서정적 세계관은 주로 서정시의 언어로 현상한다. 서정시의 언어는 의미의 소거나 해체, 유희가 아닌 의미 환기를 강력하게 추구한다. 언어의 의미화를 통해 자아와 세계의 만남의 매개를 구하는 것이 서정시인 것이다. 서정시의 언어는 불모지의 세계와 닮은꼴로서의 언어를 제시하는 대신 불모지 속에서도 꽃이 피어나기를 꿈꾸는 언어다. 따라서 서정시의 언어는 세계의 흐름에 그저 되는 대로 몸을 맡기는 것이 아니라 물살을 거슬러 올라가는 정신주의의 언어다. 서정시의 조화의 언어에는 세계와의 대결이 전제되어 있다.

위 시의 목소리에는 세계와 대결하려는 자아의 의지가 매우 선명하게 담겨 있다. 화자는 이웃을 사랑하는 고귀한 가치를 위해서라면 '예초기가 나를 베어내도', '예각의 날을 세운 햇볕이 창날 번뜩이며 화인처럼 박힌다 해도', '뜻하지 않게 돌풍이 와도' '견디겠'노라고 다짐하고 있다. 세계에는 항상적으로 자아를 압박하는 시련이 있거니와 위 시의 자아에게 그것들은 자신의 정신으로 대결하고 극복해야 하는 성질의 것이다. 서정적 자아에게 강한 정신은 주로 자연에 유비되어 도출된다. 자연의 항상성은 자연이 배태한 강한 생명력에 기반하여 이루어지는 까닭이다. 이는 서정시의 시적 대상이 주로 자연이 되는 사실과도 관련된다. 위 시에서 그것은 '잔디밭'으로 형상화되고 있음을 알 수 있다. '강한 햇볕 아래 오체투지 하'겠다는 말은 자신을 사정없이 베어내려고 하는 '예초기'에 저항하는 '잔디밭'의 발화다.

'잔디밭'이 꿈꾸는 것은 '푸른 융단이 되는 것'이다. 그리고 그것은 '소외받고 가난한 이들을 위하는' 것이자 '등 뒤로 달라붙는 병든 벌레를 내쫓지 않'는 따뜻한 마음을 가리킨다. 위 시의 화자에게 '잔디밭'은 소외된 이웃을 보듬는 푸르고 따뜻한 마음에 대한 시적 매개물이 된다. 시의 화자에게 '잔디밭'과 같은 '푸르고 따뜻한 마음'에의 지향성은 '집채만 한 환상과 꿈'이라 할 수 있다.

이처럼 서정시의 언어는 세계와 자아 사이의 유비성의 자리에 놓이게 된다. 서정시인은 언어를 통해 자신의 마음을 세계 내로 투영시킨다. 세계와 만날 수 있는 마음은 그저 있는 대로의 마음이 아니라 고귀함을 지향하는 정신성에 의해 다듬어진 마음이다. 그것은 내맡겨진 대로의 동물성의 마음이 아니라 인간다움을 추구하는 강한 의지의 마음이기도 하다.

서정적 언어의 이와 같은 성질은 오늘과 같은 황폐한 시대에 시의 역할과 중요성을 말해준다. 오늘날처럼 허위와 기만으로 가득한 거짓의 시대, 정신의 부재로 저열한 동물성의 왕국이 되어 가는 시대에 서정적 언어는 순수성과 고귀함을 추구하는 드문 문화 현상에 속한다 할 것이다. 서정시에서 보여주는 정신성의 언어는 기만과 탐욕으로 가득찬 세계를 인간다운 세계로 회복하고자 하는 마음을 그 바탕에 두고 있다.

이 혹한의 겨울에 뻗어있는 민들레 뿌리는
봄을 찾아 언 땅을 필사적으로 뚫는 드릴이다.
아니면 아득한 곳으로 내려가
봄을 철철 길어 올리려는 마중물이다.

줄기, 잎, 꽃이니 다 처단된 채 뿌리만 남겨진 민들레
저 깊은 겨울에 잉걸불같이 뜨거운 심지로 박혀 있다.
지맥을 끊으려고 일제가 산정수리에 땅땅 박아놓은
쇠말뚝보다 더 강하고 부러지지 않는 뿌리
지난 계절은 영하의 날로도 얼리지 못할 뿌리를
뜨거운 말뚝으로 저렇게 땅땅 박아놓고 갔다.
아버지가 이 땅에 뿌리내리고 추운 날을 견뎌
가정이란 꽃 기어코 피워내었듯이
나도 아버지처럼 이 땅에 깊게 내린 뜨거운 뿌리
언젠가 내게도 꽃 피는 봄날이 와
꽃을 피운다고 엄청 분주해질 것이다.
내가 만든 꽃의 신화로 별 푸른 밤도 올 것이다.

　　　　　　김왕노, 「뜨거운 뿌리」(『예술가』, 2015년 봄호) 전문

　서정적 언어가 의미에의 지향을 통해 세계의 회복가능성을 제시
한다는 점은 위 시를 통해 단적으로 알 수 있다. 위 시의 언어는 언어
의 의미화를 부정하는 해체시에 저항하기라도 하듯 언어에 의미를
확정짓기 위한 끈질긴 노력을 보여주고 있다. 그것은 '민들레 뿌리'
란 '봄을 찾아 언 땅을 필사적으로 뚫는 드릴'이자 '아득한 곳으로 내
려가 봄을 철철 길어 올리려는 마중물'이자 '쇠말뚝보다 더 강하고
부러지지 않는 뿌리' 등으로 의미의 강조가 이루어지고 있는 데서
알 수 있다. 시적 대상에 대한 의미 부여의 반복적인 시도는 시의 언
어가 세계와 어긋나는 것이 아니라 세계와 일치할 수 있다는 믿음을
보여주는 것이다. 또한 그것은 자아가 세계와 고립 단절되는 대신

세계와 대결하고 화해할 수 있다는 가능성을 말해주는 것이다.

언어의 의미화를 긍정하고 세계와 화해하고자 하는 자아는 강한 자아다. 그것은 탐욕스런 권력이 탄생시킨 괴물같은 세계에 선험적으로 패배하는 것이 아니라 기꺼이 대결하겠다는 강한 의지를 품고 있는 자아다. 그 운영의 실질적인 주체가 가려져 알 수 없는 상태에서 세계에 대해 인식가능성과 대결 의지를 품는 자아는 조각난 세계와 마찬가지로 조각난 상태가 되어서는 안 된다. 분열된 자아의 분열된 언어는 세계의 분열성을 상동적으로 보여줄지언정 분열될 세계에 능동적으로 대처할 수 있는 자아가 아니다. 그러한 자아는 세계의 패배자이자 세계의 닮은꼴에 다름 아니다. 부패한 세계에 맞서는 자아는 스스로 자기정체성을 획득함으로써 강해진 자여야 한다.

위 시에서 '민들레'는 '줄기, 잎, 꽃이니 다 처단된 채 뿌리만 남겨'지고도 '봄을 찾아 언 땅을 필사적으로 뚫는' 자아를 상징한다. 또한 그것은 '지맥을 끊으려고 일제가 산정수리에 땅땅 박아놓은 쇠말뚝보다 더 강하고 부러지지 않는' 존재로 묘사된다. 시의 화자는 그처럼 강한 존재로 '아버지'를 떠올린다. 그에게 '아버지'는 '민들레'와 마찬가지로 '추운 날을 견뎌 가정이란 꽃 기어코 피워내는' 존재다. '아버지'는 아름다운 가정을 일구어내는 고귀한 인간을 대표한다.

황폐한 세계의 시련을 견디며 인간다운 가치를 잃지 않는 강인한 자아에게 과거는 현재와, 현재는 미래와 단절되지 않는다. 시간의 역사는 지금 여기에서 통합된다. 현재는 과거의 분투로 이루어진 결과이자 현재의 분투는 미래의 원인이다. 시간은 통합되고 지속된다. 위 시의 화자가 말하듯 '언젠가 내게도 꽃 피는 봄날이 올' 것이라는 희망과 기대는 세계와의 대결을 회피하지 않는 강인한 자아에게 비로소 주어지는 것이다. 시간의 통합으로 자기동일성을 획득한 자아는 '혹한의 겨울'과 다르지 않은 세계 속에서도 끈질기게 살아남아 다가올 미래에 새로운 '신화'를 창조할 것이다.

권력과 탐욕이 사회의 주인이 되어간다는 사실은 사회가 진짜 얼굴을 잃어가고 있음을 의미한다. 그것은 인간을 대신하여 추상화된 존재가 세상을 이끌어가는 주체임을 의미하는바, 이속에서 인간의 진정한 가치는 실현될 수 없다. 그것이 곧 앞서 살펴본 동물성의 사회임은 물론이다. 보이지 않는 권력이 세상을 지배할 때 인간이 할 수 있는 가장 주요한 일은 언어를 회복하는 일이다. 언어에 상실한 의미를 되찾아줄 때 언어는 힘을 획득할 수 있기 때문이다. 반면 언어가 진정성을 얻지 못할 때 인간의 정신이 표현될 수 있는 매체는 더 이상 존재하지 않는다. 권력의 시스템으로부터 인간이 소외되고 탈각되는 시점도 이때다. 시가 계속 가벼워지고 언어가 무게없이 쓰이는 오늘의 세태는 보이지 않는 권력에 인간의 정신을 양도하는 것과 다르지 않다. 서정성의 언어 회복이 더욱더 요구되는 때에 지금 우리가 살아가고 있다고 해도 과언이 아닌 것이다. ◎ 『예술가』, 2015년 여름호

구조적 폭력에 대한 언어의 표정

1. 구조적 폭력과 진리

오늘날 권력을 몰락시키고 사회를 변화시키기에 충분한 사회적 이슈들은 바다로 치자면 소소한 파도에 해당할 것인가. 늘상 부침을 반복하는 파도가 바다의 존재 조건인 것처럼 떠들썩한 사회적 이슈들 또한 몇 번 떠들썩거리다 소멸하는, 그래서 결국 바다를 고요한 망망대해로 만들어버리는 사소한 부대낌에 불과한 것인가 하는 것이다. 아이들이 죽고 정치와 선거가 농락당해도 모든 것들은 "또한 지나갈" 소소한 파도치기에 해당할 뿐이다. 부치는 파도에 휩쓸려 몇 번이고 너울대었던 주체들은 마침내 허무의 늪에 빠져 헤어나오지 못하게 되었다. 분노도 아픔도, 언제 그랬냐는 듯이 바다 속에 삼켜진 배처럼, 깊은 물속으로 잠겨버려 주체는 침묵하고 또 병들어간다.

폭력을 주관적인 것과 객관적인 것으로 구별하는 지젝에 따르면 주관적 폭력이 테러나 살인처럼 직접적이고 식별가능한 것인 반면 객관적 폭력은 경제 및 정치체제 차원의 구조적 폭력으로 표면적으로는 정상적인 것으로 보이되 실상은 파국에 해당하는 것을 의미한다. 전자가 혼란에 의해 인지되는 것이라면 후자는 평온 속에 내재하는 것이므로 식별되기 힘들다. 그러나 평온하고 정상적이되 부당함을 내재하고 있는 구조적 폭력을 묵인할 경우 사태는 돌이킬 수 없는 파국으로 귀결될 것임이 자명하다. 지젝이 '폭력'의 개념을 문제삼는 것도 이 때문이다.

고도로 구조화된 자본주의 체제에 관해 문제제기하고 있지만 지젝의 지적은 기함할 정치적 패악들을 고요하고 평온하게 마름질하는 오늘날 우리 사회의 정치 구조에도 그대로 적용된다. 사회를 지탱하는 공동의 가치마저 서슴없이 무너뜨리고 결국 주체들을 허무의 심연으로 가두어버린 정치력은 주관적 폭력을 정상성과 평온함으로 통제하는 구조적 폭력의 발원지다. 지젝 식으로 말하면 우리의 정치는 주관적 폭력과 객관적 폭력이 동전의 양면으로 결합된 형국이다. 이는 다른 어떤 국가권력보다 악성이다.

이러한 사회에서 말은, 모든 말은 거짓말이 된다. 아무리 급진적인 저항을 말할지라도 그 또한 평온의 구조 속에 잠식당하고 말 것이기 때문이다. 주체들의 모든 저항의 몸짓은 잔물결처럼 솟아오르다 곧 바다의 일부가 되기 마련이다. 진실이 지닌 파괴력은 한갓 작은 일렁임에 불과한 것이다. 그러므로 글쓰는 주체들 역시 허무의 심연 속에 가라앉지 않을 도리가 없다. 상황이 이러하므로 지젝 역시 언어 또한 폭력의 범주로 귀속시킨다. 언어는 상징적 폭력에 해당한다는 것이다.

이와 같은 총체적 폭력의 상황 속에서 지젝은 그럼에도 불구하고 주체가 취해야 할 태도의 진실성에 대해 주장한다. 비록 언어가 체제내화되어 있으면서도 진리를 지향하는 태도는 거짓 체제에 균열을 낼 수 있는 새로운 장場을 만들어낼 수 있다는 점에서다. 지젝은 그 예로 힉스장higgs field을 말한다. 그것은 무의 에너지인데, 그것이 있음으로써 발생하는 사회적 비용을 해소시키기 위해서라도 사회의 변화는 불가피해진다. 그런 점에서 그것은 행동하지 않되 파괴력을 지니는 에너지다. 이는 사회구조 속에서 봉쇄당한 출구에 틈을 내는 태도와 관련된다. 여기에는 체제의 견고한 네트워크 속에서 고통과 용기를 기꺼이 감당하고자 한다면 진실은 언제고 그 얼굴을 드러낼 것이라는 메시지가 담겨있다.

2. 폭력에 대한 폭로

강인한 시인의 「태어나지 않은 이름은 슬프다」는 집권 정부가 보여주는 거짓된 태도에 대한 분노와 슬픔으로 이루어져 있다. 시의 아이러니적 어조는 정권이 보여주는 표면적인 평온과 이면적인 폭력의 양가성을 향한 채 이를 차갑게 조롱하고 있다. 또한 '태어나지 마라'는 명령어는 부정한 정권이 있는 한 국가 내 모든 존재가 폭력에 노출되어 있다는 사실을 강조하는 대목이다.

> 알게 모르게 평형수를 줄이고
> 귀신의 숟가락 귀신의 보따리만 챙기는 나라
> 태어나지 마라, 이런 나라에.

건강을 위하여 아암, 시민들의 상쾌한 건강을 위하여
담뱃값을 올리고
다이어트를 위하여 지나친 포식을 자제하기 위하여
친절하게 밥값을 올려주는 나라
태어나지 마라, 이런 나라에.

금수강산 배달민족 그런 말 지금도 사전에 있느냐.
금수처럼, 짐승처럼, 그래그래 치킨을
피자를 배달시켜 먹고 국물 많은, 짐승처럼
짬뽕을 배달시켜 먹는 우리는 배달의 민족이고말고.

금모래 은모래 반짝이는
이 강 저 강 파헤치는 배달민족
보를 쌓고 댐을 쌓아 홍수를 막았느니 재앙을 막았느니
녹조라테 넘실, 큰빗이끼벌레 너도 늠실,
저것도 먹으면 틀림없이 몸에 좋을껴
국립과학수사연구소에 가져가 연구해 보라고 해봐.

태어나지 마라, 이런 나라에.

강인한, 「태어나지 않은 이름은 슬프다」
(『예술가』, 2015년 여름호) 부분

민주주의 국가의 기본 테제가 '국민에 의한, 국민을 위한' 것이라면, 지금의 우리나라는 그 권력이 국민으로부터 나온다는 민주공화

국이 맞는 것인가? 수면 아래 잠겨 기억마저 희미한 세월호 사태를 보더라도 국민의 기억은 말끔해지고 있을지언정 해결된 것은 아무 것도 없지 않은가. 국내외적으로 거셌던 비난 여론 역시 언제 그랬 냐는 듯이 잠잠하다. 모든 혼돈이 "또한 지나가" 정상을 되찾은 것이 다. 그런 만큼 과거의 기억을 헤집는 시인의 언술은 진실을 향해 있 다. 선뜻 언급하려 하지 않는 사실을 의식의 수면 위로 끌어올리는 그는 정부의 주관적이면서도 객관적인 폭력을 환기시키고 있다. '평 형수를 줄였'던 점에서 주관적 폭력이지만 '알게모르게' 처리했던 점에서, 따라서 아직도 미혹만 무성하게 남아있는 객관적 폭력이기 도 한 그것은 정부의 주도로 진실이 철저하게 봉쇄되었다.

'이런 나라에 태어나지 말라'는 시인의 주문은 반어적이고도 허무 주의적 발언이다. 여전히 국가에 대한 애정을 지니고 있다는 측면에 서 반어적이지만 해결의 답이 없다는 측면에서 보면 허무적이다. 그 러면서 그것은 국가에 대한 절대적 불신과 총체적 절망을 나타낸다. 또한 그것은 국가의 폭력을 역사화시킴으로써 출구가 보이지 않는 절망 속에서도 겨우 틈을 구하려고 하는 진리를 향한 의지에 해당한 다. 시인의 발언은 비록 모든 말이 거짓 구조 속에 환원되어 버리는 허무의 그물망 속에서도 '말'에 대한 희망을 포기하지 않으려는 태 도라 할 수 있다.

물론 그의 발언은 정치가의 그것과 달리 집행력도 정치력도 지니 지 못한다. 허무주의적인 그의 말은 '무'에 가깝다. 단지 발언으로 그 칠 때 시인의 말은 그저 공허한 말뿐일 수 있다. 그러나 우리는 계속 해서 시인과 마찬가지로 발언하기를 멈추지 말아야 하리라. 국가의 은폐되고 정당시 되고 있는 폭력에 대해 말해야 하고 그러한 폭력이 역사 속에서 끊임없이 이어져 왔음을 폭로해야 하리라. 은폐와 조작의 문제는 언제부터 시작되었는가? 멀게는 국가의 시작으로 거슬러 올라가겠지만 가깝게는, 시인의 발언에 기대면, 국민의 동의도 없이 4대강 사업을 벌였던 전 정부부터라 할 수 있을 것이다. 여전히 4대강 사업의 수혜자가 누군지 알 수 없는 형편인데 현 정부는 그에 대한 일언의 언급도 하지 않고 있는 실정이 아닌가. 4대강 사업으로 야기된 생태계 파괴는 너무도 치명적이어서 인간 삶의 파괴로 이어지는 것은 시간문제다. 그럼에도 '국립과학수사연구소'도 믿을 수 없는 마당에 진실을 말해줄 거라 기대할 수 있는 자는 아무도 없다.

시인이 암시하고 있는 바대로 진리를 구하고자 하는 의지는 민족의 정체성 차원에서 의미화 되어야 한다. 그것은 우리에게 가해진 권력의 폭력이 민족의 근간이 되는 공동가치를 이미 침해하였고 그 결과 우리의 정신이 파괴되었기에 그러하다. '배달민족 그런 말 지금도 사전에 있느냐'는 질문은 피폐해져 혼을 잃고 살아가는 우리의 처지를 잘 나타내주고 있다. 지금의 우리에게 '밝은 빛'으로 상징되는 '배달민족'으로서의 의미는 사라진 지 오래고 온통 먹방(먹는 것을 방송하는 것)으로 도배되고 있는 TV 문화에서 엿볼 수 있듯 동물적인 차원만 남아 있는 것은 아닌가 하는 것이다.

3. 구조화된 거짓

진리를 향한 의지가 민족 정신의 차원에서 논해져야 한다는 사실은 그것이 고귀한 인간성과 관련된다는 것을 의미하기도 하다. 허위과 가식의 사회가 계속되면서 인간 역시 사회의 거짓된 구조와 닮은 꼴로 양산된다는 점에서 그러하다. 이에 따라 자아의 분열은 자명하거니와 인간은 본연의 정체성을 상실한 채 살아가야 한다. 인간은 상황에 맞추어 수도 없이 자신을 분열시켜야 하는 좀비같은 존재가 되는 것이다. 고광헌 시인의 「굴뚝 없는 공장은 테헤란로보다 압구정동에 많다」는 진실 대신 거짓이 주도하는 사회에서 갈갈이 찢긴 채 살아가야 하는 힘겨운 주체들을 조명하고 있다.

　　강남구 압구정동 현대백화점 네거리
　　지하철 3호선 분당 방향 오른쪽 출입구로 나오면
　　이곳저곳
　　의란성醫卵性* 쌍둥이자매들 인사에 기분 나쁘지 않다

　　첫 시간, 시작하려는데 스마트 폰 진동. 새벽에 끝난 알바, 자명종 소리 못 들어 택시 안이란다. 쉬는 시간 부은 얼굴에 대고 왜 늦은 알바냐? 언니를 위하여, 알바 두 개! 저는 공부 못해 지방으로 왔지만 언니는 스카이 출신, 면접 낙방 중이라 얼굴 조금 고쳐야 한다. 깍은 수술비 3백만 원, 엄마 2백만 원, 저 1백만 원. 언니는 공부에 전념, 알바 뛰면 안 된다. 악마의 꽃은 압구정동에 핀다. 중고생 땐 8학군 1등급 위해 깔아주더니, 이젠 8학군 의사들 주머니 채우고, 요람에서 무덤까지 받쳐주는, 그렇지 동족끼리면 식민지백성은 아니지. 학생들은

* 성형수술을 통해 비슷비슷하게 '규격화'한 얼굴로 바뀐 성형미인을 일컫는 은어.

새벽까지 알바인데, 학교는 지각엔 마이너스 점수타령이라고
쓸데없이 중얼거리다, 기어코 압구정동에 8학군에 이용당하
고 세 모녀 마음도 속이는 일이라고 선생질했다.

> 엊그제 시술한 화학물질이 근섬유 속에서
> 덜어 내고 들어 올린 웃음을 얼굴 안으로 구겨 넣는다
> 쏟아지는 눈물을 받아 내지 못하는
> 초극세 피부세포의 슬픔
> 눈 쌓인 날 제일 먼저 강의실에 나와 활짝 웃는 그녀
>> 고광헌, 「굴뚝 없는 공장은 테헤란로보다 압구정동에 많다」
>> (『유심』, 2015년 8월) 전문

위 시의 이야기에 등장하는 주인공은 지방대학을 다니는 여학생
으로, 새벽까지 알바를 하면서 힘겹게 살아가는 인물이다. 시의 화
자는 대학 교수이고 알바를 뛰느라 수업에 늦곤 하는 학생을 연민하
고 있다. 그의 주장인즉, '압구정동은 악마의 꽃의 근원지'라는 것이
다. 그것은 스카이대에 진입하기에 가장 유리한 8학군이 있는 곳도
압구정동이고, 유명한 성형외과가 가장 많은 곳도 압구정동이라는
점과 관련한다. 이는 압구정동이 사회의 위너winner를 양산하기 가장
적합한 곳이라는 함의를 지닌다. 우리 사회에서 학벌과 외모는 성공
의 가장 필수적인 요건인 것이다.

성공이 사회적 지배자의 지위에 놓이는 것이요, 성공의 조건이 인
성이나 내면이 아니라 학벌과 외모와 같은 외적인 것인 데 있다는
점은 엄청난 사회적 왜곡과 부작용을 일으킨다. 이 땅에서 태어난

모든 학생들은 '스카이대'에 가기 위한 무한경쟁에 시달려야 하고 또한 여자들은 '성형'의 유혹에서 자유롭지 못하게 된다. 외모에 대한 욕망으로 여자들은 성형의 고통을 감수하곤 하는데, 그렇게 해서 태어난 미인들은 자신의 고유한 모습을 잃고 '규격화' 되곤 한다. '의란성 쌍둥이 자매'는 의사가 탄생시킨 유사한 미인들을 가리킨다. 규격화된 미인은 사람을 평가하는 기준이 외모가 된 사회적 정황을 말해주는 것이면서 자신의 의사와 상관없이 그러한 기준에 맞추어서 살아가야 하는 여자들의 고통을 내포한다.

사회에서 부과되는 요구 조건에 따라 본래의 자신의 모습을 애써 변형시키려 드는 행태는 그리스 신화에 나오는 프로쿠스테스의 침대를 연상시킨다. 자기 집 앞을 지나가는 여행객들을 잡아다가 침대보다 작으면 늘려서 죽이고 크면 삐져나온 부분을 잘라서 죽였다는 이야기는 특정한 기준에 억지로 끼워맞추려는 경우의 부조리함에 대해 말해준다. 잠자리를 제공해준다는 프로쿠스테스의 제안은 여행으로 지친 이들에게 거부할 수 없는 유혹이었지만 그것은 곧 죽음에 이르는 길에 다름 아니다. 마찬가지로 성공의 지름길이 되는 학벌과 외모를 갖추는 일은 본래의 자기를 담보로 하는 자기 죽음의 길이라 할 수 있다. 그것은 자아를 분열시키고 또 붕괴시킨다. 시에서 '덜어 내고 들어 올린' 기괴한 웃음은 자연스러움에서 비롯되는 자기 본연의 아름다움을 대체한 거짓된 아름다움을 가리킨다.

루저와 위너를 구분짓고 위너들만 인정하는 사회에서 진실은 사라지고 가식과 허위만이 난무할 것이다. 루저가 되지 않기 발버둥쳤지만 위너가 되지 못한 사람들은 존엄성을 인정받지 못한 채 위너들을 '받쳐주는' 역할을 받아들여야 한다. 루저들의 위너들에 대한 '받쳐주기'는 '요람에서 무덤까지' 이어진다. 이는 세습되는 계급의 사회와 별반 다르지 않다. 지배계급과 피지배계급의 구분이 양산되는 이러한 사회는 진실을 죽이고 거짓을 구조화한 폭력의 사회에 해당한다.

4. 폭력의 사회에서 살아남기

거짓이 구조화된 사회에서 진실은 약에 쓰려 해도 없고 진리를 구하는 자는 바보취급 당하기 십상이다. 인간성은 갈수록 파괴되고 인간은 더욱더 영악해진다. 선보다 악이 더 자연스럽고 위악적으로 굴 때 사회에 더 수용적이 된다. 아직 진리를 믿는 자가 있다면 그는 어린 아이거나 어리석은 자로 평가될 것이다. 이러한 사회에서 초월은 절대자를 향한 것이 아니라 소위 '성공'을 향한 것이 된다. 김상미 시인의 「제발 잡히지 말고」는 이처럼 훼손되어 버린 사회에서 살아남는다는 것의 의미가 무엇인지를 통렬하게 묻고 있다.

> 돈가방을 들고 튀는 여자, 아주 어릴 때부터 온갖 못된 햄버거와 바나나, 하이힐과 권총들에 짓밟히고 유린당하고 모욕당한 여자, 영화 속이지만 제발 잡히지 말고 캄캄한 마천루, 그 한 가닥 빛 속으로 도망쳐 평생 쓰고도 남을 눈먼 돈, 깨끗이 세탁된 돈, 숨어 버리기만 하면 추적이 불가능한 돈, 누구의 돈도 아닌 돈, 아무리 쓰고 또 써도 세금이 안 붙는 돈, 환상의 돈, 제발 잡히지 말고 원 없이 그 돈을 뿌리며 살

기를! 그 돈으로 얼굴도 바꾸고 비열하고 악독한 자본주의, 그 단발마의 문명이 온몸에 새겨놓은 그 더러운 문신도 다 지워버리고 뱃속의 아이와 그 아이를 바라보는 행복하고 간절한 마음과 함께 제발 잡히지 말고 무릉도원으로, 온갖 개새끼 소새끼 잡새끼들은 깡그리 잊고 잊어버리고 폭풍우가 몰려오면 올수록 더욱 우아하게 우뚝 솟는 오래된 나무들처럼 쓸잘데기 없는 영혼일랑 저 멀리 던져 버리고 아무런 가책도 죄의식도 없이 최고의 무기인 선한 천성 대로 독창성 있게, 그렇게, 그렇게 살았으면, 제발 잡히지 말고 오래오래 자유롭게!

김상미, 「제발 잡히지 말고」(『리토피아』, 2015년 여름호) 전문

폭력적인 사회에서 피해자는 약한 자, 가난한 자, 즉 소외된 자들이다. 돈도 없고 힘도 배경도 없는 이들은 자본과 힘에 의해 소외당하고 상처입게 된다. 소외된 자들에게 자본과 힘은 곧 지배자들이고 폭력에 해당한다. 위 시의 '여자' 역시 '아주 어릴 때부터' 온갖 사회적 패악들에 의해 '짓밟히고 유린당하고 모욕당한' 자다. 아무것도 가지지 못한 그 '여자'는 어디에서도 따뜻한 안식이나 위로를 얻지 못한 채 위태롭게 살아왔다. 그러던 중 '영화 속 그 여자'는 특정한 폭력에 의해 쫓기는 신세가 되었다.

그러한 그녀에 대해 시의 화자가 생각하는 구원은 많은 '돈'을 손에 넣어 '악독한 자본주의'의 흔적을 모두 지운 채 '가책도 죄의식도 없이' 사는 것이다. '그 여자'가 많은 돈을 자기의 힘으로 벌 수 있는 자였다면 그는 쫓기는 자도 소외된 자도 아니었을 것이므로, 시의

화자가 생각해 낸 '돈'은 그저 '눈먼 돈'이다. '세탁된 돈, 추적이 불가능한 돈, 세금이 안 붙는 돈'은 돈은 돈이되 체제로부터 자유로운, 그래서 그녀를 어떤 폭력에 의해서도 지배당하지 않게 해주는 돈이다. 화자의 관점에서 '돈'은 힘없는 자에게 힘과 자유를 주는 구원의 매개에 해당한다.

'돈'을 지닌 그녀가 사회의 폭력으로부터 자유로워지는 가장 우선의 길은 그간 겪었던 폭력의 흔적을 지우는 일이다. 그런데 화자에 의하면 그녀를 괴롭혔던 가장 큰 폭력은 '비열하고 악독한 자본주의'에서 비롯된 것이다. 사회가 돈을 최고의 가치로 여길 때 돈으로부터 소외된 자들의 경우 모든 부면에서 폭력을 겪게 되리라는 것을 추측하게 하는 대목이다. 그렇다면 자본이라는 주관적이고도 객관적인 폭력의 흔적을 지우는 대신 그녀가 가치로운 것으로 새겨야 할 것은 무엇인가? 위 시에서 그것은 그녀 자신과 그녀의 '아이', 그리고 폭풍우 속에서도 의연할 수 있는 '우아함'과 '선한 천성'이다. 세상에서 돈보다 더욱 숭고하고 소중한 것, 따라서 인간이 존엄하다면 지켜야 할 것이 이것들이다.

위 시의 논리대로라면 인간을 존엄함과 행복으로 이끄는 진실로 가치있는 것들은 그러나 '비열하고 악독한 자본주의'처럼 사회에 미만한 폭력에 의해 쉽사리 지켜지지 못한다. 폭력이 약자를 먹이로 삼아야 하고 약자는 폭력의 먹이가 된 채 평생 괴롭힘을 당한다는 정황은 자본주의가 인간적이기보다 반인간적임을 가리킨다. 인간에게 진정 중요한 것은 언제나 '돈'에 의해 상실되고 훼손되는 것이다.

'돈'이 인간을 파괴하기도 구원하기도 한다는 위 시의 인식은 새로운 것도 아니고 자본주의 사회에서는 지극히 당연한 것으로 보인다. 그러나 이는 또한 우리 사회가 얼마나 속악한 것인가를 단적으로 보여주기도 한다. 자본주의가 민주주의와 더불어 태동한 체제임에도 불구하고 인간은 그 자체로 존엄하다는 민주주의적 공리는 자본주의 하에서 공허한 관념에 불과한 것이다. '순수함', '생명', '선한 천성', '의연함', '우아함'과 같은 인간 고유의 본성에 의해 인간성이 규정되고 평가되는 사회는 추상 속에나 존재할 법한 것인가. 이러한 정황은 우리가 헛된 세계에 갇힌 채 본질을 잃고 살아가고 있음을 말해준다.

5. 그의 적들과 열린사회

자본이 인간을 가두고 인간의 본성을 파괴하는 사회, 눈앞에서 벌어졌던 폭력도 별 일 아닌 것으로 미끈하게 마름질하는 부패한 권력의 사회, 절망으로부터 벗어나려는 발버둥이 주체들을 더욱 깊은 심연으로 빠트리는 사회는 닫힌 사회이고 미래가 없는 사회다. 말로는 자유와 민주주의를 말하면서도 실제로는 이것의 개념조차 능멸하고 농락하는 사회는 저급한 사회다. 이 속에서 자본과 권력은 더욱 더 견고해질 것이고 주체들은 더욱 완고한 무기력에 빠질 것이다. 언어 역시 쉬이 오염되고 헛된 사회 구조를 지탱하는 날개가 되는 마당에 주체들은 어디에 기댈 수 있는 것일까?

김경수의 「글자가 걸어나온다·2」는 언어의 성질을 다루면서 사회와 언어의 등가성에 관해 시사하고 있다. 세상이 진眞과 위僞를 구별하는 것이 힘들어진 것처럼 언어 또한 그러하다는 것이다. 그렇다면 언어를 다루는 시는 무엇이어야 하는 것인가?

　　　책 속의 글자를 보면 향기가 난다.

　　　모든 문장들은 착하게 보이고 도와주기만 할 것 같다.

　　　글자의 진정한 내면內面을 알기 위해서는

　　　글자와 섞여 세월을 보내야 한다.

　　　책에서 걸어나온 글자를 어루만진다.

　　　책을 버리고 나온 글자와 밤새도록 이야기를 한다.

　　　글자는 희망과 달콤한 친밀親密을 이야기한다.

　　　슬퍼하는 글자의 마음이 진짜 슬픈 건지

　　　웃는 글자의 마음이 진짜 기쁜 건지

　　　글자를 오랜 기간 살펴봐야 알 수 있다.

　　　책 속의 글자는 가면을 쓰고 있다.

　　　책 속의 글자는 독자를 속이기 위해 눈웃음치고 있다.

　　　속는다. 웃는다. 분노한다.

　　　글자가 보기에 사람들은 바보들이다.

　　　(중략)

　　　속지 않기 위해서는

　　　유별나게 친절한 글자를 조심해야 한다

　　　　　　　　　　김경수, 「글자가 걸어나온다·2」

　　　　　　　　　　（『리토피아』, 2015년 여름호) 부분

　악이 선이 되고 거짓이 진실이 되는 사회이므로, 선과 악을 구분
한다거나 진위를 판별하려는 시도가 무색해지는 오늘날 언어는 그

중 특별할까? 언어는 신성한 것으로서 사회와 구별된 채 고고함을 보존할 수 있는 것일까? 그러하다면 착각이라는 것이 위 시의 발상이고 그 점에서 위 시는 우리에게 시사하는 바가 크다. 언어도 사회와 크게 다르지 않은 것이다. 언어는 그것의 사용자에서 비롯되는 것인 까닭에 힘을 지닌 자가 발하면 그것은 진실이 되고 힘을 지니지 않은 자가 발하면 그것은 거짓이 되는 성질을 지닌다. 비단 마르크스를 떠올리지 않더라도 언어는 다른 모든 요소와 마찬가지로 권력의 구조에 종속되어 있는 것이다. 위 시의 '책 속의 글자는 가면을 쓰고 있다'는 전언은 이러한 맥락에서 의미화된다. 언어는 겉으로 '향기가 나'고 '모든 문장이 착하게 보이고 도와주기만 할 것 같'지만 그것을 진짜의 모습이라 여기면 어리석은 것이다. 언어는 교묘한 것이고 때로 교활한 것이기도 하다.

언어가 그러하므로 시의 화자는 언어에 의해 번번이 '속기'도 하고 '웃기'도 하고 '분노하기'도 한다고 말한다. 언어는 지고지순하다기보다 오히려 '독자를 속이기 위해 눈웃음치고 있다'. '글자가 보기에 사람들은 바보들이다'라고 하는 데서 짐작할 수 있듯 언어는 인간 위에 군림하면서 인간을 조종하고 역사를 호도하기도 한다. '유별나게 친절한 글자'는 선을 가장한 거짓일 수 있거니와 인간이 이에 기만당한다면 역사는 어느새 파멸로 치달을 것이다.

그러므로 '글자의 마음이 진짜'로 어떤 것인지 면밀히 살펴야 하는 것이리라. 언어의 진짜 '마음'을 읽지 않는다면 거짓된 말에 쉽게 현혹당할 것이다. 많은 경우 쓰여진 내용이 그렇다고 해서 진짜 그런 것이 아닌 것을 보더라도 언어는 얼마든지 진실을 위장할 수 있다는 것을 알 수 있다. 마찬가지로 언어가 '희망과 달콤한 친밀親密을 이야기한다'고 해서 그것이 진정 희망이 되고 소통이 되는 것은 아니다. 모든 것이 견고하게 구조화된 사회에서 진위를 가릴 수 있는 방편은 언어에 있지 않다. 그것은 '마음'에 있는 것이다. 앞서 언급했던 '진리를 구하고자 하는 의지'도 이와 같은 맥락에 놓인다. 즉 글자에 담겨 있는 '마음'이 진짜이면 그 내용도 진짜이고, 글자에 담겨 있는 '마음'이 거짓이면 아무리 진짜라고 진술할지라도 그 내용은 거짓이 된다.

따라서 위 시의 화자는 '글자의 진정한 내면을 알기 위해 글자와 섞여 세월을 보내'고자 한다. '책에서 걸어나온 글자를 어루만지'고 '글자와 밤새도록 이야기를 하'기도 한다. 또한 '슬퍼하는 글자의 마음이 진짜 슬픈 건지, 웃는 글자의 마음이 진짜 기쁜 건지' 알기 위해 '글자를 오랜 기간 살펴봐야' 한다고도 말한다. '마음'은 오직 진짜인 것이기 때문에 설령 잘 드러나지 않을지라도 그 정체가 있기 마련이다. '마음'을 보고 그 '마음'을 판단하고자 한다면 비로소 우리는 선과 악을, 진과 위를 구분할 수 있게 될 것이다.

언어가 사회 구조에 종속된 것이되 또한 '마음'을 지닌 것이라면 언어는 진리를 구하고 인간성을 회복할 수 있는 마지막 매개가 될 수 있을 것이다. 언어를 통해 바른 '마음'을 가꿀 수 있기 때문이다. 바른 '마음'에 의해 발화된 언어는 시적 언어가 되어 허위를 넘어서 진실을 전할 것이기 때문이다. 이러한 언어는 오염된 사회와 등가가 아닌, 진리에의 의지를 내포하는 진정한 언어가 될 것이다.

주관적 폭력과 객관적 폭력이 결합된 더욱 공고한 구조적 폭력 속에서 주체가 마지막까지 해야 할 일은 진리에의 지향성을 버리지 않는 일이라는 점을 확인할 수 있다. 그리고 우리가 기댈 수 있는 것은 여전히 시적 언어다. 저항도 체제의 일부로 수용되는 역설적 상황이 주체를 절망과 허무로 몰아간다 할지라도 진리에의 의지를 포지한 언어는 거짓된 사회 구조와 다른 장feild을 펼칠 것이다. 그것이 유일하게 견고한 체제에 대항하는 균열의 지점이 되고 궁극적으로 견고한 구조를 내파시키는 새로운 에너지장이 될 것이다. ○『예술가』, 2015년 가을호

혼돈의 시대와
시의 원시성

1. 다중多重적 혼돈

"모든 견고한 것이 대기 속으로 사라지"는 현상은 비단 근대의 문명적 사태에만 해당되는 것일까. 자본이 세계를 이끌어가는 중심 세력이 되면서 오늘이 어제와 달라지고 미래가 불확실성 속에 놓이게 된 것은 새삼스런 이야기도 아니거니와 과거 오랜 시간 인간의 삶을 구획하고 지탱해주던 것들은 오늘날 세계의 아니러니 속으로 흔적도 없이 용해되어 버렸다. 전통적인 문화, 선과악의 규준들, 신을 향한 외경심, 생명에의 가치관 등 인간의 근원을 형성하던 정신적 가치들은 공중에서 분해된 지 오래다. 세계의 진보와 진화를 보장하며 등장한 근대는 자본의 생산력을 엔진 삼아 기존의 견고한 모든 것들을 현재라는 시간의 용광로 속으로 처넣어 버렸다. 애초에 물질화되지 않는 것들은 모두 그런 운명 속에 놓일 것들이었다. 자본화되지 않는 것, 상품화되지 않는 것은 세계에서 존재할 이유도 방법도 없는 것에 속하였던 것이다.

이와 같은 혼돈과 불확실성의 사태는 그런데 마르크스가 말한 자본주의의 문명적 현상에만 국한된 것은 아니라는 점이다. 전통적이고 근원적인 것까지는 아니더라도 바로 어제까지 우리 사회의 원리가 되고 가치관이 되었던 것이 바로 지금 일순간에 녹아버리고 있기 때문이다. 적지 않은 시간 동안 민중들이 일구어낸 민주주의의 성과들은 정부의 독단과 독주에 의해 언제 그런 적이 있었던가 싶을 정도로 대기 속으로 사라졌다. 민주주의의 원리가 죽고 국가의 원칙이 죽고 국민의 권리가 죽었으며 역사도 죽어가고 있다. 시계가 정확히 과거 유신 독재의 시절로 되돌아갔다라는 한탄은 이제 관용구가 되었다. 견고했던 모든 것이 흔적도 없이 사라지고 있지만 조작과 폭력을 일삼는 정부의 기묘하게 보이지 않는 손을 멈출 힘은 어디에도 없어 보인다. 애초에 친정부화되지 않는 것들은 모두 그럴 운명 속에 놓이는 것들이었던가. 오늘 이 사회에서 친정부화되지 않는 것은 존재할 이유도 방법도 없는 것이 되어 버렸다. 우리 사회는 가만히 있어야만 살아남을 수 있는 그런 사회가 된 것이다.

인간과 사회 속에 내재해 있는 혼돈과 무질서에 방향과 원칙을 세워주는 것이 정부와 국가의 역할이자 존립 근거일 것이나 우리의 현실은 국민들이 겨우 기대고 사는 정신적 물적 토대마저 송두리째 무너뜨리고 있는 형국이다. 오늘날 우리는 이중삼중의 혼돈의 소용돌이 속에서 허우적거리면서 살아가야 한다. 오늘은 어제의 돌탑들이 부서졌으며 내일은 또 어느 날의 돌탑들이 부서져버릴 것인가. 오늘을 사는 우리들은 이제 내일은 또 어떤 소용돌이가 휘몰아쳐서 과거의 어떤 견고했던 것이 녹아버릴까를 염려해야 한다.

2. 용해되는 일상들

　전통과 현대를 가르는 기준이 되는 것은 수다하지만 그 중 느림과 빠름, 따뜻함과 차가움과 같은 감각적인 것을 말할 수 있을 것이다. 가령 인간의 호흡이 무질서해지고 가팔라진 것은 산업사회가 되면서부터다. 시간이 돈으로 직결되는 현대에 이르러 인간은 모든 것을 빨리빨리 하도록 종용되었고 그 속에서 생명다운 호흡은 파괴되었다. 이것은 산업사회 이전 자연의 시간에 의존하며 살아야 했던 시절의 사태와 극단적으로 다른 것이다. 자연의 호흡에 동화될 수 있던 과거는 인간의 호흡이 지극히 완만하고 생명스러웠다 단언할 수 있다. 마찬가지로 현대의 중심이 된 자본의 냉혹함은 인간 역시도 그와 닮은꼴이 되도록 하였다. 자본주의적 인간형이 그것이다. 그것은 차갑고 이기적이고 냉혹한 인간형을 가리킨다. 현대인은 사태를 정서적으로 전유하는 대신 효율성과 편리성에 따라 운영해나간다. 이 속에서 인간다운 따뜻함은 기계적인 차가움으로 대체되기 마련이다. 김은옥의 「번개팅」은 현대의 빠른 속도 속에서 인간다운 정서는 물론 삶과 죽음에 대한 외경마저도 사라지고 있는 세태를 재미있게 형상화하고 있다.

　오늘번개어때요 마리부친상금요일발인 연희돌잔치초록뷔페 경아와혁이가결혼합니다축하 해주세요*^^* 7월25정오국민초등동창회　엄마지금도착했어요내일은몰타로들어가　언니비피 해없수? 띵동 까똑 띵동 까똑 띵동

탄생의 문자와 죽음의 문자가 악수합니다

언니 우리 딸이 방금 아들 낳았다구요ㅎㅎ

산부인과 회복실과 장례식장 특실이 교신을 합니다

졸고 있는 상주의 꿈속으로 몰아치는 비바람이

웨딩드레스를 마구 짓밟고요

리무진에 씌웠던 화관들을 후드득 뜯어내고 있습니다

엘리베이터가 정중하게 문을 여닫습니다

입관이 곧 시작되오니 상주는 내려오시랍니다

조문객 떠난 장례식장 복도가 텅 빈 동굴 같습니다

그 동굴 안으로 천둥이 굴러옵니다

푸른 섬광에 드러난 문자들이 서로 낯 설어서

까똑까똑 어색하게 인사 나누다가

까또그르르…자지러집니다

번개가 마구 꽂히는 기지국 북한산 관악산 남산 도봉산

피뢰침들도 부르르 몸을 떨지요

　　　　　김은옥, 「번개팅」(『예술가』, 2015년 가을호) 부분

　탄생과 결혼 죽음은 모두 신성시되는 사태들이므로 정중한 의례
들로 기념되기 마련이다. 그것들이 개인 혼자만의 사태로 처리되지
않고 친분있는 온 지인들과의 집단적 행사로 이루어지는 것도 그것
의 신성성을 말해준다. 친지들과의 공동의 행사 속에서 그들 사태는
강한 정서적 결속을 유도한다. 의례를 치르는 모든 구성원들은 한
마음으로 웃고 울고 하는 것이다. 그러나 현대의 삶은 이러한 원칙
이 무색해진다. 이들 의례들은 우리 사회에서 정서적 유대감으로써

보다 돈으로 얽혀 있다. 탄생과 결혼과 죽음에 대한 의식儀式들은 기쁨이라든가 슬픔의 정서로 치러지는 대신 많은 부분 돈을 매개로 하여 이루어진다. 탄생과 함께 출산 상품들에 노출되는 것은 둘째치더라도 오늘날 죽음의 의식들은 일련의 상품들의 의식儀式화라 해도 과언이 아니다. 또한 결혼의 기쁨과 죽음의 슬픔을 함께 공유해야 할 친지들이란 대부분 기브앤테이크의 관계 속에서 맺어진 자들인 혐의가 강하다. 이러한 세태는 과거의 신성한 의례들이 자본으로 말미암아 모두 혼돈 속으로 용해되어 버린 형국에 해당한다 할 만하다.

현대인들의 삶이란 모든 것이 한데 뒤섞여 가치의 분간도 이루어지기 힘든 혼돈의 용광로와 같은 것인가. 위 시는 '카톡'을 통해 온갖 의례와 기념일들이 잡스럽게 뒤섞이는 현상을 그려주고 있다. 화자에게 전해지는 지인들의 탄생과 죽음의 소식들은 완만히 정서적으로 전달되는 대신 일시간 속에 혼돈스럽게 소용돌이친다. 정서를 함께 나누어야 할 주체는 어느덧 빚쟁이의 처지로 전락하여 시달리게 된다. 일상은 축하해줄 일 위로해줄 일이 산더미처럼 쌓여 냉큼 처리해야 하는 일들 속에 분주해지기 마련이다. '카톡'은 이러한 무차별적인 일상들을 한데 뒤섞는 거대한 용광로와 같다. '까똑까똑' 해대는 그것은 모든 것을 녹여버리는 들끓는 솥의 형상인 것이다.

정중함으로 엄숙하게 치러져야 할 의식들이 혼돈과 분주함으로 '짓밟히는' 사태를 두고 화자는 '어색함'과 '부르르 떨림'의 감각으로 표상한다. 오늘날 온전한 것, 아름다운 것, 가치있는 것은 옳게 지켜질 수 있는 것인가. 호흡이 점점 더 강퍅해지고 마음은 점점 더 냉혹해지는 오늘날 우리가 인간다운 호흡과 정서를 회복하는 일은 가능한 일일까.

3. 거짓된 사회의 닫힌 회로

우리 사회를 가리켜 이중 삼중의 혼돈의 소용돌이라 했거니와 자본이 전일적으로 사회의 정신적 가치들을 무화시켜나갔다면 오늘날의 정치는 그 기반이 되는 원칙들을 하나씩 좀먹어가며 또 다른 혼돈의 양상을 제공하고 있다고 할 수 있다. 권력을 부여해준 주체가 국민이므로 정치는 국민을 위한 봉사가 되어야 할 것임이 자명한데 오늘날의 정치의 주제는 오직 자신들의 기득권 유지다. 진보는 고사하고 심지어 보수의 기본 개념조차 지켜지지 않는 나라에서 정치는 오랜 세월에 걸쳐 고착돼온 기득권을 더욱 공고히 하는 일에 온전히 바쳐지고 있다. 민주주의의 원리고 국민의 기본권이고 간에 그런 것들은 모두 허울 좋은 포장에 불과하고 진실로 이들이 생각하는 지켜야 할 핵심에는 오로지 권력만이 놓여 있는 것이다. 국민이라는 타자에 대해 아무런 부채감도 없으며 관심이라곤 자신들의 안위에만 놓여 있는 이들에게 추문은 끊일 날이 없으되 진실은 한 올도 밝혀지지 않았다.

    1.
제1 비서실장이 안 받았다하오
제2 비서실장이 안 받았다하오
제3 비서실장이 안 받았다하오
제4 심복이 안 받았다하오
제5 졸개가 안 받았다하오
제6 지사가 안 받았다하오

제7 시장이 안 받았다하오
드물게 사심 없는 사람들이라 하오

    (중략)

    2.
수영빤쓰가 없었소 배 자빠져도 어쩔 수 없소 그래서
내 책임이 아니오

메르스 그건 뭐요 아무튼 문고리 걸어 잠그면 그만이오
내 책임이 아니오

인사청문회가 핵폭탄보다 무섭다 하오 끼리끼리라 그래서
구린내 맡을 수 없소

위대한 DNA를 유신 받았소 외박이 배꼽이라서
내가 정의요 빛이요 역사가 또 한 번 번쩍번쩍 광을 낼 거요

성추문, 시정잡배가 하는 짓이오나 얼음처럼 맑고 맑으오
리스트, 까짓 거 깔아뭉개도 죽은 자 입 없으니 참 다행이오
                김태암, 「헛9호 공화국의 성추문」
                (『유심』, 2015년 10월호) 부분

    이상의 시 「오감도」를 패러디하고 있는 위의 시는 얼마 전 떠들썩했던 성완종 리스트 사건을 다루고 있다. 김기춘을 비롯한 3명의 비서실장과 홍준표 경남도지사 서병수 부산 시장 등이 연루되어 있던

그 사건은 정치권의 부정부패의 실상을 고스란히 보여주고 있었다. 한 자수성가한 기업인이 자살하면서 작성한 리스트였으므로 정경유착의 명백한 정황을 나타내고 있었지만 리스트에 올랐던 모든 이들이 약속이나 한 듯 '모르쇠'로 일관하였고, 결국 지금까지의 대정부 검찰 수사가 그러했듯이 유야무야 넘어갔다. 당시 이완구 국무총리까지 거론되었기에 온 국민의 관심이 쏠렸던 사건으로 정부를 큰 위기에 빠트릴 수 있는 사건이었으나 그것은 무사히 종결되었다. 이와 유사한 크고 작은 사건을 숱하게 겪었던 정부에서는 이 역시도 잘 넘김으로써 '이 또한 지나가리라'의 또 하나의 증례를 보여주었다. 위 시의 '리스트, 까짓 거 깔아뭉개도 죽은 자 입 없으니 참 다행이오'는 화자가 현정부로 되어 있어 더욱 익살스럽게 들린다.

그런데 위의 시에서 암시되고 있는 사건은 성완종 사건만이 아니다. 여전히 베일에 가려져 있는 세월호 사건, 부실 대응 및 확대 의혹의 구설수에 오른 메르스 사태, 역사교과서 국정화 문제 등 현정부의 계속되는 일련의 의혹과 실책들이 줄줄이 언급되고 있는 것이다. 이 속에서 화자인 정부는 일관되게 '모르오'와 '내 책임이 아니오'를 되뇌이고 있어 무책임과 무능력을 여실히 드러내고 있다. 또한 보이지 않는 손으로 온갖 추악한 정치조작을 일삼으면서 겉으로는 '얼음처럼 맑고 맑은' 체하는 모습은 만인으로부터 온갖 조롱을 받을 만한 대목이다. 위 시의 화자는 마치 판소리를 연행하는 노래꾼과 같은 능청스러움을 보이며 독자의 조소를 유발하고 있다. 정권을 향한 시인의 풍자는 모두의 공감을 자아내고 있으므로 유쾌할 뿐 아니라 열거된 세목이 누가 보더라도 굵직한 사건들이어서 격한 공감을 불러일으킨다.

시에서 언급된 사건들만으로도 우리 사회에 몰아친 혼돈이 어느 정도인가 짐작할 수 있다. 현정부가 들어선 이래 우리 사회는 한 시라도 편안하지 않았다. 안정과 질서를 최고의 가치로 내세우는 소위 보수保守 정권임에도 그들 자신이 그 누구보다도 사회의 안녕과 질서를 흔드는 장본인이 되었다. 집권 과정에서부터 이미 의혹을 안고 출범한 정부이므로 집권 내내 정당성 문제에 시달려야 하는 그들은 지금 우리 사회를 혼돈으로 몰아넣는 가장 강력한 주체라 할 수 있다. 더욱이 이들이 국민들과의 소통을 철저히 봉쇄하고 저들만의 리그로 국가를 운영하는 것은 우리 사회가 이상이 「오감도」에서 형상화했듯 막다른 골목에 처해 있음을 말해준다. 거짓된 사회는 언제 붕괴할지 모르는 불안한 닫힌 회로인 것이다.

4. 닫힌 사회의 작은 균열

일상화된 사건과 이중삼중의 혼돈의 소용돌이는 우리의 삶을 위태롭게 한다. 정상적이던 가치의식들은 서서히 무너지고 있거니와 생존조차도 쉽지 않은 이 시대에 민중은 하소연할 바조차 잃고 살아간다. 항상적인 불안과 알 수 없는 내일로 우리 사회는 몸을 잔뜩 웅크리고 있는 형국이다. 온 사회가 총체적 혼돈으로 용해되어 가는데도 여전히 국가의 관심은 국민에게 있지 않은 듯하다. 박청륭의 「콘들라베」는 오늘날 우리 사회의 암울한 분위기를 무거운 어조로 잘 형상화하고 있다. 시에서 환기되는 우울함과 암담함이 곧 우리의 초상에 해당되는 것 같아 슬프다.

오래된 도시의 모든 굴뚝들을 삼켜버린

거대한 먹구름 떼가 조금씩 움직이기 시작한다.

달리는 도시외곽 고속도로 굵은 기둥마다

검은 지그기 폐유가 흐르고

증기인양 내뿜는 하얀 연기들,

이미 내려앉은 건물들엔

밤마다 들쥐 떼가 득실거린다.

인간들의 욕망, 폐수가 넘쳐나는 여름 한낮,

헐떡거리며 쫓아다니는 고속도로의 개미떼,

제대로 숨 쉬는 자, 한놈 없다.

5분 간격으로 연속 내려앉는 여객기들,

다리를 벋지 못한

쪼그려 앉은 시신들이 실려 나오고

이미 시반 생성 이전에 전이된

와파린 중독 환자들 역시 들려나간다.

(중략)

콘들라베,

"어라! 교황청 굴뚝에서 붉은 연기가 피어나네"

박청륭, 「콘들라베-붉은 연기」

(『시사사』, 2015년 9-10월호) 부분

시에서는 '콘들라베'라 하였지만 짐작건대 라틴어 콘클라베conclàve
를 가리키는 것으로 보이는 그것은 '열쇠로 열 수 있는 방', '새장, 감
옥', '교황을 선출하는 비공개 비밀회의' 등의 사전적 의미를 지니고

있다. 외부와의 모든 교신이 두절된 상태에서 추기경들만의 선거시스템으로 교황이 선출된다는 점에서 콘클라베는 '잠겨진 방'이라는 폐쇄회로의 함의가 강하다. 특히 선거의 진행과정에 따라 '연기'를 피워올리게 되고 그 색깔을 보고 외부인이 교황 선출 여부를 짐작할 수 있게 된다고 한다. 가령 검은 연기가 피어오르면 교황이 아직 선출되지 않은 것이고 흰 연기가 피어오르면 교황이 이미 선출되었다는 의미라는 것이다.

이러한 정보에 기대어보면 위 시에 제시되어 있는 변형된 '콘들라베'와 '붉은 연기'의 의미가 묘연하다. 그러한 변형 정황에 대한 정확한 시인의 의도는 나로서는 알 길이 없다. 다만 나는 이것을 여전히 닫힌 회로에 해당하는 '콘클라베'와 일종의 메시지로서의 '붉은 색'의 의미로 전유하고자 한다. 곧 '콘들라베'는 우리 사회가 지닌 소통단절의 폐쇄적 구조요 '붉은 색'은 이에 대한 암시된 균열 및 혁명의 전조로서 말이다.

실제로 위 시에서 묘사된 도시의 모습은 마치 폭풍의 전야처럼 어둡고 칙칙하다. '거대한 먹구름 떼', '도시 고속도로마다 흐르는 검은 폐유', '밤마다 들쥐 떼가 득실거리는 건물들', '인간의 욕망이 폐수처럼 넘쳐나는 한낮' 등은 금방이라도 폭동이 일어날 것 같이 불안하고 혼란스런 상황들이다. 시인은 이들 장면을 무겁고 낮은 어조로 포착함으로써 막다른 사회에서 느낄 수 있는 답답함을 잘 드러내고 있다. 이는 그것이 페스트가 휩쓸던 중세의 암흑기를 형상화하는 것이든 우리 사회의 단면을 알레고리화한 것이든 간에 임박한 파국에 대한 강한 암시로서 다가온다는 점을 나타낸다. 다시 말해 이것은 혁명이 아니고서는 출구를 찾을 수 없다는 사회에 대한 매우 비관적인 인식을 드러내고 있는 것이다. 이 어두운 사회는 이미 새장이나 감옥 이상이 아니게 된 것이다. 시인은 이속에서 '제대로 숨 쉬는 자, 한 놈 없다'고 말한다.

상황의 비극성은 추락한 여객기에서 수습된 시신들의 모습에서 더욱 선명한 이미지를 얻는다. '다리를 벋지 못해 쪼그려 앉은 승객들'은 그 모습 그대로 '시신이 되어 실려나왔'던 것이다. 감옥같은 상황에서 옴쭉달싹 못하던 자들은 경직된 채 죽음을 맞이해야 했다. '시반 생성 이전에 전이된 와파린 중독 환자'는 살아서도 죽어서도 존중받지 못한 인간들을 상징한다. 이는 총체적인 혼돈이자 극단화된 절망의 형상이다. 시의 바닥에는 사태에 대한 부글부글 끓어오르는 분노가 깔려 있다. 닫힌 회로 속에서 사람들이 비참하게 죽어갔던 것이다. 이 상황에서 우리가 기대할 수 있는 변화는 무엇인가 말이다.

시인은 이 감옥과 같이 닫힌 사회를 가리켜 '콘들라베'라 외친다. 갇힌 방이라는 것이다. 그런데 여기엔 같지만 다른 의미도 있다. '열쇠로 열 수 있는 방'이 그것이다. 열쇠가 있으면 열린다는 것이다. 그 열쇠가 무엇인가가 문제다. 시인은 '교황청 굴뚝에서 피어오르는 연기'를 두고 '붉은 연기'라 하였다. 검은 연기도 흰 연기도 아닌 그것은 무엇을 의미하는가. 그것은 곧 민중의 저항을 의미하는 것이 아니겠는가.

5. 꿈을 향한 운동에너지

부조리한 사회에 대항하는 행동은 80년대식 과거적 사태에 불과한 것인가. 국민들의 의식은 80년대적 의식보다도 더 저급하고 불완전한 것인가. 인터넷이라는 전일적인 소통의 매체를 지니고 있으면 서도 행동을 조직하는 일이 더욱 불가능해 보이는 것은 의식의 문제 인가 주체의 문제인가 지도력의 문제인가. 이도저도 다 문제되지 않 는 것이라면 사실상 문제는 없는 것인가. 총체화된 혼돈은 우리로 하여금 더욱더 강력한 안정과 질서를 찾아 들어가게 하는 것인가. 가령 일상의 안녕에서 말이다. 가만히 있는 일, 조용히 숨죽이는 일 속에서 우리는 최저한도나마 안정과 질서를 얻고자 하는 것이 아닐 까 하는 것이다. 이 모든 사태들이 모두 우리를 압박하는 것이면서 도 우리는 쉽게 행동하지 않는다. 누군가 해주기를 기대하기 때문이 리라. 저절로 이루어지기를 소망하고 있는 것이리라. 아니면 언젠가 는 해결되겠지 하는 막연한 낙관도 작용하는 것이리라. 그러나 우리 는 적어도 어떻게든 살아있어야 한다. 오늘과 같은 산소량 최저한도 의 대기 속에서 최소한도나마 에너지를 유지한 채 가능한 꿈을 버리 지 않고 살아야 한다. 기형도는 '크레졸 냄새로 가득한 세상' 속에서 '턱턱, 짧은 숨 쉬며' '살아있으라, 누구든 살아있으라'(「비가2」)하지 않았던가.

거울신경세포// 꿈은 천천히 이룰수록 팝하. 꿈은 어렵게 이룰수록 팝하. 꿈은 드디어 이룰수록 팝하. 꿈은 마침내 이 룰수록 팝하. 꿈은 이루지 못할수록 팝하. 꿈은 끝까지 이루 지 못할수록 팝하.

꿈을 향해 걸어가다가 | 꿈을 향해 뛰어가다가 | 꿈을 향해 기어가다가 | 꿈을 향해 헤엄쳐가다가 | 꿈을 향해 날아가다

가 | 꿈을 품은 채(빨갛게 꽃 맺힌 채) 죽을수록 팝하. 그래야 꿈에서 내려오지 않을 수 있어. 그래야 꿈에서 시들지 않을 수 있어. 그래야 꿈은 꿈인 채 | 현실이 되지 않은 채 | 때 묻지 않은 어둠 속에서 | 간절히 타오르는 긴장 속에서 | 공간을 휘는 불꽃과…그 그림자의 피로써.

꿈은 겨우 이룰수록 팝하. 꿈은 가까스로 이룰수록 팝하. 꿈은 눈물에 비칠수록 팝하. 꿈은 유예에 갇힐수록 팝하. 꿈은 이루지 못할수록 팝하. 꿈은 끝내 가닿지 못한 바다로 출렁거릴수록 팝하.

정숙자, 「이슬 프로젝트-10」
(『현대시』, 2015년 10월호) 전문

음악처럼 혹은 일종의 주문처럼 들리는 '팝하'는 숨소리일 것이다. '팝하'는 단순히 반복의 후렴구이기 이전에 숨이 목까지 차오르면서 토해져 나오는 소리로서 몸속에 웅크리고 있는 생명 에너지를 끌어올리는 호흡에 해당한다. 음을 거세게 파열시킴에 따라 '팝하'는 내부의 막힘을 부수고 동시에 외부의 장애를 깨는 기능적 소리다. '팝하'를 멈춤 없이 반복하게 되면 에너지는 감옥과 같은 내적 신체로부터 외적 대기로 확장된다. '팝하'에는 개별 신체와 우주를 순환하는 운동의 에너지가 가득하다.

시인이 발견한 '팝하'라는 소리음은 놀랍다. 그것은 누구에게서도 쉽게 들어본 적 없는 소리이기 때문이다. 그것은 사전에 등록되어 있는 단어도 아닌, 스스로 만들어진 내면의 소리에 해당한다. 시인

에게 그 내면의 소리는 꿈을 향한 동적 에너지와 관련된다. 몸속을 이리저리 떠돌던 동적 에너지는 '팝하'라는 소리를 얻어 세계와 만난다. 시인의 소리는 세계로 자아의 꿈을 실현시키는 매개가 될 것이다.

실제로 시인은 꿈을 그린다. 정적인 인상을 담고 있는 '그린다'는 표현은 부적절할지 모르겠다. 그러니 그는 꿈을 '꾼다' 내지 꿈을 '산다'고 해야겠다. 꿈을 꾸는 일은 그의 삶의 일부이자 전체다. 꿈은 삶으로 삶은 꿈으로 넘나들면서 서로를 완성한다. 적어도 삶에서 꿈은 소멸해서는 안 되는 절대적인 요소다. 시인의 관점에 의하면 꿈의 가치는 반드시 이루어져야 한다는 데 있지 않다. 쉽게 이루어야 하는 것도 아니다. 오히려 시인에게 꿈은 '천천히 이룰수록', '어렵게 이룰수록', '겨우 이룰수록', '가까스로 이룰수록' '눈물'을 머금을수록, '유예될수록', 나아가 '드디어 이룰수록' 혹은 '이루지 못할수록' 가치 있는 것으로 보인다. 요컨대 꿈은 과정 중의 것이자 진행형인 운동 에너지 자체인 것이다. 꿈은 주체로 하여금 그것을 '향해' 목숨을 다해 '날아가도록' 하는 동력이 된다는 점에서 의미를 얻는다. 이 점에서 꿈을 꿈답게 하는 것은 '현실'에 의해 '때 묻지 않은' 것이자 '간절히 타오르는 긴장'을 내장하는 일이다. 그러할 때라야 '꿈'은 영원히 삶과 함께 할 수 있기 때문이다.

꿈을 통해 생의 에너지가 실현되는 양상을 형상화하는 위 시는 인간이 무엇이고 꿈이 무엇인지를 우리에게 새삼 깨닫게 한다. 불완전하여 언제나 한계 속에서 허우적대는 인간은 감옥에 갇힌 채 사는 수인囚人과 다를 바 없다. 세계와 사회의 혼돈은 더욱더 인간을 움츠러들게 하고, 인간의 삶의 방향은 대체로 소멸과 죽음을 향해 있다.

이러한 너무도 분명한 조건 속에서 그러나 여전히 인간은 삶의 방향을 바꾸지 못한다. 최저한도의 안녕에 만족하며 살기 때문이다. 이러한 인간에게 위 시는 강한 메시지를 전한다. 시인은 우리에게 '살아있으라, 살아있으라'고 말한다. 문제될 것은 아무것도 없다고, 살아있는 것만이 문제되는 것이라고 위 시는 말한다. 물론 그 살아있음이란 순수한 꿈을 조건으로 하는 것이다.

6. 나오며

자본과 권력이 미만한 혼돈의 사회는 우리의 삶을 왜곡시킨다. 타자적 욕망과 거짓과 폭력으로 가득한 자본과 권력의 사회는 주체들을 혼돈의 늪으로 떨어뜨린다. 우리들의 정체성과 가치관을 이루고 있던 것들은 무차별적인 이들의 힘 속으로 용해되어 사라져버린다. 절망과 죽음이 우리 앞에 가로 놓여 있는 것이다. 시인들은 우리에게 이처럼 부조리한 타자적 세계를 형상화시켜 보여주고 있다. 그러나 시인들은 우리가 이러한 세계를 넘어서는 길 역시 제시한다. 그것은 인식하고 행동하는 것, 비판하고 저항하는 것, 그리고 순수성과 생명성을 회복하는 일에 해당한다. 이들은 삶의 총체적 국면들을 이룬다. 시인들은 삶의 다면적 사태들 속에서 살아있기 위한 방법과 힘을 보여준다. 꿈을 잃지 않는 일은 이 모든 삶의 국면들이 현실 속에서 생생히 되살아나는 기회를 줄 것이다. ◎『예술가』, 2015년 겨울호

'생명'을 둘러싼
정치경제학적 시선

　최근 문제시되고 있는 가습기 사태는 우리 사회의 본모습을 있는 그대로 보여주고 있다. 수년 전부터 의혹이 있었음에도 불구하고 이제야 수습에 나서는 정부의 안이한 대응이라든가 뒷거래에 의해 위험성에 대한 경고를 누락시켰던 연구자의 비양심적 행위, 명백한 가해자임에도 불구하고 사태에 미온적인 기업의 태도 등은 잘못된 사회에서 인간의 생명이 어떠한 처지에 놓이는가를 잘 말해준다. 기업과 정부, 그리고 그와 결탁된 지식인을 아우르는 공고한 자본의 벨트 앞에 인간의 생명은 무방비로 내맡겨져 있다. 모든 사회 기제가 생명을 가장 우선시해야 함에도 불구하고 오늘날 자본과 권력에게 생명은 가장 관심 밖의 것이다. 오히려 자본과 권력은 인간의 생명을 희생시킨 대가로 성장하고 있다 해도 틀리지 않다. 이러한 사회에서 인간은 항시 위험에 노출된 '벌거벗은 생명'에 불과하다.

　합리성의 외양을 띠고 안방에 들어와서는 인간의 신체 속으로 스며든 가습기 살균제는 세균을 죽인 것이 아니라 사람을 죽인 독가스였다. 우리의 안방은 순식간에 아우슈비츠가 되었고 기업과 정부는 인간의 생명에 가장 적대적인 파괴자에 다름 아니었다. 유태인을 살해한 나치가 광적 민족주의에서 비롯한 것이었다면 이번 사태는 광적 자본주의에서 기인한 것이라는 차이가 있을 뿐인가. 그런 점에서 인간의 생명을 대상으로 경제활동을 하는 모든 기업들이 잠재적인 나치에 해당한다고 말한다면 과도한 비약일 것인가. 마치 아감벤이 정치 앞에 모든 인간이 잠재적인 '호모 사케르Homo sacer'*라 규정한 것처럼 말이다.

권력과 시민의 관계가 주권자와 '벌거벗은 생명'의 관계에 대응한다고 하면서 정치의 본질을 끌어낸 아감벤의 관점은 정치가 발생한 이래 인간의 위상이 결국 무엇이었는가를 깨닫게 한다. 정치는 인간의 생명을 지키는 것을 목적으로 하여 발생하였으되 그것의 혜택 내에 있는 인간은 지극히 극소수였고, 많은 경우 인간의 생명은 권력을 위한 희생의 도구로 기능하였음을 알 수 있다. 정치의 수혜권 밖에 놓인 인간이란 통치의 주권 앞에서 항시 무장해제된 채 놓여있는 존재로서 자기결정권을 박탈당한 '벌거벗은 생명'이었던 것이다. 소외된 인간이 스스로 생존을 위해 외롭도록 고군분투해야 하는 까닭도 여기에 있고 인간이 정치와 권력의 음험한 메커니즘에 이리저리 휘둘려야 하는 것도 이 때문이다. 이 속에서 인간의 신체

* 조르조 아감벤의 용어인 '호모 사케르'에서 라틴어 'sacer'는 '신성한' 또는 '저주받은'이라는 이중적 의미를 지닌다. 호모 사케르란 건드렸을 경우 자신이나 남을 오염시킨다고 여겨지는 터부시되는 존재다. 아감벤은 이를 동물적인 생명을 지니지만 정치로부터 배제된 존재를 가리키는 데 사용함으로써 이들을 정치 주권자와 대립시키고 있다. 정치력은 지니지 못하되 동물적 생명성을 지닌다는 점에서 호모 사케르는 흔히 '벌거벗은 생명'으로 번역된다. 즉 아감벤에게 정치는 정치권력에 대립하는 '벌거벗은 생명', 피통치자, 박탈자를 배제시키면서 이루어지는 성격을 띤다. G.Agamben, 『호모 사케르』, 박진우 역, 새물결, 2008.

는 개인의 생명에의 의지와 권력의 이기성이 무자비하게 다툼하는
지대가 된다.

> 혹자는 이 동물들이 성체와 유생의 중간단계라고도 하고
> 혹자는 이미 변태가 끝났다고도 합니다
> 이들의 생활사는 잘 알려져 있습니다
> 학교, 학원, 과외, 집, 학교, 학원……
> 다람쥐가 아닌데도 쳇바퀴에 올라타곤 합니다
> 지금은 쉬는 시간이죠
> 페로몬이 왕성해도 울대밖에 못 써서
> 이들은 최선을 다해 왁자합니다
> 암수에 따라 하이톤과 바리톤이 섞여 있지만
> 혀주름띠가 짧아서 긴 음절은 발음하지 못합니다
> 학주 낫닝겐, ㄷㅌ 꿀잼, 야자 크리 빡쳐……
> 같은 소리가 들리네요
> (중략)
> 조만간 17대 1로 맞장을 뜨거나
> 로열 젤리만 먹는 여왕이 된 꿈을 꾸겠지만
> 점심시간이 되면 모두들 흙수저로 식사를 합니다
> 아파트단지가 영구임대주택을 분리하듯
> 금수저는 다른 곳에 격리 수용되어 있거든요
> 흐뭇한 일, 므훗한 일 하나 없어도
> 이들은 언제든 최선을 다해 왁자합니다
> 　　　권혁웅, 「동물의 왕국4」(『시사사』, 2016년 5-6월호) 부분

흔히 있는 교실 풍경을 담고 있는 위 시에서 우리가 보게 되는 것은 억압당하는 아이들이다. 고교시절이 꿈을 위한 과정이라는 등의 아름다운 말들로 치장된다 할지라도 아이들에게 이 시기는 부정할 수 없는 지옥의 시절이다. 이 시절 아이들은 온갖 욕구와 안락을 희생한 채 과도하게 인내를 시험당해야 한다. 질풍노도의 시기이기도 하고 가장 혈기왕성한 시기이기도 한 이때 아이들은 모든 개인의 의지와 즐거움을 반납하고 교실 안에 갇혀 있다. 이들이 움직일 수 있는 반경은 '학교, 학원, 집' 사이일 뿐이다. 생명력을 억누른 채 수인처럼 지내야 한다는 점에서 아이들은 이 시대의 대표적인 호모 사케르들이다. 아이들을 이끄는 것은 자신의 충일한 생명력이 아니라 권력주권이기도 하고 통치주체이기도 한 사회의 메커니즘이다. 한창 행복감 속에서 자라나야 하는 시기에 아이들은 사회로부터 자신의 생존권을 확보하기 위해 스스로를 억압하고 채찍질해야 한다. 정치는 이들에게 생명을 보장해주는 대신 사회를 떠받들기 위한 경쟁에 뛰어들게 한다.

시인은 교실 안 왹자한 아이들을 '흙수저'로 분류한다. '흙수저'의 이 아이들은 그들이 만일 '금수저'로 태어났더라면 입시 지옥을 피할 수 있었거나 조금은 다른 형태의 고교시절을 보낼 수 있었을 거라는 점에서 사회의 부조리를 대변한다. 인간의 보편적인 생명을 보장하기 위해 존재하는 정치가, 그러나 보장하는 생명이란 것이 자본과 권력을 소유한 '금수저'에 국한된 것이라는 사실은 이로부터 소외된 대다수 인간들의 삶의 실상을 암시한다. 아이들은 사회구조가 보장해주지 않는 생존을 위해 무자비한 경쟁의 불길에 자신을 내던져야 한다. 아이들의 신체는 과도한 긴장과 억압으로 병증의 위협에 고스란히 노출되게 된다.

흙수저 아이들이 대학에 무사히 진입한다 해도 이들의 생존을 위한 투쟁은 그치지 않는다. 대학에서 기다리고 있는 것은 살인적인 등록금과 취업을 위한 또 다른 경쟁들, 그리고 끝없는 알바와 졸업 후의 청년실업, 혹은 비정규직들이기 때문이다. 더욱이 오늘날의 신자유주의 체제 속에서 제때 취직하고 결혼하고 집을 사고 아이를 낳아 기르는 정상적인 생존의 과정들은 흙수저들에게 비현실적으로 느껴진다. 새삼 금수저 흙수저 논란을 일으키고 있는 오늘날의 현실은 정치가 지극히 선별적으로 이루어져 대다수 국민들이 정치 외곽으로 소외되어 버린 형국을 반영한다. '흐뭇한 일 하나 없이도 최선을 다해 왔자한' 우리의 아이들은 이처럼 미래가 없는 사회의 음험함 속에 무방비로 내던져져 있을 따름이다.

적敵이라고 교관은 발음한다. 그러나 적은 산재해 있다. 적은 우리를 자연처럼 에워싼다. 지하철에서 카터를 휘두르고 애인의 얼굴에 염산을 뿌리고 백화점 직원의 무릎을 꿇리고…… 그러한 질환을 의미하는 것은 아니다. 우리 모두를 서서히 절망케 하고 서서히 미치게 하는 거대한 적. 쓰러진 자들의 눈물 속에서만 나타났다가 사라지는 적, 이를테면 우아하게 세상을 낭비하는 신神……, 아니, 자생적인, 자생적인 신, 자본주의의 자동인형, God Eater! 스크린의 다연장포에서는 불이 뿜어져 온다. 예비군들은 적의 화력에 아랑곳 없이 졸고 있다.

장이지, 「청년들을 위한 예비군 입문」

(『시작』, 2016년 봄호) 부분

정치로부터 밀려난 자들이 벌이는 삶의 현장은 언제든지 생존의 벼랑 끝으로 밀릴 수 있다는 두려움과 그로 인한 타인과의 악다구니 같은 투쟁들로 점유되어 있다. 정치로부터 버림받은 지대에는 버려진 생명만큼이나 반생명적인 사건들이 난무한다. 부모가 자식을 때려죽이고 자식이 부모를 또 애인을, 아내를, 남편을, 아기를, 길가는 사람을 아무렇지도 않게 죽이는 오늘의 엽기적인 세태는 생명을 보듬어야 하는 정치가 제 역할을 못하는 상태에서 벌어지는 비극적 상황들이다. 정치의 수혜자가 극소수로 제한되고 다수의 생존권이 위협받는 사회일수록 인간들은 더욱 강퍅해지고 황폐해진다. 이러함 속에 생명을 경시하는 풍조는 날로 확산되어 갖가지 극악한 범죄가 판을 치게 된다. '지하철에서 카터를 휘두르고 애인의 얼굴에 염산을 뿌리고 백화점 직원의 무릎을 꿇리'는 행각들이 벌어지는 것도 이와 관련된다.

위 시의 시인은 이들 생명 경시의 사태를 통털어 '적敵'이라고 표현하거니와 오늘날 이들 적敵의 만연함이 마치 자연이 우리를 에워싸는 것 같을 지경이라고 말한다. 자연을 대체한 적敵들은 자연의 온화하고 부드러운 심성을 조롱하듯 등장한 파괴적이고 살벌한 사태들이다. 세균처럼 증식하는 미만한 적敵은 인간의 숨통을 틀어막는 강력한 세력이다. 그것은 '우리 모두를 서서히 절망케 하고 서서히 미치게 하는 거대한 적'인 것이다. 그리고 이때 '적'의 표적이 되는 대상은 '눈물 흘리며 쓰러진 자', 즉 정치의 외곽으로 배제된 자들로서 소위 금수저가 아닌 흙수저들이다.

비디오 게임 'God Eater'의 설정에 기대어 표현된 오늘의 세태는 암담하기 짝이 없다. '자생적 신'으로 명명되고 있는 '불을 뿜어내는 다연장포'의 주인은 '자본주의의 자동인형', 곧 자동화된 자본주의 기제들이다. 자본의 전면화가 일으킨 다발적 부조리들은 인간을 사방에서 에워싸고 공격해댄다. 자본 권력이 지배하는 세계에서 인간이 온전히 생명을 유지할 수 있는 자리는 없다. 자본의 사회에서 정치는 인간의 생명을 보존하려 하기보다 오히려 인간의 생명을 이용하여 자본을 부풀린다. 자본정치에 의해 인간 신체는 점령당하고 훼손된다. 음험하고 거대한 자본정치 속에서 올연히 생명력을 발휘할 수 있는 자는 별로 없다. 가장 위력적이어야 할 청년들조차 자본정치 앞에서는 무기력할 따름이다. 청년들 앞에 놓인 현실이란 어둡고 두터운 자본의 벽뿐이기 때문이다. '적의 화력에 아랑곳없이 졸고 있는 예비군'은 희망을 구할 수 없는 오늘날 더욱 잦아들어가는 청년들의 실상을 상징한다.

　　날 한 번도 만난 적 없이 떠나간 사람들에게
　　미안합니다, 잘해주지 못해서.
　　지난봄 깊은 꿈을 꿨어요. 너무 깊어서, 눈을 떴는데 여전히 바닷속이었어요. 깜짝 놀라 다시 눈을 감았어요. 나도 모르게 뛰쳐나가려는 놀란 가슴을 손으로 눌렀어요. 내 몸은 이미 물이 됐는지, 가슴에 손이 빠져들었어요. 찬 심장을 거머쥐었어요. 손 안에서 심장은 물처럼 흩어졌어요. 그때 내 손을 잡아주어서 고맙습니다.
　　지난봄 깊은 꿈에서 깼어요. 야산에 묻힌 지 사 년 지난 네 살 아이 시신은 결국 못 찾았어요. 얼마전 실종된 일곱 살 아이는 끝끝내 시신으로 찾았어요. 온 산을 거머쥐고 있는 땅속 아이의 작은 손을 생각했어요. 그 손을 잡아주지 못해서 미안합니다.

내 머리를 모자처럼, 몸을 셔츠처럼, 다리를 바지처럼, 발을 구두처럼 공중에 벗어 놓겠어요.

내 손을 손수건처럼 공중에 건네겠어요.

단 한 번도 못 만나고 떠나보낸 이들에게 미안합니다.

단 한 번도 잘해주지 못해서 미안합니다.

창문 속으로 빈방이 뛰어내리듯,

눈빛 속으로 사람이 뛰어내리듯,

오늘도 미안합니다. 그리고 고맙습니다.

김중일, 「오늘도 사과」(『현대시』, 2016년 6월호) 전문

2년이 넘은 세월이 지나도 여전히 '물'은 우리에게 씻어낼 수 없는 트라우마로 남아있다. '물'에 관한 다양한 상상력과 이미지들에도 불구하고 이제 우리에게 '물'은 잔인한 수장水葬의 기억으로 떠오른다. 위 시에 등장하는 바닷속 악몽의 기록은 '벌거벗은 생명들'로서의 세월호 아이들과 분리되지 않는다. 속수무책으로 물에 잠겨들었던 세월호의 아이들은 누구에게도 보호받지 못한 신체를 대변한다. 아이들에게 정치는 그들을 지켜주는 장치가 아니라 그들을 철저히 외곽으로 배제하고 소외시키는 것이자 적극적으로 희생시키는 그것이었다. 우리는 정치가 물속 깊이로 밀어내는 아이들의 손을 잡아줄 수 없었고, 이점은 우리를 끝없는 죄책감으로 밀어넣고 있다.

신체는 푸코도 말했듯이 규율의 지대이자 정치의 매개이다. 신체에의 접근은 정치의 성격을 규정한다. 정치에 의해 인간의 신체가

관리와 통제의 대상이 된다는 것은 인간의 신체를 통해 정치가 성립된다는 것을 의미한다. 곧 신체는 독립된 개체가 아니라 정치와 권력이 드나드는 길목이자 장이 된다. 우리는 직접적인 정치 권력에 의해 국민의 신체가 난도질당하는 숱한 역사적 경험들을 기억하고 있거니와, 국민의 신체가 어떻게 다뤄지는가를 통해 정치의 본질이 가름된다 할 것이다. 이런 점에서 수장된 우리의 아이들은 이 시대 우리 정치의 수준에 대한 증거라 할 수 있다.

생명을 외면하는 사회에서 파괴되는 신체의 범위는 갈수록 확대된다. 최근의 극악한 범죄들은 인간이 얼마나 잔인할 수 있는가 질문하게 한다. 범죄에 의한 신체의 훼손과 유기의 사태들은 우리 사회에 생명 경시 풍조가 얼마나 만연해 있으며 인간이 얼마나 심각하게 병들어 있는지를 잘 말해준다. 위 시의 화자가 보여주는 죽어간 생명들에 대한 비통함은 병든 사회에 대한 죄의식의 표현이다. 그는 '온산을 거머쥐고 있는 땅속 아이의 작은 손'에서 아이가 겪었을 극도의 공포와 외로움을 생각한다. 시인에게 외롭게 죽어간 아이들은 한없이 아픈 존재들이다. 시인은 '그 손을 잡아주지 못해서 미안'하다고 하염없이 말하고 있다. '단 한 번도 못 만나고 떠나 보내서 미안'하고 '오늘도 미안'하고 또 미안하다. 미안한 마음은 '나'의 '머리'와 '몸'과 '다리'와 '발'이 녹아 없어질 때까지도 사그라들지 않을 것처럼 느껴진다. 위 시는 자신의 신체를 모두 던져서 버려진 생명들을 위로하고자 하는 시인의 안타까운 마음을 나타내고 있다. 보호받지 못하고 죽어간 아이들은 예외없이 이 시대의 호모 사케르들이었던 것이다.

이 줄 맞아요? 맨 앞으로 가서 묻고 맨 뒤고 간다

동행, 동고, 동락, 그런 일은 있을 수 없다
팔 하나 다리 하나 잘라준다 그런 일은 일어나지 않는다
긴 줄, 고개 숙인 아침인데
어금니 하나 뽑아 옛정을 전하는 푸른 시대가 지나갔다

새벽 출근시간에 담장에 붙어 있는 얼굴들
마지막 잎새의 연명은 한 끼니의 줄을 잇고
참을 수 있는 푸른 하늘을 지나 세종로로 버스가 간다

내 것이 네것, 네 것이 내 것이었던
해 아래 딱 한 번의 공유 통용 사례를
알려다오 푸르른 피 누구에게 적합한지 적합지 않는지를

사랑이여, 몸통이 남아 있다 더 줄 게 남아 있다

희극으로 마치느라 울며 태어난 건 연습이었지
네가 우는 날 내가, 내가 우는 날 네가, 웃었지

슬퍼하는 자와 기뻐하는 자와
우는 자와 웃는 자와 푸른 버스에 나란히 서 있을 뿐이다
　　　　　　이귀영, 「푸른 버스」(『예술가』, 2016년 여름호) 전문

인간에 대한 효율적 통제를 위해 근대의 규율제도가 생겨나고, 근대적 제도 속에서 인간이 개인화되기 시작했던 것처럼 오늘날 인간들은 뒤섞이지 않는다. 개인은 각기 원자처럼 개별화되어 타자와의 유대를 상실하였으며 공동체는 산산이 조각나고 말았다. 오늘의 우리에게 너와 나를 아우르는 연대의식은 남아 있지 않다. 개개인들 사이엔 차가운 반목들, '내 것과 네 것' 사이의 철저한 구별과 자기중심적인 이해관계만이 있을 뿐이다. 근대의 합리주의적 제도의 근원이 이것이며 푸코가 지적하였듯 개인을 원자화하며 발생한 권력의 실체도 이와 관련된다. 이처럼 개개인이 공공성을 상실하고 원자화된 사회에서야말로 정치권력은 더욱 효과적으로 인간에 대한 통제력을 발휘하게 될 것이다. 분자화된 세계 속에서 개개인은 자신에게 주어진 일만을 맹목적으로 해내면 될 것이기 때문이다.

위 시에 그려진 상황 역시 이와 다르지 않다. '이 줄 맞아요? 맨 앞으로 가서 묻고 맨 뒤로 가'는 늘상 있는 줄서기의 장면에서 시인은 목적은 같되 이해는 다른 현대의 인간관계를 읽는다. 같은 목적을 갖고 함께 하지만 저마다는 자신의 이익만을 위하는 오늘날의 인간관계는 지극히 합리적인 것이자 동시에 개별적인 것이다. 이런 세계에서 설사 집단은 형성될지라도 끈끈한 유대성은 존재하지 않는다. '동행, 동고, 동락, 그런 일은 있을 수 없다'고 한 것도 이런 이유에서다. '새벽 출근시간'은 그야말로 고독한 군중들의 행렬을 보여준다. 누구도 타인을 돌아보려 하지 않으며 자신의 '정'을 전하려는 이도 하나 없다. 어쩌면 이 개개인의 간격을 넘어서고 틀을 깨려는 것이 오히려 두려움이자 공포일 수도 있겠다. 갈수록 사회가 험악해지는 것이다. 시인이 본 '새벽 출근' 길의 사람들은 '연명'을 위해 '한 끼니의 줄을 잇고' 있는 '담장에 붙어 있는 얼굴들'이다.

위 시에서 '푸른 버스'를 통해 시인이 말하고자 하는 것은 아름다운 공동체의 회복이다. 그것은 '네가 우는 날 내가 웃고', '내가 우는 날 네가 웃'는 분열을 넘어서서 '내 것이 네 것, 네 것이 내 것'인 '공유통용'의 사회를 가리킨다. '슬퍼하는 자와 기뻐하는 자'가 '나란히 서 있는' 것이 아니라 각각이 개별성을 극복하고 서로 어우러질 수 있는 사회가 그것이다. '푸른 버스'는 그러한 사회에 대한 희망의 의미를 담고 있는 것이다.

그러나 오늘날처럼 개인주의화된 정도가 심각한 생명 훼손으로 나타나고 있는 시대에 그것이 가능할 것인가? 시인이 말하듯 우리는 '푸른 시대', '푸른 하늘', '푸른 버스'를 꿈꿀 수 있을 것인가? 시인은 그것이 '사랑'과 '나눔'에서 가능하다고 말하고 있다. 시의 화자는 '팔 하나 다리 하나 잘라주'고도, '몸통이 남아 있'으니 '더 줄 게 남아 있다'고 하거니와, 이것은 진정한 나눔과 사랑이 어디에서 비롯되는지를 선명하게 보여주고 있다는 점에서 시선을 끈다. 진정한 나눔과 사랑은 곧 생명의 공유에서 기인하는 것이 아니겠는가. 자신의 가장 소중한 생명성을 역시 소중한 타인에게 아낌없이 공여할 때야말로 진정한 사랑과 나눔의 실천이 이루어지는 때일 것이다.

이점은 신체를 둘러싼 정치경제학을 다시 한 번 성찰하게 한다. 신체는 그저 독자적으로 존재하는 것이 아니라 권력과 정치가 이루어지는 지대이자 사회의 실상을 나타내는 얼굴이라는 점에서 그러하다. 권력이 인간의 신체를 개별화, 규율화시키면서 탄생하였고 점차 인간을 벌거숭이로 내몰았다면 이에 대한 저항은 생명의 소중함에 대한 인식을 바탕으로 사랑을 실천하는 일에 해당된다. 따라서 잘못된 정치가 인간의 생명성을 파괴하고 훼손시키면서 이루어지는 것이라면 바른 정치는 인간의 생명성을 지키는 데서부터 시작되어야 한다. 거짓 정치가 힘없고 소외된 자를 배제시키면서 형성되는 것인 반면 진정한 정치는 힘없고 소외된 자를 아끼고 사랑하면서 비롯된다. 이처럼 신체에 관한 접근은 정치의 성격을 규정하거니와 오늘날 우리 사회에 만연한 사적이고도 공적인 폭력들은 결국 신체에 관한 새로운 정치, 곧 생명에의 경외를 통해 극복될 문제임을 알 수 있다. ◎ 미수록 원고

3부

미국에서 보낸 한 철
— 김승희 론

운명의 중력과 견딤의 방식
— 신덕룡 론

내부로부터 파열破裂되는 '진실'의 시간을 위하여
— 문현미 론

허상虛像이 된 세계에서의 '외줄타기'
— 최서진 론

앨리스가 본 이종異種 현실의 세계
— 유형진 론

'쓰기'의 지평에서의 정치의 언어
— 김안 론

몸에 각인된 시간의 말들을 찾아서
— 하재연 론

회로에 갇힌 디지털 세대의 초상
— 서연우 론

일상의 흐름 속에 접힌 의미의 돌기
— 유희선 론

일상의 크레바스로부터의 탈주
— 김도연 론

생과 사의 양면적 사태로서의 일상에 대한 기록
— 김소연 론

무한성과 일상성의 충돌에서 구한 시의 '말'
— 김창균 론

어둠과 빛의 이중적 뒤틀림의 상상력
— 한상철 론

실낙원 시대의 잃어버린 총체성과 비극적 자아
— 지연식, 김향미 론

기억을 위한 기록의 비평

미국에서 보낸 한 철

– 김승희 론

 김승희 시인이 방문한 곳은 허드슨 강이 흐르는 뉴욕이었다. 짐작건대 그곳에 거주하는 딸을 만나기 위해서였다. 날씨는 무덥고 기간은 짧았을 테지만 잠시 머문 그곳에서 시인은 아름다운 체험들을 모아 시의 갈피에 담아냈다. 소소한 일상이라면 그러하고 가벼운 단상이라면 역시 그러할 내용들은 그러나 이미 예술이 된 그녀의 숨으로 호흡된 순간 넘치게 아름다운 에너지로 방사되는 것이었다. 그녀의 시를 읽는 내내 미국 몬타나 주州의 장엄한 자연을 배경으로 플라잉 낚시를 선보였던 영화 '흐르는 강물처럼'이 어른거렸다. 영화 속 주인공이 '아름답다'고 언급될 수 있던 장면이 있었는데 그것은 팔뚝만한 숭어를 낚기 위해 급한 물살에마저 자신을 내맡기는 부분이었다. 순간 사랑한다는 것은 그것의 흐름에 거스르지 않고 온전히 하나가 되는 것이라는 생각이 들었다. 몬타나를 사랑하여 몬타나를 떠나지 않겠다고 말한 주인공의 모습이 영원한 예술처럼 느껴졌다.
 어느덧 김승희의 시와 영화 속 대자연을 번갈아 가며 떠올리면서 두 작품을 대비해보곤 하는 나를 발견하게 되었다. 뉴욕과 몬타나,

2016년과 1920년대 사이의 간격은 작지 않은 것이다. 인디언이 튀어 나올 것 같은 원시림이 펼쳐지는가 하면 빌딩 숲 사이로 숨 가쁜 도 시인의 모습이 등장하는 것이다. 허드슨 강에서 원시림을 상상하는 것은 가당찮은 일이고 뉴욕이라는 세계적 대도시에서 시원의 공간 을 만나는 일은 불가능에 가깝다. 그럼에도 나는 시인의 시를 '흐르 는 강물처럼' 읽어 내려갔다. 무엇인가, 도시에서의 담담한 체험을 가벼이 담아낸 그의 시가 영원한 자연처럼 느껴지게 한 것은.

그것은 그녀의 여느 시적 스타일처럼 래디컬한 데서도 격정적인 데서도 구해지는 것이 아니었다. 뜨겁고 투쟁적인 어조가 이번 그녀 의 시에 실려 있을 리 없다. 사회의 부조리에 대해 비판하는 모습도 찾아볼 수 없고 여성의 삶의 질곡에 대해 갈파하는 내용과도 거리가 멀다. 초현실주의적 상상력으로 번득거리는 것 역시 아니다. 그러므 로 '미국에서의 한 철'을 담은 그의 시가 보통의 여행시로 읽힐 수도 있겠다. 그러나 분명한 것은 김승희의 이번 시는 이 모든 것들을 토 대로 하여 이들 너머에서 쓰여졌다는 점일 테다. 오랜 그녀의 창작 의 시간들이 거세게 농울치다 잦아들면서 지금과 같은 잔잔한 물결 의 시로 이어진 것이리라. '흐르는 강물처럼' 느껴진 그의 시는 그래 서인지 노래처럼 들렸다. 부드럽고도 편안한, 길고도 간절한, 때론 신을 향해 호소하는 듯한 주문같은 노래처럼 말이다.

　　모르는 곳으로 가서
　　모르는 사람이 되는 것이 좋다,
　　모르는 도시에 가서
　　모르는 강 앞에서

모르는 언어를 말하는 사람들과 나란히 앉아
모르는 오리와 더불어 일광욕을 하는 것이 좋다
모르는 새들이 하늘을 날아다니고
여기가 허드슨 강이지요
아는 언어를 잊어버리고
언어도 생각도 단순해지는 것이 좋다
　　　　　　「여행에의 초대」 부분

　누구든지 그러할 테지만 여행지가 즐거운 것은 그것이 주는 온전한 자유감 때문이다. 일상으로부터 벗어나 자신을 둘러싼 갖가지 층위의 에고들을 떨쳐낼 수 있는 계기가 되어 주는 것이 여행이다. 여행하는 순간은 '나'는 누구의 무엇들일 필요가 없고 심지어 '나'일 필요도 없다. 자신을 옭아매던 정해진 일정들은 어느덧 저 멀리 아득히 사라져 버린다. 시인이 말하고 있는 '모르는 곳'은 이처럼 일상과 관계로부터, 의식과 생각으로부터 나를 자유롭게 한다. '언어'마저도 벗어버리게 되는 상황은 시인을 완전한 자유인으로 만들었던 것이다.

　이 모든 것으로부터 해방된 순간 다음으론 낯선 고장의 일상들이 놀이처럼 다가오게 마련이다. 그곳의 사람들, 음식들, 상점들, 거리와 시간과 공기들 모두가 깃털처럼 가벼운 풍경으로 여겨진다. 쉽게 어울릴 수도 있게 되고 흐뭇하게 바라볼 수도 있게 되는 상황이 되는 것이다. 위의 시에서 '언어도 생각도 단순해지'는 즈음 시인에게 '광장 옆 모르는 작은 가게들', '거리 모퉁이에서 파는 파란 음료', '책방'들이 눈에 들어오게 된 것도 이와 관련된다. 이 시점에서 그가

'자유'를 예찬하게 되는 것은 자연스런 일이다. 그는 그의 자유가 자신이 '허드슨 강을 흐르는 한포기 구름 이상의 것이 아니라는' 점에서 비롯된다고 말하고 있다.

여행은 이처럼 여행객을 '흘러가는 한 조각 구름처럼' 호젓하게 만든다. 시인은 여행의 이러한 정황을 아주 세심하게 받아들이고 있음을 알 수 있다. 위의 노래처럼 이어지는 길디 긴 시가 그 점을 잘 말해주고 있다. '햇빛 아래 치솟는 분수', '아이들의 웃음소리', '새'들은 낯선 고장에 있는 이유로 '모르는 것'들이 되고 따라서 무연無緣한 자유의 근거가 된다.

비록 도시이지만 그것이 영원한 자연의 공기처럼 다가온 까닭은 무엇보다 '자유감' 때문이라는 것을 확인할 수 있다. '자유'는 자신을 얽어매는 모든 끈들이 소멸하여 자아가 외부의 조건에 의해서가 아니라 내면의 그러함然에 따라 존재하는 상태를 가리킨다. 온갖 인위성이 탈각된 채 무위無爲로운 상태가 그것이거니와 원시 대자연의 한 가운데에 처한 것이 아님에도 무위한 자유를 느낄 수 있었다면 그것은 '여행'이라는 조건에 기인하는 것일 테다.

> 트로이에서
> 허드슨 강변에서
> 햇빛이 섞인 바다분수의 물을 맞으며 노는 아이들,
> 태어난 것이 선물이고 하루하루가 축복
> 이런 말을 하며 놀고 있는가,
> 하루는 이렇게 흘러가고
> 다시 만날 수 없는 사람들이

해바라기 벌판 같은 시계 속에서 춤추고 있는데
이 순간의 행복
이것 외에 다른 것이 없다면
이것 외에 다른 것이 없는데
지금, 이 선물,
왜 나는 이런 말을 못하는가,
「트로이의 시간」 부분

　세상의 지복至福에 대한 형상화를 구하고자 할 때 가장 먼저 떠오르는 심상 중 하나는 티없이 맑은 '아이들의 웃음소리'일 것이다. 세상을 모르는 듯 '노는 아이들'은 인간으로서 짊어져야 하는 근심과 걱정 불안 등속과 하등 상관없는 존재로 여겨진다. 이들에게서 이들을 덮어씌울 인간의 굴레를 떠올리는 것은 어려운 일이다. 당연히 사랑스러우며 언제나 지켜주고 보호해 주어야 한다는 어른으로서의 의무를 떠올리게도 된다. 아이들에게 놀이의 '순간'은 '이것 외에 다른 것이 없는' 순전한 신의 '선물'이자 '축복'처럼 여겨지지 않을 수 없다.

　위 시의 이어지는 부분에서 시인은 '트로이 시'의 허드슨 강변의 자연을 묘사한다. '붉은 태양을 품은 푸른 물결', '분수'와 '갈매기', '물고기'와 '여름' 등이 그것이다. 이들이 이루는 고요하고도 평화로운 조화는 자아가 처한 이 순간을 역시 지극한 행복의 시공으로 만든다. 시인의 시선에 놓인 물상들은 한 폭의 아름다운 벽화처럼 고즈넉하고 그윽하게 다가왔을 것이다. 이들은 어떤 것에도 방해받지 않은 채 유유히 자신들의 궤적을 그리는 것으로 비춰졌을 것이다.

시인은 한 순간에 포착된 이들 이미지에서 영원성을 체험한다. 이들은 일상이라든가 인위적인 시간성으로부터 분리된 채 오직 자신에게 귀속된 모습을 나타내는 것이었다. 번잡스런 세계와 달리 존재하는 이들의 몸짓에서 '이것뿐'이라는 독립성과 고유성을 발견하는 시인은 이들이 자신에게 주어진 '선물'임을 모르지 않는다.

우리가 흔히 이야기하는 '영원성'이란 이 시에서 경험할 수 있듯 고유한 시간성과 관련된다. 이것은 세속적 시간성으로부터의 분리에서 시작된다. 인간들의 시간, 인위적 시간, 도시의, 근대의, 문명의 시간들은 급하고 조악하다. 무분별하고 소란스럽고 거칠고 때로 포악하기까지 한 것이다. 소리는 시간과 같은 성질을 띤다. 인위적 소리들이 소음이 되어 신경증을 유발하고 불안과 분노까지 일으키는 것을 보면 문명의 소리로 채워지는 세속의 시간들이 얼마나 반자연적인가 짐작할 수 있다. 반면 자연의 시간성은 이와 다르다. 이런 측면에서 볼 때 자연의 소리와 호흡에 다가가는 일은 인간의 구원과 관련되는 문제가 된다. 자연을 닮아가는 일이 신에 가까이 가는 일과 구별되지 않으며 이들을 영원성이라 칭하는 까닭도 여기에 있다.

대도시의 한 편에 서있으되 시인이 이 순간을 복된 '선물'로 기억하는 까닭은 그가 있던 순간이 영원성의 시공으로 여겨졌기 때문이다. 아이들의 모습과 자연의 모습이 그에게 그와 같은 시간성을 열어주었다. 물론 이들의 영원성이 시간의 흐름 속에서 영원히 지켜지지는 못할 것이다. 유년의 기억이 인간에게 돌아갈 수 없는 유토피아적 공간으로 남아있듯이 말이다. 시인이 지금 이 순간을 가리켜 '이것뿐'이라고 되뇌었던 것도 그 때문이리라. 그러므로 이 순간의 '여행'이 부여한 행복에 취할 일이다.

오하이오 주 작은 농촌 마을에서
언니는 아일랜드에 살고 동생은 뉴질랜드에 산다는 여자를
알게 되었다,
야채와 과일 등 유기농 농장을 하는 여자는
토요일이면 파머스 마켓에서 야채, 과일을 팔았다,
여자의 피부는 아몬드 빛, 야채는 늘 싱싱했다,
나도 아들은 토론토에 살고 딸은 뉴욕 주에 살고
나는 서울에 산다고 말했다,
러브 트라이앵글……
여자는 웃었다 먼 거리를 슬퍼하지 않는다
얼굴 한번 보기 어려워도
거기가 멀어질수록 러브 트라이앵글이 커진다고 했다,
물과 달은 어느 대륙이든 다 하나로 통하지요

「꽃피는 아몬드 나무」 부분

미국의 한 농장에서 살아가는 '여자'를 만났을 때 시인이 느낀 것은 자연에서 경험할 수 있는 야생성이었을 듯하다. 평일엔 '야채와 과일' 등 유기농 농사를 짓고 주말엔 수확한 농작물을 파는 그녀는 시인의 표현대로 '싱싱한' 이미지를 띠었을 것이다. 푸근한 인상에 강인한 손, 부지런한 몸놀림 등 우리가 상상할 수 있는 이미지만으로도 그녀에 대한 설명은 풍성해진다. 시인에게 그녀는 슬픔이나 우울 따위와는 거리가 먼 늘 '웃는' 모습이었을 것이다. 시인은 그녀를 외로움에 아랑곳 않는 낙천적인 인물로 묘사하고 있는 것이다.

온 가족이 '아일랜드'에 '뉴질랜드'에 '땅속'에 '하늘'에 뿔뿔이 흩

어져 있어도 그녀의 밝은 성품을 흐리지는 못하였다. 오히려 그 여자는 떨어져 있는 거리가 '멀어질수록 러브 트라이앵글이 커진다고 하였다' 한다. 지구상의 거리도 삶과 죽음의 구분도 그녀의 사랑의 상상력을 깨뜨릴 수 없었거니와, 사랑을 향한 그녀의 상상력은 시간과 공간의 제한을 넘어서는 것이었다. 그녀는 당당히 '물과 달은 어느 대륙이든 다 하나로 통하지요' 하는 것이 아닌가. 그녀의 이같은 발언에 의거하여 죽은 남편과 부모를 향한 사랑의 상상력을 발휘한다면 '사랑과 영혼은 어느 생애든 다 우주로 통하지요' 하지 않았을까. 그 정도로 그녀의 성품은 긍정적이었고 사랑으로 가득찼다. 이는 그 여자가 시인에게 '꽃피는 아몬드 나무'처럼 기억될 수 있는 이유이기도 했을 것이다.

대륙의 공간을 '물과 달'의 흐름으로 이해하고 가족의 죽음을 '하늘과 땅'의 관계로 해석하는 그 여자는 마치 신화 속 주인공처럼 여겨진다. 그녀는 생명과 사랑을 다루는 여신의 이미지를 나타낸다. 그녀는 대륙과 바다, 지상과 천상을 오가며 지침 없이 생명과 사랑을 길어내는 강인한 영혼에 해당한다. 그러하므로 멀리 떨어져 있어 만날 수 없어도 사랑하는 자들은 그녀에겐 언제나 함께 하는 존재들이 된다. 그녀에게 이 세계는 하나로 통하는 우주인 것이다.

> 어떤 그리움이 저 달리아 같은 붉은 꽃물결을 피게 하는가
> 어떤 그리움이 혈관 속에 저 푸른 파도를 울게 하는가
> 어떤 그리움이 저 흰 구름을 밀고 가는가
> 어떤 그리움이 흘러가는 강물 위에 저 반짝이는 햇빛을 펄떡이게 하는가

어떤 그리움이 끊어진 손톱과 끊어진 손톱을 이어놓는가

(중략)

지금 파란 하늘을 보는 이 심장은 뛰고 있다

불타는 심장은 꽃들의 제사다

「꽃들의 제사」부분

세계를 우주적 차원과 규모에서 바라보는 이들은 대부분 신화적 사유의 소유자들이다. 이들에게 세계는 현실적이기보다 초현실적이고 존재는 물질적이기보다 영적이다. 이들의 시선으로 볼 때 세계는 신비로 가득 차 있으며 세계를 운영하는 것은 신과 같은 초월적 힘이다. 신화적 세계 속에서 인간은 세계의 조화로운 일부가 되어 신이라든가 자연의 존재들과 소통하고 융합한다. 인간은 신화적 세계에 참여함으로써 위대한 자연과 하나가 된다. 농장에서 만난 여자가 그러한 것처럼 시인 또한 그러하다.

위 시에 등장하는 모티프는 신화적 상상력에 근거하고 있다. '달리아 붉은 꽃을 피우고', '푸른 파도'를 일으키고 '흰 구름'을 이동시키며 '햇빛을 반짝이게' 하는 것은 위 시에 의하면 지구를 지배하는 물리적 법칙이 아니라 '어떤 그리움'으로 표현된 영적인 에너지다. '그리움'이라 하는 무언가의 '마음'이 세계에 작용하여 이들 자연 현상들을 일으킨다는 것이다. 이 때문에 자연의 현상들은 과학적 근거로서 설명되는 것이 아니라 신비와 경이로서 경험된다. 꽃과 파도, 강물과 햇빛 등이 생명이 있는 유기물로서 상상되는 것도 이점에서 비롯한다.

'어떤 그리움'이 자연 현상을 일으킨다는 생각은 우주적 스케일의 사유다. '어떤 그리움'들은 서로 소통하고 어울리면서 자연의 거대한 순환을 일으킨다. '어떤 그리움'들은 그저 소멸하는 것이 아니라 우주의 흐름에 융화되어 존재성을 획득하며 '어떤 그리움'들을 통합한 우주는 더욱 숭고한 영성을 띠게 된다. 이는 곧 인간과 자연이 우주적 존재로서 하나가 되는 장면에 해당하거니와, 이러한 관점에 설 때 '지금 파란 하늘을 바라보며' '심장이 뛰는' '나'는, '꽃들의 제사'라 한 데서 짐작할 수 있듯 신과의 조우를 시도하는 제의의 매개체가 된다. 위의 시에서 시인은 신화적 사유를 시도함으로써 인간과 자연의 영원성을 구현하고 있음을 알 수 있다.

　　　반딧불, 낙서 보다 가벼운데,
　　　파르스름하고 희푸스름한 것
　　　떠오르는 순간 투명한 꽁무니에서 빛이 반짝인다
　　　요요하다

　　　(빛이 뜨거우니 아프겠구나)

　　　결국 제 몸에 불을 질러야 반짝일 수 있고
　　　제 몸을 태워 밀고 나가야 떠오를 수 있으니
　　　반디가 떠오르는 것만큼 지평선의 무게는 가벼워지고
　　　파란 점화는 반짝반짝
　　　얼굴의 무게를 뜯어서 들고 간다

　　　고유의 호흡

고유의 박차
혼자 타는 것들이 빛을 낸다,
혼자 가야 환하다
혼자 가야 환하게 거룩하다

반딧불 날아가는 곳에
어두움 밖에 아무 것도 없는데
박차고 날아가는 그곳에
어쩐지 영원이 있는 양하다

「푸른 점화」 전문

　'어떤 그리움'이 자연 현상을 일으키고 우주의 변화를 가져온다면 '반딧불'의 '마음'은 어떠할까? '낙서 보다 가벼운' 작디작은 '반딧불'도 '어떤 그리움'을 지니고 있다면 그 또한 우주의 운행에 기여할 것인가? 위 시의 전언에 의하면 그러하다. 작은 반짝임을 위해 자신의 몸까지 태워야 하는 '반딧불'은 그 뜨거운 마음으로써 자신을 '떠오르게' 하고 또 그만큼 '지평선의 무게를 가벼워지게 할 수 있다는 것이다.

　거대한 우주적 사유는 이처럼 존재에 관한 미시적 사유 또한 품고 있다. 자연의 운행에 관한 인간과의 통합적 접근은 '반딧불'에 이르러 인간의 존재론적 탐색을 빚어낸다. '반딧불'이 그러한 것처럼 인간 역시 '고유한 호흡, 고유한 박차'로 '빛을 내'는 존재여야 하기 때문이다. 인간이 '반딧불'과 같은 '어떤 그리움'으로서의 '마음'을 태운다면 '지평선의 무게가 가벼워지'는 것과 같은 신비한 기적을 이루어낼 수 있다. 더욱이 '혼자 타는 것들이 환하게 거룩하게 빛을 내'는 것이라면 인간이 나아가야 할 바는 고독한 운명의 길이다.

'반딧불'을 통해 전하는 시인의 메시지는 매우 선명하고 강렬하다. 시인은 '반딧불'이라는 미시 존재를 통해 자유를 향해 분투하는 고독한 인간의 모습을 상기시키고자 한다. '반딧불'이 있는 힘껏 불을 반짝이며 날아가는 곳에 '어두움 밖에 아무것도 없다'라는 점만 보아도 인간의 조건과 유비된다. 시인에 의하면 인간은 그러한 조건 속에서도 '박차고 날아가야' 한다. 존재를 둘러싸고 있는 '어둠'은 빛을 잠식하려 들 테지만 '제 몸을 태워 밀고 나가'려는 마음이 있는 한 어둠은 빛을 더욱 '환하고 거룩하'게 해줄 바탕이 될 것이기 때문이다. 그리고 '박차고 날아가는 그곳에' 시인에 따르면 '영원이 있는 양하다'.

여행지에서 쓰여진 김승희 시인의 시는 단순히 여행의 즐거움을 노래하는 데 할애되는 것이 아니었다. 그의 시는 자연에 관한 장엄한 서사시와 다르지 않았다. 단지 자연의 모습을 그리거나 객수客愁를 전하였다면 우리는 그의 시에서 그러한 이미지를 느낄 수 없었을 것이다. 그는 자유의 본질에 관해 이야기하고자 하였고 자연의 영원성에 대해 설명하고자 하였다. 그는 그것이 인간이 추구해야 할 세계라고 여겼다. 그러할 때 인간이 저급한 상태에 머무는 대신 고양과 구원을 이룰 수 있을 것이라 생각했기 때문이다. 이를 전하기 위해 그는 거시적이고도 미시적인 사유를 차례로 보여주었다. 신화적 상상력이 전자에 해당한다면 그 안에서의 존재론적 탐색이 후자에 해당한다. 그의 호흡에 따라 시를 읽어가는 일은 자연의 소리를 듣는 것처럼 향기롭고 편안했다. 그의 시가 '흐르는 강물'의 이미지와 계속해서 포개졌다. ○『시와정신』, 2016년 가을호

운명의 중력과
견딤의 방식

– 신덕룡 론

1. 시간에 대한 관점

시간의 궁극의 차원에서 살아있는 모든 존재는 죽음을 향해 치달아가고 있다. 모든 생명체는 현재의 화려함 뒤에 필연적으로 사물성을 감추고 있다는 것이다. 시간의 상대성은 그 이면에 놓인 절대성으로부터 결코 벗어나지 못한다. 인간 또한 마찬가지다. 따라서 지금 살아있는 존재로서 우리는 내부에 동굴처럼 깊어지는 절대적 시간의 차원을 이해해야 하는 당위를 안게 된다.

신덕룡의 시에서 느껴지는 고요를 웃도는 적요함은 인간을 감싸는 시간의 상대성과 절대성에 대한 세밀한 응시에서 비롯되는 것이라 할 수 있다. 일상의 시간이 소란스럽고 분망할수록 죽음이 갑작스러운 것처럼 시인은 생의 찬란함에 이어서 기어이 닥칠 궁극의 사물성을 조용히 바라본다. 시인에게 시간의 상대성과 절대성은 분리되어 있지 않은 동전의 양면이다. 그는 이 두 가지 차원의 생의 조건을 동시에 전유한다. 지금 여기의 일상이 단지 일상성으로 인식되지 않고 존재론으로 이해되는 까닭도 여기에 있다. 시인의 눈에 살아있는 것들의 일상은 내면에 도사리고 있는 사물성, 즉 죽음의 조건과 따로 구별되지 않는다.

일상과 그 이면의 차원을 동시에 보는 고요한 시인의 시선은 '구멍', '무덤 속', '그늘', '그림자'와 같은 언표들을 동반한다. 이들은 시인의 고유한 상상력을 반영하는 이미지들이자 삶과 죽음의 길목에 놓이는 실체들이다. 이들은 일상의 상대성 저편에서 생을 사물성으로 이끄는 절대성의 기호이다. 상대성과 절대성의 동시적 공존이란 삶과 죽음이 분리되지 않는다는 추상적 사실을 이야기하는 것뿐 아니라 생 속에 죽음이 경향적으로 내포되어 있다는 구체적인 진실을 말해준다. 결국 모든 살아있는 존재는 경향적으로 죽어간다.

살아있음에 따라 경향적 죽음에 놓인다는 사실에의 인식은 비극적이지 않을 수 없다. 상대적 차원에서 아무리 발버둥친들 절대적 차원의 죽음을 비껴갈 수 없는 것이 인간의 운명이라면 인간에게 살아있음은 과연 무엇인가. 두 차원의 '드잡이'를 응시하는 시인에게 생은 얼마나 허망할 것이며 죽음은 또 얼마나 무거울 것인가. 신덕룡의 시는 이처럼 현재적 삶과 궁극적 죽음 사이의 갈등과 대결 구도 속에서 빚어지는바, 그의 시를 통해 생의 한가운데 놓인 죽음의 소용돌이를 그가 어떻게 건너가고 있는지를 살펴보고자 한다.

2. 삶과 죽음의 균형

일상을 있는 모습 그대로 보지 않고 살아있음을 액면 그대로 보지 않는 시인의 시선은 무엇에서 기인하는가. 그에게 생의 배후에 놓인 어둠에 대한 인식은 왜 그토록 집요하고 필연적인 것인가. 일상과 죽음, 밝음과 어둠의 긴장을 언제나 날카롭게 응시하는 시인의 고요한 시에는 생과 죽음의 들끓는 일렁임이 감춰져 있다.

> 9인승 봉고차가 들어왔고
> 표정 없는 사람들이 하나씩 둘씩 얼굴을 드러냈다
> 어깨를 짓누르는 저녁의 열기 속으로
>
> 텅 빈 무대에
> 꾸역꾸역 모여들던 새벽처럼
> 내일을 예측할 수 없는 약속처럼
>
> 좁은 골목길로 소리 없이 흩어지는
> 너나 할 것 없이
> 땅거미를 등에 진 휘청거리는 그림자들 뒤로
>
> 스카이댄서
>
> 「스카이댄서」 부분

무대 위에서 춤을 추는 이들이 비단 위 시에 등장하는 '스카이댄서'들만은 아닐 것이다. 그것은 살아있는 모든 존재, 일상을 살아가는 모든 인간들을 가리키는 것일 텐데, 이들을 바라보는 시인의 관점은 어둡고 비관적이다. 춤을 추는 자들이지만 이들의 얼굴은 '표정이 없'고 여럿이 무리를 이루고 있으나 이들에게 '어깨를 짓누르는 저녁의 열기'를 떨쳐낼 힘이 없는 듯하다. 위의 시에서 '새벽'과 '내일'은 희망의 대유어로 쓰이지 않고 있으며 '좁은 골목길'은 '휘청거리는 그림자들'을 길게 늘어뜨린 채 침묵하는 형상으로 그려지고 있다. '스카이댄서'들이 살아가는 일상은 이처럼 무기력하고 절망적이다.

일상이 지닌 이같은 비극적 사태는 일상의 암울함을 극복하려 몸부림치면 칠수록 더욱 심화된다. '관절이 다 닳도록 춤을 출 수 있다는' 것이 오히려 '고맙다'고 말하는 '댄서'는 비극을 내포한 삶을 긍정할 수밖에 없는 생의 극단을 대변한다. 일상을 유지하기 위해 죽음에 순응하는 아이러니는 인간에게 닥친 비극의 무게를 짐작하게 한다. 인간에게 부과된 생의 함량이란 결국 '헐렁하고 야윈 몸뚱이 하나로 버티'는 순간에만 한정된 것이라는 점이 위 시에 나타난 시인의 관점이다. '엎어지고 쓰러지고 자빠질 때마다 벌떡벌떡 일어나 춤을 추'듯 혼신의 힘을 기울인다 할지라도 생은 밀어닥치는 죽음의 에너지에 언제나 밀리기 일쑤다. 이러한 인식은 시인의 관점이 얼마나 비관적인가를 말해준다. 시인의 시선은 언제나 생과 사의 경계에 놓이는 것이자 죽음을 품은 채 희미해진 생의 얼굴에 던져져 있다. 시인에게 생은 언제고 죽음에게 양도해야 하는 미약한 흔적에 불과하다.

일꾼 몇몇이
말라 죽은 가로수를 캐내고 있다

돌아설 것 없다

조금 전
말라 죽은 나무를 뿌리째 뽑아낸
텅 빈 구멍 같은 눈으로
당신의 등 뒤
짙게 드리웠을 그늘, 한참동안 바라볼 터이니
　　　　　　「이별의 방식」 전문

　위의 시에서 '말라 죽은 가로수를 뿌리째 뽑아낸 텅 빈 구멍'은 '텅 빈 구멍 같은 눈'과 겹치면서 죽음의 상징이 된다. '텅 빈 구멍'은 죽음이 도사리는 통로라는 의미를 띠게 된다. '텅 빈 눈'은 '죽은 나무'와 대면하는 것인 만큼 죽음의 아우라를 품는다. 죽은 채 뽑힘에 따라 깊은 구덩이를 만드는 '나무'는 '구멍 같은 눈'이 되기도 하고 '당신의 등 뒤에 드리운 그늘'이 되기도 한다. 그것은 '죽음'이 만드는 어두움과 무기력, 그리고 제어할 수 없는 절망을 나타낸다. 나의 '눈'에서 '당신'에로, '구덩이'로 연달아 매개되는 '구멍'은 심연과 같은 공허함의 깊이를 느끼게 한다. '텅 빈 눈'은 모든 살아있는 존재를 에워싸는 운명의 형식으로서의 죽음을 '구멍'을 통해서 본다. 그것은 바닥을 알 수 없이 빨려들어가는 공허함의 나락과 다르지 않다. 또한 그것은 경향성으로 내장된 죽음의 연원이자 죽음의 다른 이름이다.
　한편 위의 시에서 말하는 '이별의 방식'은 죽음을 대하는 시인의 태도를 가리킬 것이다. '이별의 방식'은 '나의 눈'과 '당신의 그늘'과

'뿌리뽑힌 나무' 사이에서 초점이 불분명한 채 '바라보'던 화자가 '돌아설 것 없다'고 말하는 대목에서 제시된다. 단호하게 뱉어내는 '돌아설 것 없다'는 말은 '구멍'이 한없는 나락으로 느껴지는 데 비하면 의외일 만큼 담담하다. 아쉬움도 미련도 접어들이는 듯한 냉담한 이 말에는 단순히 체념보다는 운명에 대한 철저한 인식이 깔려있다. 모든 것을 집어삼키는 '구멍'을 지닌 채 살아갈 운명이라면 인간이 할 수 있는 일이란 '한참동안 바라보'는 것 외에 별로 없을 것이다. 그리고 이는 생과 사의 팽팽한 긴장 속에서 겨우 균형을 잡고 있는 시인의 지대를 암시하는 것이리라. 죽음의 소용돌이가 거셀수록 시인에게 고요함은 더욱 견고해질 것이다. 사물을 바라보는 시인의 조용한 시선이 형성되는 지점도 여기이고 '내'가 '그림자처럼' 여겨지는 순간도 지금이다.

　　불편합니다 낯선 시간과 공간이 따로 따로 내 주변에서 기웃거립니다 자꾸만 신경이 쓰이네요 이럴 때 담배 한 대가 제격입니다만 생의 말미에, 금연을 한답시고 따로 챙기지 않은 게 몹시 후회가 되는군요

　　창밖도 불편하긴 마찬가지, 안쪽의 불빛들과 바깥의 어둠이 드잡이를 하고 있습니다 유리창에 부딪혀 떨어지는 아우성들이 그 자리에 차곡차곡 쌓이고 있군요 거기, 흑백사진처럼 박혀있는 내가 보입니다 무덤 속처럼 고요합니다

　　누워있는 나를 내려다보던 당신의 눈이 떠올랐습니다 멀

리 있는 푸른 별처럼 안타까웠는   데 그게 아닌가 봅니다 눈
코 입이 다 지워진 채 그림자처럼 앉아 있는 내내 미련과 회
한, 불안과 두려움이 교차하고 있네요. 털어낼 것들이 많이
남은 듯합니다

「경유지에서 온 편지」 부분

'배편이 없어 쩔쩔매다 운 좋게 비행기 티켓을 구한' 위 시의 화자
가 공항에서 느낀 것은 안도감이라기보다 '불편함'이다. 희망과 설
렘으로 흥청거리게 마련인 공항은 시인에겐 오히려 불안함으로 인
지된다. 밤의 어둠에 에워싸인 환한 로비는 세상을 바라보는 시인의
관점을 연상시킨다. 공항 로비의 불빛은 밖의 암흑에 대비된 거짓
환함이 된다. 언제나 세상에서 삶과 죽음의 양면적 대결을 보는 시
인에게 밤의 공항은 비정상적으로 밝은 지대로 여겨진다. 그것은 거
대한 어둠을 숨긴 인위적 환함이자 어둠에 의해 삼켜버릴 듯한 불안
한 밝음이다. 시인에게 낯설도록 흰한 밤의 공항은 곧 삶의 양면성
에 대한 유비적 등가물이 된다. 여기에서 시인이 '불편함'을 느낀 것
은 어쩌면 당연한 노릇이다.

이러한 공항의 풍경을 가리켜 시인은 '안쪽의 불빛들과 바깥의 어
둠이 드잡이를 하고 있다'고 말하고 있다. 또한 '유리창에 부딪쳐 떨
어지는 아우성들이 차곡차곡 쌓이고 있다'고도 말한다. 이는 일상의
삶과 끝 모르게 압박해오는 죽음의 밀도 사이에 늘상 긴장과 대결을
벌이는 인간의 모습을 형상화한다. '아우성들이 쌓이는 유리창'이란
삶과 죽음이 만나는 '구멍'의 지대와 다르지 않다. 그곳에서 '무덤 속
처럼 고요함'을 느낀다거나 '내'가 '흑백사진처럼 박혀있'듯 여겨지

는 것도 이상한 일이 아니다.

언제나 반복되는 것이자 삶의 방편으로 이루어지는 것임에도 '구멍'의 지대에서 일상은 활기나 희망으로 다가오지 않는다. 대신 일상은 불안과 무기력으로 흐려지곤 한다. 이속에서 자유와 개성 등의 고유성은 찾기 힘들다. 위 시의 화자가 '눈 코 입 다 지워진 채 그림자처럼 앉아 있'다고 한 것도 이러한 정황에 기인한다. 미래는 불투명하게 느껴지고 길은 '앞길 뒷길 모두 지워'진 듯하다. '여정 또한 만만치 않겠다'고 토로한 것도 이 때문이다. '구멍'이 내재된 삶에서 '비행'은 죽음과 대결하듯 이루어져야 하는 위태로운 것이다.

이처럼 시인에게 세계는 늘 양가적으로 다가온다. 세상의 단면만을 보지 않는 시인의 시선은 항상 가늘게 흔들린다. 양가적 세계는 압도적인 무게로 시인을 엄습해 오고 그 속에서 간신히 균형을 취해야 하는 시인은 항상 힘에 겹다.

삶과 죽음의 양면성을 직시하는 시인이 그 사이에서 어렵사리 균형을 찾기 위한 방법중 하나는 '털어내는 것'이다. 그가 보인 바 '이별의 방식'과 같은 맥락에 있는 이것은 사태를 무덤덤히 받아들이는 일에 해당한다. 삶과 죽음의 사태를 묵묵히 인정하면서 '미련과 회한, 불안과 두려움' 등 마음속에 '교차하'는 온갖 감정들을 '털어내는 것'은 삶을 압박하는 무게로부터 벗어나 균형잡기를 시도하는 최선의 노력에 해당한다. 시인에게 마음을 종횡으로 오가는 일회적 감정들이야말로 '구멍'에 밀도를 더하는 무겁고 어두운 에너지인 것이다.

3. 견딤의 방식

가장 밝고 활기찬 것이어야 하면서도 가장 지겹고 무기력해지는 이유가 일상에 감춰진 '텅 빈 구멍' 때문이라는 점은 우리에게 삶을 견디는 방법에 대해 묻게 한다. 현재의 시간들이 비극의 가속화된 힘 가운데서도 견딜 만한 것이 되게 하는 것은 결국 살아가는 이유가 무언지를 따지는 것과 같다. 그만큼 생명 있는 것들은 매순간 아득한 '구멍'으로 추락하는 힘과 싸워야 하는 것이리라. 삶과 죽음의 통로로서의 '구멍'은 우리에게 운명의 힘을 느끼게 한다. 결국 생명을 집어삼키려 이글거리는 '텅 빈 구멍'의 중력과 대결하는 데서 운명의 형태가 결정된다. 운명을 극복하는 일이 힘든 것은 '텅 빈 구멍'이 이끄는 중력의 힘이 거센 까닭이다.

상황이 이러하므로 '털어내기'를 거듭하면서 마음을 다스리는 일은 중력의 힘을 덜어내는 매우 적절한 행동이다. '미련과 회한, 불안과 두려움'이야말로 생명을 짓누르는 감정들인 것이다. 삶과 죽음의 대결 속에서 '털어내기' 외에 죽음의 힘을 극복할 수 있는 방법이 있다면 그것은 스스로 '환한 빛'을 만들기이다. 존재 속에 깃든 '구멍'의 어둠을 비춰줄 수 있는 환한 빛, 일상이 무기력할지라도 그 빛을 좇아 열정을 불태울 수 있는 눈부신 빛이 그것이다. 일상을 살아가는 우리에게 그것은 환상과도 같은 역할을 한다.

매일매일 반복하는 일이다
좀 더 밝고 환한 빛을 내다 거는 일이다

한류와 난류가 뒤섞이는 어둠에 구멍을 내는 거다
낮에는 숨죽이고 있다가
그늘 아래 가만히 눈 감고 있다가
한밤중, 파낸 구멍으로 불빛들 쏟아 붓거나 한꺼번에 몰려나
　와 다정하게 손짓하는 거다

나도 모르는
내 기호와 취미와 습관까지 줄줄이 꿰고 있는 저 손짓은, 입
　술을 뜯어가며 견디던 허기, 생각날 때마다 심장을 멎게 하
　던 당신의 환한 미소, 꿈속까지 따라와 귓볼을 간질이던 숨
　결들

「집어등集魚燈」 부분

　회피할 수 없는 종말이 기다리고 있을지라도 '생각할 겨를도 없
이' 달려들 수 있게 하는 '집어등'은 인간에게 환상이 지니는 의미와
동일한 함의를 띤다. '집어등'은 환상처럼 맹목적으로 생을 태우게
하기 때문이다. '집어등' 앞에서는 최후에 닥칠 비극이라든가 무거
운 운명 등속에 대해 생각할 여지가 없다. 그것은 순간 비춰지는 '환
한 빛'이자 그 자체로 빛나는 '밝은' 목적이 된다. 시인이 '집어등'을
가리켜 '한류와 난류가 뒤섞이는 어둠에 구멍을 내는 것'으로 본 까
닭도 '집어등'이 지니는 환상으로서의 성격과 관련된다. '집어등'은
'텅 빈 구멍'을 직통으로 비추는 빛으로서 존재로 하여금 운명을 잊
게 하고 지금을 견디게 하는 훌륭한 견인차다. '구멍에 불빛들을 쏟
아 붓는' '집어등'으로 말미암아 '숨죽이'고 '가만히 눈감고 있'던 자

아는 무기력을 떨쳐내고 일상을 살아갈 힘을 얻는다.

　'집어등'이 환상의 함의를 띠는 것은 위 시의 화자가 말하듯 그것이 '내 기호와 취미와 습관까지 줄줄이 꿰고 있는 손짓'이자 '생각날 때마다 심장을 멎게 하던 당신의 환한 미소'라는 점에서도 잘 드러난다. 환상과 같은 그러한 '불빛'이 있음으로써 존재는 '온몸을 내던지며 달려갈' 수 있게 된다. 여기엔 '뼈만 남은 노인들'이어도 예외가 아니다. 요컨대 환한 빛으로서의 '집어등'은 압도적인 운명의 힘 속에서도 생명을 극대화시키는 방편이자 기제가 된다. 그것이 지금의 삶을 견디는 방식이 되는 것도 이 때문이다.

　맹목적이리만큼 눈부신 환상을 좇는 일이 아니라면 시인이 제시하는 바 현재의 삶을 견딜 수 있는 길은 '익숙해지'는 것이다. 운명의 광포함 속에서도 그것에 휩쓸려 광포해지지 않고 '순해지'는 것이 그것이다.

　　　　서로 닮은 얼굴들이 모여드는 장날, 한 귀퉁이에
　　　　순둥이네 닭집 간판 아래
　　　　수 백 수 천도나 됨직한 기름이 끓는 솥 안에서
　　　　타는 듯 쪼그라드는 듯 뽀얀 몸통이
　　　　누렇게 변해가더니 금방 튀겨져 나온다 마치
　　　　잠깐 찬바람을 쐬러 나온 듯

　　　　말없이 짐짝처럼 차곡차곡 쌓여 있는 닭의 눈빛들
　　　　푸릇한 안광이 쏟아져 나오는데
　　　　무슨 일 있었냐는 듯

탈탈탈탈 닭털제거기가 바쁘게 돌아가고 있다
온몸의 털들이 한겨울 눈보라처럼 정신없이 흩날리는
햇볕 쨍쨍한 오후

익숙해졌구나
슬픔은 많은데 아프지는 않도록

「눈보라」 부분

'수 백 수 천도나 되는 기름'에 튀겨져 건져올려진 '통닭'을 가리켜 '잠깐 찬바람 쐬러 나온 듯'하다고 말하는 데서 우리는 시인이 말하고자 하는 운명의 극복방식에 대해 짐작하게 된다. '말없이 짐짝처럼 차곡차곡 쌓여 있는 닭의 눈빛들' 너머로 '무슨 일 있었냐는 듯 바쁘게 돌아가'는 '닭털제거기'를 함께 바라보는 화자의 모습은 가혹한 운명에 처해 그에 대처하는 방법이 무엇인가에 대한 시인의 전언을 가늠하게 한다. 운명 앞에서 인간은 헐벗은 채 던져져 있는 존재와 다를 것이 없다. 운명은 가혹하도록 거칠어서 인간이 그에 대해 어떠한 저항을 해도 상황이 나아지지는 않는다. 그러므로 삶을 견딜 수 있는 길이란 시에서 언급하고 있듯 '슬픔이 많아도 아프지는 않도록 익숙해지'는 것이다. '생맥주라도 한 잔 들이키고' '익숙한 표정과 순한 이름을 가슴에 다'는 일이 그것이다.

이는 단순히 운명에 대해 체념하거나 순응하는 일이 아닐 것이다. 매서운 운명은 인간을 강퍅하고 악하게 만들거니와 거친 운명 앞에서 '익숙한 표정과 순한 이름을 가슴에 다는 일'은 운명의 흐름에 자신을 내맡기는 것이 아니라 그것을 거슬러 오르고자 몸부림치는 가운데서 얻어지는 것이기 때문이다. '익숙한 표정과 순한 이름'은 인생의 험난함 그대로 거친 성정을 담아내는 대신 그것을 거르고 걸러내 정화되고 순화된 성정을 길러낸 것에 해당한다. 이를 두고 운명에 굴복했다거나 패배했다고 말할 수는 없다. 이것은 시인이 견지해온 삶의 자세처럼 삶과 죽음 사이에서 힘겹게 균형을 구해온 결과이자 운명의 소용돌이 속에서 자신을 잃지 않고 견뎌 온 과정이라 할 수 있다. 또한 이것은 운명의 '차고 매운바람 속에서' '날개 한 번 펴보지 못한 채 추락하는' 존재들의 '죽음의 힘으로 질러대는 아우성들'에 대해 짓눌리거나 무너지지 않고 표연히 '툭 털며 지나갈 수 있는' 길에 속한다 할 것이다.

지금까지 살펴본 것처럼 신덕룡의 시에 나타나 있는 상징들은 그의 상상의 지대가 삶과 죽음의 경계에 놓여 있음을 말해준다. 그것은 시인이 현재적 삶과 비극적 운명 사이의 대결 구도 속에서 팽팽한 긴장을 겪으며 살아가고 있다는 사실을 의미한다. 그의 고요한 시적 어조는 이러한 구도가 지닌 삶의 양가성에 대한 성찰에서 비롯된 것이다. 일상을 그저 살아가는 것이 아니라 일상의 배경에 놓이는 죽음의 흔적들까지 응시하며 사는 일이란 이지적인 태도에 해당하면서도 힘겨운 것이다. 이때의 삶은 죽음의 무게까지 온전히 감당해야 하기 때문이다. 신덕룡의 시는 이러한 인간의 운명적 조건에 대한 인식과 함께 이를 어떻게 견디고 극복해나갈 것인가에 대한 탐구로 이루어져 있다. '털어내기', '스스로 빛을 찾기', '익숙해지기' '순해지기' 등은 모두 인간을 짓누르는 운명의 힘 앞에서 인간 본연의 마음을 잃지 않기 위한 방편들에 해당한다. ○『시와정신』, 2016년 봄호

내부로부터 파열^{破裂}되는
'진실'의 시간을 위하여

– 문현미 론

'비무장지대'를 이야기하는 문현미 시인은 우리에게 의외의 모습으로 다가온다. 불과 몇 개월 전에 발간된 최근 시집에서 본 그의 모습은 절대자를 향한 구도자의 나지막한 몸짓의 그것이었기 때문이다. 그는 신 앞에서 한없이 작은 인간의 실존을 반추하며 자신을 '내려놓기' 위한 조용하고 겸허한 목소리를 우리에게 들려주곤 하였다. 고요한 묵상 속에서 시를 쓰던 그에게서 우리는 목청을 높이 돋우는 현실주의적 태도를 그려내기가 쉽지 않다. 그러한 그가 '비무장지대' 연작시를 썼음은 서정적인 그의 시적 경향의 일탈이라 간주할 수 있을까? 혹은 그의 따뜻한 기도의 빛이 우리 민족의 아픔에까지 당도한 것이라 할 수 있는가?

'비무장지대'가 여전히 지니고 있는 전쟁의 내포성은 그것에 관한 우리의 연상을 차갑게 얼어붙게 한다. '비무장지대'는 여전히 우리에겐 다가갈 수 없는 절대 금지의 장소에 해당한다. '비무장지대'에 이르러서 우리의 의식과 감정, 그리고 모든 가능한 상상은 올스톱

all-stop되는 것이다. 그곳은 영원한 공포의 지대이자 파열되어 아물지 않은 상처일 뿐이다. 그곳은 국토의 일부라기보다 싸늘하게 버려진 낯선 땅에 불과하다.

실제로 '비무장지대'로 말미암아 우리의 의식은 단절된다. 우리는 '그 이상'을 생각할 수 없다. 우리 민족이 그 너머에 살고 있다는 생각, 우리의 역사가 그 너머에서 펼쳐졌다는 생각, 우리의 조상이 그 너머에서 발원하였다는 생각, 우리의 국토가 그 너머에까지 뻗쳐 있었다는 생각을 우리는 더 이상 할 수 없다. 이들 사실들이 불과 60여 년 전 우리에게 너무도 일상적인 경험역에 해당하는 것이었음에도 불구하고 지금의 그것들은 마치 아득한 상상처럼 막연하게 느껴질 뿐이다.

우리에게 단절로서만 전유되고 있는 '비무장지대'의 이같은 기호성은 문현미 시인의 '비무장지대' 연작시가 지니고 있는 의미망을 풀기 위한 전제가 된다. 이는 '비무장지대'를 노래하는 시인의 음성이 소위 '통일'의 당위성을 주장하는 새되고 강경한 외침도, '통일'의 '경제성'을 외치는 뜬금없는 선언도 아니라는 점과 관련된다.

> 빗방울을 수직으로 받는 총부리에
> 쓸쓸한 고요가 노숙하고 있다
>
> 정물같은 경계병의 수척한 눈동자에
> 고이는 익숙한 불안의 냄새
>
> 오랜 시간 되풀이 해 온

습관의 배후가 몹시 궁금하다

한 걸음도 더는 나아갈 수 없다면?
「바람이 불고 있다」 부분

그곳에 이르러 우리 모두가 '정물'이 되는 지경이라면 그곳은 우리에게 절망의 지대임을 의미한다. 의식하지 못하거나 애써 회피할 수는 있어도 그것이 가져오는 '장애'를 우리는 피해갈 수 없다. 우리는 늘 '익숙하게'도 '불안'해 해야 하고 역시 '한 걸음도 더는 나아갈 수가 없'는 사태에 직면해야 한다. 그 절망의 지대에 이르러 우리는 언제나 무엇인가 '농울치는 부재'를 체험해야 한다. 그곳에서는 모든 것이 멈춘다. 길도 과거도 미래도 그 어느 것도 그곳에는 없다. 그곳에 있는 것은 오로지 습관적으로 '누구도 겨냥하지 않는 총을 들고' '탄알을 계속 장전하'는 일 뿐이다. '오랜 시간 되풀이 해 온 습관의 배후가' 누구인지 '궁금해질' 만큼의 비현실적이고도 작위적인 허망한 몸짓들. 분명한 적의 얼굴과 전투의 시점을 확인하지 못한 채 반복적이면서도 빈틈없이 이루어져야 하는 '경계태세'는 우리에게 무기력과 절망감을 가져다 줄 뿐이다. 시적 자아가 '가까스로 다다른 철책선' 앞에서 '아무것도 할 수 없는 낯선 민간인'이라 절규한 것도 이 때문이다.

'비무장지대'의 모호하면서도 뚜렷한 긴장 앞에서 '아무것도 할 수 없'는 무력감을 호소하는 자아의 고백은 정직하다. 수십 년 간 계속된 허구적인 '경계태세'의 '배후'와 그 해결책을 알 수 없는 마당에 희망이나 낙관을 말하는 것은 무의미하고 불가능하다. 누군가 불현듯 나타나 '통일 대박'을 소리쳐도, 알 수 없는 정치적 이해관계로 얽힌 '배후'의 음험한 의도들에 의해 '민간인'은 한없이 소외되고 절망한다. 우리에게 허용되는 것은 꿈이나 희망 같은 것이 아니라 침묵과 긴장일 뿐이다. 세계를 노래하는 시인조차 이곳에서 '아무리 꾸욱 눌러 써도 터지지 않는' 발화의 억압을 호소한다. 무엇보다도 아름답고 찬연하게 빚어져야 할 모국어는 '비무장지대' 앞에서 '낡은 탄피'처럼 거칠기만 하다.

'비무장지대'에서 우리들 모두는 모든 권한을 '내려놓아'야 한다. 마치 그에 귀의하는 절대자 앞에서 신자信者가 자기의지를 버리는 것과 같이 '비무장지대'는 우리에게 모든 것을 해제시키는 절대자처럼 군림한다. 다만 '비무장지대'란 우리에게 구원 대신 절망을 준다는 점에서 악마적 절대자라 할 수 있다. 그것은 두께와 밀도를 알 수 없는 불온한 '배후' 세력으로 인해 우리 모두를 가위누르듯 억압한다. 시적 자아가 '내용도 없이 형식도 없이/ 자꾸만 비틀, 비틀거린'다고 호소하는 것도 이 때문이다.

이처럼 절망과 억압을 정직하게 노래하는 시인에게 '비무장지대'는 생경한 소재의 차원에 놓이는 것이 아니며 과잉된 감상적 어조로써 전유되는 것도 아니다. 시인에게 '비무장지대'는 생생한 실체가 된다 할 수 있다. 그것은 시인으로 하여금 '말 못하게' 하는 음험한 존재이자 이면에 두텁게 가리워진 세력을 등에 업은 불온한 얼굴에 해당한다. 따라서 '비무장지대'에 이르러 시인은 재갈이 물린 상태에서도 그것의 실체를 그려내고자 하는 정직한 내부 고발자가 된다는 것을 알 수 있다.

짐승 같은 울음이 뚝뚝 떨어지던 여기에
어둑한 한숨이 불꽃으로 타오르며 출렁입니다

눈 속에 깃든 어둠이, 입 속에 쌓인 어둠이
골수 깊숙이 고이는 어둠이
발목부터 머리까지 차 오르고 있습니다

먼 훗날 긴 밤을 깨치는 새벽의 불덩이처럼
마침표가 환하게 솟아오르는 그날이 온다면
그때 생피를 찍어 온몸의 시를 쓰겠습니다

목마른 탄성 끝에 무릎 꿇는 들녘에서
기적으로 찾아올 지 모를 그날을 기다리며
비무장의 유산을, 완전한 소멸을
오랜 열병처럼 앓으며

「그날」 부분

'대박'을 환기하며 '통일'에의 낙관을 노래할 수는 없으되 그렇다
고 '비무장지대'의 '불멸'과 '영원'을 되뇌일 수도 없는 노릇이다. 절
망적 사태임에도 불구하고 그것에 굴복하는 것은 살아있는 영혼의
몫이 아니다. 시인은 짙은 절망이 가득한 가운데 저 하늘 멀리서 '도
수장으로 끌려가는 걸음보다 더 더디'게 '크고 작은 신발들이 구름
속으로 날아간' 환영을 본다. 그는 '짐승 같은 울음이 뚝뚝 떨어지던'
이곳에 '어둑발 한숨이 불꽃으로 타오르며 출렁이'는 환영 또한 본

다. 이는 시인이 '비무장지대'에서 읽은 절망의 두께이자 동시에 짙은 절망을 무너뜨리려는 사태 전환의 기운이다. 시인은 절망이 거듭될수록 그 속에서 피어올라오는 생의 에너지를 보고 있다. 그가 '눈 속에 깃든 어둠이, 입 속에 쌓인 어둠이/ 골수 깊숙이 고이는 어둠이/ 발목부터 머리까지 차 오르고 있다'고 한 진술은 이곳을 가득 채우는 어둠과 절망이 그것으로 그치는 것이 아니라 사태를 다른 국면으로 전환시킬 수 있는 요인 또한 될 수 있음을 암시하고 있다.

'비무장지대'에서 '통일'을 말하는 대신 '뼛속까지' '차오르는' 어둠과 절망을 말하는 시인의 진술들은 매우 사실적이다. 나아가 거기에서 멈추지 않고 '먼 훗날' 도래할 '새벽의 불덩이'를 꿈꾸는 것은 더욱더 진실한 모습에 해당한다. 시인은 '눈'과 '입'과 '골수'가 막히는 듯한 압박 속에서 '생피'같은 '자음과 모음'을 한 자 한 자 '찍어' 내고 있거니와, 그것은 미래에 관한 뜨거운 기원祈願을 담고 있는 것임을 알 수 있다. 마치 기도문을 외듯 시를 써내려가면서 시인은 '마침표가 환하게 솟아오르는 그날이 오'기를 염원하고 있다. 여기에서 '그날'은 이미 현실과 비현실의 경계를 넘나드는 것이 된다. '생피를 찍어 온몸의 시를 쓰는' 순간 '그날'은 막연한 미래이자 동시에 '기적'적인 현실처럼 다가오기 때문이다.

암담한 현실의 실체를 온전히 느끼던 시인에게 '그날'에의 간구懇求는 단순한 기대가 아니라 말 그대로 기원祈願이자 기도祈禱가 된다. '뼛속깊이' 스민 절망의 밑바닥에서부터 솟구친 그것은 영혼의 '말'이자 차가운 현실을 녹이는 '뜨거운' 열망이 되는 것이다. 실제로 그는 '목마른 탄성 끝에 무릎 꿇는 들녘에서' '비무장의 유산을, 완전한 소멸을/ 오랜 열병처럼 앓'고 있다 말하고 있는바, 이것은 그의 '피'

어린 시가 '기도'의 경지에서 쓰여지고 있음을 보여주는 대목이다. '기도'가 되어 나오는 그의 시는 암담한 미래를 '기적'같은 현실로 전환시킬 수 있는 에너지로서 진동하고 있다.

절대적인 악으로 군림하여 우리에게 의식의 단절을 강요하는 '비무장지대'에서 영혼을 다하는 시인의 뜨거운 '기도'는 어느 정도로 유효할 것인가? 그곳에 과연 바늘구멍만치라도 국면 변화의 요인이 흘러들 수 있을 것인가? '비무장지대'에 직면하여 그것을 관념으로서가 아니라 생생한 실체로 전유하는 시인에게 그의 '시'는 사태를 전복시키는 실질적인 효력을 지닐 것인가?

> 달이 하늘을 지나가는 소리가 있다
>
> 흐른다, 황홀한 궤도의 운행 따라
> 별과 별의 캄캄한 허공 사이로
>
> 있다, 찰라의 빛이 지나가는 소리가
>
> 멀리서, 가까이에서 소리 없이
> 가슴에서 가슴으로
> 가만, 가만히 흐르는 소리가 있다
>
> 끝이 없는 아득한 파동의 소리여
>
> 나뭇잎 설레는 소리, 바람이 머뭇거리는

소리, 뿌리가 기지개 켜는 소리, 꿈 꾸듯
너에게로 흐르는 강물 소리의
길 없는 무한 질주

살아 있는 모든 것은 소리가 있다

휴전선에 뭉게뭉게 눈부신 소리가
눈꽃에서 눈물이 배어나오는 소리가

엄동을 견딘 봄이 되어서야
눈녹이물 흐르고
아래로
아래로……

「소리 속으로」 전문

인간의 모든 의식과 행동이 극단적으로 차단당하여 인간이 곧 정물과 다름없이 되는 '비무장지대'에서 '그날'에의 기도를 올리는 시인에게는 가느다랗게 전해오는 움직임의 기운이 있다. 그것은 사물이 내는 '소리'이자 그들의 미세한 '파동'이다. '달이 하늘을 지나가는 소리', '찰라의 빛이 지나가는 소리'들에 귀기울이는 시인에게 그들 '소리'는 없는 듯하면서도 천둥처럼 큰 것이기도 하다. 그것들은 암흑과 절망으로 가득 찬 '캄캄한 허공 사이'를 가로질러 '있'는 것으로 그곳에서 거의 유일하게 운동하는 존재에 해당한다. 시인은 미세한 그들의 '소리'에서 거대한 '흐름'의 '파동'을 읽어낸다. 시인에게 그들의 '흐름'은 마치 남과 북이 이루는 소통의 모델처럼 의미있게 다가온다는 것을 알 수 있다.

사정이 이러하므로 시인은 '비무장지대'를 '흐르는' '소리'의 모든 유형들을 열정적으로 포착하고자 한다. '나뭇잎 설레는 소리, 바람이 머뭇거리는 소리, 뿌리가 기지개 켜는 소리, 꿈 꾸듯 너에게로 흐르는 강물 소리' 등 시인은 '살아 있는 모든 것'에 '있는 소리'를 찾는다. 그것은 '멀리서, 가까이에서', '가슴에서 가슴으로' '가만, 가만히 흐르는 소리'를 낸다. 아니, 시인은 그들 작은 '소리'들에서 '흐름'의 운동성을 읽어내고, 그들에게서 '가슴에서 가슴으로' 전달되는 소통의 모형을 찾아낸다. 시인에게 작은 사물들의 미세한 '소리'는 마치 남북 사이의 소통을 예견하는 메시지처럼 전유되는 것이다.

적막한 '비무장지대'에서 '흐르는' 이같은 소리들은 이곳이 죽음의 지대만은 아님을 증거하는 것이다. 인간의 의식과 행동이 제로가 되는 이곳일지라도 '살아있는' 존재들은 여전히 있어 에너지를 순환시키고 있다. 이것은 신이 인간에게 전하는 희망의 소식이자 인간이 물화됨을 극복할 수 있는 가능성의 계기가 된다 할 수 있다. 시인이 '휴전선에 뭉게뭉게 눈부신 소리가 있다'고 말한 까닭도 여기에 있다.

시인이 어설픈 낙관이나 과잉된 감상의 태도를 보이는 대신 사태를 있는 그대로 전유하는 점은 시인에게 있어 큰 장점이자 그의 고유의 시적 방법으로 보인다. 그것은 세계를 대하는 시인의 진실된 자세를 말해주는 것일 텐데, 그는 이 속에서 절망만을 보는 것이 아니라 절망의 끝에서 피어나는 극복의 힘 또한 대면하게 된다는 것을 알 수 있다. 사태를 직시하는 시인의 태도는 직접 사태의 한가운데로 진입하여 그 안의 모든 에너지의 흐름들을 읽어내게 되는바, 여기에는 절

망과 함께 절망을 내부에서부터 파괴시키는 전복의 에너지 또한 있
는 것이다. '비무장지대'에서 더욱 의미있는 시적 전개를 보여주었던
시인의 이와 같은 태도는 그러나 이들 시에만 국한된 것이 아니라 그
의 본래의 시적 방법에 해당한다는 것을 짐작할 수 있다.

처녀의 몸을 빌어 태어났다는
구유의 비밀을 몸으로 느끼고 싶어
정신의 지렛대를 던져 버린다

정신이 몸을 누르는 것이 아니라
몸이 정신을 누른다는 학설이 있다

그래서 몸은 위대하다고
그래서 몸은 신비하다고
그래서 몸은 거짓이 없다고
몸은 몸으로만 말한다고 그래서

사과의 껍질을 벗기며 궁금증의 각질이 일어난다
껍질이 먼저 둘레가 되었는지 속살이 미리 차올랐는지
그래서 껍질과 속살의 경계가 어디쯤인지

정신과 몸 사이에 섬세한 피가 흐르고
껍질과 속살 사이에 달콤한 수액이 흐른다

주름진 눈거풀의 섬유질이 풀릴 마지막 그때까지
끝없이 정이 들어가는 몸과 정신의 비공식 속에서

이것만이 진실이라고 쓰지 못한다, 그래서
이 시를 쓰는 손만이 진실한 몸이라고 쓴다
종이 위 먹빛이 불안하게 희미해지는 것처럼
진실의 힘은 들판에 던져진 마른 풀같다고
　　　　　　　　　　　　　　　　　「그래서」 전문

　'정신이 몸을 누르는 것이 아니라/ 몸이 정신을 누른다는 학설'에 바탕하고 있는 위의 시는 시인의 시쓰기의 방법과 관련되는 것이며 나아가 세계를 대하는 그의 철학을 표현한 것이다. 시인이 언급한 그대로 그의 시는 '관념'에서 비롯되는 것이 아니라 '몸'에서 비롯된다. '구유의 비밀을 몸으로 느끼고 싶어/ 정신의 지렛대를 던져 버린다'고 한 시인의 말은 '관념'을 벗어버리고 세상의 실체를 대할 때 비로소 세계의 '비밀'을 알게 되는 사정에 닿아있다. 이러한 자세는 지금껏 '비무장지대'에서 보여주었던 '진실되었던' 시인의 태도와 그대로 일치한다.

　시인에게 '정신' 대신 '몸'이 세계 인식의 매체로 채택된다는 것은 그가 대상의 내부로 곧바로 진입해 들어간다는 것을 의미한다. 따라서 대상은 그것이 내포하고 있는 미세한 성질들을 시인의 감각에 의해 낱낱이 풀어내게 되고 시인은 내부로부터 대상의 비밀을 폭로하게 된다. '몸'으로 세계를 인식하는 시인의 태도에 의해 대상은 조용히 내파內破된다. 그것은 곧 '껍질과 속살의 경계가 어디쯤인지'에 관한 모호성을 유발한다. 또한 그로 인해 '정신과 몸 사이에 섬세한 피가 흐르고/ 껍질과 속살 사이에 달콤한 수액이 흐른다'는 것을 알 수 있게 된다. 이들은 모두 '몸'에 의한 인식의 결과들인바, '몸'으로 대면함에 따라 대상은 스스로 그가 지닌 모든 것, 부정적인 것뿐만 아니라 숨겨져 있던 긍정적 요소들 모두를 열어보이게 된다. 그 속에는 가늘게 남은 생명의 에너지도 포함되어 있다.

세계를 실체 그대로 인식하겠다는 시인의 의지는 매우 단호하고 강경하다. 그는 '주름진 눈거풀의 섬유질이 풀릴 마지막 그때까지' 인식의 끈을 놓지 않으리라 말한다. 시인의 태도에 의해 세계는 낱낱이 자신의 내부를 열어보여야 한다. 어쩌면 시인은 마지막 남은 최소한의 희망의 자락을 포기하지 않고 싶은지 모르겠다. 그는 세계를 뒤덮고 있는 무진장한 절망의 두께들 밑에서 소멸하지 않고 숨쉬는 작은 힘을 끌어내고 싶은 것이리라. 그는 자신의 이러한 시적 태도가 다름 아닌 '진실'이 아니냐고 주장한다. 또한 그것이 '진실'이라면 우리가 끝까지 지켜나가야 하는 것이 아닌가 하고 말한다. '진실'을 구하기 위해 끈질기게 밀고나가는 이러한 시의 방법적 태도를 통해 시인은 최저한도의 '힘'을 얻고자 한다. 시인은 이렇게 구한 '진실의 힘'이 '들판에 던져진 마른 풀같다고' 여긴다. 그것은 불이 붙으면 활활 타올라 대지를 환하게 밝힐 수 있는 저력을 내포하는 것이다.

'진실'을 향한 시인의 태도는 매우 강경하지만 오늘날의 세태는 이를 중히 여기지 않는다는 점을 보여준다. 손쉬운 것을 찾기 마련인 오늘의 세상에서 대상을 '내면'으로 인식하려 하는 자는 과연 얼마나 되겠는가. 대상은 간편한 방식으로 인식될 뿐 고요함과 성찰을 요구하는 본질 그대로의 인식은 이루어지기 힘들다. 오늘날 우리는 세계의 '진실'을 파헤치는 데 게으르기 그지없다. 오늘의 우리에게 '진실'로 통용되는 것은 바닥없이 떠도는 '거짓 말'들일 뿐이다. 우리는 거짓된 '습관의 배후'가 무엇인지에 관해 질문하려 하지 않는다. 그것은 '관념'에 의한 인식이 쉽고 편하기 때문이다. 사태의 내부를 들여다보는 일은 오히려 지루하고 비효율적인 일에 해당한다고 여긴다. 시인이 말하는 '진실의 힘'이 더욱 소중해 보이는 이유도 여기에 있다.

> 민달팽이 기어가듯 눈 내리는 저녁의 내면을
> 가진 때가 있었다, 빗나간 사랑의 후유증처럼
> 후두둑 빗방울 떨어지던 오후의 내면을 가진
> 때가 있었다, 어둠에 길들여진 몸을 가만히 깨우는
> 새벽의 푸릇한 내면을 가진 때가 있었다
>
> (중략)
>
> 축축하고 답답한 살과 피의 미로에서
> 오래된 적막의 눈 혹은 짧은 충만의 눈으로
> 끝없이 떠도는 전언의 미세 먼지를 마시며
> 휘청거리는 내면의 때를 가까스로 견뎌 온
>
> 「그물망」 부분

사태의 내부를 응시하는 '진실'된 자세는 위의 시가 말하는 것처럼 쉽지 않은 것이다. 그것은 시적 자아에게 '민달팽이 기어가듯'한 시간의 감각과 '빗나간 사랑의 후유증'을 견디는 고통스런 의식, '어둠에 길들여진 몸을 가만히 깨우는 새벽의' 고독을 요구하는 것이기 때문이다. 이 모든 감각들은 마치 형벌처럼 자아를 옭죄는 것이리라. 이들을 감내할 때 비로소 '진실'과 만날 수 있다는 점은 오늘날의 세태가 왜 '진실을 밝히기'를 두려워하는지 잘 말해준다. 그러나 위 시가 제시하는 바와 같이 인내와 고통을 감내하려 하지 않을 때 진실은 영구히 바닥에 수장되어 그 얼굴을 드러내지 않을 것임이 명백하다.

시인은 '진실'과 마주하기 위한 '내면'의 감각을 '축축하고 답답한 살과 피의 미로'로써 묘사한다. 또한 '오래된 적막의 눈'으로 '끝없이 떠도는 전언의 미세 먼지를 마시'는 '때'라고 묘사한다. 시인의 이같은 묘사는 그가 대면하는 '진실'의 시간들이 얼마나 큰 용기로 빚어진 것인가를 말해준다. 우리는 같은 시를 통해 '진실'을 붙잡기 위해 시인이 벌였던 오랜 시간의 고투들을 읽을 수 있다. 그는 '허공으로 무장무장 증발해 버릴 것 같은' 그것을 쥐기 위해 '외나무다리에서 발바닥에 바싹 긴장을 모으고/ 구걸하듯이' '낱말을 중얼거렸'(「그물망」)다고 말한다. '진실'을 위한 그의 의지는 시인에게 '목숨을 틔우려/ 불안한 눈빛으로 바둥거리던 때'를 기억하게 한다. 이러한 시간들이 모두 '휘청거리는 때'였음을 시인은 고백한다. 그는 이러한 '때를 가까스로 견뎌 왔'다고 전한다.

오랜 세월 겹겹이 축적된 '진실'의 장애들을 모두 풀어내고 생명처럼 살아 숨쉬는 '진실'을 우리는 구할 수 있을까? 알 수 없이 자욱이 끼인 '배후'들을 모두 드러내어 사태의 '진실'에 도달하는 일은 과연 가능한가? 시인이 묘사하고 있듯 '진실'을 구명하기 위한 고통의 '때'들은 우리에게 주어질까? '비무장지대'에서부터 보여준 시인의 시적 방법들은 '민달팽이 기어가듯'한 힘겨운 시간의 감각으로 이루어진 것일 텐데, 그러나 그러한 시간들을 겪지 않는다면 진실로 '진실'이 주어지겠는가. '진실'을 위해 사태를 내면으로 파고드는 길고도 힘겨운 고투들이 더욱더 요구되는 시점이 아닐까 한다. ◎ 『시사사』, 2014년 11–12월호

허상虛想이 된
세계에서의 '외줄타기'

– 최서진 론

　시뮬라크르의 시대에 가짜는 진짜가 되고 진짜는 가짜가 된다. 내면과 본질은 드러나는 외양에 가리워져 의미를 상실한다. 복제품이 진품을 대신하고 꾸며진 이미지가 진실을 압도하는 시대에 우리는 살고 있다. 만들어진 이미지가 자신이 되어 '나'의 본질이 상실된 지 오래다. 나를 말해주는 것은 이미지가 전부인 것이다. 흉내와 조작, 허위와 가장假裝이 진실을 호도하고 세계를 이리저리 끌고간다.

　과학기술의 발달을 시뮬라시옹의 원인으로 꼽은 벤야민을 떠올리지 않더라도 영상 기술의 발달이 우리 삶에 끼친 변화는 심대하다는 것을 알 수 있다. 가령 복제품의 무한 생산으로 진품의 아우라가 붕괴된 점은 예술의 대중화와 민주화의 계기가 되었다는 측면에서 긍정적으로 평가될 수 있으나 단순히 그렇다고만 말할 수 없는 아이러니적 요소를 지닌다. 진품을 에워싸는 아우라는 예술가들이 추구하던 절대적 가치이기도 하기 때문이다. 예술혼이 깃든 아우라는 인간의 진실과 세계의 본질, 신이나 이데아의 지평에 놓이는 것이다.

따라서 현대에 들어와 이들 영역이 상실된 것은 세계의 근간이 흔들리는 것과 같다. 그것은 인간 의식을 붕괴시킬 정도의 심각한 문제를 내포한다.

최서진의 시는 이러한 시대를 살고 있는 현대인들의 자의식의 혼돈을 그리고 있다. 외적 조건이 그 사람의 전부를 말해주는 세계 속에서 인간이 유지하고 추구해야 할 것은 내면의 진실이나 삶의 진정성은 아니게 된다. 가시화 수량화 되지 않는 것들은 언제나 확고한 물질들에 의해 밀려난다. 자본과 배경이 전경화되고 정신적인 것들은 부재하는 것인 양 취급되는 것이다. 내세워지는 것은 상품화되는 것들인 반면 그렇지 않은 것은 존재감을 얻지 못한다. 더욱이 상품화되는 것들은 모두 반짝반짝하다.

반짝이는 것만이 존재가 되는 오늘날 인간은 쉴 새 없이 반짝이는 물질을 쫓게 된다. 현대인들은 상품스러운 것, 자본스러운 것들을 찾아 숨을 헐떡인다. 현대인에게 이들 외의 것은 이미 관심거리가 아니다. 자본과 상품이라는 코드에 맞춰진 현대인은 프로테스쿠스의 침대 위에서 괴물에 의해 인간성을 저당잡힌 포로와 같다.

> 가위가 핑크색 사람처럼 말하네
> 작은 키는 더더욱 들키고 싶지 않아요
> 굽이 높은 구두를 신고 화려하고 커다란 눈으로
> 꿈을 말하지
> 아름다워지는 것보다 잘려나가는 것이 더 많은
> 심장들
> 손가락을 자르면 손이 뭉툭하고 착해지겠지만

날마다 먼지가 쌓이는 부푸는 몸 위에
붉은 색 핀을 꽂아줘

당신들의 손이 설명도 없이 나를 자르고 사라진다

화장으로 얼굴을 감춘다
가위가 나를 알아보지 못한다

「가위」 부분

있는 그대로의 내 모습보다 보다 상품스런 이미지를 만드는 데 주력하게 되는 처지의 사람들에게 '가위'는 타자의 시선을 상징한다. '가위'는 세상의 기준에 따라 '나'를 재단하는 차가운 세력이다. 여기에서 세상의 기준은 영락없이 자본과 반짝거리는 상품을 뜻하거니와 이들 기준을 스스로 내면화하고 있다는 점에서 자아에게 타자는 분리되지 않는다. 타자는 자아의 자리를 잠식하여 자아를 붕괴시키고 소멸케 한다. '가위'의 재단을 수락하는 '나' 역시 '가위'처럼 살벌하고 차가운 존재가 된다.

'가위'는 '나'의 '슬픈 얼굴'을, '작은 가슴'을, '굵은 허리'를, '짧은 다리'를 '자르'고 나아가 '손가락'을 '심장'을 자른다. '나'는 화려하고 아무 근심없는 자본주의의 모델처럼 매력적인 모습을 꿈꾸게 된다. 아름다운 모습이란 다른 어떤 것도 아니고 자본의 포장을 입어 언제든 출고될 수 있는 상품화된 상태를 가리킨다. 자본화된 외양을 얻기 위해서는 슬픔도 빈약함도 나태함도 부족함도 없애야 하거나 감춰야 한다. 상품다운 모습을 위해서라면 '나'는 어떤 인내와 고통도 감수해야 한다. 그것이 영혼을 파는 행위라도 말이다. '심장'이 잘려나간다 해도 주저할 일이 아니다. '심장'마저 가위질할 수 있는 '나'는 악마와 거래하는 현대인의 초상 그대로다.

화려하게 포장된 모습이 궁극의 가치가 되는 사회에서 포장된 이면의 모습은 어떠해도 상관없는 일이 된다. 실재가 지닌 역사성이라든가 진정성은 포장지가 씌워지는 순간 거추장스러운 사족처럼 돼버린다. '내'가 지나온 시간과 경험, 내적 의식이 외면된다는 것은 '나'의 정체성이 무시된다는 것을 뜻한다. '화장으로 얼굴을 감추'는 것은 '나'의 정체성이 상실되는 사태를 의미한다. 이러한 사태는 비단 한 개인만의 문제가 아니라 현대의 보편적인 모습이라 할 수 있다.

최서진의 시는 그런데 이처럼 보편화된 현대인의 초상을 비판적으로 그리는 데 주력하는 대신 자신조차 괴물의 침대에 스스로를 맞추는 현대인으로서 얼마나 처절하게 살아가는지를 고백하듯 풀어내는 데 할애되고 있다.

잠이 공중에서 외줄을 매달 때

슈크림을 입 안 가득 베어 물고
러닝머신 위를 달린다

흔들리는 잠
흔들리는 집

자정에 빵을 먹는 일은 바보 같은 짓

런닝머신 타고 걷는 일은 다리를 튼튼하게 하지만
심장을 만져보는 것처럼 위험한 짓

뒤꿈치를 세우고
어둠이 레몬 색 크림빵을 먹는다

「조용한 춤」 부분

위 시가 담고 있는 상황은 한밤 중 '런닝머신'을 달리면서 살빼기 전쟁을 벌이는 통이다. 화자의 설명에 의하면 '슈크림' 가득한 '빵'을 먹은 직후 그것을 곧 후회하며 칼로리를 소비하기 위해 '달리는' 중이다. 결코 시적이랄 수 없는 상황은 '런닝머신 위'의 자신의 처지가 '공중에서 외줄 매달'기와 다르지 않다는 것을 느끼는 순간 시적 상황이 된다. '런닝머신'이 외줄 타기처럼 위태롭게 느껴지는 것은 절박함 탓일 것이다. '자정'에 '바보 같이' '빵 한조각'을 먹었다는 것은 자신을 가혹하게 채찍질해야 하는 만큼 잘못된 일이다. 자제하지 못하고 살을 찌우는 일은 상품처럼 멋진 외양을 위해서 결코 해서는 안 되는 일이다.

그의 절박함이란 결국 상품을 위한 '가위'질에서 비롯한다. 상품 같은 존재가 되지 못하는 일은 목숨을 잃는 것과 같은 비중을 지니게 된다. '나'는 목숨을 걸고 '상품'이 돼야 한다. 그것이 '나'의 정체성이자 절박함이다. '런닝머신' 위를 달리는 일은 이처럼 맹목적이 된다. 화자는 '런닝머신 위'에서 자신의 '발과 발이 계속 헤어진'다고 말한다. '두 귀에 양떼구름이 부풀어 오르는 소리가 난다'고도 말한다. '두 발'이 허우적대고 이명이 들리듯 불편함을 느끼면서도 '나'는 기계와 하나가 되어 기계처럼 달리고 있다.

위 시의 화자가 보이는 모습은 결코 드문 일도 새로운 일도 아니다. 주변에서 흔히 볼 수 있는 너무도 일상화된 모습이다. 그리고 그것은 자신의 외양을 자신의 내적 기준에 맞추기보다 자본화된 세계에 길들이는 혐의가 더욱 강한 현대의 자아들의 모습을 반영한다. 위 시의 '흔들리는 잠', '흔들리는 집' 속에서 '두 발이 푹푹 빠지'듯 공중에 뜬 것처럼 공허하게 느껴지는 것 또한 이 때문이다. 그것이 제 아무리 현실의 요구에 적응하는 것일지라도 이같은 외적 포장에 매달리는 일은 '발자국이 땅에 닿지 않는' 소용없는 일이 된다. 그 공허함을 시인은 '귀신의 혀'와 같다고 표현한다.

그런데 이 또한 자가당착이 아닐 수 없다. 가장 현실적인 것은 가장 이성적인 것이어야 하건만 가장 현실적으로 살았던 삶이 심지어 '귀신의 혀'와 같은, 가장 공허한 일이 되어 버린 이 뒤틀린 세계 속에서 인간이 나아갈 길은 과연 어디인가.

내 몸에 바람이 들어와 하늘 높이 날아간다

빵빵하게 부풀어 오른 머리로 둥둥둥
멀리 구름이 흩어진다
나는 이것이 거짓이라고 믿어요

옆구리가 터져 버려 나무에 걸린 풍선은
풍선의 일
멈출 수 없는 공중에서

가면을 쓰고 흔들리는 기술을 익히느라
아침을 소비했어요

모든 별들은 허공에서 허공으로 돌고
지금은 모르는 고도에 갇혔다
나는 공중을 의심하지 않는다
「달아나는 풍선」 부분

　공허한 일이라는 것을 알면서도 외적 타자에 자신을 맞추며 사는
일은 쉽게 거부할 수 있는 일이 아니다. 그것이 거짓이자 헛된 것이
라 여기면서도 ‘나’의 습성은 멈출 수 없다. 세상도 ‘나’도 이미 그렇
게 빚어졌기 때문이다. 시인은 멈출 수 없게 하는 그같은 타자를 ‘바
람’이라 명명한다. 그 ‘바람’을 타고 ‘나’는 ‘하늘 높이 날아간다’는
것이다. 세상의 생리에 따라 사는 일은 불가피한 것이자 필연적인
것이다. 위 시의 화자가 ‘멈출 수 없는 공중에서/ 가면을 쓰고 흔들리
는 기술을 익히느라/ 아침을 소비했’다고 말한 까닭도 여기에 있다.
이는 거짓된 습성임에도 불구하고 떨쳐내지 못한 채 사는 일의 절박
함과 힘겨움을 가리킨다. ‘모든 별들이 허공에서 허공으로 돈다’는
인식도 이점에서 비롯한다. 헤어나올 수 없는 이 상황으로 인해 화
자는 ‘모르는 고도에 갇혔다’고 말한다.
　세상의 논리에 따른 삶이 자아를 가두는 상황은 현실이 출구가 없
는 막다른 골목이라는 점을 상기시킨다. 자아의 전력투구하는 삶이
그를 땅에 뿌리내리게 하지 못한다면 삶 자체가 겉도는 것이 된다.
그의 삶이란 작은 상자 안에 갇힌 자의 헛된 쳇바퀴짓과 다르지 않

다. 결국 거짓을 향한 자아의 무용한 삶이란 소비를 위해 맹목적으로 이어지는 자본중심 사회의 허무함과 그대로 등가의 모습을 띠게 된다. 모든 개개인들을 향해 차가운 '가위'질을 해대는 자본주의 사회는 바람 가득 든 '풍선'이 '옆구리가 터져 나무에 걸린' 채 비참하게 찢기워도 그저 '풍선의 일'이라고 치부하면 그뿐이다. 거짓으로 세워진 잘못된 사회는 잘못된 인간을 양산할 뿐 자체적으로 정화할 동력을 지니지 못하고 있는 것이다.

외부의 타자에 대한 구속감은 시인에게 상당히 뿌리깊은 것으로 보인다. 내적 자아와 타자화된 외적 자아 간의 괴리감을 그는 꿈속에서도 생생하게 느끼곤 하기 때문이다.

턱걸이 자세로

매달려 있는 동안 사랑하는 사람을 생각하지 않고
미워하지 않고
아무렇지도 않은 얼굴을 보여주는 자세가 중요하다

땀으로 손이 미끄러지지 않도록
뒤돌아보지 말아야한다
열어놓은 귀를 닫아야 한다

심장을 잃은 듯이
나는 가볍게 오래 오래 매달리는 사람

철봉에 매달려 저 하늘과
매달리던 자세를 생각한다

불길한 소식을 전하고
쉽게 쏟아지는 검은 구름들

철봉을 쥔 손이 쓰리고 아픈데
어디에 닿으려는지 모르는 채로
나는 매달려있다

「나쁜 꿈」 부분

위 시의 시적 자아가 '철봉'에 '턱걸이 자세로 매달려 있는' 꿈을 꾼 것은 그것이 현실에서의 자신의 모습과 겹쳐지기 때문이다. '땀으로 손이 미끄러지지 않도록' 기를 쓰고 매달려 있는 형국은 외줄타기를 해야 하는 현실에서의 절박함과 다르지 않은 것이다. 자신의 내적 형편이나 욕구보다 외부에서 요구되는 바에 따르는 삶은 편안하지 않다. 내면에 순응하는 대신 외적 타자의 시선에 부합해야 하는 '나'에게 삶은 팽팽한 긴장의 연속이다. 그것은 '매달려 있는 동안' 아무 생각도 하지 않고 '아무렇지도 않은 얼굴을 보여주는 자세'와 일치한다. 오히려 강력하게 그러한 자세의 중요성을 환기시키는 화자의 목소리에서 자아가 처한 현실의 견고함을 새삼 느끼게 된다.

'철봉을 쥔 손이 쓰리고 아픈데'도 '창백한 턱이 철봉에 닿'는 것도 '철봉 밑으로 내려오는 것'도 금지되어 있는 상황 설정은 삶의 그 정도의 아슬아슬함을 의미하거니와 시인은 금지된 그 순간까지야

말로 '나'의 기록이라 말하고 있다. '나'란 순전히 '나'로서 있는 것이 아니라 타자의 요구에 부응하는 만큼만 일컬어질 수 있는 타자적 존재에 불과하다는 것이다. 그러므로 목이 차오르는 고통 속에서도 '어디에 닿으려는지 모르는 채로 나는 매달려있다'. 그러한 '나'에게 '심장'은 이미 내 것이 아니다.

'심장을 잃은' 삶의 이같은 기록은 세계의 대타자에 굴복한 채 패배하고 만 자아의 모습을 나타낸다. 언제나 응시의 실체로 전제해야 하는 대타자 앞에서 '나'의 생명이나 쾌락은 흔적없이 소실된다. 이 거대한 세계의 타자는 '나'의 외면과 내면 모두를 지배한다. '나'는 나의 육체와 정신 모두를 타자에게 헌납하고야 만다. 그러할 때라야 '나'는 비로소 세계의 일부가 될 수 있기 때문이다. 그러나 '나'의 전부를 종속시키고서도 '귀신의 혀'와 같은 세계의 허상을 확인해야 하는 '나'에게 미래는 낙관적이지 않다. '종이 울리'지만 '무엇이 끝났다는 것'인지 알 수 없는 상황이 전개될 따름이다. 여전히 길은 막다른 골목이다.

> 못과 망치가 부딪힐 때 비가 내린다
>
> 서로를 깨우치고
> 떠나가는 일들을 통증으로 깨닫듯이
>
> 가까워지지 않는 세계를 사랑해
>
> 서로의 뼈가 공중에 박혀 우리는 벽이거나 못이거나

소리가 소리 속으로 들어가고 있다

비가 오는 날의 우산 속이거나
우산 밖이거나

끈에 묶여 있던 밤을 지우기 위한
그것은 구름 근육의 본질에 관한 것이다
차라리 자유에 관한 것이다

눈을 감아도
벽이 남아 있는 것처럼

「못과 망치」 전문

외적 타자의 시선이 거대한 대타자로서 압박해올 때 자아의 선택
이 될 수 있는 것은 두 가지다. 하나는 그것이 허상虛想임을 깨닫게 된
순간에조차 여전히 구속을 받아들이는 일이다. 그런 삶이 출구 없이
영원히 지속될지라도 그것이 가장 현실적인 삶의 방식이기 때문이
다. 희망 없는 악전고투를 이어가는 '나'는 자본주의적 현실과 상동
의 관계를 유지한 채 함께 파멸해가는 운명을 겪게 될 것이다. 다른
하나는 쉽지 않겠지만 대타자를 찢어버리고 자아의 쾌락을 따르는
일이다. '나'를 응시하는 집요한 시선으로부터 벗어나 '나'의 생리에
귀기울이는 일이 그것이다. 내면으로부터의 '나'의 욕망을 옹호하고
자본주의화된 외적 가면을 벗어버린다면 음험한 대타자에 구속되
는 것과 조금은 다른 길을 가게 될 것이다.

이들 두 가지 선택지를 위 시는 '벽'과 '못'으로 형상화하고 있다. '벽'이 막다른 골목이기만 한 헛된 현실을 가리킨다면 '못'은 그것을 깨부수는 도구에 해당한다. '벽'이 '내'가 선택할 수 있는 하나의 선택지인 것처럼 '못과 망치'는 현실이라는 허상의 벽壁을 부수는 도구를 상징한다. 그것은 '끈에 묶여 있던 밤을 지우기 위한' 것으로 '차라리 자유에 관한 것'이라 할 수 있다.

위 시의 화자는 이 두 가지 선택 사이에서 혼란스럽게 놓여 있다. 위 시는 '벽'과 '못과 망치'를 서로를 견제하며 존재하는 상호 대립물로 설정한다. 둘은 서로 구분되는 평행선의 관계를 이루고 있다. '벽'은 매우 견고해서 '눈을 감아도' 그 자리에 '남아 있다'. 그러나 '못과 망치'를 '부딪치'면 '나'에겐 일정 정도의 변화가 있다. 시인은 그것을 '비가 내린다'고 표현한다. '서로를 깨우치고/ 떠나가는 일들을 통증으로 깨닫는'다는 모호한 말도 하고 있다. '못과 망치'를 휘두르는 일은 '벽'에 균열을 내고 '벽'의 견고함을 약화시키는 일에 해당한다. 그것이 세계의 '벽'을 완전히 붕괴시키는 못할 것이다. 그 점을 시인은 '가까워지지 않는 세계'라는 말로 암시하고 있다. 그러나 '벽'에 부딪혀 그에 대결하고자 할 때 '통증'과 더불어 '깨우침'이 주어질 것이다. 그것은 거대한 세계의 틈새에 '나'라는 존재를 뿌리내리는 과정에서 얻게 되는 깨달음일 것이다.

최서진의 시는 이처럼 외적 세계와 내적 자아 사이의 갈등과 긴장을 다루고 있다. 대타자의 차원으로 압도해오는 세계 속에서 자아는 본연의 자신을 상실한다. 자아는 자신의 욕망과 생리를 대타자의 요구에 종속시킨다. 더욱이 화려한 이미지를 앞세워 성립한 자본 중심의 세계는 자아를 더욱 철저하게 유린한다. 이때 자아는 대개 자신의 얼굴을 지우고 가면을 쓰고 살아가게 된다. 최서진의 시는 현대인으로서 겪는 이러한 자아의 모습을 있는 그대로 그리고 있다. 특히 그는 세계 내적 존재로서 자아가 대타자에 저항하고 자신을 회복하는 일이 얼마나 힘겨운 일인가를 생생하게 보여준다. 시인이 묘사하는 세계는 낙관적이거나 희망적이지 않다. 그러나 시인이 제시한 '외줄타기'의 모습은 사방이 '벽'일 뿐인 세계 속에서 자아의 정체성을 찾는 일이 어떤 의미를 지니는지를 가늠케 한다. ◎ 『시현실』, 2016년 여름호

앨리스가 본
이종異種 현실의 세계

– 유형진 론

유형진의 환상적 시세계는 알 수 없음의 한가운데에 놓여 있다. 그녀의 시는 어디에서 비롯된 것이며 무엇을 목적으로 하는 것인지 알 수 없는, 밑도 끝도 없는 공허함의 한가운데에서, 그러나 살아있으므로 분명히 존재하는 생의 에너지를 모험과 호기심과 상상의 저편으로 한껏 발사하면서 쓰여진다. 그녀의 시가 무엇을 위한 것이며 또 당장 무엇을 말하고 있는지조차 알 수 없는 공허한 바닥 위에서, 그러나 정열적이고도 화려하게 이루어지는 것은 그것들이 이상한 나라에 빠져버린 앨리스의 말하기와 다르지 않다는 것을 말해준다. 그녀의 시는 현실과는 전혀 다른 세계 속에서 현실 이외의 것들을 향해 무차별적으로 쏟아지는 말들의 연쇄로 이루어져 있다. 따라서 일견 그녀의 시는 정립해야 할 어떤 것도 지시해야 할 어떤 것도 없이, 단순히 살아있음을 증명하는 허상과 환상과 상상의 말잇기로 보여진다.

이러한 그녀의 시쓰기는 우리에게 바라보아야 할 현실이 무엇이고 그에 따라 우리가 형성해야 할 인식과 정체성이 무엇인가에 관해 혼란스럽게 한다. 그녀의 시에서 현실은 거의 비중을 차지하지 않고 있거니와 현실과 환상의 비율은 2 대 8 혹은 1 대 9 정도라 할 수 있다. 그녀의 시는 최소한 8할이 환상인 셈이다. 환상으로 구축되는 대신 현실이 극도로 배제된 유형진의 시가 우리에게 혼돈을 주는 것은 당연하다. 우리의 대부분의 인식과 정체성은 뚜렷한 현실을 응시하면서 비로소 주어지는 것이기 때문이다.

어쩌면 유형진의 시는 환상에 의한, 환상을 위한, 환상의 시라고도 할 수 있다. 그것은 달리 말하면 그의 시가 허상과 허구로 쓰여진 허무의 시라는 것이다. 이점에서 그녀의 시는 통상적인 시의 가치와 의미의 규준들을 무너뜨린다. 그의 시에서는 논리나 의미 등의 의사소통의 요소들은 물론이고 시의 가장 근본적인 기능마저 구할 수 없게 된다. 그것은 그의 시가 우리의 인식과 정체성의 기반이 되는 현실을 허물어뜨리면서 현실이 더 이상 삶의 근거가 아니라 그것의 밑에 밑에 또 밑이 있음을 보여주는 데서 비롯한다. 그의 시에서 현실은 더 이상 확고부동한 것이 아니다. 환상으로 쓰여진 그의 시는 우리의 삶의 기반이 되는 현실을 무화시킴에 따라 우리를 갈팡질팡하게 만든다. 현실이 절대성을 상실할 때 우리는 무엇을 응시하면서 삶을 구축해야 하는 것인가.

이처럼 유형진의 시는 '알 수 없음'의 한가운데에서 쓰여지고 있으며 우리를 역시 그 한가운데로 몰고 간다. 우리는 그의 시를 읽으면서 앨리스가 토끼를 따라가다 이상한 나라에 빠졌던 것처럼 이상한 세계로 빠져들어간다. 우리가 그의 시에서 만나게 되는 환상의 세계는 앨리스가 만난 이상한 나라와 다르지 않다. 그만큼 그의 시는 동화처럼 유희처럼도 느껴진다. 현실이 지니는 무게를 벗어던진 그것은 가볍고 거침이 없다. 그렇다면 우리는 그의 이상한 시를 흥미로운 동화를 대하듯 가벼이 읽어나가는 독법을 취해도 될 것인가.

강이 있고 산이 있고 양파가 있습니다.
〈초록코털괴물〉은 강물 속에 〈옷걸이요정〉은 산그늘에
〈풍선머리조종사〉는 양파 껍질 사이에 있습니다.

세 친구가 도착한 〈허니밀크랜드〉에서 삼겹살 파티가 벌어졌
　　습니다.
여기선 숯 대신 먹구름을 연료로 사용합니다.
먹구름 연료는 연기도 안 나고 덴마크산 껍질 삼겹살을 아주
　　노릇노릇 잘 구워줍니다.
가끔 어떤 분들은 어려운 축산 농가를 생각하면 한돈을 먹어
　　야 하지 않느냐고 따지기도 합니다만,
여긴 지구본에 없는 나라라는 사실을 잊은 분이라고 여기고
　　다 이해합니다. 저는 독자를 배려하지 않는 까다로운 시인
　　이 아니거든요.
어쨌거나 이런저런 스트레스로 마음이 가뭄 콩밭 같은 분들
　　은 이런 이야기에 빠져들기 쉽지 않은 일입니다.
　　　　　　　　　　　　　「피터 판과 친구들-에피소드1
　　　　　　　　　: 〈허니밀크랜드〉의 이상한 삼겹살 파티」 부분

유형진의 시가 쓰여지는 지대는 위의 시에서 볼 수 있는 것처럼

'없는 세계'이다. '허니밀크랜드'라는 동화책 속에나 나옴직한 그 세계는 현실 세계 틈새에 자리잡고 있는 환상의 시공에 해당한다. '허니밀크랜드'가 나타내는 달콤하고 부드러운 감각이야말로 현실성으로부터 저 멀리 도망쳐버린 것임을 암시한다. '초록코털괴물'이라든가 '옷걸이 요정', '풍선머리조종사' 등의 등장인물들 또한 이 시의 지대가 동화임을 표나게 말하고 있다. 시인이 그리고자 하는 세계는 '숯 대신 먹구름을 연료로 사용하'듯 의도적으로라도 현실을 비껴나 있는 허상의 공간인 것이다. 화자의 말대로 그곳은 '지구본에 없는 나라'이다.

현실은 여기에서 공상 만큼의 의미도 지니지 못한다. 이 세계에서 현실을 염려하는 이는 오히려 낯선 외계인처럼 취급당한다. 요컨대 이곳은 환상이 지배하는 세계로서 환상에 의해 환상을 위해 존재한다. 재미있는 것은 위 시가 환상이란 현실과 아주 다른 차원의 완전한 세계임을 강조한다는 점이다. 환상은 현실에 종속된다거나 현실의 부차적인 세계가 아니라 엄연히 현실과 다르게 있는 현실 이외의 세계라는 것이다. 상황이 그러할진대 여기에서 흔히 현실을 이끌어가는 논리나 법칙, 언어와 질서 등은 아무런 역할도 의미도 지니지 못한다. 더욱이 현실을 지탱하는 '짐을 진 자'들은 이곳의 시민이 되기 힘들다고 시인은 말한다. '마음이 가뭄 콩밭 같은 분'으로 지칭되듯 그들은 스트레스의 무게로부터 자유롭지 않은 자들로, 작고 가벼운 몸만을 허용하는 환상의 구멍을 이들은 통과하지 못한다는 것이다. 마치 앨리스가 몸을 작게 했을 때라야 가까스로 이상한 나라로 들어갈 수 있었던 것처럼 말이다.

현실의 무게를 털어버리는 것에 대해 죄책감을 갖기보다 오히려 현실을 배척하는 이 환상의 세계는 바로 그 이유에 의해 존재 가치를 지니는 듯하다. 그것은 현실적이지 않으므로 결핍되어 있는 것이 아니라 현실에 관여하지 않기 때문에 충만한 세계이다. 그것은 현실을 부정하고 현실을 비틀어버린 채 또 다른 현실이 된, 곧 다른 차원의 세계로 이어진 구멍의 세계이다. 이 세계에 놓여 있는 시인의 시가 아무것도 지시하지 않는 것처럼 허무하게 들리는 것도 이 세계가 지닌 현실과의 무관함 때문이다. 현실에 발 디디지 않는 그의 시는 그것의 탈현실성으로 인해 밑도 끝도 없이 공허하게 들린다.

유형진의 시는 이런 식이다. 「허니밀크랜드의 털실로 짠 호수에서의 플라잉 낚시」에서 길어 올린 것이 '누구의 것인지 알 수 없는 머리카락, 형광연두색 금붕어, 리시안셔스, 라넌큘러스, 프리지아, 검은 안경, 돼지 모자, 갸우뚱거리는 고개, 얌체, 숟가락 받침, 스머프 마을, 로렐라이, 아르페지오' 등등인 데에서 알 수 있듯 그의 시를 이룩하는 것은 현실에서 통용되고 소통되는 그 무엇들이라거나 의미들이 아니라 근거도 출처도 알 수 없는 공허한 것들이다.

지금이 언제인지, 무슨 계절인지 삭제하고
순간만 사는 이들이 가는 그릇가게가 있다

푸른색 물감의 데이지가 그려진 접시와
알록달록한 팬지가 그려진 머그잔과
굽 있는 받침 접시에 올려 있는 우아한 홍차잔과
하얗고 차분히 칼 맞을 준비를 하는 도마
똑 떨어지는 사각의 트레이

(중략)

폴란드 그릇가게엔
당신이 상상할 수 있는 모든 그릇들이 있다

19세기식 모노클 안경을 쓴 점원이 카운터에서 나온다
무슨 그릇이 필요한가요?

그런데 나는 필요한 그릇이 무엇인지 몰라서
어쩌면 그릇이 필요한 것인지 아닌지도 몰라서
물음에 대답도 못 하고 우물거리는데

신비와 환상과 모험 들을 꺼내지 않고
호주머니 속에 넣고만 다니는 사람은
저희 가게에선 좀……곤란합니다.

「폴란드 그릇가게」 부분

　환상 세계의 시민들에게 유의미한 것은 현실성보다는 탈현실성
이고 무거움보다는 가벼움이며 진지함보다는 유쾌함이다. 환상 세
계에서 가치있는 것은 실용성이 아니라 꿈과 상상의 폭발이다. 이는
현실과는 매우 다른 양상이다. 환상 세계에서의 꿈과 상상은 환각처
럼 방사되는 광선과 같은 것으로 여기엔 시간의 오랜 지속과 공간의
확고함이 불필요하다. 대신 꿈과 상상이란 현실의 시공성을 감당하
기에는 너무도 순간적이고 미세하다. '푸른색 물감의 데이지가 그려
진 접시', '알록달록한 팬지가 그려진 머그잔', '굽 있는 받침 접시에

올려 있는 우아한 홍차잔'들은 모두 환상적인 아름다움을 나타낸다. 이들에게 존재 이유는 다른 어떤 것도 아닌 순간 빛나는 아름다움일 뿐이다. 이들의 존재에 논리라든가 법칙, 인과성 등은 모두 개입할 여지가 없다. '접시', '머그잔', '도마' 등이 지니는 용도가 아니라 환각처럼 스치는 빛이야말로 존재의 증거가 되는 이 세계는 현실의 차원에서 볼 때 없는 듯하면서도 있고 있는 듯하면서도 없는 이종異種현실에 해당한다. 말하자면 '폴란드 그릇가게'는 현실과 환상이 비틀리면서 만나는 차원의 전이지대라 할 수 있다.

사정이 이러하므로 이 '가게'를 찾는 이들은 현실적인 계산으로부터 동떨어진 사람들이다. '환상'의 입구에서 머뭇대며 현실다운 주판알을 튕기는 시적 자아에게 '점원'이 냉대하는 것은 당연하다. 이 '가게'선 '신비와 환상과 모험'이 필요하다는 것이다. 그것이야말로 '현실'에서 '환상'으로의 차원 이동을 행할 수 있는 요인이기 때문이다. 이것들을 '호주머니 속에 넣고만 다니는 사람들'이 '곤란'한 것은 '현실'이 지니는 무게가 언제나 '환상'을 압도하기 때문이다. 현실은 '환상'을 소거하고 무화하며 허상 앞에서 언제나 엄중하다. 그렇기 때문에 환상은 스스로를 '호주머니 속'에 가둘 것이 아니라 현실 앞에서 당당히 모습을 드러내야 하는 것이리라. 반면에 '신비와 환상과 모험'을 '호주머니'에서 꺼내는 사람들은 살아있음을 증명하는 자들에 해당한다.

'폴란드 그릇가게'에서 전개되는 이상야릇한 장면들은 우리에게 현실을 꼬아버린 환상의 세계를 보여준다. 환상의 세계는 현실을 향해 꿋꿋이 자신의 현실성을 주장하면서 현실이라는 시공성이 오히려 저급한 차원이라 치부한다. 위의 시는 현실의 법칙과 분리되어 존재하는 환상의 세계가 지리멸렬하고 무미건조한 현실에 오히려 빛과 생의 근원을 제공한다고 항변하는 듯하다. '폴란드 그릇가게'를 통해 본 환상의 세계는 앨리스가 작은 구멍에 빠져 이상한 나라에 당도했던 그대로 현실의 틈새에서 뫼비우스 띠모양 비틀린 세계를 이루고 있다. 현실과 겹쳐지는 듯하면서 철저하게 다르고 현실에 이어져 있는 듯하면서도 현실을 뒤집은 이것은 유사현실이자 이종현실에 해당한다. 이 비틀린 세계에서 볼 때 현실은 아무것도 아닌 것처럼 여겨지면서도 여전히 있는 것이 된다. 환상도 마찬가지다.

유형진의 많은 시에서 현실과 환상 간의 이중적이고도 이종적인 관계를 확인하는 것은 어렵지 않다. 현실에 한 끝을 대고 현실을 꼰 채 현실과 다른 논리의 세계를 구축하는, 그럼으로써 현실의 무게와 밀도를 무화시키고 그에 대한 대항의 축을 구축하는 환상의 세계는 시인에게 현실을 감당하기 위한 전략적 거점으로도 보인다. 환상이 있음으로써 현실은 압도적인 절대성을 상실하게 되고 또한 환상의 '빛'에 의해 시인의 표현대로 '지루하기 그지없는' 현실에는 숨통이 트인다.

> 이런 저녁엔 맥주도 맛이 안 나고 땅콩도 혀 밑에서 따로 논다.
> 창문을 열어 봐도 습하고 뜨거운 바람이 들어오고
> 나는 열대의 밤을 피하려고 랜드 하나리로 들어간다.
>
> (중략)
>
> 한가로운 랜드 하나리의 산책 중에

산소 앞에서 우는 여인을 만난다.
우는 여인은 히잡을 쓰고 있다.
랜드 하나리에서 우는 여인을 만나다니!
왜 울죠?

일찍 왔다 가 버리는 코스모스들을 애도 중이에요.
랜드 하나리에선 '울음'은 금지되어 있다는 걸 모르시나요?
그래서 히잡을 썼답니다. 히잡을 쓰고 우는 건 허용되어 있어요.

내가 알지 못하는 '하나리의 우는 법'을 알고 있는 여인에게서
애도의 방식을 배우고 산책을 계속한다.

방충망 위로 고추잠자리가 죽은 채 붙어 있다.

「랜드 하나리에서의 산책」 부분

'랜드 하나리'는 '허니밀크랜드'와 마찬가지로 시인이 창조한 환
상의 세계임을 알 수 있다. 그것이 앨리스의 이상한 나라처럼 현실
에 잇대어 있는 구멍의 지대라는 점도 쉽게 짐작할 수 있다. 시에서
'나는 열대의 밤을 피하려고 랜드 하나리로 들어간다'고 말한 대목
은 시인에게 환상의 세계가 현실과 어떤 관련 속에 놓이는 것인지를
암시한다. 환상은 현실에 닿아 있으면서 현실과 다른 세계를 이루고
있거니와 환상의 지대에 진입함으로써 자아는 현실로부터 벗어나
고 현실을 지울 수 있게 된다. 그것은 현실에 압도당하는 자아에게
숨구멍을 트이게 하는 생명의 줄기이자 근거가 아닐 수 없다.

위의 시에서 '랜드 하나리'는 바로 그런 곳이다. '하늘은 에머랄드 빛이고 꼬리가 빨간 잠자리들이 날아다니며 살랑살랑 바람이 부는' 그곳은 현실의 '습하고 뜨거운 바람'을 피해서 당도하는 천국 같은 곳이다. 그곳은 현실의 시공을 지배하는 무거운 공기가 없다. 그곳엔 사람들 사이의 다툼도 엄격한 규율도 지루한 시간들도 없다. 대신 그곳을 지배하는 것은 가볍고 상쾌한 바람 같은 것들이다. 모든 것이 신기루 같은 빛으로 만들어진 그곳에서 현실의 무게와 밀도는 자리할 곳이 없다. 또한 그곳은 현실에서 이러저러한 이유들로 억압하기 마련인 모든 감정들이 용인되는 곳이기도 하다. '히잡을 쓴다'는 조건 하의 '울음'이 얼마든지 '허용'된다고 말한 대목이 그점을 말해준다.

시인에게 '랜드 하나리'는 현실과 다른 또 하나의 질서에 해당한다. 그것은 현실에 대한 이종 현실로서 현실에 비교하여 결핍되어 있거나 부족한 것이 아니라 자체적으로 완전한 세계이다. 그것은 현실과 다른 독자적인 질서를 구축한 채 그것이 또 다른 현실임을 주장한다. 현실과 다른 논리와 질서가 통용되는 것도 그 때문이다. 예컨대 그곳은 현실과 달리 나름의 '우는 법'을 권장하고 있는 것이다. 그것이 신기루같은 것일지언정 그곳은 현실에 비해 완벽한 곳이라고도 할 수 있다.

시인이 만든 환상의 세계는 한 마디로 허상의 세계다. 그것은 실재하지 않는 것이며 상상력이 만든 허구의 그것이다. 기실 그것이 현실의 무게와 밀도와 논리와 법칙을 지니지 않고 있다는 것은 심각한 결함이 아닐 수 없다. 현실을 감추는 환상은 현실을 회피하는 것에 불과하며 우리의 인지를 흐리는 작용을 할 뿐이다. 현실 속에 환상의 지대가 등장함으로써 우리의 인식과 정체성은 그 형성의 근거가 모호해지게 된다. 그런데 이 부정적인 알 수 없음의 지대를 유형진의 시는 왜 거의 전적으로 점유하고 있는 것일까. 유형진에게 있어서 이것은 단지 시적 유희를 따르는 데서 비롯한 결과인가 아니면 그의 특정한 의도와 전략에 의한 것일까?

거위가 달아나는 길을 토끼가 쫓아가고, 토끼가 가는 길을 노루가, 노루가 가는 길을 뱀이 쫓아가고, 뱀은 말을, 말은 유니콘. 내 가장 가녀린 심장. 내가 가진 심장의 가장 아름다운. 그것을 가지고 도망간 너, 나의 유니콘. 샤이니 샤이니 퀵, 퀵.

너는 항상 샤이니 샤이니 퀵, 퀵, 하며 달려가지. 내 꿈을 날아 네 꿈속으로. 네 험한 꿈속엔 언제나 보름달이 두 개가 뜨지. 두 개의 보름달에서 흐르는 젖을 너는 좋아하지만 난 아니었어. 난 아닌 게 넌 맞고, 좋고, 낮고, 조용히, 흘러가고. 한 몸으로 흐르지 못할 바엔 층을 달리해서 흐를걸. 우린 왜 그때 몰랐을까? 온통 비좁은 골목뿐이었다고만 생각했잖아. (중략)

거위가 달아나는 길을 토끼가 쫓아가고 토끼가 가는 길을 노루가, 노루가 가는 길을 뱀이 쫓아가고 뱀은 말을, 말은 유니콘. 내 가장 가녀린 폭죽. 펑, 펑, 터져서 밤하늘에서 사라지는 너. 샤이니 샤이니 퀵, 퀵, 하며 터지는 내 심장. 그런 내 심장을 밟으며 아무렇지도 않게 달리는 너. 나의 샤이니, 샤이니, 샤이니.

「샤이니 샤이니 퀵, 퀵-유니콘의 경우」 부분

'거위'가, '토끼'가, '노루'가, '뱀'이 달려간 길의 끝에는 상상의 동물 '유니콘'이 있다. '유니콘'은 '거위', '토끼', '노루', '뱀' 등이 지닌 현실성마저 환상성으로 치환할 정도의 강한 상상성을 나타낸다. '유니콘'의 등장으로 시는 대번에 동화의 국면으로 치닫게 되는 것이다. 동화의 주인공에 다름 아닌 이 직설적인 동물 '유니콘'의 설정은 시인이 자신의 세계를 환상의 그것으로 표나게 내세우고 있음을 말해준다. 그녀에게 환상은 그저 단순히 의식의 흐름을 따라 흘러들어 간 지대가 아니라 의식적으로 맞딱뜨린 세계라 할 수 있다. 그것은 창조된 것이기도 하고 현실의 이음새를 따라 의도적으로 찾아간 세계이기도 하다. 그녀에게 환상의 세계는 전략적인 위상과 함의를 지닌다.

　환상 지대는 실체도 없이 허구적이고 허상적이지만 유형진은 그것이 어디에 어떻게 자리하는지 잘 알고 있다. 유형진은 그것이 현실의 작은 틈 사이 구멍 속에서 펼쳐지는 세계임을, 또한 그것이 현실의 무게와 밀도를 털어낼 때 비로소 만날 수 있는 세계이자 그때 마주하는 세계는 신기루처럼 가벼운 것이되 현실 전체에 맞먹는 이종의 현실임을 말하고 있다. 위의 시에서 쫓아가는 현실의 동물들이 '유니콘'으로 이어지는 장면은 환상이 현실의 한 지점에서 맞물려 있는 것임을 암시하는 대목이다. 더욱이 '유니콘'을 따라간 세계는 '보름달이 두 개가 뜨는' '나'와 '너'의 '꿈속'이며 '난 아닌 게 넌 맞'는, 따라서 '너'와 '내'가 '한몸으로 흐르지 않'을지라도 '층을 달리해서 흐를 수 있는' 곳이다. 그곳은 환상의 지대인 것인데 때문에 그곳에서는 현실에 언제나 놓여 있기 마련인 막다른 골목이라든가 '비좁은 골목' 대신 '우리의 골목, 사랑스런 골목, 반짝거리는 골목'을 만날 수 있게 되는 것이리라.

유형진에게 환상의 세계는 '상상과 모험과 호기심'에 의해 탄생한 것이라는 점에서 의미를 얻는다. 그것은 말하자면 '빛'과 성질을 공유하는 것이다. 손으로 잡을 수 없는 형체 없는 것이지만 그것이 있는 공간을 환하게 비추는 '빛'처럼 환상 역시 허상이면서도 그것이 놓인 세계를 '상상과 모험과 호기심'의 기쁨으로 충만하게 하는 것이기 때문이다. '빛'이 물질성의 틈새에서 미세한 공간을 점유한 채 현실로 뿜어져 나오는 것처럼 환상 또한 현실의 틈새에 있는 구멍으로부터 방사되어 현실로 환하게 그 모습을 드러내는 것이 아닌가. 환상이 현실과 대등하게 있으면서 그 상상의 힘으로 자신의 현실성을 증명한다고 말할 수 있는 것도 이 때문이다. 환상은 현실에 종속된 채 현실에 압도당해 있는 것이 아니라 현실과 중첩되어 있는 이종현실인 것이다.

이러한 점들은 유형진이 환상을 전략적으로 전유한 것임을 말해 준다. 그는 현실과 환상의 관계를 정립함으로써 환상이 현실에 대해 가지는 의미와 위상을 자리매김하고자 하였는지도 모르겠다. 환상은 손으로 만질 수 없는 비물질성의 그것이지만 현실이 물질성만으로 채워지지는 않는다는 것을, 비물질이 물질과 같은 정도의 무게와 밀도를 지니지 않지만 그 점이 환상의 비존재를 의미하는 것은 아니라는 것을 유형진 시인은 말하고 싶었던 것이 아닐까. 그리고 그렇게 하여 존재하는 환상은 현실을 환하게 비추며 현실을 살아갈 만한 곳으로 만드는 기능을 하는 것이 아닐까. '우린 그때 왜 몰랐을까? 온통 비좁은 골목뿐이었다고만 생각했잖아'는 환상의 지대를 찾았을 때의 시인의 기쁨과 놀라움을 나타내는 것이리라. 그런 만큼 환상의 지대는 시인의 '심장'과 가까이 있다. 위 시에서 '유니콘'이 '내 가장 가녀린 심장. 내가 가진 심장의 가장 아름다운. 그것을 가지고 도망 간 너'인 것처럼 시인이 환상을 전략적으로 전유한 것 역시 환상이 시인의 심장에 닿아있기 때문일 터이다. ◎『시현실』, 2016년 겨울호

'쓰기'의 지평에서의
정치의 언어

– 김안 론

　한 작가의 내면을 이해하는 일은 언제나 두꺼운 안개의 숲에서 한 가닥 발자취를 더듬는 일이겠지만, 김안의 경우 우리가 좇을 수 있을 길이란 명료함에 대한 기대를 온전히 버릴 때 비로소 그 형태가 드러난다는 사실을 보여주는 작가이다. 그것이 '형태'인 것은 우리가 잡을 수 있는 이해의 실마리가 별로 없다는 점에서 그렇다. 김안을 에워싸고 있는 의미의 더미들은 한 줄기 해석의 빛도 허용하지 않을 정도로 뿌옇고 모호하다. (바깥) 세계로 통하는 그의 (안의) 세계는 몇 겹의 가면으로 뒤덮여 있는 듯하다. 그런 만큼 그의 언어는 난해하고 요령부득이다. 그의 언어는 몇 겹의 층위에서 일시에 산포되는 복잡한 그물망의 조직을 지니고 있다. 그의 언어가 가리키는 것은 단일한 사물이 아니라 다발적인 발화로 호출되는 다면적 사태들이다. 거기엔 그의 깊은 그림자도 있고 리비도도 있으며 일상도 있고 절대자도 있다. 시인은 이들 다층의 겹들을 아무런 통로의 마련도 없이 종횡으로 가로지른다. 유목민처럼 말이다.

김안의 언어가 두터운 망상조직이라는 점은 그가 세계와 관계 맺는 방식에 대해 암시한다. 그것은 세계가 그에게 거대한 타자인 것처럼 그 역시 세계에 대해 또 다른 타자이고자 하는 것이다. 시인에게 세계는 공포인 데서 그치지 않는다. 시인은 세계가 마뜩지 않다. 세계의 불합리와 부조리는 단지 두려운 것이 아니라 잘못된 것이다. 세계의 거대함에는 자아로 하여금 몸을 웅크리게 할 권위가 더 이상 존재하지 않는다. 그러한 세계 앞에 '나'는 등을 돌린다. 세계가 아무리 '아버지의 법'을 앞세워 지엄함의 얼굴을 하고 있을지라도 그것이 '내'가 존경을 바쳐야 할 조건은 되지 못한다. 그 거대함은 잘못함으로 쌓아올린 것이기 때문이다. 위선, 조작, 폭력, 불평등과 부조리 등속이 곧 지금 눈앞의 세계를 구성하는 근거다. 이러한 세계를 만들기 위해 언어는 끊임없이 폭력적으로 사물을 명명해왔고 이 속에서 사물은 은폐되고 배제되었다. 거대한 상징계의 이면에는 사물의 거대한 파괴가 놓여있다.

여기에서 사물은 인간을 포함한다. 세계에 포섭되지 못한 '인간'은 언제나 세계의 바깥이고 피해자다. 또한 그들은 세계를 지탱하는 근골이자 거름이 된다. 그러나 이점은 언제나 조직적으로 은폐되고 조작된다. 선善의 가치관은 이러한 은폐를 더욱 효과적으로 조장한 계기에 해당되었다. 세계의 언어는, 특히 명명을 일삼는 이른바 은유적 언어는 이같은 상징계에 적응하면서 형성된 것이다. 언어의 은유적 명명 방식엔 허위와 위선, 그리고 폭력이 내재되어 있다. 이런 점에서 명명을 회피하는 김안의 유목적 언어는 상징계가 배태한 은유적 언어에 대한 도전과 저항에 해당한다.

세계와의 관계맺음의 측면에서 볼 때 김안의 언어는 단지 그에 대한 도전과 저항에서 그치는 것이 아니라 상징계에 '등돌린' 언어라고 할 만하다. 김안의 언어는 상징계와 융합하고자 하는 욕망을 버린 언어다. 그의 언어에는 조금치도 상징계와 화해하고자 하는 의도가 나타나 있지 않다. 김안은 세계가 거대타자인 것처럼 자신도 세계에 대해 타자이고자 하거니와 이는 그가 근본에서부터 세계와 절연하고자 한다는 것을 말해준다. 은유적 언어의 수직성을 거부하고 철저히 수평적 언어를 시도하는 것은 상징계를 향한 도저한 그의 부정의식을 나타낸다. 언어는 이 추악한 상징계를 지지해주는 가장 핵심적인 기제인 것이다. 요컨대 김안의 모호하고 다면적인 언어, 의미를 알 수 없는 더미積와 같은 그의 언어 '형태'는 세계에 '등돌린' 자의 타자적 언어라 할 수 있다.

당신은 나를 향해 몸을 벌려요 나는 그것이 사랑이 아닌 것을 알고 있지만 어느새 내 얼굴은 녹색이 되어요 당신이 몸을 벌리면 파르르 서리 낀 창이 흔들려요 방 전체가 하얀 서리들로 가득 차요 밤이 거짓말을 하기 시작하고, 당신의 벌어진 몸에선 노래가 흘러나와요 나는 이 노래를 알고 있지만 아무리 불러도 첫 소절로만 돌아갈 뿐이에요 나는 이 노래의 끄트머리에 뱀과 쥐들, 개와 파리들이 가득하다는 것을 알고 있어요 나는 당신의 노래를 움키고 당신의 푸른 질 속으로 손을 집어넣어요 온갖 은유를 만져요 제발 나를 안아주세요 베어먹지 않을게요 제발 나를 안아주세요 베어 먹지 않을게요 당신은 사려 깊은 장님이 되어 내 손을 빼내어 당신의 입안으로넣어요 아직 나의 고백은 끝나지 않았는데 당신의 입안에서

내 손이 사라져요

「서정적인 삶」 전문

'서정적인 삶'은 자아와 타자의 어우러짐 속에서 평화와 온화함이 넘치는 세계를 가리킬 것이다. 그것은 '나'와 '너'의, 인간과 자연의, 자아와 세계 사이의 융합의 상태와 관련된다. 그러므로 그것은 충만한 것이자 완전한 것이고 부드러운 것이자 아름다운 세계다. 그러나 위의 시는 이러한 '서정적인 삶'에의 지향이 얼마나 아득하고 위태로운 것인지 말하고 있다. '너'와 '나'의 '만남'은 타자와 타자 사이의 거리만큼 불가능한 일이다. '너'의 몸짓을 두고도 '사랑'이라 믿지 않는 '나'는 어디에도 정착하지 않는 자아처럼 불안하다. '나'의 믿음은 사랑이라든가 진실 등에 있지 않고 세계의 극한과 절망에 닿아 있다. '나'는 '노래'가 아름다운 절대성이 아니라 '뱀과 쥐들, 개와 파리들'과 같은 더럽고 추한 것들과 만난다고 믿고 있는 것이다. '아무리 불러도 첫 소절로만 돌아갈 뿐'인 '노래'는 서정적 세계의 아득함과 불가능성을 상징한다.

'서정적 삶'에 대한 회의는 시작도 끝도 애매하게 한정없이 나열되는 위 시의 언어에 이미 내재되어 있다. 위 시의 문장은 하나의 대상에 집중된 언어화를 거부한다. 그것은 의미가 의미를 낳고 기표가 기표를 낳으면서 아메바처럼 흐물거리고 반죽처럼 늘어지는 형태를 이루고 있다. 언어의 각 기표들은 제각기 분절되어 자율적으로 살아 증식하는 형국이다. 위 시의 언어는 마치 '손'이 독립된 사물이 되어 '푸른 질'과 '입 안'과 또 '사라짐'의 국면들을 보이는 것처럼 자유로운 이동의 양태를 보이고 있다. 초현실주의적이기도 하고 무의식적 충동의 이미지들이기도 한 이들 언어의 운동에서 우리는 수직적인 은유의 언어를 거부하는 지극히 수평적인 언어 형태를 보게 된다. 이는 세계와의 합일 불가능성 및 단절의 의미를 내포한다. 시인이 가장 서정적이어야 할 '시'에 대해서조차 완성된 미의 정체성을 구하지 못하는 것도 이점과 관련된다.

> 당신이라는 장르가 만든 내장의 숲에는
> 온통 접붙은 나무들뿐입니다.
> 하지만 이곳이 너무나 익숙하기만 해서
> 내 배를 찢고 인면△面이 솟을 것 같습니다.
> 인면이 입 벌리면 붉고 싱싱한 풀이 쏟아질 것 같습니다.
> 뱃 속에 사람 머리 하나 담겨 있으니
> 더 이상 주리지 않을 텐데
> 나는 여전히 배곯고 비루먹은 질긴 개만 같습니다.
> 고개를 들면 하늘엔 백혈구 빛나며 흐르고.
> 이 붉고 싱싱한 풀을 씹어먹으면,
> 자꾸만 혀가 갈라집니다.
> 팔다리가 멀어져갑니다.
> 내장의 숲 나무들마다 내 팔과 다리가 자라납니다.
>
> 「시詩」 부분

완전하여 분리할 수 없는 유기체이자 정서적 공간으로서의 시는 그러나 위의 시에서 동물의 '내장'처럼 낱낱이 해부되는 성질의 것으로 그려지고 있다. 더욱이 위 시에서 시의 '내장'은 에너지를 생산하는 지대가 아니라 '접붙은 나무들'이 무성하고 '인면人面이 솟고' '사람 머리'가 담겨 있는 기괴한 곳이다. '시'는 세계와의 조화 속에서 자아의 영혼을 고양시키는 매개가 아니라 찢기고 파편화된 사물들이 괴물처럼 드글거리는 장소가 된다. 융화되지 못하고 개별화된 사물들은 자신들의 증식 욕구를 실현하기라도 하듯 무성하다. 그러한 사물들을 품고 있는 '내장'으로서의 시가 '당신'이 될 수도 '나'를 온전하게 만들어 줄 수도 없는 것은 물론이다. '시'는 '나'를 '배곯고 비루먹은 질긴 개'가 되도록 하는 것이다. '시' 속에 괴물처럼 뻗어있는 '붉고 싱싱한 풀'은 '나'에게 생명을 주기는커녕 '혀를갈라' 놓고 '팔다리'를 떼어놓는다. 시는 '나' 역시 괴물이 되게 한다.

'시'에 관한 이러한 이미지는 시인이 보여준 바 세계와의 불화를 단적으로 말해준다. 시인은 세계와의 동일시를 이루어내는 보루로서의 '시'마저 구원의 매개가 될 수 없다고 여긴다. 서정시에 흔히 등장하는 나무와 풀 등 생명의 상징들이 개별화된 사물과 그로테스크한 괴물의 이미지로 그려지는 것은 시인의 서정시에 대한 자의식을 드러내는 대목이다. 그는 서정시가 지향하는 세계와의 조화와 합일에 관해 회의하고 이에 문제제기하고 있음을 알 수 있다. 힘의 부패함으로 쌓아올려진 오늘날의 세계란 과연 한 치라도 수용할 수 있는 것인가, 인간의 소외와 파괴가 일상적으로 펼쳐지는 세계에서 완성을 노래하는 시가 가능한 것인가. 이같은 질문은 김안의 언어를 미적인 대신 추의 그것으로 빚어내고 있다.

세계에 대한 화해의 불가능성을 말하고 시의 서정성을 회의하는 자이기에 김안이 그리는 내면의 모습은 어둡고 우울하다. 그에게는 자아의 원형이 될 만한 흔적들이 지워져 있는 경우가 많다. 가령 그는 '고향집이 어디인지 생각한 적 없습니다. 기억조차 없습니다'라든가 '콜타르 냄새 가득한 거리에서 아마도 엄마인 듯한 사람을 기다린' 적이 있다고 말하는바, 이러한 시인에게 자아는 늘 불안으로 차 있고 세계는 '온통 회색'(「설국雪國-회灰」)이다. 세계를 향한 발언인 '비명은 벽 속에 갇혀 버린다'(「유령들」)고 그는 말하고 있으며, 또한 '나는 지옥보다 검게 웃는다'(「알리바바」)고 고백하기도 한다. '여기가 끝'(「보이스 피싱」)이라고 말하는 그에게 미래는 보이지 않는다. 세계는 자기의 '안'과 구별되는 '밖'일 뿐이고 그러한 (바깥) 세계는 '법과 질서'로 무장한 '원형감옥'(「아가리 속의 날들」)으로 인식된다. '더이상 나눌 말들이 남아 있을까'(「버려진 말의 입」)하는 체념의 목소리도 이에서 비롯된다.

　세계에 대한 절망은 그러나 그를 세계의 바깥이자 어두운 내면 '안'에만 가두어 두지 않는다. 그것은 '그'가 세계에 의한 피해의식에 사로잡혀 있을 때에만 한하는 일이다. 그는 상처입은 채 유폐되어 있기만 하는 자가 아니다. 그러기에 (바깥) 세계는 너무도 극악하고 자아는 또한 또 하나의 커다란 세계가 될 수 있다. 그의 내면은 '다른' 세계가 되어 (바깥) 세계의 온전한 타자로 기능하고자 한다. 세계와 절연한 자의 언어는 (바깥) 세계와 다른 체질의 세계를 축조한다. 그것은 수평적 언어로 만든 수평적 세계이고 타자를 지배하지 않는 바르고 온당한 세계다. 두 번째 시집인 『미제레레』에서 보여주고 있는 '국가'와 '사람'에 대한 발언은 곧 '바르고 온당한' 세계에 대한 그의 비전에서 비롯된 것이다.

　　　어제의 당신이 내일의 당신이지는 않을 것이다. 수많은 왕들의 목을 자르고, 수많은 신도들을 불태웠어도, 새로운 시대는 늘 익숙한 맹신과 내세로밖에 스스로를 지키지 못한다. 지금이 아닌 모든 어제들은 죄악이고, 지금이 아닌 모든 내일은 어제의 궁형宮刑. 당신이 지금 여기에 있다는 것은, 지금의 당신은 나의 가장 강한 선善이자 윤리. 거대한 자목련들이 들쥐들을 잡아먹듯, 나는 당신의 손을 잡고 나의 윤리, 나의 선善에게 이 늙은 입을 건넨다. 갈까, 우리 저 더러운 말의 세계로; 천장과 바닥 사이에 숨어 있는 어제의 책들, 어제의 약속들, 어제의 깃발과 외침들로. 죽은 쥐의 꼬리를 들고 빙빙 돌리다가 벽을 향해 내던지는, 천사들의 이름만 같은 아이들의 순진무구함처럼 어제의 대기와 어제 흘린 피는 악의 없이 망각된다. 새로운 시대는 망각의 사업에 힘쓰고 창문 밖의 공포가 진실과 정의들을 재생산하고, 침묵이 소비된다. 그러니, 우리 갈까, 저 더럽고도 시끄러운 말의 세계로. 아무렇게나 해봐. 부끄럼도 두려움도 없구나, 지금만은, 당신은, 당신이라는 허상은. 하지만 허상은, 숭고한 어제의 허상들은 몸 없이도 진저리 치고.

「국가의 탄생」 전문

'서로가 서로에게 증오'가 되며 '공포'로 '공화국을 부강하게 만드'는 부패한 세계, '완벽한 죄악'이 가득 차고 '공장들'은 '죽기 위해' 돌아가는 사회(「맹목盲目」), '여왕을 배불리기 위해' '개미'처럼 일하는 '실낙원'의 세계(「실낙원의 밤」), '단 하나의 단호한 명령'과 '빌어먹을 마녀'가 있는 '조국'(「이후의 삶」)에서, '배가 침몰하고 있는데' '다리 뻗을 공간도 없는 방에서 서로를 부둥켜안고' 있는 '우리'는 '불가촉천민'(「불가촉천민」)이다. 세계가 온갖 '혐의'와 '패악들'(「미제레레」)의 소문으로 들끓고 있고 '끝없이 위기들이 연장'(「일요일의 혀」)되고 있을 때 '가라앉고 있는 배에서 이제 막 태어난 아이들의 악몽을 보고 있'는 우리는 역시 '불가촉천민'(「불가촉천민」)이다. 이처럼 지배와 폭력, 위선과 권력으로 만들어진 오늘의 세계에서 소외되고 파괴되어 가는 '우리'는 세계의 가장 바닥에 자리하는 가장 천한 족속들이다. 몰락하는 배와 함께 몰락해야 하는 '우리'가 천민으로 규정되는 것과 달리 배를 몰락시키는 주체는 '우리' 위에 군림하는 지배계급이다. 온갖 조작과 패악의 꼬리를 물고 다니면서도 그런데 오늘날 권력의 폭력은 눈에 보이지도 않고 심지어 '다정하게'(「육식의 날들」) 보이기도 한다. '겸손한 얼굴 속에 도리어 흉물스러운 이빨이 도사리'(「일요일의 혀」)는 오늘날의 권력은 폭력과 지배로 건설된 추악한 상징계의 얼굴이자 가장 극악한 지배자의 모습이다. 이 속에선 비판이 풍문으로 지나가버리고 도전과 저항이 소소한 몸짓에 불과해진다. '천민'의 몸부림은 단지 죽어가는 이의 짧은 발버둥에 해당한다.

오늘날의 (바깥) 세계가 보여주는 이러한 정황은 위 시를 이해하는 배경이 된다. 위 시에는 절망적인 세계와 '내'가 선언하는 세계가 동시에 나타나 있거니와 '나'의 선언은 더 이상 침묵하고 외면할 수 없는 극악한 세계에 대한 대결의 의미를 지닌다. 선을 가장한 죄악의 세계는 '나'를 '더러운' 세계로 이끌어내는 가장 강력한 원인이 된다. '우리 갈까, 저 더럽고도 시끄러운 말의 세계로'를 말하는 화자의 낮고도 무거운 어조는 부패한 세계를 향한 강한 선전포고의 말처럼도 들린다. '국가'는 무릇 진정한 선과 윤리에 의해 건설되어야 하는 것이 아닌가. 그에 비하면 오늘날의 '창문 밖 공포가 재생산한 진실과 정의들'은 얼마나 허위적이고 폭력적인 것인가. 위 시의 '지금의 당신은 나의 가장 강한 선이자 윤리'라는 발언은 소외당한 피지배계급이 지배계급을 향해 발하는 결연한 화살이자 바른 '국가'가 지녀야 할 요건에 대한 매서운 다짐이라 할 수 있다.

시에서 말하는 '국가의 탄생'은 오늘날 흉물스럽게 존재하고 있는 (바깥) 세계에 대결하는 또 다른 세계와 관련된다. 그것은 적어도 숱한 죄악을 저지르면서도 '늘 익숙한 맹신과 내세로밖에 스스로를 지키지 못하'는 거짓된 세계와 다른 세계이다. 시인은 그것이 '어제의 책들, 어제의 약속들, 어제의 깃발과 외침들로' 세워질 것이라고 말하고 있다. 또한 그것은 '죽은 쥐의 꼬리를' 쥐고 흔드는 천진한 '아이들의' 세계처럼 순수할 것이라고 전한다. 이는 새로운 세계에 관해 시인이 제시하는 현실적이고도 미래적인 비전이다. 그것은 '어제'와 관련된 것이라는 점에서 현실적이고 순수성을 지니고 있다는 점에서 미래적이다. 물론 지금 여기의 실재는 아니라는 점에서 비전으로서의 세계는 '허상'일 수 있다. 그러나 '부끄럼도 두려움도 없이' '더럽고도 시끄러운 세계'임을 기꺼이 감내하겠다고 하는 화자의 발언에는 세계를 향한 서슬이 담겨있다. 그것은 거대 타자로서의 세계가 이 새로운 세계를 타자로 느끼고 역시 공포로 전유할 그러한 날카로움이다. 혹은 그것은 '몸 없이도 진저리 치는 어제의 허상들'일 수도 있겠다. 우리의 '어제'가 발원한 '국가'는 최소한 거짓 진실과 허구적 정의로 채워지는 이처럼 추악한 것은 아니지 않았겠는가 하는 것이다.

새로운 '국가의 탄생'을 말하는 시인에게 현재의 국가는 부정한 것이므로 소멸해야 하는 것이다. 반면에 새로운 국가는 부패한 현재의 국가를 대체할 비전을 담은 상상계의 그것이다. 현재의 국가를 대신할 새로운 국가를 꿈꾸는 일은 시인의 저항의 언어가 결국엔 타자에 수용될 차원에 머무는 것이 아님을 말해준다. 그의 언어는 상상계의 언어 조직을 갖춘 채 새로운 세계 구축에 바쳐지고 있다. 따라서 이후 시인의 주제가 되고 있는 '쓰기'는 곧 새로운 상상계를 축조하는 과정 그 자체에 해당한다고 할 수 있다.

당신이라는 쓰기로 도망쳐왔던 울음들이,
그 울음들 바깥으로 기어 나오는 벌레들을 눌러 죽이던 밤들이,
끝없이 맴돌던 그 밤의 후렴들이 편지합니다.
사람의 길을 걸어야 했던 주름과 신음의 나날을 지나
편지는 달려와 인사를 건넵니다.
당신이라는 쓰기의 바깥에서 서성이는 모든 주어主語들에게,
주억거릴 머리를 잃은 채 울고 있는 불구의 문장들에게,
사람은 안녕합니까?
주먹 쥐는 법을 아는 순간 나는 주어가 되어 두려움을 배웠습
    니다.
쓰기의 두려움을, 쓰기 바깥의 당신을, 당신이라는 쓰기를,
공포는 고요하고,
고요에 시달리면 시달릴수록 나는 쓰기에 가깝게 되었습니다.
나는 물질입니까?
마음의 노역입니까?
아니면 아무런 주장도 분노도 결말도 없는 선언입니까?

당신이라는 쓰기 속에서 나는 밤의 두려운 주먹질입니다.

「복화술사」 부분

시인이 '저 더러운 말의 세계'라 하였듯 이 세계에서 '말'은 오염된 것이다. 그것은 상징계의 권력을 위해 존재하는 것으로 상징계를 지탱하는 것이자 상징계를 닮아 있는 것이다. '말'은 지배계급들의 거짓 '말'이 됨으로써 '더러워지'며 지배계급들이 언명하는 구조와 닮음으로써 또한 오염된다. 시인이 '더러운 말의 세계로 간다'고 선언하였지만 그러나 시인의 '말'은 상징계의 '말'과 달라야 한다. 시인의 '말'은 그들 말의 구조와 달라야 하고 그들의 말과 달리 거짓 말이 아니어야 한다. 김안은 그러한 방식의 '말'을 '쓰기'를 통해 구현하고자 한다. '쓰기'의 말은 진실을 품고 쓰여져야 하고 배제의 방식을 넘어서면서 쓰여져야 한다. '쓰기'는 사물을 끊임없이 끌어안으며 사물을 회복시키면서 쓰여져야 한다. 그런 점에서 '쓰기'는 세계의 복원이자 실낙원의 치유에 해당한다. 위의 시에서 '당신이라는 쓰기로 도망쳐왔던' 것은 '쓰기'가 시인에게 복락원의 지대이면서 상징계와 구분되는 또 다른 세계임을 의미한다. 그것은 '바깥'과 구별되는 '사람의 길'이기도 하다.

그러나 이곳에서 '주어'가 되는 일은 '바깥을 서성이는' 자들이 '주어'인 것만큼의 공포와 두려움을 동반한다. 어떤 것도 주어진 것 없이 모든 것을 처음부터 만들어야 하는 상황에서 '내'가 쓰기의 주체라는 점 외에 확정적인 것은 아무것도 없다. '나'의 정체는 여전히 모호하기 그지없다. '나는 물질입니까? 마음의 노역입니까?'하는 물음은 '쓰기'의 불확정적 지대에서 불안으로 일그러져 있는 자아의 내면을 드러낸다. 또 다른 국가, 새로운 세계를 선언하였지만 불안한 주체에게 그것은 끝없이 회의되는 일이기도 하다. 위 시에서 화자가 그것은 '아무런 주장도 분노도 결말도 없는 선언입니까?' 하고 절규하는 것도 이 때문이다. 불안한 시인에게 '쓰기'는 '밤의 두려운 주먹질'과 다름없는 것이다.

상실된 세계를 회복시키는 복락원의 '쓰기'가 말처럼 쉽거나 아름다울 리 없다. 죽음의 세계로부터 삶의 세계로 넘어서는 길이 고요하고 평화로울 리는 만무하다. 단지 선언만으로 꿈을 이룰 수 있다면 그것은 허상이 아니고 무엇이겠나. '마음과 뼈만으로도 살 수 있어. 과연 그럴까, 당신이라면 그것이 가능할까'(「식육의 방」)라는 시인의 중얼거림은 '쓰기'가 채워가야 할 진정성의 밀도가 어느 정도인가를 짐작하게 한다. 사정이 이러할진대 그의 '쓰기'는 행복인가 고통인가. 그의 쓰기는 '안'인가 '바깥'인가. '거룩한 유폐들로 가득한'(「식육의 방」) 그의 '안'이 바깥이 되는 전환의 지점을 그의 '쓰기'는 맞이할 수 있게 될까.

　　　당신이라는 육식에만 힘쓸 것이다.
　　　입 앞에 놓인 말들만 게걸스럽게 먹을 것이다.
　　　하면
　　　나는 이타적인 사람입니다.
　　　음절을 늘리듯
　　　혀를 늘려 땅바닥에 질질 끌고 다니는 개구리처럼
　　　입이라는 장애를 포기하겠다,
　　　하면

나는 유능한 사람이겠지요.

그래서 내 울음의 몽리면적은 허락될 리 없습니다.

사람,

저녁이 오면 퇴근을 하고, 퇴근을 하면 취합니다.

취하면 당신이 내 손을 잡아주시겠습니까?

이 손은 잡자마자 폐허입니다. 몸이라는 테두리도 사라지겠
  지요.

왜 사람이어야 합니까.

「사람」 부분

'쓰기'가 '더러운 말'이 유통되는 바깥 세계와 구별되는 것이라면 세계의 본질은 바깥인가, 안인가. 소외와 배제로 이루어지는 상징계가 인간의 억압 위에서 정초되는 것임에도 그것이 주인인 것은 눈앞에 존재한다는 실재성 때문인가. 상징계가 실재계와 겹쳐지면서 실상實像을 이루고 있다는 것은 상상계에 대한 상징계의 우월성과 그것의 권력을 보증하는 근거가 된다. 시인이 끊임없는 '쓰기'를 통해 상상계를 온전히 구축하고자 하는 이유가 여기에 있다. 그의 언어가 그토록 알 수 없는 몇 겹의 층위로 덩어리지워져 있는 것은 상상계가 허상이 아니라 실상이 되도록 하기 위한 고군분투의 결과라 할 수 있는 것이다. 세계에 대한 뼈저린 환멸을 느낀 이에게 그 과정은 홀로 바벨탑을 쌓는 것만큼 고독하고 힘든 일이었을 터이다. 그것은 '내'가 누구인지 알 수 없는 것처럼 아득한 길이었을 것이다. 주어와 서술어가 안정적으로 만나지 못하고 불규칙적으로 지연되는 위 시의 문장은 '나'의 정체성이 그만큼 불안정하다는 것을 반증한다.

이러한 아득하고 고독한 지대에서 그가 할 수 있는 일은 끊임없는 '쓰기', 유목민처럼 한정없이 가로지르기였을 것이다. 시인은 '입 앞에 놓인 말들만 게걸스럽게 먹을 것'이라고 말한다. 그에게 '말'은 쓰기의 재료이자 유목민의 양식인 것이다. '쓰기'는 모든 사물들과 사태들을 이어붙이고 연장시킨다. '쓰기'의 과정에서 온전한 테두리로서의 '몸'은 사라져도 무관하다. 중요한 것은 지속하는 일일 따름인바, 그는 '혀를 늘려' '입이라는 장애를 포기하겠다'고도 한다. 상상계의 현실화를 위한 유목민다운 시인의 노력은 그의 언어가 기괴한 것만큼 기괴하다. 그의 '쓰기' 속에서 '사람'도 내포와 외연의 변화를 겪는다. '사람'은 누구인가, '왜 사람이어야 합니까'의 물음에는 상징계와 상상계를 넘나드는 '사람'의 의미가 가로놓여 있다. 그것은 '살아있음'의 의미를 묻는 것과도 다르지 않다. 그렇다면 살아있음은 무엇인가. 상징계에서 규정되는 '사람'은 상상계의 '사람'을 지배하고 군림할 권한이 있는가.

이렇게 보면 김안의 시는 '쓰기'를 통해 '쓰기'에 이르는 '쓰기' 자체에 해당하는 것이자, 상징계 바깥에서 이루어지는 상상계의 언어라 할 수 있다. 이러한 관점에 의해 그의 시가 언어의 분절화를 가로지르는 형태의 언어가 된다는 점도 확인할 수 있다. 그런데 이러한 이해는 그의 시를 '바깥'에서 본 것에 불과하다. 반면 그의 시를 '안'에서 볼 경우 그의 시는 오늘날 우리가 직면한 정치적 사태들에 대한 대결의 몸짓이 되고 그의 언어는 정치적 언어가 된다는 것을 알 수 있다. 그의 정치의 언어는 '쓰기'의 지평 속에서 '국가'라든가 '사람'의 의미를 해체시키고 그것들에 새로운 의미를 부여하고 있는 것이다. ◎ 「시현실」, 2015년 가을호

몸에 각인된 시간의 말들을 찾아서

― 하재연 론

    이성에 의한 존재의 통일성에 대한 인식이 근대인의 꿈에 불과하다는 것은 굳이 프로이트를 들먹이지 않아도 오늘날 어느 정도 합의에 도달한 사항이다. 인간의 의식은 한결같이 명료할 수도 통일적일 수도 없다. 어떤 시간, 어떤 공간 속에서도 일관되게 이성적일 수 있는 인간은 이 세상 어디에도 없는 것이다. 만일 있다면 그것은 사이보그보다도 더 정교한 기계인간에 해당할 것이다. 대신 인간은 시간이 분절될 수 있을 만큼 쪼개지고 공간이 변화될 수 있을 만큼 휘어지는 존재다. 시간은 인간을 엿가락 다루듯이 늘였다 줄였다 하고 공간은 인간을 이리 휘게 하고 저리 휘게 한다. 인간은 늘어났다 줄어들고 이리 휘고 저리 접히면서 실타래처럼 꼬이는 존재가 된다. 인간은 엉긴 먼지덩어리와 다르지 않다.

    인간의 이러한 양태는 말의 모습을 가늠케 한다. 일찍이 이성의 가장 강력한 증거로서의 말은 인간의 존재 조건에 관한 인식과 더불어 공중분해된다. 말은 통일된 의식 주체에 의해 구축된 통일된 의식의 사태가 아니라 엉킨 실타래로서의 인간의 양태와 닮은, 역시 뭉쳐진 먼지더미 같은 것이리라. 올올이 나뉘는 가닥들과 그들 사이의 꼬임, 분절과 잇기가 불규칙적으로 반복되면서 단지 인간의 쪼개지고 찢긴 모습에 따라 분열과 분해로 한없이 이어지는 것이 말이다. 가장 상징계에 근접하고 나아가 상징계를 대표한다고 하는 말의 사태는 이성적 주체의 허구성만큼이나 허구적이다.

이러한 관점에서 볼 때 오늘날의 시에서 소통은 이미 부차적 문제가 된다. 소통을 전제하는 말은 말의 꾸밈을 의도한다. 이성적 주체에 의한 말의 이성적 사태가 비로소 소통의 계기가 된다면, 이것의 허구성에 대한 도발적이고 개성적인 관점은 말에 자기 존재를 투영하게 된다. 그에 따라 말은 실타래 더미처럼 이리저리 꼬인 인간에 대한 위상 동형체가 된다. 말은 존재를 필사하거니와 이때의 존재의 필사란 인간의 모습을 외형적으로 묘사한다는 뜻이 아니고 존재의 쪼개지고 찢어진 대로의, 휘어지고 접히고 꼬인 대로의 형태를 반복한다는 의미다. 말 그대로 구조적 상동의 관점으로 볼 수 있는 것이 존재와 언어의 관계다.

오늘날의 많은 현대시가 그러하듯 하재연의 시에서 통일된 의식과 명료한 의미를 찾는 것은 불가능하다. 그의 시는 이성적 주체에 의해 의도된 조작의 언어가 아니기 때문이다. 대신 그에게 언어는 존재의 양태를 투영하는 하얀 백지다. 이때의 존재는 전일적 의식의 존재도 통일된 이성적 존재도 아니다. 존재는 시간에 따라 흐르고 공간에 따라 변화하는 유동성의 무엇이다. 존재란 시공의 조건과 변화에 따라 이리저리 휘고 접히는 실타래 같은 몸의 그것이다. 하재연의 시는 몸의 차원으로 하강한 자의 이러한 존재의 언어가 된다.

우리는 그녀의 시적 언어를 통해 분해되고 엉킨 먼지 덩어리같은 몸의 이미지를 만나게 된다.

없는 단어처럼
너는 네 몸을 찡그리고 나에게 말을 걸고 있다
더 이상 가능하지 않을 때까지

나의 말은 네가 닿은 시간의 뒤편에서 여러 번
갈라질 거야

이토록 개인적인 음성을 발견한 적이
왜 나는 한 번도 없었던 것일까

내게 주어진 고통의 질량이 있다면
얼마입니까? 몇 시간 분입니까?
그것을 환산하여 바벨의 높이까지 쌓아올린다면

당신이 나의 시간을 산 것처럼
나는 이웃의 목소리를 되팔 수 있는가
나의 이웃은 나의 옆에서 살아갈 수 있는가
                                「물의 바닥」 부분

　사람과 사람을 이어주는 것은 '말'에 앞서 공유한 시간과 공간이다. 사람과 사람 사이의 소통은 '단어'가 없어도 가능하다. 그것은 위의 시에서처럼 '너'가 '나에게 말을 거는' 것이 '언어'를 통해서가 아니라는 점에서 짐작할 수 있다. 대신 '너'는 '나'에게 '몸'으로 말한다. '몸을 찡그리고', '더 이상 가능하지 않을 때까지' '너'는 말을 한다. '너'의 소통의 매개체는 표정을 담고 있는 '몸'인 것이다. 소통의 기능태로서의 '몸'은 언어와 달리 소통의 극단을 제시한다. '너'의 '몸'짓은 '가능'을 넘어서는 지점까지 필사적으로 시도된다. 여기에서 '몸'은 단순히 육체적 물질이 아니고 시간과 공간에 가장 민감하게 반응하는 장場이 된다. 몸짓이 소통의 극단화된 매체가 되는 것은 그것이 시공에 지극히 민감하다는 점에 기인한다.

위 시의 화자는 '나의 말' 역시 '시간의 뒤편에서 여러 번 갈라질 거'라고 말하고 있다. 가장 견고하고 이성적이라고 간주되던 언어는 시간을 견디지도 시간에 민감하지도 못하다. 그것은 '네가 닿은 시간'에 옳게 도달하지 못한다. 언어의 '갈라짐' 현상이 나타나는 것도 그 때문이다. 그저 '당신'과 '나'를 이어주는 것은 시간의 질과 양이 되는 것이다. '당신'과 '나'의 결속은 '당신이 나의 시간을 산' 만큼 이루어진다. 이웃과의 모든 관계도 그러하다. '이웃' 역시 시간을 공유한 것인지의 여부에 의해 공존의 의미가 가름되는 것이다.

가장 일반적인 소통의 매체가 되는 '언어' 대신 '몸짓'의 소통을 시도하는 사태는 그것이 시공성에 좌우된다는 점에서 너무도 '개인적인 음성의 발견'에 해당한다. 몸짓의 소통은 가장 내면적이고 가장 개성적인 것이라 할 수 있다. 가장 직접적이고 자발적이라는 점에서 몸짓의 말은 가장 덜 사회적인 것이다. 이는 사회적인 소통의 매개체의 극단에 언어가 놓여있는 것과 비교되는 일이다. 이를 고려하면 몸에 기반한 말이란 가장 순수한 것이라는 점 또한 짐작할 수 있다.

그러나 '몸'에 시간의 흔적이 그대로 새겨진다는 것은 시인의 말대로 '무서운'(「물의 바닥」)일일지 모른다. 몸에 밴 시간이란 운명의 차원에 속하기 때문이다. 그것은 자신이 원한다고 쉽게 지울 수도 담아둘 수도 없는 성질의 것이다. 이 역시 몸의 조건이 결정할 것인가. 슬픔과 아픔이 가장 오랜 세월에 걸쳐 몸속 깊이 남아있게 된다면 혹은 행복의 기억이 금세 소실되어 버린다면 시간으로부터 인간은 과연 자유롭다 할 수 있겠는가. 시간이 '무섭도록 남아있기'도 하고 '무섭도록 흘러가기'도 한다는 진술은 이와 관련된다.

시간이 인간의 존재 조건과 밀착되어 있다는 점은 시인으로 하여금 시간에 대한 성찰을 유도한다. '무서운' 시간으로부터 자유로워짐에 따라 자유로운 몸과 영혼을 획득하는 일은 가능할 것인가. 존재를 훨씬 웃돌며 공룡처럼 압도하는 시간을 통제하는 길은 있는 것일까.

남아있는 시간의 등 뒤를
잃어버린 시간의 머리가 바짝 쫓아오고 있습니다.

이렇게 추월당하고 나면
사용할 수 있는 꿈의 염료가 바닥나 버릴 텐데
더 이상

영혼의 그릇이 없습니다.
양전하와 음전하들이 무수히

몸을 흐르고 있습니다.

어떻게 하면 좋은 배열이 이루어지고
나의 몸은 눈을 뜰까요?
번쩍, 하고 새 생명을 얻어 노란 벽돌길 밖으로 걸어 나갈 수
　있을까요?

　　　　　　　　　　　　　　　　　　　　　「원소들」 부분

　위 시는 자아의 시간과 타자적 시간의 대립에서 비롯되는 불안과
갈등을 형상화하고 있다. '남아 있는 시간'이라는 자아에게 귀속된
시간이 자신이 속해있지 않은 '잃어버린' 타자적 시간에 의해 잠식
되는 일은 초조하고 두려운 일이다. 이는 누구든지 흔히 겪는 일상
의 단면이 아닐 수 없거니와 이때의 불안과 초조의 심정을 시인은
'머리가 바짝 쫓아오고 있다'든가 '추월당한'다는 표현으로 나타내
고 있다. 타자적 시간에 압도당하는 일은 그것이 자아의 꿈과 영혼
을 증발시킨다는 점에서 고통스런 일이다. 이것이 곧 흔히 말하는
스트레스적 상황이 아니겠는가. 나의 영혼이 잠식당하는 이런 체험
은 자아를 극도로 위축되게 하는 일에 속한다.
　상황이 그러하므로 시인은 시간과의 대결을 꿈꾼다. 그것은 몸을
강건하게 함으로써 가능해진다. 시간이 새겨지는 그릇으로서의 몸
이 강건하다면 시간은 함부로 나를 이리저리 휘둘지 못할 것이다.
강건한 몸은 시간의 음험한 힘을 물리칠 자체적 힘을 지니게 될 것
이라는 점이다. 몸속에 흐르는 '양전하와 음전하들'의 '배열'을 고민
하는 것도 이 때문이다. 시의 화자는 '어떻게 하면 좋은 배열이 이루

어지고 나의 몸은 눈을 뜰까요?', 나는 '번쩍, 하고 새 생명을 얻을 수 있을까요?' 하고 질문한다. 전하들의 '좋은 배열'은 몸의 순환을 결정하는 요인에 해당할 것이기에 강건함을 추구하는 시인에게 이에 대한 고민은 당연한 것이다. 시인의 관점에 의하면 새 생명을 얻는 일에 다름 아닌 몸의 강건함을 얻는 일이야말로 시간과 대결하는 결정적인 방법에 해당한다.

실제로 위의 시 「원소들」에는 시의 화자가 '나의 피'와 '아르곤, 제논'과 같은 원소들을 '잘 섞'은 후 '태양과 별들 속에 타고 있는 언어를 빌려'오기도 하는 장면이 나온다. 또한 '바깥으로 흘러내리는 시간들을 열심히 증류하였'다고도 말한다. 원소들의 배합 및 태양과 별들의 언어에서 빌려온 전하들이란 곧 몸을 강하게 하는 비결을 의미하는 것이며 '시간의 증류'란 시간을 대결가능한 상태로 만드는 작업을 가리키는 것이 아닐까. 이 모든 것이 시간과의 대결을 위한 기획들이라 할 수 있다.

그렇다면 시인에게 이러한 기획들은 성공할 것인가? 시간과의 대결에서 자아는 승리할 수 있을까? 시간에 관한 성찰은 결국 인간 조건에 관한 인식이 전제되어 있는바, 시간에 대한 관점을 통해 시인의 생각하는 인간의 본질이 무엇인가를 가늠할 수 있게 된다.

로스 타임 이후의 삶을 나는 살게 되었다
우연이 아닌 것처럼

귀가 떨어지고
너의 목소리를 분별할 수 없는 시간만이 남아있었다

재와 타고 남은 것들로 뭉쳐져
햇빛에 녹지 않는 죄가 있다

녹지 않는 동그라미 하나가
내 머리 위로 더 큰 동그라미 하나를 그렸다
세계의 안쪽을 구멍 내고 있었다

「스노우맨」 부분

시간의 속성을 통해 이해하게 되는 인간의 본질이란 '로스 타임 이후의' '나의 삶'을 보건대 판명된다. 잃어버린 시간, 즉 타자적 시간 속에서 '나'는 살아남을 수 있었던가. 결과는 비극적이다. '로스 타임' 속에서 '나'는 '스노우맨'의 운명을 넘어서지 못한다. 자멸인 것이다. 강건하려는 노력은, '원소를 배합하고 별과 태양에서 전하를 끌어오'려던 노력조차 헛되었을 뿐이다. '귀가 떨어지고' '나'는 '너의 목소리'조차 '분별할 수 없'다. 그것은 이미 내가 아닌 것이다. 자아의 완전한 소실이라 할 수 있겠다. 대신 남는 것이 있다면 '녹지 않는 죄'일 따름이다. '재와 타고 남은 것들로 뭉친' 죄의 덩어리만이 시간을 견디고 있다. 시간에 의해 모든 것이 죄다 소멸해도 죄만은 소멸하지 않는다는 이러한 인식은 끔찍한 것이다. 죄야말로 운명을 이끄는 결정적 요인이기 때문이다. '햇빛'은 다른 것은 다 녹여도 '죄'만큼은 녹일 수 없다는 것인가. '녹지 않는 동그라미'는 '구멍'이다. 그것은 죽음에 이르게 하는 죄의 블랙홀이다. '세계의 안쪽에 낸 구멍'은 언젠가 나를 집어삼킬 죽음의 문을 의미한다. 결국 '나'는 죄로 말미암아 사망할 것이라는 인식이 여기에 있다.

시인이 시간과 인간에 대한 성찰을 통해 보여준 통찰은 이토록 비극적이다. 시간과의 대결에서 인간은 파멸될 운명에 놓여 있다. 사실상 이로부터 벗어날 수 있는 이가 누가 있겠는가. 인간에게 시간은 자신을 이리저리 쥐고 휘두르는 음험하고 절대적인 타자라 할 수 있다. 인간은 필연적으로 죄의 존재인 까닭에 죽음이라는 정해진 귀결을 피해갈 수 없다. 죄의 구멍을 지닌 인간에게 시간은 언제나 압도적이고 대부분 타자적이다. 시간은 인간이 꿈꾸는 영혼이 되는 일을 쉽게 허락하지 않는다. 시간 앞에서 영혼으로서의 인간은 깨지기 쉬운 그릇에 다름 아니다. 이처럼 '시간의 바닥을 보아버린 동공'(「스노우맨」)은 황망하기 그지 없어 보인다. '나'는 '뚫려 있는' 구멍으로 한없이 잠겨버릴 듯하다.

나는 당신의 밑에 서 있기로 했다.

위가 깜깜했다.

무엇이 흘러내리고 있는 것인가.
나의 얼굴을 덮어씌워지는 이 끈적함을
걷어낼 수 없는 것은
신들이 이유 없는 장난을 좋아하기 때문인가.

내가 알 수 없었던 것은 또한
나의 아래 있었던 것.

내가 밟고 서 있던 머리이거나
누군가의 말하는 입과

깜깜함 속에 비가 내리고 있었다.

「이해」 부분

　시간과의 대결에서 깨닫게 된 인간의 조건은 '나'의 처지를 보다
객관적으로 '이해'하게 한다. 이성적 주체를 향한 과도한 용기는 '나'
에게 별로 없다. 누군가와의 싸움에서 이겨야겠다는 생각도 들지 않
는다. '나'는 좀더 겸허한 자리에 있게 되었다고 해야 하나. 그것은
'나'의 있는 그대로의 조건을 수용하는 일에 해당될 것이다. '당신의
밑에 서 있기로 했다'는 고백도 여기에서 비롯된 것이다. 문제는 내
가 서 있는 자리의 '위'도 '아래'도 '알 수 없다'는 점이다. '내가 밟고
서 있던' 것이 무엇인지, 누군가의 머리인지 혹은 누군가의 입인지
알 수 없이 사방이 '깜깜하다'는 것이 문제다. 나의 자리를 찾았으나
방위가 느껴지지 않는 이것은 암담한 일이다. 관계 속에서의 방위가
잡히지 않는 나의 자리란 암흑과 같은 것이기 때문이다. 위의 화자
가 '무엇이 흘러내리고 있다'고, '끈적한 것이 나의 얼굴을 덮어씌우'
고 있다고 호소하는 것도 이 때문이다. 사방이 깜깜하여 알 수 없는
상태에서 '내'가 할 수 있는 일은 없다. 그러니 이제 '나'는 누구에게
하소연할 것인가. 화자에게 자신의 조건은 '신들의 이유 없는 장난'
처럼만 느껴질 따름이다.
　애초부터 시간과 대결하겠다고 팔 걷어부쳤던 것이 오만한 태도
였을까. 시간의 함수 속에 밀착된 채 놓인 인간의 조건을 보겠다는

결심이 과도한 것이었을까. 시간에 의한 죄와, 죄에 의한 죽음과, 죽음에 의한 운명과……영원히 이어질 이 고리를 끊을 수 있는 길을 꿈꾸는 것은 헛되고도 헛된 일에 속하는 것인가.

이 가게에는 인간이 없습니다.

가끔 별의 영향을 받습니다.
도장 같은 것이 발견되지 않습니다.

주인은 부재중입니다.

나는 구경을 했습니다.

한 달은 20일 일 년은 18월
금성의 일 년은 584일이라고 합니다.

보이지 않는 광선 아래
구름은 한 번 같은 모양인 적 없고,

그것이
심심하고
보기에 좋습니다.

출몰하는 것들이 많고

이름이 없고
국적이 없습니다.

물건들이 좋은 빛깔로
낡아가고 있습니다.
　　　　　　　　「무인양품」부분

　시간이라는 함수 속에 놓인 인간의 조건은 불변의 것이며 따라서
운명적인 것에 속한다. 인간이 죄로부터 자유로울 수 없다는 것 역
시 시간에 매인 인간으로서 피할 수 없는 운명이다. 이 모든 사실을
이해하고 있으면서도 어찌해 볼 도리가 없다는 것 또한 인간의 비극
적 운명에 해당한다 할 것이다. 이러한 상황은 바꿀 수도 누구에게
호소할 수도 없는 성질의 것이다.

　그러므로 시인이 선택한 것은 상상하는 일이었다. 인간을 지우고
시간을 지우는 일이 그것이다. 시간은, 적어도 지구의 시간성으로부
터 벗어나 있어 상상된 그것은 '금성'의 시간이다. 시간성이 다른 '금
성'은 '광선'의 성질도 다른 것이었고 '가끔 별의 영향을 받'기도 하
였으므로 '나'에게 지구와는 전혀 다른 체험을 주었음을 알 수 있다.
화자는 '그것이 심심하고 보기에 좋'다고 말하고 있다. 이곳에선 '내'
가 부채의식 없이 자유롭게 '구경'할 수 있었다. 인간과 시간이 지워
진 그곳의 가장 큰 특징은 '주인'도, '이름'도, '국적'도 또 '나의 성씨'
도 없는 곳이라는 점이다. 이는 인간관계 속에서 구속의 요건이 될
수 있는 모든 것들을 의미하거니와 시간이 비껴가는 이곳은 이들로
부터의 자유로워질 수 있다는 점을 암시하고 있다. 실제로 다른 시

간성을 지닌 이곳에선 시간의 흐름이 죽음을 향해 절망적으로 운행되는 것이 아니고, '물건들이 좋은 빛깔로 낡아가'는 데서 알 수 있듯 원만하게 느껴지는 것이었다. 이곳에서 인간은 시간과 적대적인 관계가 아니라 화해가능한 관계가 된다는 것을 알 수 있다. 이런 곳이라면 인간은 시간을 두려움으로 받아들이지 않아도 될 것이고 그것과 대결해야 한다는 의식도 들지 않을 것이다. 인간은 시간의 흐름을 몸으로 느끼면서 조용히 바래져가면 될 일인 것이다.

하재연의 시는 이성적 주체에 의한 통일적 의식의 표현이 아니다. 그의 시는 몸에 각인된 시간의 흐름과 그에 따른 언어로 이루어져 있다. 그에게 시의 말은 언어 이전에 몸의 미세한 움직임들에 해당하는 것이었다. 몸짓으로 되어 있는 시적 언어는 액체처럼 유동적이다. 이러한 유동적인 그의 언어를 따라가게 되면 시간의 모습을 보게도 된다. 시인이 그린 시간의 모습 속에서 시간과 인간에 대한 그녀의 인식을 읽을 수 있다. 물론 그러한 인식들은 희망적인 것은 아니었다. 그것은 우울하고 비극적인 것이었다. 그렇지만 그것들은 인간 조건의 객관적인 사태에 닿아있는 것이기도 하였다. 그러므로 다만 우리는 꿈꿀 뿐이다. 인간의 운명과 시간의 조건을 바꿀 수 있는 꿈을 말이다. ◎『시사사』, 2015년 11-12월호

회로에 갇힌
디지털 세대의 초상

– 서연우 론

　　서연우의 시들은 소통의 통로가 차단된 세계에서 영원히 유폐될 운명에 처한 자의 나지막한 비명으로 이루어져 있다고 할 수 있다. 잔잔한 음악처럼 울려나오는 온유한 감각의 서연우의 시들은 그 아름다운 언어들 틈새로 깊고 뿌연 한숨을 토해내고 있다. 그녀의 시에 배경으로 등장하는 눈부신 햇살과 투명한 잎들, 하늘거리는 꽃잎들, 맑은 공기 등속의 것들은 아름답게 채색되는 자연의 묘사를 위한 것이 아니다. 서연우의 시에서 그것들은 일상을 구성하는 지극히 일상적인 정물들, 오히려 그것들은 그의 시에 흘러나오는 고요한 클래식 음악의 리듬과 함께 그녀가 처한 세상을 교묘하게 일그러뜨리는 데 기여한다. 눈부시게 아름다운 자연은 세계의 온갖 추와 악을 고요하고 평온하게 뒤덮음으로써 세계의 부조리가 내부에서 흔적도 없이 봉합되도록 하는 역할을 할 따름이다.

　　일그러진 세상에서 일그러진 자연은 자아와 행복하게 만나지 않는다. 자아와 자연의 동일시로 이루어지는 행복한 시적 서정성은 애초부터 불가능한 시대, 자연과 화해하지 못하고 세계와 소통하지 못하는 유폐된 지대에서 쓰여진 것이 서연우의 시들이라 할 수 있다.

숨을 쉬듯 컴퓨터를 켠다.
늘 켜져 있는 컴퓨터는 공기와 같은 존재
공기는 아무것도 하지 않았는데 다시 맑아졌다.

시간이 프레티시모로 봄을 데려왔다.

나뭇가지가 기억을 내미는 창문 사진은
바꿔 달지 않아도 바뀌는 그림 액자,
오늘은 나의 젊은 시간을 압축한 벚꽃엔딩 앞에서 입을 벌린다.

흘러가는 것에서 고여 있는 것

내 중얼거림의 공허한 되울림을 벽으로 둘러싼
공간, 언제나 같은 시선을 모으는
반경 1m, 시간이 물처럼 고이고
초상화가 된 나의 하루는 더디고 모호하다.

지나가는 것들은 지나간다.
「안티고네 콤플렉스」 부분

공기를 타고 들어오는 오후의 햇살처럼 나른한 느낌으로 감도는 위의 시에서 우리는 탄력없이 반복되는 화자의 일상들을 떠올리게 된다. 나날이 변해가는 봄의 정취, '프레티시모'라고 한 계절 흐름의 감각, 화려한 '벚꽃' 등은 그 자체로 황홀함을 자아내지만 시에서 느껴지는 정서는 그와 거리가 먼 칙칙함이다. 위의 시에서 봄의 생기는 단순한 활기가 아니라 다소 멍한 상태로 다가온다는 것을 알 수 있다. '지나가는 것들은 지나간다'는 진술에는 계절의 흐름이 시적 자아와 어떤 정서상의 유대감 없이 이루어진다는 것을 짐작하게 한다. 화려한 봄꽃 앞에서 '입을 벌려'도 그것은 의미없는 포즈일 뿐 계절에 조응하는 자아의 정서를 이끌어내지 못한다.

　세계와 호응하지 못하는 시적 자아에게 컴퓨터는 세계와의 교섭과 소통을 매개하는 가장 주요한 매체가 된다는 것을 알 수 있다. 시적 자아에게 '컴퓨터를 켜는' 일은 숨쉬는 것만큼 자동화된 일에 속한다. 그에게 '컴퓨터'는 '늘 켜져 있는 공기와 같은 존재'이다. 즉 컴퓨터는 세계와의 정서적 교감을 상실한 시적 자아에게 세계를 대신해 소통의 통로가 되어 주는 장치이다. 시적 자아는 컴퓨터와 더불어 생활을 구성한다. '공기'와 같은 컴퓨터는 시적 자아에게 없으면 곤란한 환경의 절대적 조건이 되는 것이다.

　이처럼 확고한 생활의 구성 요소로서의 소통의 루트를 확보하고 있음에도 그러나 시적 자아는 '고여있'음을 고백한다. 외부의 시간의 흐름이 '내'게 이르러서는 '더디고 모호하다'고 호소한다. '늘' 컴퓨터와 일상을 함께 하는 '나'는 '공허한 되울림을 벽으로 둘러싼 공간' 속에 갇혀 있는 존재인 것이다. '언제나 같은 시선을 모으는 반경 1m'의 공간 속에 '나'는 옴쭉달싹 못한 채 있다. '나의 하루'는 변화없이 반복되는 '나'의 판박이, 곧 '나'의 '초상화'이다. '나'의 말은

'중얼거림'일 뿐이고 세계의 다른 모든 것이 '흘러가'도 '나'는 '고여 있다'. 이는 세계와의 극단적 단절의 상황을 실증한다.

제목인 '안티고네 콤플렉스'를 통해 시인이 말하고자 하는 것은 무엇일까? '안티고네'는 오이디푸스 왕의 딸로 소포클레스가 그려 낸 비극적 인물 중 하나다. 안티고네는 왕의 명령을 어기고 자신의 죽은 오빠를 장례시켜 주었다는 이유로 무덤 밑 지하감옥에 갇히게 되고 그곳에서 자살로 생을 마감한다. 이러한 이야기에 기대어 보면 일반적으로 윤리와 욕망 사이의 갈등을 의미하는 '안티고네 콤플렉스'는 실정법을 어기고 양심에 따른 선택을 함으로써 결국 세상으로 부터 유폐되는 경우와 관련되는 것이 아닐까? 잘못된 질서에 저항하고 정의의 길을 따르지만 그것이 비극으로 이어지는 사례는 드문 일이 아니거니와, 위의 시에서처럼 세계와의 교통을 상실한 시적 자아가 겪는 '물'에 잠긴 듯한 '더디고 모호한' 심정은 곧 양심을 따랐을 때 안티고네가 겪었을 세상으로부터의 고독과 단절감에 해당하는 것이다.

　　길 위에서 죽은 동백이 웃고 있다.

　　나는 낯선 도시의 가로수처럼 서 있고
　　한 걸음 뒤가 죽음인 세상,

　　내 무력적인 두 발의 흔적이 징그럽다.

　　변주가 필요하다.

나만을 위한 나만의 리듬을 가진
구두가 필요하다.

그림 같은 풍경도 오래 머물면 불모지가 된다.

사람이 있을 곳이란 결국 사람,

지금 내 발은 당신의 가슴 속에 있을까.
내 가슴에는 당신 신발이 있을까.

느린 시간의 악보 위로 당신이 걸어간다.

그림자를 부여잡고 말 걸어본다.
환영의 끝 조심스레 당겨 본다.

구두는
기울어진 미래로 나아가는 것이 아니라
쏟아질 것 없는 과거로 돌아간다.

「아다지오」 부분

　위 시에서 제목이 되고 있는 '아다지오'의 느린 리듬 역시 시적 자아가 느끼는 세계와의 단절된 감각을 전제로 하고 있다. 그것은 도시 생활의 빠른 시간의 질서와 다른 지대에서 이루어지는 독립된 시간의 감각이다. 곧 세계와 융합되지 않는 시적 자아의 호흡의 감각이 세계와 구분되는 개별적 시간 위에 놓여 있다. 자아의 개별적 시간성 속에서 자아는 평온하거나 행복하지 못하다. '길 위에서 죽은 동백이 웃고 있'는 기괴한 영상이라든가 '낯선 도시의 가로수처럼 서 있는 나'는 '나'와 세계가 화해롭지 못하다는 것을 말해준다. 시적 자아에게 세상은 '한걸음 뒤에 죽음'을 포지하고 있는 위험한 곳이기도 하다. 뒤로도 앞으로도 갈 수 없는 협애한 공간이 시적 자아가 처한 개별적인 공간인 셈이다.

시적 자아의 유폐적 공간은 그곳이 외부의 흐름과 무관하게 있다는 점에서 그 성격을 규정할 수 있다. 그곳은 '불모지'이다. 그곳이 어디든 '오래 머물면 불모지가 된다'고 화자는 말한다. 유폐된 곳에서 시적 자아는 '나만의 리듬을 가진 변주'를 구하고자 한다. 그것은 유폐된 자아가 존재감을 상실하지 않도록 해주는 '나'만의 호흡과 관련되는 것일 터이다. '그림자를 부여잡고 말을 건'다거나 '환영의 끝을 조심스레 당겨 보'는 행위들 또한 같은 맥락에 놓이는 것들이다. 세상과 차단된 유폐된 지대에 비현실의 환상들은 언제든 구름처럼 엉겨 피어오른다.

존재감을 확인하고자 하는 이러한 의식의 지향에도 불구하고 시적 자아가 느끼는 정서는 여전히 비관적이다. 그러나 동시에 여전히 사람과의 소통을 통한 세계와의 화해를 포기하지 않는 시적 자아의 경우 낙담과 회의, 좌절과 기대는 끊어질듯 이어지는 음악의 리듬처럼 넘실거린다. 가령 '기울어진 미래로 나아가는 것이 아니라 쏟아질 것 없는 과거로 돌아간다'는 회의와 비관에 찬 진술, 그리고 '사람이 있을 곳이란 결국 사람'이라는 믿음 사이에는 어느 한 지점에 낙착되지 않는 시적 자아의 헤맴이 있다. 시적 자아는 전체를 에워싸는 암울한 어조 가운데 '사람'을 향한 희망을 버리지 않으려는 몸짓 또한 피워낸다. '내 발은 당신의 가슴 속에 있을까. 내 가슴에는 당신 신발이 있을까' 하는 질문은 암담과 좌절 속에 닫힌 자아가 세계와의 조응의 의지를 버리지 않고 있음을 말해주는 대목이다.

> 달라붙는 물방울과
> 흘러내리는 물방울
> 그 뒷면에 짙은 안개로 덮싸인 팬터마임의 세계가 있다.
>
> (중략)
> 엄마 우산과 아이의 우산 끝에서
> 물방울은 따로따로 탈출을 꿈꾼다.
>
> 이제 우리의 소통은 골목이 아니다
>
> 행복에도 불행에도 자유로운 세상,
>
> (중략)
> 몽상하는 텔레파시가 불어 터진 맨발 위 빗방울과 빗방울 사
> 이로 뚝뚝 떨어진다.
>
> 「디지털 네이티브」 부분

세계와 구분된 개별적이고 유폐적인 공간에 대한 묘사는 위의 시에서도 이어진다. '엄마 우산과 아이의 우산 끝에서 따로따로 탈출

을 꿈꾸는 물방울'은 누구와도 융합하지 못하는 자폐적인 자아의 초상을 형상화한다. 자폐적 자아에게 소통은 '이제' 어디에서도 찾을 수 없다. '소통'에의 기대는 소리없이 포기되고 자아는 '행복에도 불행에도 자유로운' 그림자같은 존재로 남는다.

자아에게 소통의 통로가 되었던 디지털 매체는 '디지털 네이티브'에게 과연 무엇인가? 무한 소통의 상징이 되는 '와이파이'는 여전히 시적 자아에게 희망의 수신기에 해당하는가? 시적 자아의 '몽상'은 '와이파이'와 마찬가지로 '텔레파시'의 전파가 일으키는 자아 확인에의 몸짓이라 할 수 있다. 그러나 이러한 시도에도 불구하고 사태는 호전되지 않는다는 것을 짐작할 수 있다. '빗방울과 빗방울 사이로 뚝뚝 떨어지'는 텔레파시는 사람과 사람 사이의 단절과 거리를 암시하고 있으며 '와이파이 구름이 지구를 둘러싸'는 형국은 소통의 매개체가 오히려 소통의 장애가 되는 아이러니한 상황을 나타낸다. 진보된 전파 매체의 환경은 자아와 자아 사이를 가로막고 지구를 구름처럼 에워싸 두껍게 내리누른다는 것을 알 수 있다. 이 속에서 시적 자아는 서로 제각각인 '물방울'의 세계가 '짙은 안개로 덮싸인 팬터마임의 세계'라 말함으로써 그곳이 소통이 부재한 침묵의 세계, 외부와 차단된 암담한 세계임을 나타내고 있다.

세계로부터 유폐된 '디지털 네이티브'에게 현실은 더 이상 실재하는 현실이 될 수 없으며 아름다운 자연 역시 정서적 동일감을 얻지 못한다. 자아는 그 어떤 것에도 실재감을 느끼지 못하는 아득한 상태가 된다. 그는 고작 '아파트 처마 밑에서/ 뱅갈 고양이가 잠시 빌려준 평화로움으로 웅크린' 채 '노란 수선화'를 응시하고 있다. 그러한 '나'는 이미 인간 관계에 있어서도 '발버둥 치는 사랑에 눈 뺏긴' 맹목의 자아이다.

> 수없이 껍질을 깎는 주관적이라는 시각 속에서 나는
> 존재의 유폐를 견디는 갈망과 내통한다.

> 나에게 그는
> 유혹하는 표면과는 비각된 시간의 독백
> 근원으로 돌아가려는 내면에 야생의 언덕을 세우는 부동의
>   육체

> 다른 시선이 일방적으로 규정한 나라는 존재와
> 나의 시선에 투사된 그라는 존재와
> 폭풍과 고요가 공존하는 내가 판단하는 내 모습, 사람이 어려운
> 있는 그대로를 바라보는 나의 눈빛과 그는
> 완벽한 소용돌이,

「세잔의 사과」 부분

위 시의 시적 자아는 '사과'가 그려진 '세잔'의 그림을 감상하면서 그와 적극적인 소통을 시도하고 있다. 시의 자아는 '정물화를 통해/ 다층적 시간과 공간을 누빈다'고 말하거니와 그는 그림을 보며 얻게 되는 의식이 자신이 처한 시공을 넘어서서 또 다른 차원의 시공간과의 교류로부터 빚어지는 것이라 생각한다. 또한 그는 그것이 '안과 밖이 융기와 침몰을 거듭하'는 현상, '유폐된 현실과 충돌하는 혼돈의 길을 내는' 행위라고 말함으로써, 그것이 세계로부터 단절된 자

폐적 자아의, '나'의 제한된 지대를 넘어서고자 하는 의지에 해당함을 보여주고 있다. 즉 시적 자아에게 그림은 '나' 아닌 또 다른 세계로 나아가는 통로에 해당하거니와 시적 자아는 그림과의 대화를 통해 자신의 유폐적 상황을 극복하고자 한다는 것을 알 수 있다. 이를 두고 시적 자아는 '나는 존재의 유폐를 견디는 갈망과 내통한다'고도 말하고 있다.

그러나 그림을 통한 의식의 교류에도 불구하고 여전히 시적 자아는 자신이 유폐되어 있다는 생각으로부터 자유롭지 못하다. 자신의 유폐성에 대한 생각은 끊임없이 시적 자아를 괴롭힌다는 것을 알 수 있다. 그는 그림의 표면이 '유혹'적인 것과 달리 '시간은 독백'에 불과함을 깨닫게 되며, '내면의 야생'과 상반되게 '부동의 육체'라는 아이러니를 겪게 된다. 이들은 세계와의 소통을 향한 노력에도 불구하고 그것들이 모두 유폐된 조건 내의 소통, 갇힌 회로 내의 교류임을 나타내는 것이다. 요컨대 시적 자아에게 유폐성은 결코 떨쳐낼 수 없는 항구적 존재조건에 해당한다.

실제로 위의 시는 이러한 조건에 처한 시적 자아의 괴로운 자아인식을 보여준다고 할 수 있다. '다른 시선이 일방적으로 규정된 나라는 존재', '나의 시선에 투사된 그라는 존재'라는 언급은 '나'와 타인과의 관계가 합당하게 이루어지지 못했음을 말해주는 대목이다. 인간 사이의 관계란 서로 융합되기보다는 개별적이고 일방적이라는 인식이 여기에 있다. 사람과의 소통의 불가능성은 자아의 유폐를 확고히 하는 결과를 가져옴은 물론이다. 이에 대한 시적 자아의 인식은 대단히 비관적이어서 '나'와 '그', 즉 모든 사람들은 자기 제한성을 벗어나지 못하며 그에 따라 모두는 '완벽한 소용돌이' 속에 놓인다고 말하고 있다.

> 철학자 소크라테스도 모른다
> 제작자만이 아는, 상호신뢰가 불가능한
> 드라마 인간의 조연으로 나는 무방비 출연 중이다.
> 내 배역은 유리곽 안에 사는 인형,
>
> 어둠에 드러나지 않고
> 빛에 접촉하지 않고
> 어디든 발소리 하나 내지 않고 달려갈 수 있지만
> 조명 OP도 없는 위험에 미행당하는 주연배우는 사절
>
> (중략)
> 구경과 갇힘의 시간 걸어 나와
> 허공의 시간 아래 앉았다
> 내가 참기 어려운 것은 참지 못할 것은 없다는 것
>
> 「카메라 연대기」 부분

    자아의 '상호신뢰'에 대한 절망은 '내'가 '무방비'상태라고 여기게 한다. '나'는 '조연'이며 '유리곽 안에 사는 인형'이 배역이라고 화자는 말한다. 위 시의 시적 자아는 세계와의 유대가 끊어진 그림자 같은 존재이다. 눈에 띄지 않는 배우로서 출연하는 그는 연기로 '몸의 장기들마저 모두 보여진'다는 '불안'을 느끼는 자폐적 자아이다. 더욱이 '시청자가 한 명도 없거나 한 명뿐'이라는 언급은 자아가 겪는

소통의 불가능성을 뒷받침한다.

위 시의 자아의 자폐성은 '어둠에도 빛에도 드러나지 않는' 매우 전면적인 것이다. 그는 '발소리 하나 내지 않고 달릴' 수 있을 만큼 존재감을 드러내지 않는 행동에 익숙해 있다. 그는 '주연배우는 사절'할 정도로 스스로를 유폐시키는 자이며, 어쩌면 그는 '잠들 때마다 깨어나지 않게 해달라 기도하는' 적극적인 자폐자일 수도 있겠다.

적극적인 자폐자인 그의 삶은 불온한 것이다. 세상은 그에 의해 비판되지 않고 그에 의해 거부된다. 세상은 온전하건 온전하지 않건 간에 그로부터 분리되고, 그 후 그는 세상에 대해 어떤 미련도 두지 않는다. 그는 세상에 대해 어떤 정서적 전유도 보이지 않는다. 세상에 대한 피해의식이라거나 갈망이라거나 어떤 태도도 그는 지니고 있지 않다. 자폐적 자아는 철두철미 '주관적'인데, 그러한 상태에 관해 그는 어떤 결여나 결핍을 느끼지 못한다. 「디지털 네이티브」에서 보았듯 그는 '행복에도 불행에도 자유로운' 완전한 초월자이다. 그는 완전한 자폐적 공간 속에서 온전히 살아가고 있는 것이다. '내가 참기 어려운 것은 참지 못할 것은 없다는 것'이라는 발언은 자아가 자폐적 공간 속에서 별다른 갈등도 없이 매우 익숙하게 살아가는 상태를 암시한다. 이러한 자아에게 세상은 아무것도 아닌 것이 된다. 그가 불온하다는 것은 이 때문이거니와 '나는 어쩌면 수배 중'이라는 말 또한 자폐적 자아의 세상에 대한 불온성에 기인하는 것이리라.

이토록 전면적인 자아의 자폐성은 무엇에서 비롯되었는가? 서연우의 시에 따르면 '상호신뢰의 불가능성'(「카메라 연대기」), '서로 간의 시선의 일방성'(「세잔의 사과」), '지구를 뒤덮은 와이파이'(「디지털 네이티브」), '안티고네 콤플렉스'(「안티고네 콤플렉스」) 등 이 모든 것들이 원인이자 결과가 되었을 것인데, 이 중 세상에 대한 환멸이 스스로를 더욱 자발적인 자폐의 지경으로 몰아갔을 것이라는 '안티고네 콤플렉스'는 세상의 부조리한 실정법에 대해 대처하는 방식과 관련하여 우리에게 시사하는 바가 크다. 서연우는 시적 자아의 자폐성의 양상을 세밀하게 그려줄 뿐 그 이상에 관하여 상세한 해명은 하고 있지 않다. 그러나 그가 형상화한 자아의 유폐성의 깊이는 갑옷처럼 두텁다는 것, 그것이 세상과의 소통을 자발적으로 차단함으로써 그 두터움이 더욱 깊어진다는 것, 그리고 그러한 자아의 세상과의 접촉면들은 기괴하게 일그러진 채 현상한다는 것 등을 통해 우리는 자아의 유폐가 자아와 사회 모두를 파괴한다는 것을 짐작할 수 있다. 자아의 유폐는 서연우가 그의 시 「안티고네 콤플렉스」에서도 잘 묘사하고 있듯이 자아를 '물처럼 고이는' 초상으로 이끌어갈 것이며 그와 함께 사회는 잘못된 실정법이 역시 변화 없이 지속되게 만드는 요인이 될 것이다. 사회 구성원들의 자발적인 유폐는 환멸의 사회를 더욱 극악하게 몰아가는 직접적인 원인이 된다. 이는 명백히 환멸의 사회에 대한 자아의 잘못된 대처법이자 사회에 대한 불온한 죄악이 된다. ◎『시사사』, 2014년 5─6월호

일상의 흐름 속에
접힌 의미의 돌기

− 유희선 론

세계의 의미는 어떻게 구현되며 그것은 어떻게 이해될 수 있을까? 일상을 덧없이 흐르는 시간 속에서 의미라는 것은 과연 생성될 수 있는가? 일반적으로 경제적으로 유효한 것, 다수 대중의 관심이 머무는 것, 모종의 구조화된 힘의 작용으로 말미암아 주목되는 것, 시쳇말로 유행한다거나 '뜨는 것'들이 의미화 되기에 충분한 것들이라 할 수 있을 것이다. 이처럼 의미는 사회와의 관련 속에서 구현되는 것이므로 사람들은 의미의 일부가 되기 위해 치열하게 삶을 살아간다고 해도 과언이 아니다. 반면 사회적 관계 속에서의 의미를 구현하지 않는 삶이란 의미롭지 않은 것일 터이다. 그러한 '나'는 헛살고 있는 것이자 그것은 흔히 '무의미'한 삶이라 불린다. 사회적 의미망 속에 들지 않은 무의미의 삶을 사는 이는 곧 소외된 자로 명명된다. 그들은 사회 속에서의 의미를 구현하지 못하는 자, 즉 이탈한 자에 해당한다.

사회적 관계망 속에서 의미가 구현된다고 해서 그것이 절대적인 것은 아니다. 정확히 말하자면 그 역시도 임의적인 것이고 우연적인 것이다. 그것은 필연적이거나 절대적인 것이라기보다 사회 속에 흐르는 모종의 힘의 작용에 의해 일시적으로 주목되는 것이다. 그것은 떴다가 가라앉기를 반복하는 흐름 속에 우연히 포착되는 돌기라고도 할 수 있다.

의미가 이처럼 다수 대중에 의해 사회적으로 구현되는 것이지만 그것이 임의적인 것이라는 점은 개개인으로 하여금 또 다른 주관적 의미를 구하도록 하는 요인이 된다. 사회적 관계망에서 이탈한 자가 사회적 가치와 그다지 상관없는 의미를 구현하는 것이 그것이다. 그것이 과연 '의미있는 것'인지 '무의미한 것'인지 알 수 없으되 누구든 의미화를 행하게 마련이고, 더욱이 이것이 효과적으로 의미화 되었을 때 우리는 흔히 그것을 예술이라고 부른다. 예술작품은 설령 그것이 사회적 효용성과 무관하다 할지라도 예술가의 독특한 주관성에 의해 미적 효과의 방법 속에서 의미화가 이루어진 것에 다름 아니다. 예술가를 창조자라 부르는 까닭도 이와 관련된다. 곧 예술가란 의미를 창조하는 자인 것이다.

유희선의 시는 이러한 지평, 즉 무덤덤한 생활의 조각들 속에서 의미를 찾아내는 일과 관련된다. 일상화된 시간의 흐름 속에서 시선이 머무는 순간에 대한 포착이 그의 시 안에 있다. 그의 시는 일상에 대한 전체적인 프레임화라 할 수 있다. 그런데 그때의 프레임엔 단순히 흐르는 시간만 놓여 있는 것이 아니라 일상과 의미가 동시에 포착되어 있는 형국이다. 시인은 생활 속에서 자신만의 주관적 의미화를 이루어내면서 이때의 의미소를 일상이라는 생활을 배경으로 하여 구현하고 있다. 유희선 시인에게 의미는 다분히 일상 속에서 구현되는 것이며 또한 일상의 흐름과 구분되는 것이기도 하다. 그녀의 시는 이 두 가지 국면을 동시적으로 포착하고 있는바, 이는 대개의 예술작품이 의미의 영역만을 초점화하는 것에 대비되는 창작법이라 할 수 있다. 대부분의 시가 시적 언술을 통해 의미를 구현하기 위해 힘쓰는 것을 보더라도 이점은 쉽게 알 수 있다. 유희선 시인의 경우 초점화의 대상과 비초점화의 대상이 모두 프레임에 담김으로써 그녀의 시는 일상의 한가운데 놓여져 있는 의미라는 것이 무엇이며 그것이 왜 의미인지를 우리에게 시사해주고 있다.

1

손바닥만 한 아이 옷들이 하룻볕에 다 자란 듯
담 너머로 펄럭거린다.

석양은 마당가를 온통 황금빛으로 물들이고
서쪽 빨랫줄부터 매달려오는 붉은 사과들

초록스웨터 여자가 아기를 업고 사과를 따고 있다.
사과를 딸 때마다 옆구리에 달린 조그만 두 발이 종처럼
흔들린다. 나무 그늘에 떠가는 동그란 빛들

그것은 온전한 한 컷 이미지
완벽하게 진공 포장된 순간

눈을 감는 마직막 순간까지 바람의 날개를 달고

일생을 아로새기는

단 몇 컷의 찰나, 바짝 마른 옷가지는 잘 개켜져

서럽 속으로 돌아간다. 어둠 속 빨랫줄에는 허공만 나부끼고

「르네상스로 가는 길」 부분

위의 시는 아이를 업은 주부가 저녁 나절이 되어 빨랫줄에 널린 빨래를 걷는 상황을 담고 있다. 애기엄마는 빨래를 개켜서 서랍에 정리해둔다. 위 시는 이처럼 특별할 것도 없는 일상의 시간성을 다루고 있다. 여기에서 어떠한 시적 의미가 있는 것인가? 그렇다고 특별히 미적이라거나 진리를 내포하고 있다거나 하는 부분도 잘 드러나 있지 않은 것이다.

위 시의 의미를 찾기 위해서는 같은 시의 2절에 쓰여 있는 '어느 화가'의 정체성에 대해 알아야 한다. '양파'를 그리고 있는 '어느 화가'가 묘사되어 있는 2절에서 시인은 '화가'를 가리켜 '양파그림'으로 '불멸'이 되고 '위대한 창조자의 반열'에 오르며 '마침내 자신의 르네상스에 도달한 사람'으로 설명하고 있다. 연이어 3절에서는 '물렁하게 썩는 냄새 너머 르네상스로 가는 길이 있다'고도 말하고 있다. 이들 진술들은 모두 '르네상스'를 중심으로 구성되어 있는바, 이는 시의 화자에게 '르네상스'가 의미 구현에 있어서의 최대 중심소임을 말해주는 대목이다. 즉 시적 화자가 '화가'를 매개로 말하고자 한 바는 의미의 정점이 '르네상스'와의 관련성 속에 놓여 있다는 점이다.

이 점에 비추어 1절의 의미화는 '르네상스'에 상당하는 의미의 정점을 중심으로 구축되어 있음을 짐작할 수 있다. 그리고 그것은 '황금빛', '붉은 사과' 등의 일련의 의미소들의 배열을 통해 나타나 있다

고 할 수 있다. 1절에서 시의 의미화는 '황금빛 붉은 사과'를 의미의 정점으로 하여 구성되어 있는 것이다. '황금빛 붉은 사과'가 의미의 정점에 있다고 한다면 빨래를 걷어서 개키는 인물의 일상적 행동은 의미화의 배경이 된다고 할 수 있다. 즉 '황금빛 붉은 사과'로 대변되는 의미가 일상의 시간 속에 배치됨으로써 이 전체가 하나의 큰 틀을 형성하고 있는 것이 위의 시인 셈이다.

시인에게 '황금빛 붉은 사과'는 왜 '르네상스'에 맞먹는 의미의 정점이 되었는가? '석양'에 의해 '물든 빨랫줄', 황금빛이 널린 '빨래'에까지 서서히 번지는 모습은 그것에 대해 '붉은 사과들'이라는 미적 표현을 구사할 정도로 아름다운 것이었으리라. 그 눈부신 아름다움은 '종처럼 흔들리는 아기의 두 발'까지도 미화하게 하는 것이었다. 시인은 그것을 두고 '온전한 한 컷 이미지'라 말하고 있다.

이는 시인이 구현하는 의미화가 미적 성격을 통해 이루어진다는 점을 말해준다. 시각적 아름다움, 눈부신 이미지, 인간과 환경의 조화의 순간은 화자가 말하듯 최고의 순간, 곧 '르네상스'가 된다. 시인의 관점에서 그러한 '르네상스'는 대단하고 특별한 것이 아니라 일상의 흐름 속에 놓여 있는 것이며 그 속에서 '한 컷'의 순간으로 포착되는 성격의 것이다. 우리의 생활 곳곳에는 순간순간 황금과 같은 미적 순간이 현상하게 된다. 시인에겐 오히려 그것이 특별한 것이어서 시인은 그러한 '온전한 한 컷 이미지'를 '완벽하게 진공 포장된 순간'으로 명명하고 있는 것이다.

> 모퉁이가 자꾸 말리는 집
> 훅, 바람에 날아가기도 하는 집

오그라드는 귀퉁이마다 여기저기 끌어다 모은 가구들로
단단히 눌러 놓고,
초저녁부터 잠이 든 노인정

옷장도 서랍도 열어보니 텅텅 비어있다.
어디서 다 털리고 왔는지,

다 털리고도
끝나지 않은 길이 있는지

공부를 망각한 책상
빈 옷걸이만 덜렁거리는 옷장
유모차를 끌고 먼 바다까지 밀려갔다 밀려오는 쓸쓸하고 싱
　　싱한 물결들
조개껍데기의 끝없이 둥근 노래처럼
우리는 얼마나 많은 서랍을 가지고 태어났는지

누가 저 주름진 서랍을 일일이 귀에 대어볼까
　　　　　　　　　　　「선퍼니처가 있는 노인정」 부분

　마을 한 귀퉁이에 쓸쓸하면서도 오롯이 서 있는 한 채의 노인정
건물은 그것을 바라보는 이들에게 많은 감정을 불러일으킨다. 일상
의 무료함을 달래고자 모여드는 노인들의 놀이터는 그들에게 잠시
가정에서의 갈등이나 경제적 빈곤감, 삶의 외로움 등속의 소소한 부

대낌들을 잊게 해준다. 삶의 가장 가장자리에 놓인 자들로 하여금 소속과 유대감을 느끼게 하는 노인정은 망망대해 위에 떠있는 조각 배처럼 위태로우면서도 숲속 오두막처럼 아늑한 곳이 된다. 위 시에는 그러한 '노인정'에 관한 묘사가 이루어져 있다.

우리의 생활 속에서 '노인정'이 환기하는 느낌이 단순하지 않은 만큼 시인은 그곳을 '모퉁이가 자꾸 말리는 집', '훅, 바람에 날아가기도 하는 집'으로 표현한다. 그곳은 행과 불행의 양이 엄격하게 차이가 나는 자들이 모두 한 가지 얼굴로 나와 만나는 곳이라는 점에서 '모퉁이가 자꾸 말리는 집'이고, 한정된 즐거움을 준다는 점에서 '훅, 바람에 날아가기도 하는 집'이다. 외로운 이들이 적은 즐거움을 찾아 모여드는 '노인정'에는 행복한 공간을 가꾸기 위한 쓸쓸한 손길들이 여기저기 그 흔적을 남긴다. '선퍼니처가 있는 노인정'은 그렇게 해서 탄생한 것이리라. '공부를 망각한 책상'이라든가 '빈 옷걸이만 덜렁거리는 옷장' 등 쓰다버린 가구들은 그러한 이유로 '노인정'에 들여지기 마련이다.

노인들만큼이나 늙어버린 가구들은 노인정에 꾸역꾸역 모여들어 노인정을 제법 사람이 사는 듯한 공간으로 꾸미게 된다. 그러나 그것들은 그것 이상이 되지 않는다. 가구들은 '어디서 다 털리고 왔는지' 알맹이는 없고 껍데기만 남아 있다. 가구의 행색을 하고 있지만 그것들은 무늬만 가구이지 책상으로서의, 서랍장으로서의 기능을 더 이상 발휘하지 않는다. 노인정의 가구들은 생의 끝자락에 놓인 이들이 간신히 그려놓은 행복한 생활의 이미지에 불과하다.

시인이 '노인정의 가구'에 주목한 것은 그것들이 담고 있는 이야기의 주름에 기인한다. 노인정과 가구가 만나는 지점은 넘실거리는 일상의 시간 속에서 그 흐름을 잠시라도 멈추게 하고자 하는 안간힘이 있는 곳이다. 그래서인지 그 지점은 '단단하'기도 하고 '말려' 있기도 하고, '끝나지 않은 길' 같기도 한 것이리라. 그 지점에서 잠시 쉬는 듯 침묵하고 있는 '가구'는 시인에겐 '태양이 이글대던 한낮을 건너 마지막 못 하나가 뽑혀나갈 때'를 기다리는 가구이기도 할 것이다. 요컨대 시에서 '노인정에 모여드는 선퍼니처'는 이야기의 주름을 지니고 있어 일상의 흐름에 놓여 있는 '한 컷 이미지'로 형상화될 수 있었던 것이다.

시인에겐 이처럼 일상과 사물을 대하는 자신만의 고유한 시각이 있고 이에 따라 시인은 무덤덤한 일상 속에서 한 순간 의미화의 과정을 따르게 된다는 것을 알 수 있다. 이때 의미화의 대상은 비단 사물에 한정되는 것이 아니라 인물이 되기도 한다.

> 나자로 이름은 김봉춘이었다
> 길 건너 약국 앞에서 종일 쪼그려 앉아 있던 나자로가
> 성당 휴게실에 앉아 김봉춘김봉춘김봉춘김봉춘
> 칸칸마다 빼곡하게 쓰고 있다
> 한 줄 길게 늘어선 김봉춘이
> 봄바람에 버들가지 휘어지듯 설렁설렁 춤추고 있다
> 한 바다 가득 내려앉은 나비도 자랑스럽게 펼쳐 보인다
> (중략)
> 말 같은 건 단 한 번도 해본 적이 없다는 듯
> 온 몸으로 붉게 웃는 나자로
> 작은 몸집에 반바지차림으로 훌쩍 사십인지 오십인지

학교도 장가도 다 건너뛰고
이빨 두세 개쯤은 아무렇지 않게 듬성해진 나자로가
빈 칸 없이 공책을 채우고 있다

　　　　　　　　　　　「김봉춘나자로」 부분

　세례명이 나자로인 '김봉춘'이 의미화가 될 수 있는 까닭은 도대
체 어디에 있는가? 성서에서 등장하는 '나자로'가 예수에 의해 죽음
에서 부활되었다든가 예수의 친구였다든가 혹은어쩔 수 없다는 '무
력감'을 뜻한다든가 하는 이야기들은, 여기에서 '나자로'가 단지 '김
봉춘'의 세례명인 까닭에 별다른 의미가 되지 못한다. '김봉춘'은 그
저 성당엘 다니는 몸집이 크지 않은 중년의 남성일 뿐이다. 그는 말
쑥한 차림새도 아니어서 반바지차림으로 다닌다거나 이빨도 두어
개 빠져 있는 평범한 사람이다. 조금 특이한 게 있다면 '휴게실에 앉
아' 자기 이름으로 빼곡히 공책을 채우고 있다는 점 정도다. 사회적
의미망에서 볼 때 그는 아무런 의미화가 되지 않을 법한 자이다. 부
유하다거나 지위가 높다거나 교양이 풍부하다거나 영향력이 크다
거나 하는 등등의 관점은 그와 아무런 상관이 없다.
　이러한 '김봉춘'은 그렇다면 어떤 맥락에서 의미화가 가능한 것이
기에 시인의 눈으로 포착되어 한 컷 이미지로 형상화되고 있는 것일
까? 일상과 의미를 하나의 프레임 속에 담아내는 시인이 '김봉춘'에
게서 의미의 초점을 찾을 수 있었던 까닭은 무엇인가? 사회적 관계
망이 아니더라도 '김봉춘'의 경우 어떤 측면에서든 개성이 발휘되고
있는 것인가?
　이 모든 의미화의 맥락으로부터 비껴나 있다 하더라도 '김봉춘'이

시인의 시선을 머물게 할 수 있었던 것은 김봉춘을 기점으로 일상과의 접힘이 있었기 때문이다. 무감한 일상의 시간이 아무 일 없이 흐르다가 '김봉춘'에 이르러 시간의 돌기가 형성되었던 것이다. 일상과 김봉춘 사이엔 마침내 편평하지 않은 굴곡이 형성되었고 이 지점은 다른 질감의 공간을 이루게 되었다. 그것은 김봉춘을 둘러싸고 이야기가 있다는 뜻일 터이다. 김봉춘은 평범한 일상인들이 상상하지 못하던 개인적 사연을 풀어내는 인물인 것이다.

김봉춘이 겪었던 시간의 서사가 무엇인지는 시인도 우리도 알지 못한다. 그저 그는 '어디 꼭꼭 숨었다 나타난' 사람처럼 '하얗게 처음인' 듯한 인상으로 '공책' 앞에서 '영문도 모르고 칸칸이 붙잡혀 버둥거리는' 사람으로 현상한다. 그런데도 시인은 그에게서 묘한 환영을 본다는 것을 알 수 있다. 가령 '누군가 그의 머리를 자꾸 쓰다듬는' 것으로 보이는 것이다. 또한 '무성한 가로수 이파리에 여름내 깜깜하게 가려졌던 예수상이 설핏 모습을 드러냈다 사라지'는 것처럼도 보이는 것이다. 이를 가리켜 '김봉춘'에 대한 인간적 연민이라거나 관심 정도로 표현할 수 있을까. 분명한 것은 알 수 없는 환영이 '김봉춘'을 스쳐갔다는 것, 그리고 그것이 일상에 의미의 돌기를 형성했으며 이에 근거하여 시인의 대단히 주관적인 의미화가 발생했다는 점이다. 이러한 의미화에 의해 김봉춘은 성당이라는 매우 일상적인 공간을 배경으로 하여 한 점의 프레임으로 엮일 수가 있었던 것이다.

그녀가 병원 침상에서 수박을 그린다.

누가 왔던 것일까
여섯 개의 수박이 열려져 있다
반달과 초승달로, 톱날을 산맥처럼 둘러 유독 공들였던
그림속의 그는 찢어진 진을 입고

허벅지를 슬쩍 내비치는 블라인드속의 수많은 눈동자
뜨거운 태양아래서
붉은 수박 물을 뚝뚝 흘리며
툭툭 뱉어 내던 여름날

그녀의 외출은 아름다웠는지
벗어놓은 가죽코르셋과 의족, 금빛 장신구들 낭자한
뱀들의 고향에서.

둥글고 완강하게 닫힌 일곱 번째 수박은
갈매기 눈썹위에 짧게 얹힌
그녀의 하늘

(중략)

비루한 숨통이자 살아가는 이유였을 온전한 원형
모습을 드러내지 않는 누군가가 열리지 않는 문 저쪽에서도
이미 부드럽게 썩고 있었다는 것을

「일곱 개의 수박」 부분

'병원 침상에서 수박을 그리는', '찢어진 진을 입고', 가끔 '외출'도 하는 '그녀'가 '수박'을 그리는 것은 무슨 의미인가? '여섯 개의 열려진 수박' 다음에 그리게 되는 '일곱 번째 수박'은 어떤 의미를 지니는 것인가? 이들 사이에 가로 놓여 있는 미세한 의미망은 무엇인가?

그림을 그리는 '그녀'는 보통의 일상을 겪는 평범한 사람이다. 조금 다른 점이 있다면 병실에서 그림을 그린다는 사실 정도일 뿐, 그녀에게 시간은 여느 사람들에게서처럼 똑같이 흐른다. '붉은 수박 물을 뚝뚝 흘리'는 여름이 지나가고 있다거나 외출도 한다는 것은 그녀도 일상의 한 부분일 뿐이라는 점을 말해준다. 그러한 그녀가 여섯 개의 서로 다른 모양과 크기의 수박을 그린 후 '둥글고 완강하게 닫힌 일곱 번째 수박'을 그리려 한다. 동일한 일상의 흐름 속에 있는 그녀에게 '일곱 번째의 수박'은 어떠한 의미의 맥락을 지니는 것인가?

이에 대한 어떠한 설명도 없이 시인은 '그녀'를 포함한 한 점의 프레임을 완성하고 있다. '그림'에는 그림을 그리는 '그녀'와 병원 침구, 외출 후 벗어놓은 옷이며 '의족'이며 악세서리들과 수박, 그리고 '굳게 닫힌 방문'이 담겨 있다. 우리는 이 한 폭의 그림 속에서 일상과 의미를 구분해야 하고 프레임 속 의미소가 어떻게 의미화 과정을 겪게 되는지 맥락을 밝혀야 한다.

시인이 우리에게 말하는 바 '반달과 초승달' 등으로 쪼개진 '수박'의 모양과 '둥글고 완강하게 닫힌' '수박'의 차이는 무엇인가? 시에서 그 둘 사이에는 분명한 의미의 구분이 이루어지고 있다. 단적으로 말하면 '일곱 번째 수박은 '그녀의 하늘'이다. 또한 그것은 '천적 없는 땅에서 모리셔스 섬 도도새처럼 뚱뚱해지는' 행복한 '수박'이다. 나아가 그것은 '살아가는 이유'로도 묘사된다. 이들 의미규정들은 '일곱 번째 수박'에 대한 시인의 적극적 의미 부여에 해당하거니와 이는 '일곱 번째 수박'이 '그녀'에게 구원의 의미로 환기되고 있음을 암시하고 있다. 왜 그런가? 이유는 한 가지, 그것이 '온전한 원형'을 띠고 있기 때문이다. '일곱 번째 수박'은 곧 완전성을 상징한다는 점에서 의미화가 이루어진다는 것을 알 수 있다.

한편 위 시에서 일상과 의미를 구분하는 기준이 '완전성'이라는 점은 일상의 불완전성에 기인할 것이다. 일상의 불완전성과 불행이 구원을 구하게 된다고 하는 의미의 맥락이 위 시에 놓여 있다. 가령 '온전한 원형'의 '수박'은 '바퀴달린 침상', '의족', '수만 번 두드려도 줄기차게 굳게 닫힌 방문', '발 디딜 틈 없는 묘실', '누군가 열리지 않는 문 저쪽에서 이미 썩고 있다'는 사실 등과 대비되어 맥락화 되는 것이다. 위 시에 등장하는 한 폭 프레임 속에서 일상의 한 조각일 뿐인 '수박'은 이처럼 구원의 관점에서 의미화가 가능하다. 시인은 '수박'과 그것의 배경이 되는 일상을 동시에 제시하면서 이들 사이에 의미의 구분을 이루고 있는 것이다.

위 시들에서 살펴본 대로 유희선 시인의 시작법은 특정 대상에 대한 의미화의 과정에 의해 마련되고 있다. 그런데 이때의 의미화는 일상과 더불어 구현된다는 점에서 독특하다. 일상과 초점화된 대상은 동시적으로 존재하면서 흐름 속에 일정한 접힘과 돌기를 형성하는 독특한 모양새를 띤다. 의미의 지대를 이루는 초점화된 대상은 일상과 구별되는 질감을 지닌다. 그러나 유희선의 시에서 일상의 흐름과 의미의 지대가 한 개의 프레임 속에 놓여 있으며 이들 사이의 경계가 뚜렷하지 않아 독자가 의미의 맥락을 읽어내는 일은 쉽지 않다. 더욱이 시인이 부여하는 의미화는 일반적이거나 사회적인 맥락 속에 놓여 있지 않는 것이다. 이처럼 평범한 일상에 시선을 던져 의미의 돌기를 찾아내는 시인의 시적 방법은 의미화 과정에 있어서의 매우 독특한 방법에 해당한다 할 수 있다. ◎『시사사』, 2015년 5-6월호

일상의
크레바스로부터의 탈주

– 김도연 론

　김도연의 아름다운 시를 접할 때 우리에게 가장 먼저 각인되는 것은 그녀의 서정성이 지닌 아이러니적 성격이다. 그녀의 신작시 「참나리꽃 속에 핀 여름」, 「달맞이꽃과 타로 점괘」, 「샛강에 물수제비뜨는 날」과 함께 「진달래 백서」, 「꽃들은 고개를 북으로 꺾고」 등에 표상되어 있는 일련의 아름다운 이미지들은 우리에게 강한 서정성을 환기시키지만 그것들은 동시에 예사롭지 않은 의미의 굴곡들을 숨기고 있다. 우리는 조용하고 나지막하게 들려오는 시인의 고운 음성에 취하다가는 이내 꿈에서 깨어나듯 차가운 현실의 질감에 부딪히곤 하는 것이다. 김도연의 시에 나타나 있는 표상과 의미의 이중구조는 섬세한 음률 뒤 불현듯 이어지는 불협음의 조합을 연상시킨다. 그것은 마치 편평한 장막을 찢고 나오는 고통에 찬 얼굴이기도 하고 미처 일그러진 얼굴의 굴곡마저 감추진 못하는 부드러운 스카프의 형상이기도 하다.

　그녀는 왜 '참나리꽃'이라든가 '달맞이 꽃', '진달래' 등의 아름다운 '꽃'들과 신비한 '강'의 환영 속에 삶의 이야기들을 뒤섞지 않았던가. 그녀에게 이 아름다운 자연의 대유들과 그만큼이나 아름다운 시적 언어들은 왜 온전한 생의 바탕을 이룩해주지 못하였던가. 아름다움을 다루는 시인의 섬세한 능력에 기대어 예상하게 되는 완벽한 서정적 세계는 시를 읽어나가는 동안 산산이 조각나 버리고 만다. 그녀에게 완성된 서정의 세계는 헛된 환영만큼이나 연약하고 미미한 것으로 보인다. 이는 생의 리얼리티를 알고 있는 자의 냉소적인 반응에 해당하는가 혹은 기어이 서정성에 닿지 못하는 이의 슬픈 절망을 대변하는 것인가.

세계의 미적 표상들을 좇는 집요한 유미주의자의 시선은 켜켜이 놓인 생의 국면들에 의해 쉽게 흔들린다. 세계의 도처에 놓여 있는 황홀한 미의 이미지들은 시인을 둘러싼 시간들에 엉기어 결국 부서져 버리고 만다. 반복되는 미와 추, 희망과 절망의 이중 갈피들은 그녀를 향해 소용돌이치듯 휘몰아대다가는 언제 그랬냐는 듯이 꼬리를 감춘다. 이속에서 시인은 영락없이 균형을 잃는다. 이 모든 격하고도 허무한 양상을 그림 그리듯 그려내고 있는 것이 김도연의 시이거니와, 따라서 그녀의 시에서 우리는 미의 형상들 틈으로 바닥을 모르게 곤두박칠치는 시인의 운명의 한 자락을 만나게 된다.

> 쨍그랑 금 간 일상이 사금파리마다 은빛 꽃가루를 입힌다
> 갈피 모르는 시간이 아무데서나 뒹굴고
> 희망은 그 때
> 붉은 꽃을 피워 진하고도 독한 향기 내뿜다가
> 무더기로 시들지

슬픔이란 그런 것이다

(중략)

쨍그랑 생활에 금이 가고 나도 모르는 통증을 호소하면
오소소 이빨 빠지는 악몽
사정없이 부는 태풍은 모질게 어린 꽃잎을 흔들고
덜컹덜컹 몸을 떠는 창가에서 마냥
게을러 터져 더디 가는
여름

「참나리꽃 속에 핀 여름」 부분

김도연의 시가 표상과 의미 사이의 어긋남으로 이루어져 있는 것처럼 시인에게 시간은 잔잔한 듯하면서도 광포하다. 그것은 소리없이 흐르는 공기만큼이나 고요하면서 외로운 언덕 위에 불어닥치는 '태풍'만큼이나 거세다. 그녀에게 시간은 이토록 아슬아슬한 것이다. 위 시의 한 구절에서 시인이 "쨍그랑 금방이라도 실금이 갈 듯 팽팽한 긴장감 속에 햇볕 부서진다"고 말했던 까닭도 여기에 있다. 이는 시인의 일상에 대한 사실적 묘사이자 시간에 대한 형상이다. 시간은 끝없이 이어지는 일상의 흐름처럼 무위로우면서도 바로 그 '게으름' 탓으로 무기력하거나 때로 일어나서는 안 될 사건처럼 폭력적인 것이다.

시인에게 일상의 시간이 이토록 이중적 간극으로 여겨지는 것은 일상을 채우는 '여인의 운명' 탓일 것이다. 일상이 그러한 것처럼 시인의 시간은 평온과 파괴가 뒤엉켜 있다. 그것은 '게을러 터져 더디 가는 여름'처럼 단조로우면서도 '사정없이 부는 태풍'처럼 매섭기도 하다. 일상의 켜켜들 사이에서 여전히 시인은 휘청댄다. 그녀는 '갈피 모르는 시간이 아무데서나 뒹굴고' 있다고 하거니와 시간의 이중성 앞에서 그녀는 흔들리는 '어린 꽃잎'이다. 양면적 시간의 사태는 그녀를 어쩌지도 못하게 옭아매서는 그저 유리창에 갇힌 채 '덜컹덜컹 몸을 떠는' 존재로 전락시킨다.

그녀에게 일상은 강력하게 'No'라고 선언할 수도 그렇다고 'Yes'라고 순응할 수도 없게 만드는 것이다. 그것은 사랑하기에는 속을 알 수 없이 음험하고 거부하기에는 너무도 밀착된 요령부득의 타자와도 같다. 일상의 시간으로부터 시인은 홀가분하게 벗어날 수도 없고 마음 편히 안주할 수도 없다. 시간이 구속으로 다가오는 것도 그 때문이고 시간의 틈새에서 짙은 '슬픔'을 느끼게 되는 것도 역시 이 때문이다. 이는 일상의 시간을 '여인의 운명'과 관련시키는 것이 결코 비약이 아니라는 것을 말해줄 것이다.

실제로 위 시의 자아는 이해할 수 없는 부침으로 반복되는 일상의 시간들 앞에서 뚜렷이 항거도 못한 채 속수무책이다. '불운을 만나도 어이없이 웃어야 하'는 그녀는 '불쑥 앞단추 하나 툭 떨어뜨리'고 어리둥절해하는 '슬픈' 운명의 '여인'일 뿐이다. '쨍그랑 생활에 금이 가'는 모습도 그저 지켜보아야 하는 그녀는 역시 슬픈 운명의 여인인 것이다. 이처럼 '마른침 삼키며 뜬 눈으로 불면증'을 견디거나 잠이 들면 '오소소 이빨 빠지는 악몽'에 시달려야 하는, 그러면서도 '거울을 박살내'기는커녕 '정중히 긴 머리카락을 싹둑 자르는' 그녀의 시간을 두고 '여인의 운명'과 연루시키지 않을 도리가 없는 것이다.

> 그 때 그 시간 거기에서는 항상 맥없는 반나절이 기울고
> 무덤덤한 말초신경
> 일상을 탓하기도 전에 미리 초저녁이 왔고
> 다소곳이 고개 떨군 우리들은
> 갈 곳이 마땅치 않다
>
> 한때 극단적인 변화를 꿈꾸었으나 모든 걸 포기하고
> 너와 나는 만나면 서로
> 모른 척 웃었지
>
> 허리 꺾인 꽃 같은 내력이 있어 자신도 모르게 숨고 싶은 걸까
> 무슨 관심사를 쏟아 부을 듯
> 달맞이꽃 노란 꽃을 손바닥에 짓이겨 향긋한
> 그 향기를 콧등에 찍어 발랐다
>
> 「달맞이꽃과 타로 점괘」 부분

　시간의 강한 끈은 자아에게 어떤 것도 허용하지 않는다. 굴곡진 운명을 감추고 있는 일상의 시간이 자아에게 자유나 평온을 쉽게 줄 리 없다. 일상적 시간의 틈바구니 속에서 자아는 늘상 기웃거리며 행복을 갈구해야 하지만 그것이 온전히 주어지는 일은 별로 없는 것이다. 시간은 여전히 '맥없이' 흐를 뿐이고 사랑을 향한 꿈은 '무덤덤하'게 시들어간다. 시간과 운명의 굴레 속에서 '우리들은' '다소곳이

고개를 떨군' 채 일상으로 되돌아와야 한다.

　'달맞이꽃 노란 꽃을 짓이겨 향기를 찍어 바르'는 행위는 '타로점'을 치는 것과 마찬가지로 일상의 굴레를 넘어서고 싶은 자아의 간절하면서도 무위한 일에 해당한다. 견고한 운명의 굴레에 갇혀있는 여인에게 실질적인 탈주선을 제공해 줄 수 있는 일은 무엇이 될까. 위시의 자아는 때로 '위험한 사랑을 유혹하는 흉내'를 내지만 결국 그것은 '객쩍은 봄날의 장난'으로 끝나버리곤 한다. 그렇다고 '타로점'이 희망을 줄 턱도 없지 않은가. 그것은 어쩌다 마주한 '우리'가 '자포자기 상태로' 꿈꿔본 '막연한 기대'에 불과한 것이다.

　아닌 게 아니라 '타로의 점괘'는 그다지 신통치 않다. 시인은 '폭우에 떠내려갈 듯이 열아홉 번째 잃어버린 약속이 저기압 골에 갇혀있군요' 하는 야릇한 점괘를 소개하고 있다. 막다른 곳에 처한 '여인의 운명'을 시원스럽게 해결해줄 기회를 '타로점'은 제시해주지 못한다. 어떤 일을 하든지 그녀가 '운명'에 갇히게 될 운명은 뒤바뀌지 않는다. 그녀에게 음험하고도 굴곡진 시간은 오로지 그녀의 것이다. 그녀가 그로부터 벗어나고자 몸부림치면 칠수록 시간은 더욱 그녀를 감싸는 끈적한 끈처럼 그녀의 몸을 휘감게 될 것이다. 심지어 도피를 위한 '우리'의 '사랑'도 더욱 깊은 '수렁'을 만들 뿐이다. '여인의 운명' 앞에서 탈주를 위한 어떤 시도도 '어설프'고 '불필요'하며 '공허'하기만 하다. 탈주를 위한 시간들은 위 시의 자아로 하여금 이점을 점점 더 뚜렷이 인식시키는 과정에 불과하다. 여전히 그녀는 '슬픈 여인'의 운명으로부터 한 발짝도 벗어나지 못하였던 것이다.

마음은 푸른 날개를 달고 어디로든 날아가고 싶은데

언제 어디로든 날려 보낼 가난한
노래를
가둬 둔 나날

마음 들썩들썩 공중 높이 경쾌하고 솟구쳐 오르고 싶은
그런 날은 샛강에 나가
물수제비를 떴지

(중략)

첫사랑을 만나 가슴 부풀었지만 꿈에 절어 길을 잃고
헤매던 끝에 절뚝거리며 찾아간
그 강가 그 자리에서
돌팔매질,
물수제비나 뜨곤 했지

저물어버린 나이에 목숨 걸고 찾아올 사랑은 결코 없겠지만
네잎크로버를 찾아 헤매던
그 예쁜 손으로
다량의 수면제를 목구멍에 쏟아 부을 일
그런 일이 생긴다면
강가에 나가

속 시원히 물수제비나 떠야한다

「샛강에 물수제비뜨는 날」 부분

'여인'이랄 것도 없는 어린 시절의 시인에게 세상은 눈에 보이는 그대로 아름다웠을 것이다. 하늘은 계절마다 시간마다 다채로운 빛깔로 마음을 설레게 하였을 것이며 풀이며 강이며 어느 것 하나 소중하고 신비롭지 않은 것이 있었을까. 시간은 흘러가는 것 자체가 안타깝게 여겨져 켜켜마다에 꿈과 희망과 사랑을 차곡차곡 채워넣었던 시절이었던 것이다. 책갈피에 끼워넣을 네잎클로버를 찾아 풀숲을 뒤지던 것도 그 시절이고 사랑을 꿈꾸며 작은 메모장에 빼곡히 끄적였던 것도 그 때였을 터이다. 그때엔 눈에 보이는 것과 감추어진 것들 사이의 괴리라든가 균열은 상상되기 힘들다. 세상은 꿈꾸는 그대로 또 그만큼 아름답게 표상되곤 하였다.

보이는 것과 보고자 하는 것 사이에 분열과 간극이 없는 때란 말 그대로 행복한 순간이다. 그 안에 허위와 위선과 배신이 있을 수 있던가. 시의 서정성이 완전한 형태로 이루어질 수 있는 것도 그 순간이다. 그러나 지금 위 시의 자아는 더 이상 과거의 '예쁜 손'과 동일한 자가 아니다. 지금의 시인은 과거의 소녀 시절을 오히려 '비눗방울 같은 무지갯빛 같은 꿈에 매몰당한' 시대였다고 말한다. 많은 시간이 흐른 것이다. 그 시간들이 '슬픈 여인의 운명'을 만든 지금 세상은 온전한 꿈과 희망의 그것이 아니다. 세상의 아름다운 표상은 흐릿한 잿빛으로 번져있을 뿐이다. 시인은 아름다운 봄을 '덧없다'고 말한다. '마음은 어디로든 날아가고 싶은데', '마음은 들썩들썩 공중 높이 경쾌하게 솟구쳐 오르고 싶은'데 지금의 '나'에게 '푸른 날개'

는 없다. 너무나 오랜 시간 '가난한 노래를 가둬' 두었기 때문이다.

　'철없는 호기심'에도 '겁없는 자기애'에도 빠질 수 없는 지금 '길을 잃고 헤매'는 자아가 할 수 있는 일은 강물을 향해 '돌팔매질'이나 하는 것 정도이다. '절뚝거리며 찾아간' 그곳에서 지금의 자아가 할 수 있는 일이란 '겁도 없이 위험천만한 징검다리를 건너뛰는' 일 대신 '애먼 돌멩이를 주워서 자꾸자꾸 강물에 던지'는 것이 고작이다. 오랜 시간은 강물의 실제 깊이를 가늠하게 해주었고 굴곡진 운명은 푸른 비상의 불가능함에 익숙해지도록 길들였다. 자유와 상승을 향한 고귀한 꿈들은 운명의 굴레 속에서 힘없이 소멸해갈 뿐이다.

　따라서 하염없이 이루어지는 '샛강에 물수제비뜨는' 일에는 많은 의미가 함축된다. 그것은 '그 강가 그 자리에서' 꾸었던 사라진 꿈들에 대한 회한과 그리움을 담고 있으며 현재의 허망함과 좌절을 '수장'시키고자 하는 열망과 의지 또한 담고 있다. 또한 그것은 '다량의 수면제를 쏟아 부을 일'로 부대끼는 시간에 '속 시원히' 위안을 주는 일이기도 하다. 뿌옇게 가라앉은 강가에서 '물수제비뜨'며 지나간 기억을 다시금 떠올리는 일은 비록 과거의 희망과 사랑을 돌이켜 주지는 못할지라도 현재의 자아로 하여금 아름다운 서정의 한 순간을 회복하게 해주는 일일 것이다.

> 갑작스런 사월의 강설
> 모질게도 꽃잎 짓밟아 한동안 소란 피우고난 뒤에서야 바람에
> 날개 접는 꽃들
> 꽃들은
> 죽어서도 꽃무덤 공동체를 이루고

노래는 비에 젖어 시체로 눕는다는 것을
계절은 알고 있었을까

태양은 골목길 끝자락에 와서 고개를 동남향으로 돌리려다가
떠나기 싫은지 투닥투닥
오가는 빗줄기 사이사이 꽃의 행간을 넘나드는
새들은 하얗게
하얀 기억을 쏟아 붓는다

석 달 열흘간 기차와 버스를 갈아타고 꿈속의 계단을 찾아 힘겹게
물병자리에 올라온 나는
왜 여기서
홰를 치는 것일까

간결한 눈망울 빤한 거짓말로 밝은 표정을 짓는 데이지 꽃이
파랑새가 되어
날개 파닥이는 봄날

꽃들은 고개를 북으로 날아간다

「꽃들은 고개를 북으로 꺾고」 부분

절박한 '사랑'으로도 찬란했던 '기억'으로도 극복되지 않는 운명
을 두고 시인은 '사월의 강설'에 짓밟힌 '꽃'의 이미지를 찾아낸다.
'꽃'의 화려함을 시샘하는 시간의 장난은 '사월'에도 때 아닌 눈을

뿌려대는 것이다. '강설'은 연약한 '꽃잎'이 예측할 수 없었던 만큼 '갑작스럽'고 '모진' 것이었다. '강설'과 '꽃'의 관계는 '운명'을 이기고자 하는 '여인'과 다르지 않다. 꽃으로 피어나고자 하는 여인에게 시간의 구속은 깊디깊은 크레바스처럼 절망적인 것이다.

그러나 겨울이 혹독하고 수렁이 깊을수록 이로부터 탈주하고자 하는 욕망 또한 강해지는 것이리라. 그리고 그 욕망은 때로 일탈을 야기하기도 하고 때로 죽음을 불사하게도 할 것이다. 운명으로부터의 탈주 의지는 거침이 없어서 어떤 주어지는 한계라든가 장애를 향해서도 돌진하는 추진력을 발휘하게 될 터인데, 이는 자아를 옭죄는 운명의 힘이 얼마나 견고한 것인가를 짐작하게 하는 대목이 된다. 시인이 위 시에서 '꽃들은 죽어서도 꽃무덤 공동체를 이룬'다거나 '노래는 비에 젖어 시체로 눕는다'는 이미지를 제시하고 있는 것 또한 이러한 정황과 관련된다.

시인은 '계절'에 대항하는 '꽃'의 투쟁에서 '꽃'의 편을 들어준다. '떠나기 싫어하는 태양', '꽃의 행간을 넘나드는 새들', '새들의 하얀 기억들' 등의 아름다운 이미지들은 모두 '꽃' 주변에서 '꽃'의 꿈을 응원하는 상징물들이다. 잔인한 사월의 계절에 저항하는 '꽃'과 '새'와 '태양'의 벨트는 미적 표상을 이루면서 강한 탈주선을 구축한다. '꽃'의 의지는 운명을 넘어서고자 하는 모든 욕망이 그러하듯 '죽음'을 넘어서 있다. '꽃'은 그것이 '빤한 거짓말'이라 할지라도 '밝은 표정'으로 '푸른 비상'을 꿈꾼다.

'파랑새가 되어 날개 파닥이는 꽃'이 시적 자아의 객관적 상관물임은 물론이다. '나' 역시 탈주를 꿈꾸며 허우적대는 존재이기는 마찬가지이기 때문이다. 운명의 구속으로부터 벗어나 자유를 회복하고 싶은 '나'의 욕망과 의지는 그 무엇에 비견할 수 없을 정도로 강렬하다. '석 달 열흘간 기차와 버스를 갈아타고' 여기에 이르기까지 '나'를 이끌어주었던 것은 바로 탈주 욕망이다. 그 길은 결코 순탄치도 선명하지도 않아서 시적 자아에게 그것은 '꿈속의 계단'처럼 여겨졌다. 그만큼 그 길은 헤매임과 주저함을 내포하는 것이었을 터이다. 그러나 위 시의 자아는 방황과 머뭇거림을 '계단' 삼아 '힘겹게' '여기'에 이르고자 하였음을 알 수 있다. 마치 '꽃들이 고개를 북으로 꺾고 날아가'는 것처럼 결연하게 말이다.

지금까지 살펴본 것처럼 섬세한 서정적 언어를 지닌 김도연의 시는 표상된 이미지만으로는 납득하기 힘든 의미의 굴곡을 담고 있다. 그것은 그녀의 일상에서 비롯된 시간의 힘겨움이기도 하고 좌절된 꿈과 사랑 같은 것이기도 하다. 운명의 굴레라고 말할 수 있는 이들 요소는 미적 시선을 추구하는 시인에게 깊은 절망과 슬픔을 안겨주는 요인이기도 하다. 그러나 시인은 절망의 무게에 자신을 내맡기지 않으려 한다. 그녀는 그가 부여잡을 수 있는 모든 끈들을 붙잡고 깊은 질곡으로부터 벗어나고자 한다. 그녀의 시는 그러한 과정에서 겪게 되는 운명의 표정을 담고 있다 하겠다. ◎『시사사』, 2016년 7–8월호

생과 사의 양면적 사태로서의
일상에 대한 기록

– 김소연 론

　　김소연의 시는 사소한 일상에 대한 리얼리티를 바탕으로 하고 있다. 그녀의 시적 소재는 지극히 평범하고 소소한 일들이다. 삶의 특별한 체험들 속에서 감동과 깨달음을 끌어내는 일반적인 시의 생산 과정은 그녀의 시에서 찾아볼 수 없다. 소재로서의 일상은 편린 그대로 던져진 채 조각이불처럼 이어져 있다. 시인은 그들 일상들에 대해 의미의 재구성을 하는 대신 평평한 거울을 들이댈 뿐이다.

　　일생동안 반복되는 것이므로 무의미하게 여겨지면서도 그것 없이 삶이 구성되지 않는 일상이란 아름다운 것인가 비루한 것인가, 가치로운 것인가 무용한 것인가. 그것은 지극히 선한 것인가 속되고 추악한 것인가. 전자이면서 후자이기도 하고 전자가 아니면서 후자도 아닌 일상의 양가성은 인간으로 하여금 두 사태들 사이에서 영원히 널뛰게 한다. 일상을 살아가는 인간들이란 무의미하면서도 불가피한 일상에 의해 지치게 마련이다. 인간에게 '일상'은 살아있는 동안 영원히 헤매게 하는 고질적인 사태다.

이런 점에서 인간은 일상에 갇힌 자라고 할 수 있다. 인간은 일상의 굴레에서 벗어날 수 없으며 일상은 인간을 얽어매는 올가미가 된다. 영원히 탈출할 수 없으면서도 영원히 탈주 충동을 일으키는 일상은 감당하기 힘든 타자이기도 하다. 인간이 늘 꿈을 꾸어야 하고 환상을 품고 살아야 하는 까닭도 여기에 있는 것이 아닐까. 단일한 국면으로 이루어져 있지 않아 언제나 불안과 혼돈으로 점철되기 마련인 일상의 굴레로부터 인간은 자유로워질 수 있을까. 늪과 같은 일상의 깊이에 빠져 익사하지 않을 수 있는 길은 무엇일까.

음식을 먹는 일, 자다가 꿈꾸는 일, 물건을 사는 일과 같이 일상 중에서도 가장 소소한 면면들을 다루고 있는 김소연 시의 의미는 '일상'이 무엇이고 일상 중의 행복이란 무엇인지를 조용히 말해준다는 데 있다.

부추를 먹는 동안엔 부추를 경배할 뿐

저편 유리창으로 젓가락을 내려 놓는
너의 모습이 보였는데
왜 그렇게 맨날 억울한 얼굴이니

병이 멈추었니
비명이 사라졌니

나의 병으로 너의 병을 만들던 짓을 더 해주길 바라니
예의를 다해 평범해지는 일을 너는 경배하게 된 거니

(중략)

아무 것도 이해하지 못했는데

모든 것이 익숙해져 버렸지

익숙해져버린 나를 적응하지 못한 채 절절매지

젓가락을 들어올려

전을 다 먹을 뿐

만약 이 세상이 대답이었던 것이라면

그 질문은 무엇이었을까

더 강하고 더 짙은 이 부추였을까

　　　　　　　　　　　　「경배」 부분

　'좋아하는 친구가 베란다에서 키운 부추를 줘' '전'을 부쳐 먹는
모습을 배경으로 하고 있는 위의 시는 의미의 두 축을 교차시키면서
전개되고 있다. 하나는 '부추'를 씻고 부치고 먹는 등의 사소한 일상
적 조각들의 축이고 다른 하나는 '유리창 너머로 보이는 너'의 '억울
한 모습'과 그로부터 촉발된 사념의 축이라 할 수 있다. 이 두 축은
즐거움과 칙칙함의 어조로 구분된 채 서로 침투되고 교차한다. '나
란히 누운 부추를 찬물에 씻'어가며 만든 '부추전'을 먹는 일은 즐거
운 일이다. '젓가락을 들어올려 전을 다 먹는' 화자의 모습에는 맛있
는 음식을 먹을 때의 흥이 그대로 드러나 있다. 그러나 이 즐거움은
'저편 유리창으로 젓가락을 내려 놓는 너의 모습이 보이'자 찬물 끼
얹은 것처럼 사라진다. '맨날 억울한' 듯 일그러진 얼굴을 하고 있는
'너'는 생에 대해 환멸을 품고 있는 자로 여겨진다. 즐거이 음식을 먹

고 있는 '나'는 그러한 '너'를 보며 복잡하고 우울한 상념에 빠져든다.

'너'는 일상의 즐거움과 대비되면서 일상의 의미를 질문하는 계기가 된다. 시적 정황에 의하면 '너'는 '나'와 함께 평소 '평범한' 일상적 삶에 대해 이야기하던 자로 판단된다. 이들은 평범함을 혐오하면서 평범한 삶에 '적응'하는 일을 죄악시했던 것으로도 짐작된다. '너'와 '나'는 평범한 일상에서 의미를 찾지 못했기에 이에 익숙해지는 것을 경멸했던 것이리라. '예의를 다해 평범해지는 일을 경배하'는 행위는 일상을 받아들이기 위해 과도하게 애쓰는 일종의 제스처로 보인다. 일상은 배척되는 것이므로 이에 적응하는 일은 한껏 애를 써서 이루는 것이라는 생각이 엿보인다. 실제로 시의 화자는 '아무것도 이해하지 못했는데' '익숙해져버린 나를 적응하지 못한 채 절절매'고 있다고 말하고 있다.

일상에 대한 회의적인 사념들을 '나쁜 생각'이라고 할 만큼 화자가 일상에 대해 자의식을 갖는 것은 왜일까? 위 시의 경우처럼 때로 즐겁고 단순한 일상을 받아들이는 일이 배격되는 까닭은 무엇 때문일까? 실제로 일상은 죄악시되어야 하는 것인가? 평범함과 반복성에 의한 일상의 무의미성은 어느 정도 경계되어야 할 것이다. 새로울 것도 없이 이어지는 일상은 지루하고 무가치한 것이 될 수 있기 때문이다. 그런데 위 시의 정황은 이같은 차원을 넘어서 생에 대한 근본적인 회의를 내포하고 있다. 화자는 일상을 사는 일에서 세상에 태어난 의미를 얻지 못한다고 여기거니와, 단지 목숨을 부지하기 위해 사는 것이라면 인간이 사는 이유는 무엇인가 하고 질문하고 있다. 생활의 유지를 위해 열정을 바치고 산들 죽음을 피해할 수 없다는 점은 삶 자체에 대한 근본적인 회의를 일으키지 않을 수 없다. 왜 사는가, 삶의 목적은 무엇인가. 이 알 수 없는 질문 앞에서 화자는 '이 세상이 대답이었던 것이라면 그 질문은 무엇이었을까' 하고 말한다. 일상에 대한 이와 같은 자의식은 「너의 포인세티아」에도 잘 나타나 있다.

밤이 왔다고 속이기 위해
포인세티아에게 검정 비닐을 덮어두면
빨갛에 물들 수 있다 했지만 너는 차마 그렇게 하지 못했고
새파란 포인세티아에게 메리 크리스마스 하고
인사하게 되었다며 너는 웃었다

누군가 내 눈을 가리지는 않았지만
너무 쉽게 나는 얼굴이 빨개졌고 너무 쉽게 다시 멀쩡해졌다
올해는 새해인사를 고르느라 아무에게도 인사하지 못했다
복 많이 받으시라는 말이 수치스러워 벙어리로 지냈다

침팬지와 살아서 침팬지인 줄 알고 산 아이에게
말을 가르쳤을 때 아이는 말을 알아듣기 시작했지만
얼마 못가서 죽어버렸다 했다

「너의 포인세티아」 부분

위 시는 각 연들이 유기적인 의미 구성을 보이고 있지 않다. 대신 각 연들은 각기 독립된 일상의 단편들로 이루어져 있다. 인용된 세 개 연들 사이에서도 의미의 관련성은 거의 없다. 각각의 연들에 등

장하는 소재들은 우연히 선택된 일상의 편린들이다. 각각은 그 자체로 일상의 일 장면들에 해당할 따름이다. 시인은 이들 일상들을 완성된 의미로 구조화시키는 대신 조각이불 붙이듯이 나열하고 있다.

크리스마스를 상징하는 대표적 장식물인 '포인세티아'는 밤이 낮보다 긴 날이 일정 기간 지속되면 잎이 꽃처럼 빨갛게 물든다고 한다. 위 인용된 첫 연에서 화자가 '검정 비닐을 덮어두'는 것은 파란 포인세티아의 잎을 빨개지도록 하기 위한 것이다. 시인은 '포인세티아'를 통해 크리스마스의 일상 하나를 제시하고 있다. 여기에서 '포인세티아'는 시의 제목임에도 불구하고 대표성을 가지지 않은 채 일상의 한 조각으로 던져져 있을 뿐이다.

이러한 정황은 나머지 연들에도 그대로 적용된다. '너무 쉽게 얼굴이 빨개졌다가 너무 쉽게 다시 멀쩡해지'는 것은 어느 누구에게도, 심지어 '나'에게도 그다지 큰 의미를 지니는 일이 아니다. 이는 아주 사소하고 기억되지 못할 일인 것이다. 그런 만큼 이 장면 역시 전체 시와 유기적인 연관성 없이 병렬적으로 제시되고 있음을 알 수 있다. 인용된 마지막 부분의 '침팬지와 함께 살던 아이'가 '말을 배우던 중 얼마 못가 죽어버렸다' 하는 것도 사정은 마찬가지다. 이 또한 금세 지나쳐버릴 일개 정보에 불과한 것이다.

시인이 이처럼 파편적 일상들을 유기적 의미구성 없이 나열하는 까닭은 무엇일까? 그것은 일상의 유한성과 그로 인한 무상함을 체념적으로 나타내는 것인가, 혹은 복잡한 현대사회에서 일회적이고 파편화된 일상이 만연됨을 비판적으로 고발하는 것인가? 일정한 관점에 의해 입체적으로 재구성되는 대신 거울같은 평면성에 의해 랜덤으로 조합되는 사태들은 현대인들이 그러한 것처럼 사회의 소외와 분열을 상징한다고도 할 수 있다. 분열과 소외로 이어지는 현대사회에서 일상은 가장 문명화되어 있는 것으로 보이면서도 가장 조악한 것이 된다. 시간의 마디대로 분절되고 영원한 톱니바퀴처럼 지속되는 일상은 현대인들에겐 매우 견고한 족쇄다. 일상의 반복성은 인간을 정물화시키는 방편이라고 할 수 있다. 사정이 이러한데도 일상에 적응해감에 따라 이를 자각하지 못한다는 데에 현대인의 비극성이 있을는지 모른다.

일상의 이러한 점은 시인이 일상에 대해 가지는 죄악과 환멸의 감정을 어느 정도 이해하게 해준다. 일상은 시인에게 삶의 이유와 극단적으로 대립되어 있는 것으로 보인다. 인간을 사물화시키는 일상이라면 이는 인간이 생명을 부여받고 태어났다는 사실을 무색하게 하기 때문이다. 정물이 되어 살아가는 것이 인간의 조건이라면 인간에게 목숨은 왜 있는 것인가. 위 시의 화자가 '복 많이 받으시라는 말이 수치스러워 벙어리로 지냈다'는 고백은 일상이 전제되어 있는 인간에게 새해 덕담은 아무런 실효성이 없다는 점에 기인한다. 인간에게 행복의 최대치를 기원하는 이러한 말조차 일상의 견고함에 비추어보면 효력을 발휘하지 못하는 것이다. 이는 인간에게 가해지는 일상의 억압을 말해주거니와 이로써 생명의 존재로서의 인간과 죽음으로서의 일상이 얼마나 팽팽하게 맞서는 관계에 있는 것인지 짐작할 수 있다.

일상이 죽음이라는 의미소를 지니고 있다는 점은 일반적인 얘기처럼 들리지만 사실 매우 심각한 사태에 속한다. 이미 죽음이라는 한계를 지닌 인간에게 일상 역시 죽음의 조건을 내포하고 있다는 점은 절망적인 것이다. 살아있음이 죽음과 동일한 것일진대 인간에게 산다는 것은 무슨 의미인가. 생명을 안고 탄생한 인간에게 사는 것이 죽는 것이라는 점은 견딜 수 없는 아이러니다. 결국 인간은 죽기 위해 태어난 것이 아닌가. 산다는 것이 이처럼 수지가 안 맞는 것이라면 인간은 왜 죽으려 하지 않는가. 일상이 조건화된 인간은 평생을 견디다가만 죽게 되어 있는 것이다. 이 점은 인간이 왜 그토록 괴로움에 몸부림치고 벗어나고자 발버둥치는 것인지, 살아가는 동안 왜 그토록 절망에 절망을 거듭해야 하는 것인지를 설명해준다. 일상에 의해 인간은 항상적으로 죽음에 직면해 있는 것이다.

일상에 관한 이러한 관점은 '생명'이 무엇인지 되짚어 보게 한다. 생이 이미 사를 품은 것이므로 사방이 막혀 있는 것이라면 인간이 나아갈 수 있는 길은 어디인가, 절망으로부터의 인간의 탈주가 향할 수 있는 곳은 어디인가?

생生에서 사死를 보는 시인은 평균이상으로 예민하고 쉽게 상처받는다. 그녀는 작은 것에 감동하기도 하지만 또한 작은 것에 아파한다. 보통의 사람이 무감각하게 지나치곤 하는 것이지만 그녀의 마음은 크게 움직여 호불호가 뚜렷해지곤 한다. 가령 '귀가 큰 짐승들은 어쩜 저리도 가엾게 생겼을까 그 귀로 나에게 악수를 청할 때 그 손을 덥썩 잡았'(「관족」)던 행동은 그녀의 민감한 성격을 단적으로 드러낸다. 사정이 이러하므로 그녀에겐 생의 '완전함'에 대한 감각이 있다. 「관족」과 「완벽한 세계」에는 그녀가 생각하는 '완전함', '완성'에 대한 관점이 담겨 있거니와, 그녀에게 '완전함'이란 생에서 사死가 소거되어 생명성이 극대화되어 있는 상태에 해당한다. 생이 그 자체로 온전하게 '살아있음'이 되는 순간이야말로 그가 생각하는 '완성'인 것이다.

리더들은
청중의 눈을 똑바로 바라본다

서서히 손목을 굴려서 여러 번 반원을 그린다
대관람차처럼 손이 회전한다
개방적이고 온유한
사유가 완성된다

힘차게 여러 번을 그렇게 한다
천천히 부드럽게 그렇게 한다

이윽고 그 손은 다른 손을 동원한다
열 손가락을 바깥으로 펼쳐보인다

마술사가 그랬다면
토끼가 장미꽃으로
변신하는 순간일 테지만
마침내 그 손은 턱을 괴기 시작한다

「관족」 부분

'악수만 하고도 부서지고' '마주치기만 해도 깨져버리는 나'(「관
족」)이므로 위 시의 화자에게 '관족'은 질기고 튼튼하게 지상에 서
있기를 소망하는 그의 마음을 대변한다. 그는 '관족'과 같은 강력한
발이 있어 '두 발로 서 있게 된다면 겨우 사람 같을 것'이라고 토로한

다. 이러한 그에게 아주 강해 보이는 자는 '청중의 눈을 똑바로 바라보는 리더들'이다. 화자는 리더들에게서 '개방적이고 온유한 사유'를 접한 적이 있는바, 그는 여기에서 '완성'의 이미지를 보게 된다. 그가 만난 '리더'가 보여준 '손짓'은 화자가 생각하는 '완성'에 대한 구체적인 이미지에 해당한다. '대관람차처럼 천천히 부드럽게 그리고 힘차게 회전하는' '리더'의 '손'이 그것이다. '손'은 그런 식으로 여러 번 원을 그리더니 '다른 손을 동원하'고 이윽고 '열 손가락을 바깥으로 펼쳐보'였는데, 이것이 얼마나 완전해 보였는지 화자는 그것에서 '마술사'가 마술을 부리는 순간을 연상하였다. '리더'는 결국 '영혼을 마술사처럼 꺼내어 공중에 날려보낸다'. 위 시에 의하면 이 순간이야말로 '완전함'의 정의에 들어맞는 것이다.

마술사처럼 손짓을 하는 '리더'에게 본 '완전함'의 개념은 단적으로 말해 '연속성'이라 할 수 있다. '리더'의 '손'이 부드럽게 '회전'을 하다가 그것에서 멈추지 않고 다른 손과 '이어지'는 모습, 그리고 두 손을 나비처럼 펼치는 모습은 그것이 끊기지 않고 이어진다는 점에서 '완전함'의 의미를 지닌다. 이는 일상의 사死적 요소가 야기하는 단절과 소외를 극복하는 것에 해당한다. 특히 '영혼을 공중으로 날려보내'는 행위는 곧 부채살처럼 펼쳐진 생명이 영원성을 얻는 국면으로도 이해된다. 연속과 확장이 여기에 있는 것이다. 이러한 시인의 '완성'에 대한 개념은 「완벽한 세계」에서도 확인할 수 있다.

　　빗방울이 만든 웅덩이에
　　빗방울이 모이고 있다
　　하나가 수면에 닿을 때마다

동심원이 점점더 커다래지고 있다

완벽한 세계가 나타났다
사라지는 모습을 한 아이가 바라보고 있다
무릎을 꿇고 두 손을 짚고
갸웃거리다
종이배를 띄우고 있다

출항하지도
정박하지도 않은 종이배에
다른 아이가 팔을 뻗어
작은 종이배를 조심스레 포개고 있다
「완벽한 세계」 부분

위 시는 '연속적으로' 연속성의 이미지를 형상화하고 있다. '기러기가 모였'다가 '사라지는' 순간 연이어 '거위가 다가와 주둥이를 대는' 장면이라든가 '빗방울이 모여' '수면에 닿을 때마다 동심원이 점점더 커'지는 장면은 단절도 분절도 없이 자연스럽게 이어지는 선명한 연속성의 이미지에 해당한다. 특히 '빗방울들'이 모여서 점진적으로 원이 확장되는 이미지는 사람과 사람이 융화하여 하나로 어우러지는 모습을 연상시키는 대목이다. 화자는 이러한 이미지들을 가리켜 '완벽한 세계가 나타났다'고 말한다. 여기에서 시인이 보여주는 '완벽함'의 이미지는 그가 생각하는 '완전함'의 정의와 다르지 않다. 그에게 '완전함'은 단절이 제거되고 만남과 어우러짐, 부드러움과 지속성이 있는 세계이기 때문이다. 부드럽게 이어지는 연속성은 영원성의 의미를 지닌다.

자연에는 완전함의 이미지가 가득하다. 자연에서는 인간 세계와 달리 단절이나 소외를 찾아보기 힘들다. 자연이 대부분 영원성의 상징이 되는 까닭도 여기에 있다. 그런데 시인에게 정작 문제가 되는 것은 자연 그 자체가 아니라 인간살이에 있다. 인간이 살아가는 일상에서의 소외야말로 시인의 질문에 해당하였던 것이다. 시인은 그 답을 '아이'와 '인부들'에게서 구하고 있다. 그는 이들 존재를 통해 자연에서와 같은 연속성의 이미지를 보게 된다. '한 아이가 띄운 종이배'에 '다른 아이가 팔을 뻗어 종이배를 조심스레 포개는' 모습, 그리고 '인부들'이 서로를 부르고 기다리며 '기왓장을 이고 지나가'는 모습이 그것이다. 이들은 인간의 일상 속에도 자연의 모습처럼 부드러운 이어짐과 어우러짐이 존재하고 있음을 보여주는 존재들이다.

연속성의 이미지는 위 시에 등장하는 소재들의 개별적 국면에만 국한되어 나타나 있지 않다. 자연, 아이들, 인부들은 서로서로 손을 맞잡듯이 연이어 있고 결국 동심원처럼 하나로 어우러져 있는 것이다. 기러기와 거위의 이어짐, 거위와 물웅덩이, 그리고 웅덩이의 빗방울, 그것을 바라보는 한 아이와 다른 아이, 나아가 아이들을 기다리는 인부들은 자연과 자연이, 인간과 인간이, 또한 자연과 인간이 하나로 융화됨을 형상화하고 있다. 이것이 시인이 생각하는 완전함이자 완벽한 세계다.

이처럼 시인에겐 생명성에 대한 뚜렷한 감각이 있지만 그러한 감각이 시인의 일상 속에 존재하는 사死적 요소를 제거해주는 직접적 요인이 되지는 못한다. 시인이 일상에서 접하는 연속성의 체험은 순간적이고 우연적인 것에 불과하다. 오히려 그에게 '완전함'에 대한 감각이 있기 때문에 일상은 더욱 곤고하게 다가올 수 있는 것이리라. 그 점이 시인으로 하여금 일상에 대한 환멸과 끊임없는 탈주 의지를 낳을 수도 있겠다. 시인은 다만 '완전함'의 순간을 얻고자 '사死'와 '생生'의 요인들을 분별하고 보다 경향적으로 생명에의 의지를 추구할 수 있을 것이다. 그러나 적어도 능동적이고 의식적인 의지가 아닌 수동적으로 주어지는 꿈夢에서 일상을 능가하는 생명성을 얻기는 힘들다. '꿈夢'은 일상과 등가인 것이다. 시인에게 간혹 탈주선이 되는 꿈夢은 「꿈에서처럼」에서 볼 수 있듯이 일상과 크게 다르지 않은 모습이다.

꿈에서 나는 죽었다 죽어가는 일이 참 수월했다 꿈에서처럼 나는 여섯 살이거나 열여섯 살이었다 꿈에서처럼 나는 말을 할 줄 몰랐다 꿈에서처럼 죽어라 걸어다녔다 꿈에서처럼 어디를 찾아가지는 않았다 꿈에서처럼 아무리 하루를 살아도 밤이 오질 않았다 꿈에서는 꿈꾸는 듯해본 적도 없으면서 꿈꾸는 듯 앉아 있었다 (중략)

꿈에서처럼 정물이 되어버린 피아노의 뚜껑을 열어보았다 꿈에서처럼 정물이 되어버린 아기천사의 먼지를 닦아보았다 꿈에서처럼 정물이 되어버린 가족에게 말을 건네보았다

「꿈에서처럼」 부분

일상에서의 부자유함이 꿈夢을 유발하듯 꿈에서는 일상에서 억압되었던 욕망이 실현되는 것 같지만 꿈은 일상의 연장에 불과하다.

연속성에의 지향에 따라 '죽어라 걸어다니'지만 화자는 여전히 부자유스럽고 제약을 경험하는 것이다. 꿈에서는 쉽게 '말을 할 줄 몰랐'고 '아무리 하루를 살아도' 변화가 없었다. '꿈'에서 역시 일상에서와 마찬가지로 행복에의 갈망이 있고 일상과 다르지 않게 '죽음'이 있다. 꿈이라고 해서 존재가 정물이 안 되는 것도 아니다. 요컨대 꿈은 일상의 변주이지 그것의 극복태는 아닌 것이다. 연속성을 찾아 일상으로부터의 탈주선을 추구하지만 꿈은 그러한 그에게 효과적인 지대를 제공해 주지는 못한다.

이점은 일상으로부터의 탈주가 욕망하는 것처럼 손쉽게 주어지는 것은 아니라는 사실을 말해준다. 사死적 요소를 품고 있으므로 고苦의 근거가 되는 일상은 저절로 극복되는 것이 아니라 의식적으로 생명성을 추구할 때라야 비로소 극복이 가능해진다. 일상이란 살아있는 한 완전한 탈주도 회피도 불가능한 것이므로 죄악시하는 것만으로 해결이 될 수 없다. 일상에 대한 환멸과 회의가 선善을 보장하지도 않는다. 어쩌면 역설적으로 일상 속에 문제해결의 실마리가 있을 수 있겠다. 앞의 시 「경배」에서 보았듯 '친구가 준 싱싱한 부추'를 가지고 즐거운 요리를 하는 것처럼 거기에는 죽음이 아니라 생명이 깃들어 있던 것이 아닐까. 직접 재배한 부추를 건네주는 친구의 손길로 서로간 마음이 통할 수 있었던 것이리라. 시인이 생각하는 '완전함'의 관점을 따라서 일상 속에서 연속과 소통을 구할 때 사死적 요소는 점차적으로 소멸하고 일상은 생명으로 차오르는 것이 아니겠는가. 일상의 리얼리티를 보여준 김소연의 시는 이처럼 일상이 품고 있는 생과 사의 요소를 보여줌으로써 생명에 찬 삶의 의미가 무엇인지를 통찰하도록 하고 있다. ◎『시사사』, 2015년 9-10월호

무한성과 일상성의
충돌에서 구한 시의 '말'

– 김창균 론

　그다지 특별할 것도 새로울 것도 없는 세상이 여전히 신비로운 것은 그것이 처한 시공의 무한성 때문일 것이다. 늘상 반복되는 일상 가운데서도 세상이 때로 아득하게 다가오는 것 역시 그 때문이다. 세계의 무한성은 일회적인 인간의 삶에 대하여 유현한 상상력을 제공하였음을 알 수 있다. 보이지 않는 세계에 관한 형이상학적 사유들은 대부분 유한한 인간이 미지의 세계를 이해하기 위한 치열한 궁구窮究들에 해당할 것이다. 그런 만큼 무한의 세계는 언제나 인간의 동경의 대상이 되어 인간을 꿈꾸게 하고 상상하게 하는 근원으로 작용하기 마련이다. 이점에서 무한성은 인간의 낭만주의적 태도의 연원이 된다.

　그러나 무한성이 일관되게 행복하고 아름다운 동경의 대상만이 되는 것은 아니다. 미지의 것인 만큼 그것은 공포와 두려움을 유발하기도 하기 때문이다. 유한한 인간에게 무한의 세계는 끝을 알 수 없는 광막함으로도 이해된다. 인간에게 그것은 언제든지 내던져질 수 있는 나락으로도 여겨지는 것이다. 즉 무한의 시공성은 한편으로는 한없이 그리우면서 다른 한편으로는 한없이 두려운 양면의 얼굴을 띤다. 인간의 낭만성이 뚜렷한 방향 없이 모호한 까닭도 여기에 있다.

김창균의 신작시는 사랑을 소재로 하는 시가 중심을 이룬다. 그들 시에 나타난 사랑의 페이소스는 의심의 여지없이 낭만주의적이다. 대상을 향한 끝없는 동경과 지향성은 낭만주의적 정서의 풍요함을 이룬다. 김창균의 신작시에서 그것은 '그대', '그녀', '여자' 등으로 표출된다. 그러나 사랑을 통해 나타나는 시인의 낭만주의적 태도는 그 자체로 의미를 지니기보다 기저에 놓인 시인의 무한성에 대한 감각에 비추어볼 때 그 의미가 뚜렷해진다. 시인의 세계는 보다 근원적으로 무한의 시공성에 기저를 두면서 사랑과 같은 낭만주의의 계기들로써 그 형태가 구현되고 있다.

> 나도 내 처도 그리고 어린 딸도
> 노을이 장엄하게 지는 심양의 저녁을 걷는다.
> 뒤축 닳은 구두들이 길을 딛고 가고
> 사람들은 모르는 말들을 큰 소리로 주고받으며
> 우리 곁을 지나간다
> 그 장엄한 것들에 섞여 포도 몇 송이 사고
> 거스름돈을 찬찬히 챙겨 돌아 나오는 길
> 턱, 간신히 간신히만 밝은
> 가로등 아래 잠을 청하던 늙은 노숙자가
> 내 앞을 가로막는데 불쑥

오래전 내 할머니 냄새가 났다

「백석과 함께 만주를 걷는다」 부분

우리의 일상을 이루는 것은 지금 여기에 국한된 찰나의 시간들이다. 그것은 소외되어 있다고 할 수 있을 만큼의 순간으로 이루어져 있다. '심양의 저녁'은 매일 반복되는 일상의 한 부분인 까닭에 구획된 현재성 외의 별다른 의미를 얻지 못한다. 현재에 국한된 지금 여기의 시간은 무의미하게 소멸될 성질의 것이다. 여기에서 만난 사람들이 '뒤축 닳은 구두들'이라는 대유어로 제시되는 것 또한 지금 여기에서의 시간이 무의미함을 나타낸다. 이곳에서의 만남은 그저 스쳐지나가는 것일 뿐이며 사람들은 익명으로만 남는다. 포도 몇 송이를 사고 돈을 지불하는 등의 행위는 그저 일상을 구성하는 것 외의 것이 아니다.

그러나 거리에 아무렇게나 기거하는 '노숙자'에게서 '오래전 내 할머니 냄새'를 맡는 일은 사정이 매우 다르다. '노숙자'로부터 연상된 '오래전 내 할머니'는 급작스럽게 현재를 과거에 이어붙이고 현재의 구획된 시간성을 무한의 지대로 확장시킨다. 톱밥처럼 분절된 현재를 오랜 과거로부터의 지속적 흐름 속에 연결시키는 이것은 가장 일상적인 시간 속에서 무한의 시간성을 발견하는 일에 속한다. 무한한 시간의 지대와 연결되면서 일상은 대번에 의미화를 이룬다.

이러한 사태는 '노숙자'와 '오래전 내 할머니'의 국면에만 국한되어 나타나지 않는다. 시적 자아는 '노을이 지는' 지금을 '백석'의 방랑으로, '소수림왕과 광개토대왕'의 정복활동의 시절로 무한히 연접시킨다. 지금 여기의 순간은 '나'와 '백석'과 '소수림왕'과 '광개토대왕' 등등으로 끝없이 이어진다. 시간은 더 이상 구획되고 고립되는 것이 아니라 무한성의 지대로 펼쳐진다. 무한의 시공성은 현재를 내부로부터 파괴시키면서 현재의 일상을 꿈의 지대로 변화시킨다.

위 시에서 나타나 있는 시간성은 김창균 시인의 상상의 구조를 이룬다. 그에게 일상은 일상으로 그치는 것이 아니라 그것 너머의 무한한 세계와 소통함으로써 의미를 획득하는 것이 된다. 위 시의 화자가 '백석' 등을 생각하며 '가슴에 뜨끈한 것들'을 느꼈던 것도 이 때문이다. 일상의 한계로부터 벗어나 세계의 무한성에 다다르는 일은 세계 내에서 의미를 회복하는 일과 다르지 않다. 그러나 무한의 지대로 이어지고자 하는 시인의 갈망은 긍정적인 의미만을 지니는 것은 아니다. 그것은 급기야 '이명'을 부르는 계기가 되었기 때문이다.

> 어디로 신호를 보내는지 내 귀는 고주파 신호음을 낸다
> 어떤 날은 어느 먼 역을 향해 기차 달리는 소리
> 그리하여 내 귀는 오래된 기차의 간이역
> 가끔은 봄날도 아닌데 뻐꾹새 소리
> 서럽게 짝을 부르는 그 소리에 부아가 치밀어
> 마침내 나는 귀를 버리고 싶어 진다
> 귀가 없는 동안 말들은 명랑하게 자라 너에게로 가고
> 나는 좀 더 나에게서 멀리 떠나 새 귀를 갖고 싶었다
>
> 나의 불안을 흔드는 가망 없는 병들아
>
> 「이명」 부분

위 시에는 여전히 아름다운 세계를 향한 시적 자아의 동경이 그려져 있다. '오래된 간이역'을 향한 '내 귀의 신호'는 무한의 지대에 닿고자 하는 시인의 지향성을 잘 나타낸다. 시인에게 지금 여기를 넘어서 있는 무한의 세계는 자아에게 의미를 부여하는 아름다운 세계다. 그러나 위 시에서 그러한 지향성은 단순히 긍정적 외연만을 지니는 것이 아니다. '먼 역을 향한' 그리움의 '내 귀의 신호'가 어느덧 '이명'으로 되돌아왔기 때문이다.

현대의학에서 난치병으로 간주되는 '이명'은 일상의 피로가 누적됐을 때 발생하는 고질적인 병으로 정상적인 소리와 상관없는 무언가가 들리는 증상을 가리킨다. 정상적이지 않은 소리라 하면 '지금 여기'에 소리의 대상을 지니지 않는 경우로서, 이는 곧 일상적인 차원을 넘어서 있는 소리라 할 것이다. 이점에서 '이명'은 시인이 지향하였던 무한지대와 연관된다. 구획된 일상을 넘어서 무한의 세계에 닿고자 갈망하였던 시인에게 어쩌면 '이명'은 지극히 자연스럽게 나타난 증상이라 말할 수 있다.

이점에서 지금 여기의 일상적 차원에 국한되어 있지 않은 '이명'은 단순한 병이 아니라 무한지대를 향한 열망에 대한 상징이라 해도 틀리지 않을 것이다. 실제로 위 시는 '이명'을 가리켜 '어디로 보내는 신호'라 말하고 있거니와 이는 '이명'을 일상의 차원 너머를 향한 지향성의 일종으로 형상화되고 있는 것이다. '내 귀의 고주파 신호음'은 무언가에 대한 부름의 소리라는 것이다. 위 시는 그것을 '어느 먼 역을 향해 달리는 기차 소리'라든가 '봄날을 그리는 뻐꾹새 소리'와 연관시키는바, 이들은 모두 일상을 벗어나 있는 낭만적 세계라 할 수 있다. 지금 여기의 시공성과 무관한 이들 소리는, 문자 그대로 본다면, 자아를 일상으로부터 해방시키는 자유의 소리이기도 하다.

그러나 사실상 '이명'은 괴롭기 짝이 없는 병이다. '이명'을 통해 들리는 소리는 음울하고 기분 나쁘다. '봄의 뻐꾹새 소리'에 '부아가 치밀어' '귀를 버리고 싶어질' 지경이 되는 것도 이 때문이리라. 화자가 미지의 세계를 향한 낭만적 열정을 거둬들이고 그대신 '너에게로 가고' 싶다고 말하는 것도 이와 관련된다. 그의 낭만적 열정들은 결국 '불안'을 일으키는 '가망 없는 병들'로 여겨진다. 낭만적 열정을 불러일으켰던 미지에의 동경은 그 모호함과 알 수 없음으로 인해 또다시 환멸을 가져온다. 시의 화자는 이를 가리켜 '지옥으로의 소풍'이었다고 토로한다.

무한 세계로의 동경이 '이명'이라는 결과를 낳았던 점은 무한의 세계가 단순하게 행복과 아름다움만을 내포하지는 않는다는 사실을 말해준다. 무한성의 세계는 존재에게 의미를 부여하는 근원적 지대인 동시에 불안과 공포를 유발하는 미지의 세계이기도 한 것이다. 지금, 여기라고 하는 '정상적인' 영역을 벗어난 무한의 세계는 만족뿐 아니라 불안을 야기하는 양면성을 지니고 있다. 시인에게 무한의 세계는 도달해야 하면서도 떨쳐내고 싶은 세계가 되었다.

낭만적 세계에 대한 환상과 환멸의 양가적 감정은 무한의 세계가 지닌 미지의 속성을 고려할 때 필연적이라 할 것이다. 기억과 상상을 통해 무한의 지대와 접속하고 그에 따라 존재의 의미를 느꼈던 시인이었지만 무한의 지대가 지닌 양면성은 그를 불안과 공포로 몰아넣었다. 이러한 상황에서 그가 기댈 수 있던 대상이 '사랑'이다.

망원렌즈로도 당겨지지 않는 수평선 너머를 당기며
그녀는 우산을 쓰고 해변에 서있다
백사장 위에는 괄약근 풀린 항문처럼 느슨한
새들의 발자국이 바다 쪽으로 몇 개
또 민가 쪽으로 몇 개.

어느 쪽인지는 몰라도
한번은 길을 잘못 들고
한번은 제대로 들었겠구나 여기며

나는 절정의 눈물을 단단하게 뭉쳐
그녀의 눈 속 깊숙이 앉힌다.

「단단한 눈물」 전문

주지하듯 '사랑'은 완전하고 이상적인 세계의 표상이다. '사랑'은
대상을 향한 조건 없는 동경과 열정을 바친다는 점에서 낭만주의의
중요한 지표가 된다. 세계를 향해 낭만주의적 태도를 지녀왔던 시인
에게 '사랑'이 중요시되는 것은 당연하다 하겠다. 그런데 무한의 세
계에 대한 동경과 환멸이라는 양가감정을 겪었던 그에게 '사랑'은
좀더 특수한 의미망을 띤다. 무한 지대를 향한 갈망이 '병'이 되어 돌
아왔던 시인의 경우 '사랑'은 단순히 맹목적인 감정이 될 수 없다. 그
에게 사랑은 무한한 세계에의 지향을 유지하되 그것이 내포하였던
모호성을 극복하는 차원에서 실현되어야 한다. 요컨대 김창균의 신
작시에 주로 등장하고 있는 '사랑'은 시인이 견지하고 있던 포괄적

세계의 관점에서 이해될 수 있다.

이러한 측면에 설 때 '그녀'가 '망원렌즈로도 당겨지지 않는 수평선 너머를 당기며 서있다'고 묘사되는 이유를 짐작할 수 있다. '그녀'는 단지 저 멀리 '우산을 쓰고 해변'을 거니는 피사체가 아니라 무한의 시공을 유한의 공간에 결절시키는 주체에 해당된다. '그녀'는 무한의 아득함을 지금 여기의 나의 눈앞에 뚜렷이 현시시키는 구원과 같은 존재라 할 수 있다. '그녀'를 통해 무한의 세계는 유한의 시공에서 형체를 얻는다.

무한의 세계를 꿈꾸었던 이에게 눈앞의 모든 사물은 무한과 유한의 경계에서 꿈틀거린다. 그것들은 희미함과 선명함, 느슨함과 견고함의 길항 속에서 형태를 부여받는다. 시인은 형체없이 풀어져 버릴 것 같은 아득함 속에서 단단한 결정을 얻고자 한다. '절정의 눈물을 단단하게 뭉쳐 그녀의 눈 속 깊숙이 앉히'고자 하는 시도는 이점에서 비롯된다. 시인에게 무한의 세계는 '한번은 길을 잘못 들고 한번은 제대로 들었'던 만큼 모호하였으므로 그는 지금 여기에서의 확고한 실체를 구하게 되었을 터이다. '그녀의 눈 속 깊이 단단히 뭉친 눈물'은 무한의 양가성 속에서 헤매던 자의 견고함에의 의지를 나타내는 것이다.

그런데 시인에게 구원의 실체로 다가온 '그녀'는 과연 무한의 세계를 대신할 수 있는 존재일까? 멀고도 뚜렷한 지점에 '서있던 그녀'는 단지 환상이었을까 혹은 시인의 '가슴을 뜨끈하게' 했던 무한의 시공성에 닿아 있는 말 그대로 구원의 존재인 것인가. '그녀'를 통해 '나'는 과거와 그 과거와 그 이상의 과거에 이어지는 무한의 상상을 펼칠 수 있을 것인가.

너의 깊이를 가늠하려고 강물의 표면을 건너뛴다
이 편의 힘을 실어 저 편으로 보내며 날숨이 지나간 후
한 호흡을 던져 다시 한 호흡을 딛는다.
당신의 이마를 걷는 훤칠한 아득함이여
그대를 다 건너뛰고 맞는 저녁은
물 끓는 소리에도 허기가 진다
뒤가 보일 정도로 얇아진 마음을 풀어
반찬도 없는 저녁을 먹으며
너에게 건네는 마디 하나
　　　　　　　　「물 수제비 뜨는 저녁 무렵」 부분

　'사랑'이 세계의 무한성을 대신할 만큼 이상적인 것이기는 하되 많은 경우 그것이 환상으로 그치고 만다는 것을 현실은 증명하고 있다. 아름다움의 실체로 다가온 '그녀'에게 무한의 시공성이 넘실거리는가의 여부는 시인에겐 매우 중요하다. 세계의 무한성이야말로 시인의 존재론의 핵심을 이루기 때문이다. '너의 깊이를 가늠하려'는 행동은 이점에서 비롯된다. 위 시의 '물 수제비 뜨'기의 장소인 '강물'이 '너'의 기표를 얻고 있는 것은 우연이 아니다. '너'는 '나'에게 '그대'이자 깊이를 알 수 없는 '강물'이기도 하다. 이때 시인은 '강물'에게서 '훤칠한 아득함'을 느낀다고 말하고 있다.

　한편 '뒤가 보일 정도로 얇아진 마음'은 '너'의 '깊이를 가늠하려' 들었던 행동에 대한 자의식의 표현이었을까? '강물'의 깊이를 재보고자 하였던 마음부터가 간교한 것이었을까. '강물'이 무한에 가까울 만큼 깊고도 아득한 것이었다고 그저 믿어버렸다면 상황이 달라

졌을까. 순전히 믿음만으로 그녀에 대한 무한에의 신념을 지킬 수는 없었을까. 그러기에 시인은 너무도 이성적이다. 그는 '물수제비 뜨'는 방법마저 아주 훤하게 이해하고 있어서 호흡의 한 마디마디도 정확하게 제어할 줄 아는 자이다. 모든 것들이 치밀하고 낱낱이 이해되어야 하는 그에게 환상이 자리할 여지는 없다. 물 수제비를 뜬 뒤 그는 '그대를 다 건너뛰'었다고 말한다. 이제 '물수제비 뜨던 저녁'은 '수제비' 먹는 일상의 저녁으로 환원되고 만다.

> 마치 가택연금 당했던 것처럼 금기의 말들이
> 한꺼번에 튀어 나오는 시간
>
> 내 몸에서 가장 멀리 있는 것,
> 아니 내 입에서 가장 멀리 있어
> 닿지 못하는 곳
>
> 새벽에 깨어
> 탱탱하게 불은 저 안쓰러운 말들을 만져본다
> 저녁밥을 짓던 그녀가 왔다 갔고
> 골목에서 마주쳤던 한 여자가 왔다 갔고
> 울면서 꽃을 버린 한 여자도 왔다 갔고
> 혁명을 꿈꾸던 사내들도 왔다 갔다
>
> 이데올로기가 한 시대를 자꾸 감옥에 가두어
> 혼자서는 이 부풀어 오르는 분기탱천한 말들을

어찌할 수 없다.

서로들 쉬쉬하며 금기시하는 말과 그 공화국은

늘 가까이 있건만

유연한 당신의 입과 몸은 멀리 있다.

「性器, 연민에 닿다」 부분

　그것이 무엇이었든 간에 '그녀'는 무한의 아득함과 그것의 현재적 결절점에서 만난 자이다. '그녀'는 무한의 막막한 지대에서 헤매던 시인의 삶에 형태를 부여해준 존재라 할 수 있다. '시인'은 '그녀'라는 존재를 가늠하면서 지금 여기에서의 구체적 삶을 한 마디씩 건너갈 수 있게 되었다. 막연하게 풀어져 버릴 것만 같던 그의 삶도 '그녀'를 매개로 호흡을 더해가며 일상을 채우고 있었다. '분기탱천한 말들'을 발견하게 된 것도 이 즈음이다. 지금까지의 '말'들이 '마치 가택연금 당했던 것처럼' 아득한 추상성으로만 느껴졌다면 지금은 '말'이 살아서 꿈틀대며 자신의 존재를 드러내는 듯하다. 그것을 시인은 '금기의 말들이 한꺼번에 튀어 나오는 시간'이라 일컫는다. 그동안의 '말'들이 '시대의 이데올로기'에 의해 '감옥'에 갇혔었다고 말하는 대목은 이제껏 시인에게 '말'이 친숙하기보다 부자연스럽고 멀게 느껴졌었다는 사실을 암시한다.

　존재와 가장 밀착해 있으므로 존재를 그대로 드러내는 '말'이 굴레를 벗어버리듯 '부풀어 오르'는 것은 시인의 존재의 국면이 변화하였음을 말해준다. 시인은 더 이상 막연하고 추상적인 세계에서 방황하는 대신 일상의 구체적인 세계 속에서 생생하게 살아 있다. '말'은 존재를 세계와 만나게 하는 매개가 된다. '말'이 '몸'과 하나가 되는 시점도 여기이다. '말'이 세계와의 대면의 매개인 것처럼 '몸' 역시 세계가 교차하고 통하는 지대다. '몸'은 가장 구체적인 형태로써 무한히 세계를 통과시킨다. '몸'에는 모든 시간의 흔적들이 새겨지는 지대인 것이다. '저녁밥을 짓던 그녀가 왔다 가고', '골목에서 마주쳤던 여자', '울면서 꽃을 버린 한 여자', '혁명을 꿈꾸던 사내' 등등이 '왔다 간' 몸의 흔적들은 가장 구체적이고 가까운 곳에서 무한의 시간들이 교차되었음을 말해준다. 세계로부터 소외되어 '퉁퉁하게 불어 안쓰러운' 모양을 하고 있던 '말'은 무한한 시공들을 조우하면서 '분기탱천하'고 '한꺼번에 튀어 나온다'. '몸'의 구체성이 무한과 유한을 결절시키는 지대인 것처럼 '말' 또한 무한과 유한을 통합하여 세계의 의미를 탄생시킨다.

김창균의 시에는 언제나 무한성이라는 기저가 놓여 있었던바, 그의 시는 그것을 중심으로 펼치는 끝없는 실험의 궤적이라 할 수 있다. 시인은 무한성에의 동경으로 삶의 의미를 얻고자 하였지만 그것이 그리 단순하거나 녹록한 일은 아니었다. 무한성은 지금 여기라는 유한한 세계와 대립하고 갈등하는 세계이기 때문이다. 그런 점에서 시인은 늘 방황해야 했다. 그 방황의 시간들을 따르다 보면 궁극에서 김창균의 시인으로서의 자의식과 만나게 된다. '말'에 대한 사유가 이를 말해준다. 그에게 '말'은 존재의 양상과 동일성을 띠는 것으로 무한성과 유한성 속에서 흔들리는 것이다. 이때 살아있는 말, 의미를 얻는 말은 이 둘의 국면이 팽팽하게 충돌할 때 구해지는 것이리라. ○『동안』, 2016년 봄호

어둠과 빛의
이중적 뒤틀림의 상상력

– 한상철 론

    한상철의 시에 나타난 상상력의 지형은 극소한 소실점에서 시작된다. 그것은 극한까지 밀려나 아스라이 작아진 점으로서 사람들의 북적대는 일상의 공간에서 밀려나 있으며 기쁨과 만족이 있는 '나'의 생으로부터도 멀어져 있다. 그런 점에서 그의 소실점은 세상의 끝자락에 있다고 할 만하다. 그것은 결말이자 끝이고 삶의 마지막 페이지다. 그의 시가 손에 잡히지 않을 만큼 희미하고 연약하며 때로 어둡게 느껴지는 것도 그와 관련될 것이다. 그의 소실점에 이르러서는 모든 것이 힘없이 사라질 것처럼 느껴진다.

    그것이 미약하게 보일지라도 그러나 한상철의 시에 놓여 있는 작은 점은 여전히 그의 시가 출발하는 지점이다. 마치 콜럼버스가 바다의 멀고 먼 지평선을 응시하면서 그 밖의 세계를 상상해낸 것처럼 시인에게 점차 소멸해가는 극한의 점은 새로운 세계가 펼쳐지는 지대이기도 한 것이다. 그것은 어둠으로 사라지는 동시에 새롭게 이어지는 빛을 예견한다. 또한 그것은 소멸의 극소함으로 치달아가지만 또다시 시작되는 무한의 세계를 담고 있다.

소멸이지만 또 다른 창출이고 극소이지만 무한이 되는 이러한 이중적 뒤틀림은 시인의 상상력이 지닌 극한성과 역동성을 말해준다. 그는 영원히 계속될 것 같은 시간의 지속 위에 느닷없이 닥치는 사건의 절박함을 형상화한다. 모든 사건은 언제나 한 순간에 이루어지는 법이거니와 시인은 이를 '끝'으로서 묘사한다. 이 마지막 지점은 사태를 결정해 버리는 순간이며 지속되는 시간과의 단절감으로 시인을 버겁게 하는 지점이기도 하다. 한상철 시인의 시의 극한성과 역동성은 그의 소실점이 이처럼 사태가 결정나는 지점에 놓여있다는 데에서 비롯된다. 실제로 시인에게 사태의 결정은 생의 마지막처럼 여겨지지만 그것은 또 다른 국면의 전환에 해당한다. 이 지점에서 그려지는 극단적이고도 무한하며 어둡지만 동시에 빛이 되는 시인의 상상의 문양을 더듬어가는 일이 이 글의 목표가 될 것이다.

물방울이여
떨어질 동안만 완전한 물방울이여

짧은 삶이여
「생」 전문

짧은 언어로 되어 있으면서도 위의 시는 한상철 시인의 '생'에 대한 관점을 단적으로 드러낸다. '물방울'은 우리의 시선을 아득하게 할 만큼 작은 지점에 놓인 것이면서 그 안에 '생'이 지닌 의미를 가감 없이 함축한다. 시인은 '물방울'에서 '생'의 지속적이고도 단절적인 국면을 발견한다. '떨어질 동안만 완전하'다는 시인의 지적처럼 한 개의 '물방울'에는 시간의 미세한 지속과 사태를 결정짓는 단절의 양 국면이 놀라울 정도로 담겨 있는 것이다. 시인은 '물방울'이 방울져 떨어지는 찰나의 순간 속에서 '생'의 미정형과 정형, 시간의 지속과 단절이라는 국면들을 읽어내고 있다.

위 시의 '떨어질 동안만 완전한 물방울'이 가리키듯 마지막에 이르러서야 비로소 완성을 얻는다는 점은 양가적인 의미를 지닌다. 그것은 노력 끝에 결실을 맺는다는 측면에서의 긍정적인 의미와 함께 '떨어진다'의 내포에서 알 수 있듯 비극적 의미 또한 담겨 있다. 결국 '생'이란 추락과 소멸의 끝에 이르고야 만다는 것, 삶의 완성은 역설적이게도 죽음을 포괄할 때라야 이루어진다는 생각이 여기에 놓여 있다. 밝은 전망을 그리기보다 주어진 비극을 전제한다는 점에서 위의 시엔 생에 관한 허무주의적 인식이 깔려 있다.

생의 완성이 죽음을 통해 이루어질 수 있다는 생각은 시인이 처한 상상력의 극한성을 말해준다. 그의 사유는 일상의 지대를 벗어나 있으며 추상화된 삶과 죽음의 경계에 이르러서 이루어진다. 떨어지는 '물방울'의 완전성에 대해 말하는 위의 시는 생이란 시간의 지속 한 가운데에 놓이지만 어느 일순간 죽음이라는 결정적 사태에 직면하게 되고, 그때에 미정형으로서의 생이 비로소 정형성을 얻는다는 관점을 제시한다. 이러한 시인의 관점은 흔히 아직 결정되지 않았다는 의미에서의 '미생未生'을 '생'의 반대적 의미로 보는 것과 달리 오히려 '미생未生'의 대립으로 '죽음死'을 지시하게 됨에 따라 시인의 의식이 어느 정도로 극단적인가를 말해주고 있다.

11월 하순 어느 쌀쌀한 오후 산책 길 어느 젊은 아빠와 너댓살 쯤 된 아이가 나무 기둥을 타고 겨우 기어내려 오고 있는 무당벌레를 바라보고 있다. 추위에 걸음이 무뎌진 무당벌레에게 아빠가 말한다 '무당벌레 이 녀석 어디로 가느냐' 아빠의 말에 아이가 똑같이 따라한다 '무당벌레 이 녀석 어디로 가느냐' 나도 걸음을 멈추고 무당벌레를 바라본다 그리고 갑자기 무당벌레가 되어 속으로 대답한다 '이제 죽으러'

「무당벌레」 전문

'물방울'과 유사하게 생긴 작은 '무당벌레'를 통해 시인은 여전히 생의 미완성과 완성에 대해 이야기하고 있다. 작은 '무당벌레'는 '물방울'과 마찬가지로 '미생未生'과 '죽음'의 관계 속에 자리하고 있는 것이다. 실제로 위 시에 등장하는 '무당벌레'는 오랜 동안 지속되는 시간 속에 있어왔고 '추위에 걸음이 무뎌'지는 '과정'을 겪어왔다. 그리고 '무당벌레'의 이같은 미결정성은 종국에 이르러 '생'보다는 '사'로 귀결될 성질을 띤다. '무당벌레'가 설사 아무런 사건과 변화가 없는 미정형의 상태를 계속하고자 소망한다 해도 시간은 '무당벌레'로 하여금 급작스럽게 '죽음'이라는 결정적 국면에 이르도록 할 것이다. '무당벌레'는 어떤 저항이나 절규도 없이 이와 같은 단절의 사태를 받아들여야 한다. 그것이 시간 속에 던져진 '무당벌레'의 운명이다. 인간이 그러한 것처럼 말이다.

'아빠의 말'을 '아이'가 '따라한다'는 설정은 인간에게 유전자가 동일하게 이어지듯 운명 역시 반복될 것임을 암시한다. 또한 '아빠와 아이'의 질문에 '내'가 '무당벌레'가 되어 답한다는 점 역시 인간은 통시적일 뿐만 아니라 공시적으로도 모두 같은 운명을 겪게 될 것임을 말해준다. 결국 '무당벌레'도 죽음을 향해 걸어가는 존재로서 그것의 완성은 '물방울'과 마찬가지로 죽음과 소멸을 통해 이루어진다는 관점이다.

'무당벌레'를 매개로 제시되는 삶과 죽음에 대한 시인의 인식은 여전히 비극적이다. 생을 바라보는 그의 비관적인 관점은 미결정 상태의 '무당벌레'에게 희망적이고 낙관적인 미래를 예시해주지 않는다. '이제 죽으러' 간다 하는 부정적 단언은 생에 대한 시인의 허무주의적 인식을 강조하고 있다. 어쩌면 그의 허무주의는 미결정의 '생'에 종지부를 찍듯 급작스레 닥치는 '죽음'을 비관하여 비롯된 것인 듯도 하다.

　　깃털과 깃털 사이에 무한한 공간이 있다고 너는 말하고 그 사이는 극소의 공간 뿐 공간은 거의 없다고 나는 말한다. 공간을 보는 방식의 차이라고 너는 말하고 그래서 너와 나 사이는 이미 무한한 공간 만큼이라 할 수 있는 사고의 간격이 생겼다고 너는 차갑게 말했다. 그래서 깃털 사이 공간의 크기가 너와 나 사이의 간격이 되었고 그 간격은 무한과 극소의 차이로 정의 되었다. 정말이지 엄청난 간격이라고 너는 말했지만, 사실은 단지 깃털과 깃털 사이의 공간 만큼일 뿐이다. 정말이지 깃털과 깃털 사이일 뿐이다. 그렇잖냐?

　　　　　　　　　　　　　　　　　　　　「간격」 전문

'깃털과 깃털' 사이에 '무한한 공간이 있다고 말하는 너'의 관점과

'극소의 공간만이 있을 뿐이라고 말하는 나'의 관점 사이에 '너'가 얘기하듯 '엄청난 간격'이 있든 '내'가 생각하듯 그렇지 않든 사실상 그것은 크게 중요하지 않을 것이다. 언제든 누구에게나 관점의 차이는 존재할 수 있기 때문이다. 그러나 정작 중요한 것은 '너가 말하듯' 서로 다른 사고방식으로 말미암아 둘 사이에 '엄청난 간격'이 생겼다고 하는 인식이다. 이 인식이 만들어낸 간격은 둘의 관계를 회복될 수 없을 만큼 멀어지게 할 것이며 둘은 결코 화해하기 힘들 것이다.

이 경우 역시 둘 사이에 놓여 있던 시간의 지속은 하염없이 이어지다가 급작스런 단절을 야기하게 될 것이다. 둘이 지니던 의식들은 서로 엉기고 부딪히기를 반복하는 미정형의 상태를 계속하다가 어느덧 이별이라는 결정적 사태로 전환될 것이라는 점이다. '내'가 내 관점의 옳음을 강조하면 할수록 이별은 더욱 굳건해질 것이다. '나'를 고집하는 것은 '너'와의 관점의 차이를 더욱 도드라지게 할 것이기 때문이다. 결국에 닥칠 결정성은 이들의 삶을 비극으로 이끌어갈 것이며 이들 앞에 부유하던 생의 미결정적 모습은 비관적인 사태로 귀결될 것이다.

'물방울'과 '무당벌레'에게서 '죽음死'의 국면을 끌어내었던 자라면 위 시의 자아가 맞닥뜨릴 사태 역시 부정적인 것으로부터 벗어나지 않을 것이다. 영원히 이어질 것만 같던 '너와 나'의 시간은 '너와 나 사이의 간격'을 '차갑게' 인식시키던 '너'에 의해 일순간에 정지될 것이며 본래 허무주의적 관점 속에 있는 '나'는 이를 '생'의 국면으로 전환시키지 못한 채 여전히 비극적으로 사태로 몰아갈 것이기 때문이다.

어두워져라 밤은

깊이 어두워져라

나뭇가지 사이 묻어있던 그 빛들도

꼭꼭 덮고

더 깊어져라 밤은

눈부신 빛 비치면

슬퍼져 나무 뒤로 숨는

가난한 습성

꽃향기도 어둠에 덮이고

새벽의 깨침도 없게

깊어져라 밤은

긴 안도의 숨소리로

달도 없이

「밤은」 전문

　미결정의 상황에서 사태를 곧장 비관적 국면으로 끌고 가는 시인의 부정적 태도는 위의 시에서도 그러하듯 매우 어둡게 그려진다. 그에게 갑작스레 닥치는 생의 단절은 그저 괴로워해야 할 상황일 뿐 극복의 대상이 되지 못한다. 그는 오히려 적극적으로 비관하고 보다 철저하게 부정적이다. 그러한 태도는 위 시의 자아의 모습에도 고스란히 나타난다. '어두워져라', '깊이 어두워져라'라는 외침은 시인이 지닌 생에 대한 부정적인 자세에서 비롯되는 것이다.

　위 시의 시적 자아에게 어둠은 매우 친숙한 것인 반면 밝음은 왠지 낯설고 불편한 것으로 느껴진다. '나뭇가지 사이 묻어있던 빛들도 꼭꼭 덮고' '눈부신 빛 비치면 나무 뒤로 숨는' 태도는 그의 오래 되고 '가난한 습성'에 해당한다. 그에게 '눈부신 빛'은 생에 대한 기쁜 희망으로 여겨지기보다 '슬픔'으로 다가온다. 그는 단연 '새벽의 깨침'을 부정하고 거부한다. 그의 이러한 태도는 의도적으로 보이기까지 하다.

우리는 시인의 이 같은 공고한 비관적 태도가 어디에서 비롯된 것인지 알지 못한다. '죽음'이라든가 '이별'과 같은 생의 조건들이 그를 더욱 광포하게 어둠에 휩싸이도록 했을 수도 있겠다. 그러나 이들 '사死'의 국면들에 저항하는 대신 스스로를 '짙은 안개 속으로 고립'(「눈길」)시키려는 행위는 사태를 더욱 악화시킬 것이 자명하다. 빛을 봉쇄하고 자신을 어둠 속에 가두는 것은 얼마나 무모한 일인가.

사는 게 장난 같아서 실없이 웃음 나올 때
그 틈새로 비치는 비장한 얼굴

극락전 뒤쪽
가난한 골목길에서
갑자기 얼굴 때리는 빗줄기가 시원한지 비통한지
웃음인지 울음인지 몰라
주저앉았을 때 떠나는 얼굴로
달싹이는 입술 노래

용서도 없이 흐르는 냇물 바라보다
울음 터질 때

서쪽 하늘에서

붉게 들려오는 혼 협주곡

「시詩」 전문

　긍정과 밝음을 거부하고 자발적으로 나아간 어두움의 세계에서 시인이 느낀 것은 '긴 안도의 숨소리'(「밤은」)다. 모든 빛을 차단하고 나아간 '밤'은 미결정과 결정 사이의 간격도 시간의 지속과 단절에서 오는 충격도 없이 그저 고요한 세계이다. 더 이상의 부대낌도 없이 계속되는 이러한 적막은 비관적인 자에게 휴식이 될 수도 있을 것이다.

　그러나 위의 시가 보여주는 것은 이와 같은 국면 속에서 시인에게 다가왔던 더욱 강한 허무감이다. '사는 게 장난 같아 실없이 나온 웃음'은 고립된 세계에서 겪게 된 한없는 적막감에서 비롯한다. 그곳에선 생의 부대낌이 사라진 대신 모든 분별도 사라져 진위도 선악도 분간이 되지 않게 된다. '빗줄기가 시원한지 비통한지 웃음인지 울음인지' 알 수 없게 되는 것도 이점에서 빚어진다. 여기엔 지속과 단절 등의 차이 대신 무조건적인 '흐름'만이 있다. '용서도 없이 흐르는 냇물'이 시적 자아로 하여금 기어이 '울음 터지'게 한 것도 이러한 바닥없는 허무감 때문이다.

　위의 시에 그려져 있는 이같은 불안정한 모습들은 생의 국면들을 모두 봉쇄하자 시인에게 더욱 짙은 허무감과 아울러 생에 대한 자각이 함께 밀려왔음을 암시한다. 의도적이고 자발적으로 맞아들였지만 그에게 '밤'의 고립감은 단순한 안식은 아니었을 터이다. 이때 허무의 끝 '서쪽 하늘'에서 그에게 '붉게 들여오는 혼 협주곡'이 들려왔던 것은 극한의 지점에서 시인이 조우한 삶의 또 다른 국면에 해당한다.

1

그 별에는 지평선이 있고
그 선상에 놓인 한 알의 콩은
마침내 두 장의 떡잎으로 붉은 바닥을 뚫고 나와
지평선 끝에 초록의 생명으로 섰다
넝쿨들은 나팔 소리처럼 하늘을 향해 뻗고
지평선 끝에는
새로운 초록의 세계가 열렸다

3

꿈속에 그려라
희망도 절망도 신도 없는 원초적 세계를
땅위와 땅속 구분 없는 절대의 세계를
꿈속에 그려라 텅 빈 울림으로
생의 끝에서 돌아가야 하는
원초적 세계로의 침잠을
한 가닥 현으로 가늘게 울리는 종말을

「신세계 교향곡」 부분

애초에 한상철 시인의 상상력은 극소한 소실점에서 시작된다고 말하였다. 그가 몰고 간 삶의 국면이 생과 사의 경계에 놓여 있었고 그 중 철저하게 '죽음死'의 지대로 기울어져 있었기에 그러한 것이다. 그 점에서 그의 상상력의 극한성을 언급하기도 하였다. 그러나 그의 극한성은 역동성과 동시적인 사태이기도 하다. 그는 자신의 상상력을 생의 국면으로부터 저 멀리 아득하게 이끌고 가지만 그곳은 단지 어둠으로 폐쇄된 곳이 아니라 새로운 지대로 열리기 시작하는 지대이기도 한 것이다. 어떠한 빛도 차단한 어둠의 고립된 세계는 극소의 소실점으로 사라지다가 어느덧 다시 빛으로 팽창한다. '그 별'이 놓인 '지평선'에서 '한 알의 콩'이 '마침내 두 장의 떡잎으로 붉은 바닥을 뚫고 나오'는 장면은 이러한 정황을 형상화하는 것으로서, 이는 시인의 상상력이 지닌 역동성을 나타낸다.

죽음의 극점에 이르러 시인은 그것과는 전혀 다른 세계를 창출해낸다. 그것은 생과 사가 이분법적으로 구분되는 세계가 아니라 이 둘을 모두 포회하고 넘어서는 세계다. 빛마저 삼켜 블랙홀처럼 깊어진 어둠의 소실점이 빅뱅처럼 폭발하는 순간 그것은 새로운 세계가 창조되는 것과 같다. 이를 가리켜 시인은 '희망도 절망도 신도 없는 원초적 세계'이자 '땅위와 땅속 구분 없는 절대의 세계'라 말하거니와 이는 또다시 도래한 미정형의 원시 세계라 할 만하다. 그러나 이때의 미정형은 죽음을 앞둔 불안의 그것이 아니라 죽음을 지나온 생성의 그것에 해당한다. '생의 끝에서 돌아가야 하는' 그 세계는 시인의 관점대로 죽음으로써 이미 완성을 품은 새로운 소생의 공간이다. 그곳은 어둠이 팽창함에 따라 발생한 '텅 빈' 공간이 자리하지만 이는 결코 공허한 것이 아니라 커다란 '울림'을 지니는 것이라 할 수 있다. '지평선 끝에 솟아난 초록의 생명'은 이곳이 지닌 원시적 세계로서의 성격을 잘 말해준다. 이곳은 시인에게 '장엄'하기까지 한 꿈의 지대다. 시인에게 이 지대는 새로이 창조한 신천지와 같게 여겨진다. 시인이 이 세계를 그리며 '신세계 교향곡'을 떠올렸던 것도 이 때문이다.

　이처럼 죽음을 향해 치닫던 시인의 상상력은 그 끝에 이르러 새로운 국면을 맞이하고 있다. 미생의 불완전성이 야기한 죽음에의 투항은 시인의 경우 결코 비극으로 끝나지 않았다. 그에게 사死의 극점이 빚어낸 어둠의 블랙홀은 모든 빛을 삼키는 동시에 생과 사, 희망과 절망, 선과 악의 구분들을 모조리 흡수하였고 우리는 이 속에서 새로운 미정형의 공간인 시원적 세계가 창출되고 있음을 확인할 수 있었다. 이 세계는 꿈처럼 미약할 것이나 역시 꿈처럼 눈부실 것이다. 극한성과 역동성을 동시에 지닌 시인의 상상력은 어둠과 빛이 빚어내는 신비한 문양을 우리에게 펼쳐 보이고 있었다. ○『동안』, 2016년 가을호

실낙원 시대의
잃어버린 총체성과
비극적 자아

‒ 지연식, 김향미 론

 세계와 자아와 분리되고 세계로부터의 자아의 소외가 더욱 심화되어 가는 것이 근대의 조건이지만 서정시는 그 속에서도 세계와의 동일성을 꿈꾸어 왔다. 세계와의 화해가 불가능한 시대에 서정시는 세계를 향한 지향성을 잃지 않은 채 세계 속에서 의미를 구하는 노력을 게을리 하지 않았던 것이다. 이점이 오늘날 서정시의 치유의 기능을 나타내는 것이자 서정시가 쓰이기 힘든 사정 또한 말해준다. 그만큼 서정시는 세계를 향한 시인들의 순수한 열정에 의해 비로소 생산되는 것이리라.

 그럼에도 서정시를 향한 온당하지 못한 관점들이 있다면 서정시는 시대의식을 담아내지 못한다는 것이 그것이다. 서정시는 시대를 온전히 구조화시키지 못하며 오히려 시대의 부조리를 외면하는 허구적 담론이라는 것이다. 그중 루카치는 소설의 서사성이 사회 구조를 반영하는 총체성 실현의 형식임을 강조하면서 이에 비해 시는 총체성 제시의 측면에서 불완전할 수밖에 없음을 주장한 바 있다. 이 점은 총체성이라는 것이 사회의 구조적 완결성과 관련된 개념이자 반면 서정성은 사회 구조의 불구성에 대해 무기력하다는 정황을 나타내는 것이라 할 수 있다. 그러나 시가 액면그대로 사회의 구조적 모순을 담아내고 있지는 않을지라도 서정시가 보여주는 동일성에의 의지, 즉 자아의 내적 동일성을 구축하고 그것을 바탕으로 세계와의 화해를 구하는 태도는 세계를 의미화 한다는 점에서 넓은 의미의 총체성의 한 양상으로 볼 수 있을 것이다.

한편 시의 해체적 양상은 사회의 구조적 모순에 대항한 담론 내부에서의 파괴라는 점에서 그 비판성이 옹호될 수 있을 것이다. 해체시의 파괴적 양상은 파괴된 현실 세계에 그대로 대응한다. 해체시가 현대의 시적 양식화로 인식되는 것도 이 때문이다. 물론 해체시가 이같은 시대성을 지니고 있을지언정 그것이 루카치가 추구했던 사회 구조의 총체성 구현과 관련되는 것은 아니다. 그러나 해체적 경향은 모더니즘 예술이 그러한 것처럼 시의 해체적 양태를 통한 해체된 현실의 반영이라고 하는 구조적 상동성의 관점에서 유의미하다. 즉 이때의 해체시는 현실의 극복에 기여하기보다 현실의 모습을 거울처럼 반영하고 있는 것이며 오히려 이것이 현실의 파괴성에 대해 인식할 수 있게 한다는 점에서 그 의의를 지닌다고 할 수 있다.

지연식과 김향미의 시는 스타일의 측면에서 볼 때 전혀 다른 개성을 보여주고 있다. 지연식이 해체시에 가까울 만큼의 난해성과 실험성을 보여주고 있다면 김향미는 전통적 의미의 서정시의 범주에 속해 있다. 지연식의 시가 몽환적이라면 김향미는 명징하다. 두 시인의 시적 형태는 상반될 정도로 다르다. 이런 점에서 두 시인을 함께 논한다는 것 자체가 무의미할 수도 있겠다. 그러나 두 시인 모두 시대의 총체성 부재에 대한 문제적 시선을 확보하고 있다는 점에서는 동일하다. 두 시인들의 시적 인식의 기반은 철저하게 세계의 파괴성, 세계의 총체성의 상실에 놓여 있기 때문이다. 지연식의 시는 몽환적 어조와 모자이크적 형식을 통해 파편화된 세계 인식을 구축하고 있으며 김향미의 시는 우울하고 어두운 어조를 통해 불완전한 세계에 대한 극도의 절망의 정서를 보여주고 있다. 이처럼 두 시인들의 시적 스타일이 판이하지만 토대하고 있는 세계상은 다르지 않은 것이다. 이들은 모두 총체성이 파괴된 세계에서 자아가 어떠한 초상을 보이고 있는지를 형상화하고 있다.

1. 의식의 몽타주와 서사성의 해체

지연식 시의 난해함은 그것이 해체시라는 점에 기인하지 않는다. 해체시가 보여주는 충동과 분열의 양상으로 그의 시를 논하는 것은 어딘가 부족하다. 무의식의 동력에 기댄 채 의식과 논리를 부정하고 과잉된 기표의 연쇄로 이루어진 해체시의 스타일을 그의 시에 적용하는 것은 적절한 일이 아니라는 것이다. 그와 달리 그의 시는 기교의 수사성이 뚜렷하고 안정된 기호 체계를 나타내고 있다. 그의 시를 써내려가는 것은 무의식이라기보다는 의식이고 충동이기보다는 이성이다. 그의 난해함이 해체시의 그것과 다른 이유가 여기에 있다.

그렇다고 그가 외부의 대상에 대해 선명한 지향성을 드러내는 것도 아니다. 그의 시는 세계의 일정 국면에 대한 자신의 의식과 정서를 형상화하는 데 할애되고 있지도 않은 것이다. 세계와의 상호작용 속에서 자아를 정립하는 시적 과정을 그의 시에서는 볼 수가 없다. 무의식도 의식도 아니고 충동도 정서도 아니라면, 그의 시를 이루는 것은 무엇인가? 해체시와 서정시의 어느 지점에서 그의 시의 좌표를 구할 수 있을 것인가? 이점을 해명하는 일은 그의 시의 난해성의 요 인을 규명하는 것과 다르지 않다.

　　　죽어서도 서 있는 입체의 탄생
　　　어떤 하늘이 빵가루가 담긴 식탁보를 털고
　　　낡은이불을 털고 어제 신은 검은양말을 털고, 털고.

　　　여의도 빌딩은 하마의 입보다 꽤 널찍하고 크다
　　　덩굴꽃이 오른쪽 창문으로 우르르 들어가서는
　　　꽃을 무더기무더기로 피워서 다시 왼쪽 창문으로
　　　왁자지껄 쏟아져 나온다

　　　창문에 달라붙은 지문들은 스스로 사라질 줄 모른다
　　　건너편엔 광고용 와토 그림 풍의 우유배달 여자가
　　　도자기처럼 하얗게 앉아서
　　　커다란 우유통을 조심스레 끌어안고 있다.
　　　　　　　　　　　「창문으로 읽는 여덟가지 삶」 부분

　기호의 부정이나 기표의 유희 대신 선명한 이미지와 뚜렷한 수사 로 이루어진 위의 시는 어려울 이유가 하나도 없어야 한다. 위의 시는 문장이 불명확하거나 문법적으로 허술한 부분이 어디에도 없다. 이처럼 완전한 문장 속에서 완전한 의미가 구축되지 않을 리 없는 것이다. 그럼에도 위 시에 접근하는 일은 요령부득이기만 하다. 세계와의 소통 속에서 의미를 구하려 하는 거시적 차원에서도, 혹은 기호를 분해하여 기표의 흐름을 좇는 미시적 차원에서도 위의 시에 다가가는 길은 봉쇄되어 있다. 분명 안정된 기호 속에 완전한 문장을 구사하고 있지만 위의 시는 난해하기 그지없다. 위의 시의 의미를 규명할 수 있는 차원은 과연 어디인가?

루카치는 세계 속에서 그와의 상호작용을 통해 삶의 의미화를 이루는 자아를 문제적 개인이라 한 바 있다. 루카치에 의하면 문제적 개인은 분열되고 파편화된 세계 속에 소외되고 패배한 채 있는 대신 세계에 자신을 던져 세계와 자아 사이의 의미있는 삶의 양상을 구축하는 자아에 해당하며 이렇게 하여 이루어진 조화된 세계가 총체성이 구현된 유토피아적 세계이다. 말하자면 문제적 개인은 총체성이 사라진 세계에서 서사성을 구축하는 자아이며 이러한 과정을 있는 그대로 보여주는 것이 서사양식으로서의 소설이라 할 수 있다.

장르론에나 적용할 법한 이론을 새삼 거론하게 된 데에는 위 시가 보이는 난해성의 유형을 이러한 관점에서 해명할 수 있을 법하기 때문이다. 문장의 의미가 해체되어 있지 않음에도 불구하고 의미를 구할 수 없는 위 시의 사태는 곧 의미화의 부재로 귀결되는 총체성 상실에 닿아 있다 말할 수 있다. 기호의 파괴로 되어 있지 않음에도 의미 구축에 번번이 실패하고 마는 까닭은 위 시가 실제로 의미를 지향하고 있지 않아서이다. 선명한 이미지를 이루고 있지만 위 시의 이미지들은 모두 제각각 독립적으로 존재함으로써 일관되고 통일된 의미 구성을 방해하고 있다. 각 연의 이미지들은 서로 분리된 채 모두 조각나 있는 것이다. 여기에서 일정한 의미를 찾아내는 일은 불가능하다.

각 장면이 모자이크처럼 쪼개져 있으면서 의미화 구축에 실패하고 있는 정황은 위 시의 제목에 드러난 대로 '창문으로 읽는 여덟가지 삶'으로 이름을 얻고 있는지 모른다. 눈앞에 펼쳐지는 삶이란 모두 몽타주처럼 이어 붙일 수 있는 것일 뿐 상호 작용도 소통도 부재한 채 파편화된 것이다. '서로 포개어지는 것은 서로 같은 것'이라면 조각난 삶들은 서로 포개지지도 같은 것도 아니다. 여기엔 완벽한 분리와 단자화만이 있다. '창유리에 비친 나'에게 '얼굴은 없고 안경만 있'는, 나아가 '안경다리만 있'는 정황도 이와 관련된다. 이러한 세상에서 '나'는 세상에 두 다리를 굳건히 디디고 있는 자가 아니라 '한쪽 다리로 힘겹게 서' 있는 자이다. 이는 파괴된 세계 속에서 결코 총체성이 구축될 수 없는 상황을 암시한다. 그리고 시적 의미 구현의 실패는 세계 내에서 자아를 실현할 수 없음을 나타내는 것이다. 위 시의 화자가 '서사시가 서서히 사라지고' '내 안식이 시든'다고 말한 까닭도 여기에 있다. '나'는 세계와 대결하고 세계 속에서 주관적인 '나'를 실현하는 대신 그저 이리저리 '떠내려갈' 뿐이다. 세계는 '미세한 입자들의 파쇄'만이 무한이 이루어질 것이다.

지연식의 시들에서 이러한 총체성 상실의 사태는 반복적으로 형상화되고 있다.

애야, 밥 먹었니? 어서 와서 밥 먹어라. 애야 이 웬수야 너
진짜 말 안 들을래? 애야 제발 차조심해라. 엄마의 자장가도

50원짜리보다는 100원짜리가 더 크단다. 얘야 그렇게 내가 뭐랬니 돌팔이한테는 성형하지 말라 그랬잖아. 얘야 넌 몇 층에 사니? 넌 또 뭐야? 지나가는 행인입니다 얘야 그건 아니란다 그건 그냥 사랑이란다. 감기처럼 앓고 지나가야 비로소 풍경이 된단다. 그래야 걸어 나올 수가 있단다. 얘야 이젠 시집가거라. 그런데 넌 피아노를 칠 줄 모르잖니, 얘야 넌 괜찮니? 어릴 때 안 좋은 걸 보면 기억에 오래 남는단다.

「얘야」 부분

위 시에서 끝없는 연쇄를 보이는 것은 단순 기표가 아니다. 위 시는 무의식이 시를 지배하고 있는 것도 아니며 문장의 의미 구조가 해체되어 있는 것도 아니다. 그럼에도 위 시에 통일성을 부여하는 의미의 일정한 논리는 없다. 위 시에는 '엄마의 잔소리'와 같은 그저 무의미한 언표가 무한히 반복되어 있을 뿐이다. 말과 말들은 논리적인 연결 고리를 지니지 못한 채 산산이 조각나 있다. 위 시에서 의미의 중심이 되어 시를 일관되게 이끌어가는 사태는 단 한 가지도 존재하지 않는다는 것을 알 수 있다.

위 시에서 나타나 있는 깨진 말들의 무한한 연쇄는 마치 무의미한 일상이 한도 끝도 없이 이어지는 것과 같다. 흔히 의미화의 중심이 되곤 하는 '사랑', '인내', '성숙' 등의 사태들도 위 시에서는 부서진 거울의 한 조각처럼 차갑게 버려져 있을 뿐이다. 서정시가 일상의 사태 속에서 자아를 중심으로 한 주관화된 의미를 형성하고 있는 것이라면 위 시에서 이점을 찾는 것은 불가능하다. 일상이 조각나 있는 것처럼 세계와 자아는 서로 융합되지 못한 채 날카롭게 분리되어 있는 형국이다. 이는 루카치가 말한 총체성이 상실된 삶을 단적으로 보여준다. 이 속에서 개인의 패배는 예정된 운명이나 다름없다. 위 시의 화자가 역시 단편적으로나마 "애야 길을 잃었니?"하고 묻는 것도 이와 관련된 듯하다.

일상의 사태들이 모자이크처럼 짜깁기 되어 있을 뿐이지만 위 시의 화자는 그 속에서 긍정적인 의미를 찾으려 노력하고 있다. '애야 이제 폭풍도 다 끝난 것 같구나. 구름도 걷히고 있으니'와 같은 언표가 그것을 말해준다. 그러나 이 또한 일상의 조각들 속에 묻혀버리기는 마찬가지여서 의미있는 서사적 연결을 보여주지 못하고 파편화된 언표들의 일부가 되고 만다. 조각난 일상들로 이루어진 죽어버린 세계는 개인에게 언제나 삶의 극단의 모습을 예비할 뿐이다. '나는 살날이 얼마 남지 않았단다' 내지 '네가 낙하산을 메고 뛰어내리렴'과 같은 비관적 언표는 세계 속에서의 개인의 삶이 극한에 처해 있음을 암시한다. 이러한 극한성은 자아를 분열시키고 붕괴시키는 요인이 된다.

　　새 안에 새장이 두 개 있소 나뭇잎을 말아올린 동그란 새장이오. 청음 3/4, 한쪽 귀는 희고 다른 한쪽 귀는 검으오. 새가 노래할 때마다 검은귀가 흰귀로 쏟아지오. 회화나무 가장귀로 툭툭 쏟아지오. 부서지는 기호처럼,

부서지는 나는 내가 아니오 누가 대신 내가 되어준 거요
귀달팽이는 귀달팽이를 경영할 줄 모르오
흰귀는 검은귀와 악수할 줄 모르오

노사勞使 없는 황무지엔 목소리가 없소

내 슬픔이 모두 풍랑에 익사한 까닭이오

「몽치마리 새」 부분

이상李箱의 시 「거울」을 연상시키는 위 시의 주된 모티프 역시 자아와 세계 사이의 부조화와 자아의 분열이다. 위의 시에서 여전히 세계는 총체성이 사라진 채 황폐하기만 하다. 시인은 '노사勞使 없는 황무지엔 목소리가 없'다고 말하고 있거니와 이는 루카치가 말한 바 세계의 총체성을 구현하는 계기인 계급 구조에 대한 인식조차 부재함을 상징적으로 나타내는 대목이다. 총체성이 사라진 세계에서 이를 구하기 위한 '목소리'를 낼 주체는 보이지 않는다. 이는 살아있는 존재가 모두 '풍랑에 익사한' 형국을 나타낸다.

이런 관점에 서면 '한쪽의 흰귀'와 '다른 한 쪽의 검은귀'의 대립은 자아의 분열을 암시하는 것으로 이해된다. '나'는 세계와 대결할 수 있는 온전한 주체이기 이전에 무기력하고 훼손된 개인이다. '귀달팽이는 귀달팽이를 경영할 줄 모르오'에는 세계 속에서 자기 의지를 발휘하지 못한 채 살아가는 무기력한 개인에 대한 인식이 나타나 있다. 세계가 그러한 것처럼 자아의 의식도 통합되지 못하고 유리조각처럼 부서져 있는 것이다. 이런 상황이라면 사실상 '나'라고 하는 개체로서의 완전한 자아는 없다. '부서지는 나는 내가 아니오 누가 대신 내가 되어준 거요'라는 화자의 말은 흔적조차 희미해진 자아에 대한 의식을 나타내고 있다. 세계의 총체성도 자아의 완전성도 부재한 상황에서 기호 역시 온전할 리 없다. 기호는 자아의 의식이나 세계의 의미를 담아내지 못한 채 공허하게 부유할 뿐이다. 모든 것이

조각나고 부서지는 상태에서 '기호' 역시 '부서진'다고 하는 인식은
극히 당연하다.

이처럼 지연식의 시는 세계의 파편화에 직면하여 자아가 분열되
고 의미가 깨지는 사태를 그리고 있다. 그의 시에서 의미를 구하는
온전한 자아를 만나는 것은 불가능하다. 서정적 자아의 목소리는 희
미할 뿐이고 그의 시선마저 모자이크를 구성하는 것처럼 조각나 있
다. 이러한 시적 상황에서 독자가 의미를 찾아내는 일은 지극히 어
렵다. 그의 시가 의미의 층위가 어디인지 알 수 없을 정도로 난해했
던 것은 이점에서 비롯한다. 결국 이는 총체성 상실의 상황 속에서
이를 극복하여 완성된 서사를 구축할 수 있는 문제적 개인 또한 부
재하다는 것을 말해준다. 지연식은 이점을 전통적 서정시도 해체시
도 아닌 독특한 어법으로 제시하고 있는바 그의 시에 나타나는 의식
의 몽타주는 바로 이 지점에서 의미를 지닌다.

2. 부정적 세계와 비극적 자아

김향미의 시에 나타난 기호적, 양식적 측면은 그의 시가 전통적
의미의 서정시에서 벗어나 있지 않음을 말해준다. 그의 시는 일관된
어조와 통일적 의미를 나타내고 있으며 이러한 성격이 그의 대부분
의 시들의 시적 스타일을 구성한다. 그의 시는 난해성과 몽환성으로
이루어지는 대신 세계를 향한 의식의 통일성으로 안정되게 구축되
어 있다. 이는 시인이 자아의 일정한 정서와 의식을 바탕으로 세계
와 뚜렷한 대결 구도를 취하고 있음을 말해주는 것이다. 자아는 분

열되어 있지 않고 오히려 세계에의 지향성을 확보한 채 그에 대한 자신의 내적 의미를 제시하고 있다. 이점에서 김향미의 시는 동일성의 세계에 대한 믿음을 저버리지 않고 있다 말할 수 있다. 그러나 그가 보이는 세계의 의미는 온전히 부정적이고 비극적인 인식으로 이루어져 있다.

절망만이 노래가 되었다

가는 말 오는 말의 시차를 견디지 못하는 눈 속으로 먹구름이 날아든다 출발 지점을 통과한 사과가 시들고, 빛이 빠져나가는 쪽으로 바닥을 짚는 유리창,

지붕 없는 옥상 위로 까마귀가 날았다

백색 빛무리가 흔들리는 식탁, 문 두드리는 소리를 듣지 못하는 손이 사과를 더듬는다 도마뱀 같은 어제의 길이 어긋나고 며칠 째 굴러다니던 귤이 쪼그라들었다

열망만이 추억이 되었다

마른 껍질에 모여 허무나 공백들 파랗게 피어났다 벗겨지는 오후 여섯시의 외피, 찌푸린 얼굴에 묵은 분 냄새 풍길듯하다 어제까지의 너와 오늘의 내가 완벽에 가까운 반반,
「사과와 귤이 놓인 정물」 부분

위의 시에 제시되어 있는 기호들은 서로 분리되어 있거나 충돌하지 않는다. 그것들은 안정된 비유와 상징을 구축하고 있으며 이를 바탕으로 세계에 대한 선명하고도 일정한 인식을 드러내고 있다. 그런데 그것이 '허무나 공백들'이 가리키는 것처럼 부정적이고 절망적인 세계임은 분명하다. 위 시에는 이처럼 세계에 관한 뚜렷한 인식을 토대로 하여 자아의 어둡고 우울한 정서가 잘 그려져 있다. 위 시의 기호들은 모두 이를 형상화하기 위한 의미의 위계 구조 속에 잘 짜여져 있다는 것을 알 수 있다. 가령 '먹구름'과 '까마귀'가 불안하고 음울한 세계에 대한 상징을 나타낸다면 '찌푸린 얼굴에 묵은 분 냄새', '어제까지의 너와 오늘의 내가 완벽에 가까운 반반'은 세계에 조화하지 못하며 과거와 화해하지 못하는 현재의 자아의 모습을 잘 보여준다. 또한 '시드는 사과'와 '쪼그라든 귤'은 곧 자아와 세계의 만남이 풍요롭지 못하고 메마르고 건조한 상태에 놓여 있음을 상징적으로 보여준다. 이처럼 위 시의 기호들은 일정한 의미를 향해 질서화되어 있다.

그렇다면 시인이 보여주고 있는 세계에의 비관과 절망은 어디에 기인하는가? 위 시의 자아가 세계에의 지향성을 드러냄에도 불구하고 결국 허무와 절망으로 귀결되고 마는 요인은 무엇인가? 이를 위 시는 '가는 말 오는 말의 시차를 견디지 못하는 눈'이라든가 '지붕 없는 옥상', '백색 빛무리가 흔들리는 식탁', '어긋난 도마뱀 같은 어제의 길' 등으로 비유하고 있거니와 이것들은 모두 세계가 지닌 모순과 부조리, 불완전성에 대한 상징적 형상화라 할 수 있다. 즉 세계는 조화와 완전성을 잃고 아이러니로 가득 채워져 있다는 것이다. 이것이 총체성의 상실을 가리킴은 물론이다. '출발 지점을 통과한 사과

가 시들고, 빛이 빠져나가는 쪽으로 바닥을 짚는 유리창'은 곧 총체
성이 사라진 시대의 암울하고 절망적인 사태를 가리키고 있다. 세상
이 '마른 껍질'처럼 인식되는 것도 이와 관련된다.

　세계 속에서 의미를 구하려고 하지만 세계가 이미 조화와 화해를
잃은 상태라면 자아는 고독하고 외롭다. 세계에 대면하려는 자아는
끊임없이 상처 입을 것이며 내면의 주관성은 더욱더 어둡게 채색될
것이다.

　　　가슴이 왼쪽으로 기울고 머리가 오른쪽으로 끄덕이는 때

　　　상징의 몸짓, 많은 무희들, 마주하는 파트너
　　　붉은 가면, 검은 가면, 흰 가면, 가면 속 얼굴들 알 수 없는,
　　　저마다의 향기로 어우러진다

　　　음악이 멈추지 않기를 빌지 않는다
　　　아무도 음악에 귀 기울이지 않는다

　　　가볍게 부딪히던 다른 어깨들, 너그러이 용서하지 않는다
　　　문제 되지 않는다
　　　눈 뜨게 하지 않는다
　　　우주를 배회하는 나를 끌어내릴 수 없다
　　　　　　　　　　　　　　　　　　　　　「가면무도회」 부분

　김향미의 시의 특징은 점차 부조리와 부조화의 나락으로 떨어져

가는 세계 속에서 이를 회피하는 대신 끈질기게 마주하려는 자아의 모습을 그린다는 데 있다. 위 시의 모티프가 되고 있는 '가면무도회' 는 세계가 총체성을 상실하고 공허함으로 치달아가고 있는 상황에 처해 자아가 보여주는 삶의 일 양상을 형상화한다. 그것은 '가면'을 쓰는 일이다. '가면'은 한 개인에게만 부여되는 것이 아닌 보편적인 것이다. '붉은 가면, 검은 가면, 흰 가면'들의 나열은 부정한 세계에서 누구든 예외 없이 '가면'을 쓰고 살아가는 세태를 지시한다. 진짜 '얼굴들'은 알 수도 없고 알 필요도 없는 것은 세계 전체가 곧 '가면무도회'가 벌어지는 장소이기 때문이다. 세계는 누구에게도 진실을 묻지 않으며 그저 '가면'을 쓴 채 '저마다의 향기로 어우러지'기를 요구할 뿐이다. 진실보다는 거짓이 맨얼굴보다는 가면이 만드는 세계는 허무하고 공허하다.

세상이 '가면무도회'와 다름없는 곳이라면 이곳에서 의미를 구하는 일은 점점 더 힘들어질 것이다. 거짓된 세계는 진실을 더욱 두텁게 감출 것이고 고독한 자아 역시 자신의 얼굴을 더욱더 두껍게 덧칠할 것이기 때문이다. 세계와 자아 사이의 괴리는 더욱 커질 것이며 부조화는 심화될 것이다. 진실을 구하려는 자아는 끝내 패배할 것이다. 이러한 아이러니의 정황 속에서 자아의 동일성을 포기하지 않으며 끈질기게 세계의 의미를 구하는 자가 과연 얼마나 될 것인가. '아무도 음악에 귀 기울이지 않는다'는 것은 세계와의 조화를 꿈꾸는 자가 사라지고 없음을 가리킨다. '가면무도회'는 세계에서 의미를 구하는 일이 점차 불가능해질 것임을 단적으로 말해주는 계기라 할 수 있다.

이처럼 '가면무도회'는 총체성이 사라진 세계에 대한 상징이 되고

'가면'은 세계로부터 소외된 자아를 암시한다. 또한 저마다 쓴 가면은 자아와 자아 사이의 단절된 관계를 나타낸다. 이러한 세계에서 사람들은 서로를 '너그러이 용서하지 않'을 것이며 '나'는 '우주를 배회하'게 될 것이다. 이는 사람들 모두가 의미를 상실한 채 각박한 삶을 살 것이라는 점을 말해준다. 결국 시인이 형상화하고 있는 이러한 사태들은 우리가 사는 세계가 실낙원과 다르지 않다는 것을 의미한다.

세계로부터의 자아의 소외는 자아로 하여금 끝없는 불안과 우울에 시달리게 할 것이다. 자아에게 세계는 친숙함을 잃어버리고 두려움과 공포로 다가오게 될 것이다. 세계 속에서 자아의 입지는 더욱 좁혀질 것이며 결국 자아는 자기 의식 속에 유폐되어 세계와 단절되는 비극을 겪어야 할 것이다.

육면체의 방에 보이지 않는 거울이 있어

벽 속에 나를 마주 바라보는 한 사람
돌아보면 벽 속에 나를 돌아보는 한 사람
누우면 천정과 벽 속에서 나를 내려다보는 사람
누우면 등을 맞대고 어쩌면 나를 감싸 안고 누운 또 한 사람
부유하는 먼지 속에 보이지 않는 사람, 사람, 사람······

거울 속의 거울 속의 거울 속의 거울 속의 사람 앞에
사람 앞에 사람 앞에 사람, 방이 와자하여
입 다물고 방을 들여다보는 사람과

소리들이 하모니를 이뤄 음계를 그려 넣을 때
머리를 박자에 맞춰 흔들거리며 눈을 감은 사람과
없는 오케스트라를 지휘하며 콧소리를 내는 너와
친구들이여, 안녕

우리, 이제 숨바꼭질놀이 하는 건 어때!

「보는 것을 볼 것인가」전문

세상이 따뜻하고 화해롭다기보다 싸늘한 감시와 검열이 지배하는 것처럼 느껴질 때 자아의 불안은 극에 달한다. '나'를 보는 것이 정확히 무엇이며 '나'의 모습이 정작 무엇인지를 알 수 없는 모호성은 자아를 혼란에 처하게 할 것임이 자명하다. 이런 상황에서 '방'은 안식처가 될 수 없고 길 한복판에 버려져 있는 것처럼 불안하고 춥기만 한 공간이 된다. 위의 시에서 형상화되고 있는 '육면체의 방'이 그것이다. '육면체의 방'에 놓인 '보이지 않는 거울'은 성찰을 일으키는 매개가 아닌 자아를 감시하는 차가운 눈에 해당한다. 위 시는 이곳에서 자아가 어떻게 고통을 받으며 자아를 상실해 가는지를 잘 보여주고 있다.

'벽 속에 나를 마주 바라보는 한 사람'과 '돌아보면 벽 속에 나를 돌아보는 한 사람'과 '…… 사람', '……또 한 사람' 등 사방팔방에서 자아를 감시하는 시선들은 모두 연원을 알 수 없을 만큼 모호한 것들이다. 그들은 '부유하는 먼지'들만큼이나 무수한 존재들일 것이며 실체가 무엇인지 알 수 없는 존재들이기도 하다. 그것들은 사적 공간에까지 따라와 자아를 검열하고 위협할 존재들에 해당한다. 가장 내밀한 공간에서 느끼는 이와 같은 감시와 압박의 시선은 자아의 분열을 유도하는 혹독한 실체들이다. 이들은 자아가 세계에서 느끼는 공포와 고독의 정황을 암시한다 할 것이다.

위 시의 '육면체의 방'은 자아에게 안식을 주어 세계와 대결할 수 있는 에너지를 주는 공간이 될 수 없다. 이곳에서 자아 스스로 이루는 자기 응시는 바닥을 알 수 없는 혼돈과 부딪힐 것이고 자아는 분열을 피하기 힘들 것이다. 심한 경우 자아는 환각과 환청도 경험하게 될 것이다. 이 모든 일들은 자아가 세계로부터 소외되어 자신을 상실해 가는 과정에 해당한다.

김향미의 시들은 이처럼 일관되게 부정적인 세계상에 대한 치밀한 묘사와 함께 그러한 세계에 직면한 자아가 어떻게 세계와 대결해 나가는지를 상세히 그려내고 있다. 그에게 세계는 총체성이 사라진 세계에 다름 아니고 자아는 그러한 세계 속에서 남아있는 의미를 구하려고 몸부림치는 자이다. 그의 기호가 동일성에 대한 믿음을 버리지 않은 채 의미를 구축하고 있는 까닭도 여기에 있다. 그러나 총체성 부재의 시대에 끝까지 영혼을 잃지 않을 수 있는 자가 과연 누구일까. 김향미의 시는 이것의 어려움과 불가능성을 마지막까지 우리에게 제시해주고 있다. ◎『예술가』, 2016년 봄호

기억을 위한 기록의 비평

4부

주체와 타자 간 윤리적 관계의 구조화
— 정진규의 『무작정』, 신달자의 『살 흐르다』, 이근배의 『추사』

허상虛像의 세계에서의 '시쓰기'의 의미
— 최금진의 『사랑도 없이 개미귀신』, 김안의 『미제레레』

말의 꽃으로 피어나는 주술의 노래
— 정수경의 『시클라멘 시클라멘』

'수인囚人'을 위무하는 치유의 시
— 박윤배 『알약』

기억을 위한 기록의 비평

주체와 타자 간
윤리적 관계의 구조화
― 정진규의 『무작정』, 신달자의 『살 흐르다』, 이근배의 『추사』

1. 근대인의 윤리

근대의 인간을 규정하는 가장 단적인 성질은 주체성일 것이다. 독립성과 동일성에 기반하여 세계와 대면하는 존재로서의 자아를 세워내는 일이 주체성의 가장 기본적 내용이다. 인간을 주체성을 지닌 자로 호명함으로써 근대는 광활하게 펼쳐져 있는 세계를 개척하고 정복하도록 하였으며 수많은 인간들 사이에서 '자기self'를 정립하도록 강제하였다. 주체성은 근대의 패러다임 속에서 인간이 자신을 잃지 않고 살아갈 수 있는 최선의 요건이 되었음을 알 수 있다. 근대의 인간관에 의해 근대인들은 유일무이한 '자아'를 구획지어 이를 세계와 대결하는 거점으로 삼아야 했다. 세계와 대결하는 강한 자아를 정립하기 위해 근대인들은 모든 정신을 자아에게 집중해야 했고 이에 따라 근대인들은 자아의 이익, 자아의 권리, 자아의 욕망, 자아의 소유 등의 개념을 탄생시켰다. 곧 '자기' 중심적인 태도가 형성된 것이다.

인간에 관한 근대적 관점은 근대의 패러다임이 성립된 사회에서 필연적인 것이다. 근대의 패러다임이 전제될 경우 '자기self 중심'적인 인간관은 필수불가결하다. 근대인이 이러한 자기중심적인 자아의 형성에 실패한다면 그는 근대의 패러다임에 적응하지 못하는 사회 부적응자가 될 것이다. 그는 세계와의 대결에서 패배하게 되는 루저loser가 되는 것이다. 근대인은 시대의 낙오자가 되지 않기 위해서라도 주체성을 확보해야 하는 조건에 처해지게 된다.

문제는 이러한 주체성의 발달이 타인과의 충돌을 고려하지 않을 때 발생한다. 근대의 패러다임에 의해 필연적으로 획득하게 되는 자기중심적인 태도가 타인과의 관계를 외면한 상태에서 발전할 때, 즉 타인을 배제한 채 형성되는 주체성의 발달이 문제가 된다. 그것은 근대의 패러다임을 위해 발견된 불가피한 주체성이 아니라 타인과 세계를 파괴하기 위해 증식되는 이기적 괴물이다. 타자에 대한 고려가 전제되지 않는 근대인의 탄생은 곧 가공할 괴물의 양산을 예견한다. 근대인에게 윤리가 강조되어야 하는 지점도 여기이다.

우리에게 전근대의 패러다임과 구분되는 근대의 기간은 얼마나 되는가? 근대의 기점은 언제인가? 말하자면 우리가 근대인으로서 탄생된 것은 언제부터인가? 이러한 질문을 하는 것은 불가피하게 탄생한 근대인으로서의 우리에게 윤리를 내면화할 기간이 과연 있었던가를 가늠해보기 위해서이다. 우리 사회에 타인과의 관계를 구조화하는 윤리라는 것이 과연 있던 적이 있는가? 우리는 모두 '자기'를 세워내기에 급급할 뿐 타인과의 관계 속에서의 자기에 대해서는 외면해왔고, 그 결과 모든 사회 곳곳에서 악마적인 이기성과 자기중심적인 괴물이 자기의 탐욕을 채우기 위해 질주하는 모습을 목도하게 되었다. 상호간의 반목과 분쟁, 자기 과시와 부정으로 추악하게 일그러져 있는 사회가 오늘의 우리 모습이다. 타인과의 성숙한 관계 속에서의 자기를 세워내는 데 무지함으로써 우리 사회는 거짓과 이기성이 난무할 뿐 진정한 문제 해결과 사회의 합리화에 실패하고 있다.

2. 자연 그 자체의 자연―정진규의 『무작정』

정진규의 시집 『무작정』에서 '무작정'은 두 가지 기의를 지니고 있다. 하나는 무작정無作停이라는 정자 이름이고 또 하나는 '정한 것이 없다'는 양태로서의 無酌定이다. 시인은 표제시 「무작정」에서 '통도사에 갔다'가 '무작정 허공들 받들고 서 있는 무작정無作停 한 채를 보고 왔다'고 함으로써 '무작정'의 의미에 대해 언급하고 있거니와, 여기에서 우리는 정진규의 이번 시집의 주된 소재가 '자연'이 될 것임을 짐작할 수 있게 된다. '자연'이야말로 '無酌定'의 가장 사실적인 표현 형태이겠기에 그러하다.

실제로 그의 시들은 꽃과 풀, 나무 및 해와 달과 같은 천체를 소재로 삼고 있다. 그는 주변에서 손쉽게 접할 수 있는 이들 자연물들을 끌어들여 시를 써나가고 있다. '할미꽃', '영산홍', '연꽃', '살구꽃' 등은 그의 가장 익숙한 사물들이다. 특히 그는 「해마다 피는 꽃, 우리 집 마당 10品들」에서 그의 집 뜰에 피어 있는 10가지 꽃들, '산수유, 느티, 수선화, 수련, 수수꽃다리, 영산홍, 접시꽃, 흰 민들레, 들국, 풀꽃들'을 하나씩 호명하며 시를 쓰고 있는데, 그것을 통해 우리는 '자연'을 향한 그의 애정이 어느 정도인가를 짐작할 수 있다. 그에게 '자연'은 가장 중요한 객체이다.

정진규 시인에게 '자연'이 객체라는 것은 그가 자연을 '보고 묘사하고' 자연에 대해 '서술하고 설명한다'는 점에서 그러하다. 시인에게 자연은 가장 주요한 시적 대상對象으로서, 자연의 모습, 그것의 생리, 그것을 둘러싼 주변 등은 시의 주된 묘사와 서술의 내용이 된다. 이때 자연은 시인의 정서에 대한 표현이라거나 자아와의 동일시의 측면에서 전유되지 않는다. 즉 자연은 시적 자아의 정서적 상관물로서 제시되는 것이 아니라 순수 객체로서 그려지는 것이다. 정진규 시인의 시에서 자연은 시적 자아의 감정에 의해 의인화되지도 비유되지도 않는다. 자연에 대한 이러한 태도는 그의 시적 문장의 특이성으로 나타난다.

공책과 연필을 챙겨들고 마당으로 나갔다 앉아서 적다 보니 빠뜨린 것이 너무 많았다 적어가다 보니 첫째 이렇게 많아진 우리 집 마당 나무와 풀들이 나와 한 식솔로 살고 있다는 사실에 너무 놀랐고, 그렇게 뽑고 뽑았어도 제자리를 지키고 있는 잡초들의 그 제자리 지키기에 숙연했으며, 우리 집 꽃밭이 저절로 사철 꽃밭이 되어 있다는 사실에 또한 놀랐다. ……자아 우리 집 마당 나무와 풀들의 民籍을 읽어가 보자 無順이다 이들이 한 번도 사고를 낸 적은 없다 그래서 無順이 有順인 걸 나는 공부하고 있다 이분이 최고 어른이시다 삼백 년 느티나무, 그리고 소나무 회화나무 뽕나무 은행나무 감나무 단풍나무 탱자나무 목련 석류 라일락 오가피 박태기 무궁화 쥐똥

나무……쇠뜨기 클로버 애기똥풀 비단풀 노란 민들레 흰 민들레 이 대목에서 더 많이 빠졌을 게 틀림없는 것은 이름 모를 풀꽃이란 말이 있지 않느냐 어쨌든 참 많기도 하다 이들은 하늘의 별들을 하나씩 각각 짝으로 감고 있다는 말도 있다 풀꽃들은 밤새 그래서 멀리멀리 눈떠 있단다 짚어 보니 내가 옮겨 심은 것들보다 自生의 것들이 훨씬 더 많았다 이들도 자생이란 말의 막강함으로 서로 살아가고 있었다……

「꽃이 없이는 못 견디는 외로움을 꽃으로
채우다 보니 꽃들은」 부분

자신의 '마당'으로 나가 뜰을 가득 채우는 나무와 꽃, 풀들의 이름을 적어나가는 위 시의 시적 자아의 호흡이 마치 판소리의 운을 읊듯 흥겹게 들린다. 수도 없이 늘어선 이들을 보며 시적 자아는 쏟아지는 보물을 대하는 것처럼 한없이 행복해한다. 시에서 나열되는 사물들은 시적 자아의 정서나 의식에 상관없이 그 자체로 제시되는바, 그것들은 인간 세상과 구분되는 다른 세계에서 서로간 유기성을 이루며 존재한다는 것을 알 수 있다. 이들은 시의 화자가 말하듯 '내가 옮겨 심은 것들보다' '자생이란 말의 막강함으로 서로 살아가고 있었'던 것이다. 시의 화자는 어떤 한 순간도 인간 중심적인 태도를 보이지 않은 상태에서 자연을 객체성 그대로 공들여 '적고' 있다.

자기 위주의 전유 방식을 자제한 채 있는 그대로의 사물을 제시하는 위의 시에서 시의 문체는 자아와 대상 간의 동일시와 유사성에 의해 구성되지 않는다. 시적 대상은 자아의 정서를 반영하는 것으로서의 동일성의 원리에 의해 통합적으로 드러나지 않으며 심지어 자아의 일정한 시선에 의해 묘사되는 일도 거부한다. 사물은 자아와의 관계 속에서의 대상이 아니고 자신의 고유 영역에 존재하는 그 자체로서의 주체이자 객체이다. 그것들은 '自然'이 의미하는 바 '있는 그대로의 존재'라 말할 수 있다.

이에 따라 정진규 시인의 문체는 자연에 관해 서술하는 산문시에 가깝다. 그의 시적 문체는 자아의 정서를 표현하기 위해 사용하게 되는 압축과 암시, 비유와 상징 등의 방식이 아닌 일상적 사태의 산문화된 방식으로 이루어져 있는 것이다. 산문적 문체에 의해 쓰여짐으로써 자연의 사물들은 스스로 그들의 일상을 드러내게 된다. 그의 산문적이고 환유적인 시적 문체는 자아의 동일성이 아닌 객체의 사태를 제시하기 위해 도입된 필연적인 기법임을 알 수 있다. 이러한 기법은 그의 시 전반에 나타나고 있거니와, 사물을 자아의 주관적 방식으로서가 아닌 사물 그대로 존재케 해야 한다는 그의 생각은 「다시 番外에 대하여」에 잘 표현되고 있다.

문득 돌아보니 눈길이 가 닿지 않았던 것들이 홀앗이들이 널려 있다 같은 으아리꽃 같은 것도 홀앗이로 피고 있는 으아리꽃들이 많다 내팽개쳐져 저물고 있다 차마 쳐다보기 힘들다 番外다 나의 공책엔 等外라거나 列外라는 말이 적힌 대목이 없다 그런 것들보다 番外는 그래도 덜 외로운 편이다 다행이다 순서에는 들지 못해도 혼자서 뒤따라 아득히 가고 있다 상처는 보이지 않는다 아닌가? 속이 더 아리게 외로운가? 나도 番外는 된다 더러 순서 쪽에 가담된 적이 한두 번은 있었다 오늘은 홀앗이로 피고 있는 도라지꽃을 보았다 혼자된 그가

수건 쓰고 텃밭에 엎드린 허리의 맨살이여, 番外로 살다 보면
아득히 아름다울 때가 있다 가을 저녁 하늘에 혼자서 아득히
날고 있는 기러기 한 마리를 볼 때가 있다

「다시 番外에 대하여」 전문

위의 시에서 무엇에 의해 종속되는 것이 아니라 자체로서의 '자
연'의 존재성을 표현하는 말로 '番外가 사용되고 있다. '番外'는 '等
外'라든가 '列外'와 달리 중심을 상정하지 않는 개념이다. 그것은 '홀
로 내팽개쳐져' 있는 듯이 보이기도 하지만 우열에 의한 가름이 없
어 '덜 외로운 편'이라고 화자는 말한다. '番外'는 순서와 상관없이
자신의 자리에서 자신의 속도에 따라 걷는 방식을 가리킨다. 또한
화자는 '番外로 살다 보면 아득히 아름다울 때'도 있다고도 말한다.
요컨대 '番外'는 외로울지언정 무언가에 귀속되는 것이 아니라 고유
한 존재 그 자체로 온전하게 있는 방식을 의미한다.

'番外'를 통해 시인이 말하는 것은 자연自然의 존재 방식에 관한 것
이다. 자연은 '自然'이라는 말 그대로 '스스로 있는 것임'을 시인은
강조한다. 마치 그것은 노자가 도덕경에서 '天地는 不仁이라'고 말한
것처럼 생성화육生成化育에 있어 인간의 의지대로가 아닌 자연 그대
로 행하는 것을 의미한다 할 수 있다.

시인에게 자연이 자아에 의한 일방적인 혹은 인간적인 관계에 놓
이는 것이 아니라는 점은 타자를 대하는 데 있어서 근대인이 지니게
마련인 인간 중심적인 태도와 거리를 지니는 것이어서 주목된다. 그
것은 근대의 주체적 인간이 타자를 자기화하고 종속시킴으로써 이
기성과 폭력성을 드러내는 것과 달리 타자를 있는 그대로 인정하고

존중하는 윤리적 모습에 해당한다. 그것은 이기적이지 않은, 타인을 자기와의 관계 속에서 구조화하는 성숙한 주체성의 자세라 할 수 있다.

근대의 주체적 자아에게 결여되기 쉬운 이와 같은 타인에 대한 윤리 의식은 그의 시의 미학에 어떻게 기여하는가? 「詩法」은 자연에 관한 시인의 고유한 접근 태도가 어떠한 정신적 성과를 획득하고 있는지 잘 보여주고 있다.

> 봄이다 시는 태胎를 잘라 세상의 몸을 키운다 겨우내 시로 분해되어 있던 내 몸이 세상의 몸이 되는 소리를 듣는다 싹이 돋는다 꽃이 핀다 그들이 차고 넘치는 안쪽에 와 있다 자궁子宮에 와 있다 바깥쪽이 질서의 몸이고 안쪽은 무질서의 몸이라고 혼돈混沌이라고 믿어온 내 질서는 수정되어야 한다 혼돈과 창조는 한 몸인 것을! 바깥을 삶의 성실이라고만 믿고 살아온 많은 사람들의 질서도 마찬가지다 처음부터 한 몸이었다 거기 정교한 질서가 반짝거린다 이 봄날 늙은 느티의 초록 싹들이 가득한 화살로 안쪽에서 허공으로 뿜어대는 금강金剛들을 바라본다 소리를 듣는다 명적鳴鏑이다 그렇게 해마다 세상은 다시 시작되고 있었다 내 몸도 다시 시작되고 있었다
>
> 「詩法」 부분

인간이라는 주체를 들이대는 방식 대신 타자가 고유의 존재방식으로 있도록 하는 자세를 따를 때 시는 사물에 관한 전혀 새로운 지대를 펼쳐놓을 수 있게 된다. 사물은 인간에 의해 일방적이고 피상적으로 전유되는 차원을 넘어서서 자신의 우주적 세계를 드러낸다. 그

에 따라 인간은 자기가 세상의 유일한 주체라는 오만한 인식을 벗어나 거대한 우주의 질서 내의 일부에 불과하다는 겸허한 자세를 지니게 된다. 타자와의 관계에 있어서의 이러한 구조화된 세계 속에서 '나'는 비로소 우주적 세상과 하나가 되어 세계의 '몸'에 도달하게 된다. '내'가 '그들이 차고 넘치는 안쪽에 와 자궁子宮에' 이를 수 있게 되는 것도 이러한 정황에 기인한다. '분해되어 있던 내 몸이 세상의 몸이 되는 소리를 듣는' 것도 이 때문이다.

타자의 우주적 세계에 진입함으로써 시적 자아는 기존의 자신의 제한적 의식이 깨지는 것을 경험한다. 시의 화자는 '바깥쪽이 질서의 몸이고 안쪽은 무질서의 몸이라고 혼돈混沌이라고 믿어온' 의식이 '수정되어야 한다'고 말한다. 눈에 보이는 인간의 세계만이 '질서' 잡힌 안정된 것이라는 생각은 지극히 편협한 것이다. 오히려 '바깥'에서 볼 때는 '무질서'이자 '혼돈'으로 보이되 우주적 세계의 내부야말로 새로운 차원의 질서가 놓여 있는 세계임을 알 수 있다. 더욱이 '혼돈과 창조는 한 몸'이다. 모든 질서는 혼돈 속에서 창출되며 그러할 때 '혼돈'은 '창조'가 될 수 있다. 시적 자아는 이 세계에 가로놓인 '혼돈과 창조'가 '처음부터 한 몸이었다'고, '거기 정교한 질서가 반짝거린다'고 고백한다.

세상의 '몸'이 되어 우주적 내면의 '소리'를 듣는 시적 자아에게 자연이 보여주는 '봄날'의 '초록'들은 '혼돈'의 우주에서 비롯되는 '창조'의 증거다. 또한 그것들은 자연의 '안쪽'에서 시작되어 '내 몸'으로까지 이어지는 새로운 '질서'다. 그와 같은 경지를 시적 자아는 '금강金剛'이라 명명하거니와 이는 타자에 대한 윤리성을 견지하는 자에게 비로소 펼쳐진 자연의 고유한 세계에 해당하는 것이라 할 수 있다.

3. 타자와의 어울림의 시학—신달자의 『살 흐르다』

신달자 시인의 『살 흐르다』는 홀로 살아가는 서정적 자아의 짙은 외로움과 깊은 지혜를 담고 있는 시집으로 보인다. 시집 곳곳에서 시인은 자신의 인생 행로에 관한 사실 정보들을 제공하고 있거니와 시편들은 남편을 잃고 홀로된 시적 자아의 결코 평탄치 않았던 삶의 정서들을 시인 특유의 넉넉한 어조로 담고 있다. 시집의 제목이 되고 있는 '살 흐르다'는 굴곡진 생애와 그 속의 인간관계들을 관통하면서 시적 자아가 보여주었던 부드러운 삶의 자세를 말해준다 하겠다. 시적 자아는 매순간 모나지 않은 태도로써 인간들 틈에 가로놓여 있는 굴곡과 장애들을 감싸 안으며 나아간다는 것을 알 수 있다. 시적 자아의 수용의 자세 앞에서 타자들 간의 부조화는 '살 흐르'듯이 녹아 사라진다. 이는 주체와 타자 간을 아우르는 관계의 구조화에 해당하는 것으로, 신달자 시인이 우리에게 보여주는 타자에 관한 윤리의 한 양태라 할 수 있다.

> 우리들은 둘러앉아
> 옛날의 젊은 엄마들을 반찬으로
> 저녁을 씹고 있었다
>
> 우리들은 모두 엄마가 다르지만
> 엄마가 겪은 상처와 치욕은 다 같았으므로
> 서로 "그 엄마"로 불렀다

우리들은 한 남자를 모두 아버지라 부르지만
한때 그 엄마들이 손톱 끝을 세우며 진저리 치며
그리워하던 그 남자의 같은 피를 받았다

그 남자 하나를 온전히 가지지 못해 발광의 가슴을 뜯으며
허기로 혀를 물었던
우리들의 그 엄마들은
천국에서는 어떻게 살까

딸들이 와르르 웃으며 눈물을 찍어 낸다

「딸들의 저녁 식사」 부분

위의 시에 등장하는 '우리들'은 아버지는 동일하되 어머니는 제각각 다른 '딸들'을 가리킨다. '우리들'은 '아버지'인 '한 남자를 온전히 가지지 못해 발광의 가슴을 뜯으며' 살아왔던 여자들을 '엄마'로둔 '딸들'로서 '엄마'의 '상처와 치욕'을 보고 자란 자들이다. '우리들'이 모두 몇 명인지 정확한 수는 기록이 되어 있지 않다. 그러나 시의 완자한 분위기와 '갈비 10인분 소주 다섯 병을 비운' 정황은 '우리들'이 결코 오붓한 숫자가 아님을 암시하고 있다.

'한 아버지'를 두고 '엄마들'이 서로 상처입고 경쟁하는 관계였으므로 우리는 '딸들'의 사이가 좋았을 리 없을 것이라 생각한다. '딸들'은 서로 '그 엄마들'이 '남자 하나에 비루하게 생을 마감한' 만큼 증오와 원한에 사로잡혀 있을 것이라고도 짐작하게 된다. 그러나 시의 화자는 우리의 그러한 추측을 일거에 무너뜨린다. 자신들에게서

'엄마가 다르나 어딘가 비슷한' 모습을 발견하는 '딸들'은 '그 엄마들'이 '다 같은 상처와 치욕을 겪'었다는 이유로 의기투합한다. '딸들'은 서로 간 운명의 동일성을 토대로 삼아 서로 미워하는 대신 서로를 위로하고 포용한다는 것을 알 수 있다. '아버지'가 '가장 잔혹한 남자'라는 데 동의하면서도 '아버지를 미워하지 않기로 결정하'는 것도 그들이 의기투합한 결과다. '딸들'은 서로를 보듬으면서 그들보다 더욱 큰 상처 속에 살았을 '어머니들'과 '아버지'를 비로소 감싸안을 수 있게 된다. '딸들이 와르르 웃으며 눈물을 찍어 내'는 장면은 '딸들' 사이에 놓여 있을 원망의 깊은 골들이 넉넉한 화해의 마음으로 따뜻하게 채워지는 상황을 암시한다.

위 시에 그려져 있는 '딸들'의 모습은 인간들 사이의 갈등이 어떻게 화해에 이를 수 있는가에 관한 신달자 시인의 관점을 보여준다는 점에서 주의를 끈다. 시인은 인간들 사이에 항상적으로 놓여 있는 '나'와 '남'의 관계, 주체와 타자 간의 대립의 상황 속에서 이를 화해롭고 슬기롭게 극복하는 방법을 우리에게 넌지시 말해주고 있거니와, 그것은 인간이 지니고 있는 공동의 경험은 서로 있을 수 있는 반목의 정황에도 불구하고 이들을 하나로 묶어낼 수 있는 요인이 된다는 점과 관련된다. 인간들 사이의 공통성은 주체와 타자를 구분짓고 이들 사이에 서열을 매겨 지배 종속의 관계를 이루는 대신 관계의 틈을 메워주고 '살 흐르듯'이 부드럽게 소통시켜 준다는 것을 알 수 있다. 이는 신달자 시인이 살아오면서 가꾸어낸 삶의 성숙의 길이기도 하다.

메루치와 다시마와 무와 양파를 달인 국물로 국수를 만듭니다
바다의 쓰라린 소식과 들판의 뼈저린 대결이 서로 몸 섞으며

사람의 혀를 간질이는 맛을 내고 있습니다

바다는 흐르기만 해서 다리가 없고
들판은 뿌리로 버티다가 허리를 다치기도 하지만
피가 졸고 졸고 애가 잦아지고
서로 뒤틀거나 배배 꼬여 증오의 끝을 다 삭인 뒤에야
고요의 맛에 다가옵니다

「국물」 부분

'그는 내 생의 국물이고 나는 그의 국물이었'다고 말하는 위의 시는 화자와 그의 '남편'과의 관계에서 느껴지던 화해로웠던 정황을 잘 드러내고 있다. 제목이기도 한 '국물'은 '남편'과 '나' 사이에 놓여 있던 이질적인 요소들이 서로 뭉개지고 스며들어 '고요한 맛'에 이르는 상태를 상징적으로 보여준다. 서로 다른 질료, 서로 다른 성격들은 처음 함께 했을 때 '쓰라리고 뼈저린 대결'의 양상과 다르지 않았으나 시간의 흐름에 따라 이들 사이엔 '사람의 혀를 간질이는 맛'이 남게 된다.

상호 이질적인 두 주체 사이에 화해와 어울림이 자리하게 되는 것은 시간이 흐른다고 저절로 이루어지는 것이 아니다. 그 사이엔 '피가 졸고 졸고 애가 잦아지고' '증오의 끝을 다 삭이'는 과정이 요구된다. 이 속에서 주체들은 서로 '다치기도 하'고 '뒤틀거나 배배 꼬이'는 과정도 거치게 된다. 서로 다른 개체인 두 주체가 하나로 어우러져 깊은 '국물'이 되기 위해서는 이처럼 끊임없는 갈등과 대결이 전제가 되어야 하는 것이리라.

그러나 시의 화자는 '나'와 '남편' 사이가 '몸을 우리고 마음을 끓여서 겨우 섞어진 국물을 마주 보고 마시는' 화해로운 것임을 말하고 있다. 그것은 이들이 '나'와 '남' 사이의 깊은 골과 간격을 지혜롭게 극복한 관계임을 암시한다. 결코 순탄치 않은 과정을 슬기롭게 겪어옴으로써 시의 '나'와 '남편'은 비로소 서로를 감싸는 '고요한 맛'에 도달할 수 있었던 것일 터이다.

위 시에서처럼 서로 간 이질성을 극복하고 하나의 조화로운 어울림의 지대로 나아가는 과정을 묘사하는 데서 우리는 신달자 시인의 삶에 관한 태도를 읽을 수 있다. 시인은 회피할 수 없는 인간 사이의 갈등이라는 조건에 주목하여 이것이 삶에 어떻게 수용되어야 하는지를 성찰하고 있는 듯하다. 시인은 개체성을 지닌 인간이 필연적으로 지니게 되는 주체와 타자 간의 대결 관계를 넉넉한 포용의 자세로 감싸안으려 하거니와 그것은 역시 '살 흐르듯' 서로 섞이고 용해되는 화해의 양태에 해당한다. 신달자 시인이 주체와 타자 간 바람직한 관계를 구조화함으로써 우리에게 성숙한 삶을 살아가기 위한 윤리 의식을 보여주는 것도 이 지점이다.

4. 고전 정신에의 추찰推察 ― 이근배의 『추사』

이근배의 시집 『추사』에는 '추사를 훔치다'라는 부제가 붙어 있다. 여기에서 '추사'는 말할 것도 없이 명필가 '추사' 김정희를 일컫는 것이며 '훔치다'라는 말 속엔 「사경寫經」이라는 시에서 암시되듯 '베낀다'의 의미가 놓여 있다. 시인은 '추사를 훔치다'라는 말을 통해 선현들의 말씀과 삶의 자세들을 모방하고자 하는 자신의 욕망을 보여주고 있는 듯하다. 실제로『추사』의 시편들 대부분이 의상, 허균, 길재, 일연, 원효, 최치원 등등 멀리는 삼국시대로부터 조선시대에 이르기까지의 우리의 선철들을 호출하여 이들의 뜻과 비전을 담아내고 있기에 그러하다. 시인은 전국의 사찰 및 명소들을 두루 답사하면서 이들 지역에 얽힌 선현들의 가르침을 밝히고 있거니와 깊은 경외로써 전하는 시인의 전언들을 통해 우리는 역사를 이끌어가는 진지한 성찰적 태도를 접하게 된다. 그리고 그 속에서 우리는 고전의 세계를 한올한올씩 필사하려는 시인의 겸허하고 고아한 품성을 만나게 된다.

> 국립중앙박물관에 갔다가
> 추사秋史의 벼루를 보았다
> 댓잎인가 고사리 잎인가
> 화석무늬가 들어 있는
> 어른 손바닥만 한 남포 오석
> 돋보기로 들여다보아야
> --다듬고 갈아 군자의 보배로다琢而磨只
> 君子寶只 등
> 깨알 같은 48자 명문銘文이 새겨 있는
> 추사가 먹을 갈아 시문을 짓고
> 행예行隸를 쓰던 유품이 아니라면
> 한눈에 들어올 것이 없는
> 그 돌덩이가 내 눈을 얼리고

내 숨을 멎게 한다

「추사를 훔치다」 부분

　위 시는 '박물관'에서 추사의 '벼루'를 보고 느꼈던 감명과 흥분의
정황을 묘사하고 있다. 다수의 시편들을 통해 우리는 시인이 옛 '벼
루'에 강하게 매료되어 있다는 정보를 얻어낼 수 있는데(「신라토기
벼루에 대한 생각」, 「혹애」, 「조선백자 반월형연적」등) 특히 위 시에
서의 '추사의 벼루'는 그 안에 새겨져 있는 '깨알 같은 48자 명문'을
'돋보기로 들여다보'고 또 전시장의 유리를 깨고 훔치고 싶어할 정
도로 매력적인 것이었음을 알 수 있다. 시의 화자는 '그 돌덩이가 내
눈을 얼리고 내 숨을 멎게 한다'고도 말하고 있다.
　시의 화자가 이처럼 '벼루'에 '홀려 있는' 까닭은 무엇일까? 그것
은 간혹 주변의 골동품 취미에 빠져 있는 사람들과 유사한 행동 양
태에 속하는 것일까? 시인이 유독 '벼루'에 애정을 지니고 있는 것은
특별한 해석을 요하는 대목일까? 위의 시는 분명하지는 않지만 이에
대한 해답의 일단을 제공하고 있다. 그것은 '추사가 먹을 갈아 시문
을 짓고 행예를 쓰던 유품'인 까닭인바, 여기에는 '벼루'가 옛 선비들
의 정신을 담아낸 것이라는 의미가 서려 있다. 과거의 선비들은 끊
임없이, 닳도록 그것에 '먹을 갈아 시문을 지'었을 것이거니와 '벼루'
에는 '도道', 즉 바른 삶을 향한 선비들의 뜨거운 열정이 깃들어 있을
것이라는 점이다. 이러한 '벼루'를 사랑함으로써 시의 화자는 선비
들이 걸었을 '군자'의 삶을 따르고 모방하고 싶었던 것이 아닐까. 즉
시의 화자가 보이는 '벼루'에의 '혹애惑愛'는 경박한 오늘날의 세태
속에서는 쉽사리 찾아보기 힘든 기품어린 군자의 덕을 실천하고자

하는 시인의 열망을 고스란히 담고 있는 것이 아닐까 한다.

　어쩌면 시인이 우리의 명승지 곳곳을 밟으며 그와 연루된 선현들을 떠올리는 것도 나라와 백성을 염려하였던 군자의 덕을 재현해내고 이를 추앙하기 위한 것이라 볼 수 있을 것이다.

　　　새벽이 있었더냐
　　　나고 죽음의 멍에를 풀고
　　　더덩실 춤사위로 나설
　　　이 땅의 슬기가 있었더냐
　　　크지도 않고 작지도 않으며
　　　있지도 않고 없지도 않은
　　　대승의 길을 열어
　　　비로소 무명을 깨우쳤거니
　　　마음이 곧 우주인 것
　　　내 썩지 않는 도끼자루 되어
　　　빛기둥 하나를 세우리라
　　　새벽이 오고 있지 않느냐.
　　　　　　　　「원효」 부분

　이근배 시인이 시집에서 다루고 있는 선현들은 열거할 수 없을 만큼 많다. 이들은 삼국시대로부터 조선시대에 이르기까지 망라되어 있으므로 사상적 배경에서 다양하고 승려에서부터 학자, 무사에 이르러 있으므로 정신적 기질에서도 차이가 난다. 그런 만큼 그러한 차이들을 가로질러 다양한 선현들을 도입시키는 시인의 의도에는 일정한 관점이 있을 것으로 보인다. 그것은 곧 과거로부터 미래로 이어지는 우리 민족의 역사적 비전과 관련이 있지 않을까. 즉 그것은 유교도 불교도 아니고 혹은 선비의 것도 무사의 것에도 귀속되지 않는, 우리 민족의 정신을 밝혀줄 수 있는 범주에 해당하는 것이라는 점이다. 시인이 끌어내는 선철의 가르침은 모두 오늘을 사는 우리가 나라와 민족을 강건히 하는 데 기여할 수 있는 깊은 성찰적 인식을 담고 있는 것이리라.

위 시의 '원효'의 말씀도 이에서 벗어나지 않는다. 위 시에 등장하는 '원효'는 '이 땅'에 '새벽'도 '슬기'도 없음을 안타까워하면서 '대승의 길을 열어 비로소 무명을 깨우치'고자 하였던바, 원효의 이와 같은 가르침에 힘입어 시인은 오늘의 역사 역시 밝은 '대승'의 경지가 펼쳐지기를 기대하고 있다. 시에서 시인이 표현하고 있는 '내 썩지 않는 도끼자루 되어 빛기둥 하나를 세우리라'는 메시지는 이러한 시인의 의도가 매우 굳건함을 방증한다. 특히 위 시에서 시의 화자는 '원효'와 원효를 떠올리는 시인이라는 두 명의 목소리로 묘하게 중첩이 되어 있음을 알 수 있는데, 그것은 후대의 시인이 자신을 과거의 '원효'와 동일시함으로써 그의 정신을 모방하고자 하는 데서 비롯되는 것이라 할 수 있다.

아뢰옵나니
백성은 하늘
왕도는 하늘을 따르는 법
눈에 박인 어둠을 뽑고
글 속에 있는 불빛을 보는 것

어진 마음을 익히고

어진 마음을 가르쳐야 하느니

비단옷 입기보다

베옷에 짚방석을 깔아야

비로소 세상이 보이느니

「이언적」 부분

'독락당'에 이르러 시인이 떠올린 이는 유학자 '이언적'이다. '독락당'은 이언적이 벼슬에서 물러나 고향 경주에 내려왔을 때 기거했던 집의 사랑채로, 조선 중기 이래 지금까지 학자다운 기품을 고스란히 전해주고 있음을 알 수 있다. 이러한 '독락당'에 머물면서 시인이 말하고자 하는 바는 위의 시에 잘 나타나 있는데, 특히 그것은 '이언적'과 그를 추찰하는 시인의 목소리로 동시에 중첩되면서 발화되고 있다. '백성은 하늘 왕도는 하늘을 따르는 법', '어진 마음을 익히고 어진 마음을 가르쳐야 하느니'라는 등의 말은 유학자 '이언적'의 발화인 동시에 시인의 발화이기도 한 것이다. 그만큼 시인은 과거 선철들에게 자신을 동일시하면서 그들의 정신을 오늘의 시대로 이어와 재현시키고자 한다는 것을 알 수 있다.

위의 시에서 이언적의 발언은 물론 유학자다운 정체성을 드러내는 것이다. 그러나 그것은 성리학의 테두리 내에 한정되는 것이 아니라 오늘을 사는 우리에게 절실하게 필요한 가르침이기도 하다. '백성은 하늘'이며 '왕도'는 '어진 마음을 익혀야' 한다는 말은 나라의 근본이 국민이며 위정자는 국민에 대한 봉사자라고 하는 민주주의 국가의 이념과 상통하는 것이기 때문이다. 현대 사회에서 가장 기본이 되는 이러한 이념이 지켜지지 않고 있는 오늘날 '이언적'의 가르침을 환기하는 일은 '이언적'을 기념하는 데서 그치는 것이 아니라 '이언적'을 통해 오늘의 비전을 비추기 위한 것이라 볼 수 있다. 요컨대 과거 성현들의 정신을 추찰함으로써 시인은 오늘날 그것을 되살리고자 한다.

과거에 속하는 것을 오늘에 되살리는 것, 즉 고전을 추앙하고 모방하는 일은 현대의 삶에 어떤 의미를 지니는 것일까? 오늘의 맥락과 전혀 상관없는 지대에서 벌어졌던 사태를 오늘에 상기하고 재현하는 일은 어느 정도의 효과를 지니게 될까? '벼루'에의 강한 취미를 바탕으로 고전에의 지향을 보이는 이근배 시인의 경우 그의 고전 취미의 현대성을 말할 수 있을까? 이러한 질문들과 관련하여 볼 때 이근배 시인이 우리에게 보여주고 있는 시편들은 오히려 고전이야말로 현대인의 미래적 삶을 열어내는 데 큰 지침을 마련하는 것이 아닌가 생각하게 한다. 더 엄밀히 말해 고전에 남겨져 있는 바른 정신을 오늘에 새기는 일은 오늘의 잘못된 삶을 반성하고 이를 극복하는 데 기여하는 바가 크다는 것이다. 특히 이근배 시인이 보여주고 있는 고전적 정신에의 동일시는 부정과 탐욕에 빠져 허우적대는 오늘의 세태에 맑고 커다란 경종이 되겠기에 숙연해진다. 이근배 시인의 시편들에서 우리는 현대를 이끌어가는 정신은 무엇이 되어야 할지 가늠하게 되는 것이다. 즉 이근배 시인이 보여주고 있는 고전의 세계는 오늘날 주체 이기주의에 매몰되어 있는 현대인들에게 비로소 타자에 대한 올바른 윤리성을 회복하도록 해주는 일 방편으로 기능한다는 것을 알 수 있다. ◎『시와정신』, 2014년 여름호

허상虛像의 세계에서의
'시쓰기'의 의미
– 최금진의『사랑도 없이 개미귀신』, 김안의『미제레레』

시가 아름다울 수 있고 시의 말이 울림이 될 수 있는 것은 그것이 진정성에 기반하기 때문이다. 시에 내재되어 있는 진실의 충만함은 거짓과 위선으로 횡일하는 세계에 대한 도전이자 대안으로 기능하므로 시는 시대의 이질적 영역이 된다. 시를 통해 사랑과 영원, 이상과 구원을 말하는 것도 이와 관련된다. 때문에 시는 단순한 보통명사가 아니라 신神의 다른 이름이 된다. 시는 추상적인 절대성을 둘러싼 의미의 위계성을 구축한다.

이와 같은 의미망 속에서 볼 때 시의 위상이 절대화 될 수 있는 것도 시가 진정성에 기반한다는 전제 속에서 가능하다는 것을 알 수 있다. 시를 채우는 진실의 함량이 감소할 때 시를 둘러싼 의미의 위계성은 더 이상 의미가 없다. 시는 절대도 구원도 아니고 아무것도 아니게 된다. 시인이 괴로워하며 싸우는 것은 다른 것이 아니라 시의 말 속에 채워지는 진실眞實의 밀도를 구하기 위해서라고 해도 과언이 아니다. 시인의 자의식은 곧 시가 지닐 수 있는 의미의 절대성에서 비롯한다.

　그러나 시의 말이 시대 속에서 어느 정도까지 진실의 함량을 채울 수 있을까? 시인이 구한 진정성이 어느 정도까지 유통될 수 있을까? 진실이 농락당하여 진정성이 한갓 해프닝 내지 조소거리가 될 때 의미의 위계성은 더 이상 시인에게 시의 구속 요건으로 작용하지 못한다. 시가 고투 속에 추구해야 할 절대성은 허구가 되고 의미를 둘러싼 위계성은 무의미한 환상이 된다. 시인이 추구할 수 있는 진실이란 곧 사회에 유통되는 진정성의 함량에 기반하는 것이다. 사회에 진정성이 원활하게 유통되지 않을 때 시인이 구하는 시의 의미는 흔적도 없이 사라질 것이다.

　최금진과 김안의 시는 곧 진실이 부재하는 우리 사회에서 시쓰기의 의미에 관한 시린 토로라 할 수 있다. '존재로부터 멀어져 가는 말의 여운'(『사랑도 없이 개미귀신』)을 지적하는 최금진 시인, '말이 사라지면 나도 너도 그저 고기로 태어난 고기일 뿐이'라고 소리치는 김안 시인에게 시는 진실을 담는 그릇이면서 또한 진정성이 더 이상 유통되지 않는 이 시대에 바닥난 진실을 목도케 하는 메마른 바탕에 해당한다. 진실이 죽은 사회에서 의미를 찾아 헤매는 일은 소외와 고통을 감내하는 일과 같다. 최금진과 김안의 시는 곧 진실이 부재한 사회에서 자기만의 스타일로 지켜진 시쓰기의 보루라 할 수 있다.

1. 절대성의 부재와 '모래'의 언어—최금진의 시

　최금진 시인에게 '말'은 양식이다. 그에게 시의 말이란 허기진 자가 구하는 생명의 근거다. ‘말’이 통하지 않고 ‘말’도 되지 않는 세상에서 돌아와 그가 찾는 것은 양식으로서의 시의 언어다. 그는 습관적으로 ‘그중 입맛에 맞을 것 같은 시 한줄을 맛보’(「개미귀신」)곤 한다고 말한다. 그러나 이제 그가 겨우 찾은 ‘먹다 남은 말’은 그에게 아무것도 주지 못한다. 시의 말은 영혼도 몸도 구하지 못한다. 그것은 시의 ‘말’이 이미 ‘부스스’거리는 ‘모래’(「개미귀신」)가 된 까닭이다. ‘말’은 더 이상 그 누구의 어떤 양식도 되지 못한 채 버석거릴 뿐이다. ‘배고픈 언어를 주워 먹’으며 생명을 구하던 시인은 ‘어제 하늘로 올라가 지상에 없다’(「검은 일요일」). 언어로부터 생명을 얻지 못하므로 ‘시인은 죽었다’고 그는 말한다.

실제로 최금진 시인의 언어는 버석거리는 ‘모래’와 같다. 그것은 기름지지도 부드럽지도 않아, 그의 언어는 정제된 서정의 언어와 거리가 멀다. 깨진 그릇 조각처럼 까칠하고 날카로운 것이 그의 언어다. 제련된 아름다움이라든가 진실을 구하는 일은 그의 관심으로부터 멀리 있는 것인데, 그것은 그가 세상으로부터 절망했기 때문이다.

그에게 ‘대화와 소통은 미개한 짓’이라는 생각이다. 그는 세상에 대해 ‘나를 도구로 사용한 흔적이/ 당신의 손에 돌도끼처럼 들려 있지 않은가’(「착한사람」)하고 말한다. ‘말’이 진정성이라는 ‘목적’을 상실하고 사회가 죄악으로 가득 찰 때 ‘말’은 시의 언어가 될 수 없거니와, 거짓 ‘말’이 유통되는 사회에서 생명을 구현하는 시는 사라지고 인간과 인간 사이는 죽고 죽이는 거짓된 관계만이 남는다. 시의 언어를 지키는 일이 ‘미개한 짓’에 해당되는 사회에서 시인에게 돌아오는 것은 상처뿐이다. ‘앞으로도 목적도 없이 살아갈 것이다’, ‘당신이 말하는 종착점 같은 것은 없다’(「착한사람」) 등은 상처 입은 자의 위악적인 말에 해당한다.

절망한 그에게 시가 추구하는 '구원'에의 희망은 남아 있지 않다. 그는 '근원이나 영원, 미래 같은 단어는 엿 같다'(「귀뚜라미와 나」) 고 말한다. 그는 '세월의 어처구니에 기대어 희망을 맹신하는 우리 가 지겨웠다'(「모래의 날들」)고 고백한다. 그의 절망은 시의 근본 전 제까지도 흔든다는 것을 알 수 있다. 그렇다면 사랑과 영원, 이상과 구원을 추구하지 못할 때 시는 과연 존재할 수 있겠는가.

> 신과 시와 사랑, 무엇을 택할래, ㅅ이 진지하게 내 대답을 기다렸다
> ㅅ이 나를 망쳐놓았다, 아무것도 하지 않고 ㅅ이 만들어 놓 은 길을 싸돌아다녔다
> 어떤 것은 너무 시시했으며, 어떤 것은 너무 진지했지만
> 정작 내가 사랑한 것들은 내게 예의가 없었다
> ㅅ의 가장자리에서 내 손금에 그어진 성공선이나 살피며
> 나는 ㅅ의 흔적을 아끼고 사랑하고 저주했다
> ㅅ이 나를 키웠고, ㅅ이 나를 버렸고, ㅅ이 나를 필요할 때 마다 불렀고
> 그때마다 ㅅ의 품에 안겼다, ㅅ속을 걸으면 안개가 끼었고, 안개 속에선 소나무들이
> 유령처럼 걸어나와 내 목을 ㅅ의 줄기에 매달기도 했다
> 　　　　　　　　　　　　　　　　　「여전히 ㅅ하십니까」 부분

시의 화자는 시의 첫머리에서 'ㅅ은 어떤 것의 사이나 속을 의미

한다'고 규정하거니와, ㅅ은 '신과 시와 사랑'을 동렬에 놓이게 하는 근거에 해당한다. '신과 시와 사랑'은 모두 'ㅅ'을 지님으로써 동일하게 '어떤 것의 사이나 속'을 가리키게 된다. 때문에 '신과 시와 사랑'은 ㅅ에 의한 내포, 즉 '사이나 속'과 같은, 세계를 이어주고 의미를 충만하게 해주는 등속의 동일한 의미를 지니게 된다. 또한 이는 재미있게도 '신과 시와 사랑'이 인간의 구원과 관련된 개념들이라는 점을 말해준다. 이들이 제대로 된 '사이나 속'을 지니게 될 때 이들은 인간을 구원에로 이르게 하는 결정적인 방법에 해당하는 것이다. '시'는 '사랑'이나 '신'과 마찬가지로 인간을 영원에 이르게 해주는 절대적인 의미망 속에 놓이게 된다. 시의 화자가 'ㅅ'의 그룹들을 '사랑'했던 것도 이 때문이다.

  그런데 화자는 'ㅅ이 나를 망쳐놓았다'고 말한다. 'ㅅ이 나를 키웠고, 나를 버렸다'고도 말한다. 'ㅅ'이 '내게 예의가 없었다'는 말은 '내'가 'ㅅ'에 애정을 주었던 만큼 대가가 되돌아오지 않았음을 암시하는 것이리라. 화자는 'ㅅ'과 '나' 사이의 불균등한 관계와 'ㅅ'의 응답없음을 지적하며 자신이 절대에의 믿음을 더 이상 유지할 수 없게 되었음을 고백한다. 화자에게 'ㅅ'은 이제 구원의 방법이 될 수 없는 것이다. 'ㅅ'들이 유지하였던 절대적 의미망은 붕괴되었고 '나'에게 영원성의 세계는 더는 존재하지 않게 되었다. 또한 절대에의 믿음이 사라졌을 때 '내'가 추구하는 세계는 눈앞의 속된 것들로 국한된다는 것을 알 수 있다. '신과 시와 사랑'은 '손금'의 '성공선'으로 대체되었고, '신과 시와 사랑'의 부재 앞에서 '나'는 '애증'과 '저주'를 품게 되었다. 절대적 의미망의 부재는 곧 선善의 추락을 예비하게 되는 바, 이는 이후의 세계 속에서 '선善'을 위한 어떤 지표도 지키지 못함을 의미하는 것이다. 절대성의 붕괴는 세계의 완전한 좌절과 혼돈에 다름 아니다.

위의 시는 시인이 생명과 구원을 위한 정제된 언어가 아니라 모래 알처럼 버석거리는 언어를 구사하게 된 과정을 보여준다. 그의 언어는 의미의 위계성 속에서 '속'이 채워진 것이 아니라 세속의 말과 같이 거칠고 공허하다. 절대의 의미망으로부터 벗어난 그의 언어는 속되고 가볍다. 그의 시는 절대를 향한 성스러운 울림을 주는 대신 정치판의 언어처럼 요란스럽고 새되다. 통상적인 의미에서의 시적 언어를 그는 버렸다고 말할 수 있다.

그러나 엄밀히 말해 그가 시적 언어를 버린 것은 시적 언어가 더 이상 영원성을 구현할 수 없었음에 기인한다. 시적 언어가 진실의 함량을 채울 수가 없었던 것인데, 그것은 결국 세상이 그러한 것이다. 세상에 진실이 유통되지 않았던 것이다. 오늘날 과연 우리에게 실오라기만큼의 진실이라도 있는가 말이다. 비단 근대의 시작과 더불어 중세의 신이 주도했던 영원성의 시대가 붕괴하였고 그로 인해 인간이 타락하는 시대가 도래하였다는 문명 비판적 담론을 들먹이지 않더라도 오늘 우리 사회에 털끝만큼의 진정성이라도 있던가 하는 것이다. 구원과 근원을 따지지 않더라도 우리가 '존재'로 있기 위해 필요한 최소한의 진실이 우리 사회에 과연 유통되고 있는가. 진실은 공소한 것이 되었고 유통되는 것은 모두 조작된 허구에 불과하다. 허상의 세계 위에서 텅 빈 말들을 씹으며 우리는 살고 있다. 위 시의 화자는 'ㅅ이시여, 왜 나를 버리십니까?'라고 절규하거니와, 거짓으로 조작된 허상의 이 시대를 구할 수 있는 자는 '침묵'하고 있다는 인식이 여기에 있다.

어쩌면 이 속에서 우리는 시인의 말대로 '저주받은 부족들'(「검은 일요일」)일지 모른다. 누구도 허상을 벗겨 진실을 구하려 하지 않는 다는 점에서 '땅에 앉는 것과 공중에 떠 있는 것이 모두 역겨운' 그런 세상을 우리는 살고 있는 것이 아닐까. 세상을 향해 모래같이 까칠 한 언어를 던지는 시인에게 세상은 결국 구제할 수 없는 절대악의 세계에 해당한다.

> 나와 나 아닌 것의 투쟁, 이 대립구조가
> 당신과 나의 육체의 골격을 이룬다
> 불투명한 유리를 텁텁, 씹으며
> 서로가 내연의 사막을 견디고 있을 때
> 벗은 몸으로 증오의 더께를 가늠할 때
> 이 싸움은 누구든 패한다
> 낙타 위에서 낙타가 된 사막의 전사들
> 그 전쟁 같은
> 관계,
> 　　　　「모래시계의 구조」 부분

'모래시계'는 구원과 무관한 채 끝도 없는 허망한 삶에 대한 형상을 잘 구현하고 있다. 또한 '모래시계'를 통해 '당신의 얼굴이 사라지고 나면/ 비로소 내가 한 개의 무덤이 되는 구조'를 읽음으로써 시인은 타자의 잠식이 '나'의 확대가 아니라 공멸에 해당한다는 의미를 끌어내고 있다. 타자의 소멸은 곧 '무덤'처럼 증식하는 '나'의 죽음에 다름 아닌 것이다. 결국 '나'와 '너'는 서로를 없애야 하는 관계가 아니라 함께 있음을 조건으로 하는 상대적 관계망 속에 놓인 존재들이라 할 수 있다. '모래시계의 구조'는 우리에게 삶의 진실에 이르는 훌륭한 상징이 되어 준다.

그러나 우리의 삶이 '모래시계'에 내재하는 '진실' 위에서 성립되어 있지 않음은 자명하다. 타자와의 공존을 제시하는 '모래시계'의 진실에 귀기울인다면 자기의 추악한 욕망을 위해 타자를 멸망케 하는 일은 벌어지지 않을 것이기에 말이다. 자기의 존립을 위해서 어떠한 공작과 거짓도 서슴지 않는 허상의 세계는 타자와의 상대적 관계망에 대해 외면하기 때문에 빚어진다. 진실 부재의 허구의 세상은 끝없는 갑을구조를 붕어빵처럼 양산할 뿐이다.

위의 시는 이를 '나와 나 아닌 것의 투쟁'의 '구조'로 말하고 있거니와 허상의 세계에서 우리는 끊임없이 '나' 이외의 모든 타자들을 '적'으로 여기는 거짓된 삶을 살고 있다. '나'가 아닌 것, '나'와 닮지 않은 것들은 바로 그런 이유로 적대적 관계 구조 속으로 편입된다. 이러한 사회 속에서 진실은 '사랑'이나 구원과 같은 것이 아니라 '나'의 승리에 해당한다. 그리고 '나'의 승리란 곧 타자의 소멸을 의미한다. '사랑' 대신 '증오'가 증식되는 것도 여기에서다. 시인은 인간 사이의 이같은 관계를 '전쟁'이라 표현한다. 특히 그것은 '누구든 패하'는 그런 '싸움'이다. 증오에 의해 치러지는 전쟁같은 관계 속에서 진정한 승리자는 없다. 여기에선 모두가 '견뎌'야 하고 모두가 '사막의 전사들'처럼 고독하다. 서로를 잇는 '말'들은 '텁텁 씹히는 불투명한 유리'처럼 까칠하다.

이속에서 과연 우리를 구할 것은 무엇인가. '신이나 사랑, 시'와 같은 절대의 의미망이 붕괴된 지점에서 허상의 시대를 넘어설 수 있는 길은 과연 남아 있는가. 어쩌면 최소한의 상대적 진실로부터 시작하는 것은 어떠할까. 곧 타자에 대한 존중이 그것이다. 타자가 있음으로써 '내'가 있고 '타자'가 살아있음으로써 '내'가 '무덤'이 되지 않는 상대적 공존의 자세가 출발점이 되는 일은 어떠할까 하는 것이다.

2. 거짓된 세계와 '악몽'의 언어—김안의 시

김안에게 시는 행위와 결부되어 있다. 그에게 시쓰기는 '당신'으로 명명되듯('당신이라는 쓰기', 「복화술사」) 유토피아적 장소이지만 동시에 지금 바로 호명됨으로써 존재하는 주체이기도 하다. 그것은 완결된 채 저 멀리 있는 그 무엇이 아니다. '당신'으로서의 '쓰기'는 '사랑'의 시간이자 공간이 된다. '이 문장만이 내가 등돌리고 누울 유일한 곳'(「소하동」)이라는 점에서 그것은 공간이 되지만 '공포는 고요하고/ 고요에 시달리면 시달릴수록 쓰기에 가깝게 된다'(「복화술사」)는 점에서 그것은 시간이기도 하다. 시인에게 '쓰기'는 '쓰기'의 행위 자체로써 이데아의 공간이 만들어지는 과정중의 개념이다.

이러한 '쓰기'는 시인에게 '시'와 동일한 외연을 이루게 된다. 그에게 '시'는 기성의 일정한 관념에 결부되는 것이 아니라 지금 이 자리에서 피어나는 몽상 그 자체에 해당한다. 그것은 '끝끝내 말하고자 했던 서정과 미래'의 '부재'(「囊」)를 확인한다거나 '용서와 사랑', '신'과 '신비'(「일요일」)과 같은 영원하고 절대적인 관념이 소멸된 것과 관련된다. '쓰기'로서의 시는 '피안과 이데아'와 같은 완성된 세계로부터 비롯되는 것이 아니라 지금 여기에서 생산되는 것, 더 정확하게는 '나'를 짓밟는 '구둣발의 주인'(「일요일」)을 피해 달아나는 자리에서 솟구쳐 올라오는 말들에 해당한다. 이 점에서 '쓰기'로서의 '시'는 도피의 언어이자 몽상의 언어이고 진행형의 언어이자 곧 소멸할 언어이기도 하다. 그것은 시인에게 '시'가 최소한의 낙원이자 최저한도의 구원에 해당함을 알 수 있다. '쓰기'로서 구성되는 '시'는 마치 소용돌이치는 현실에서 바늘 한 귀만큼으로 축소된 지극히 협소한 이데아인 것이다. 이는 반대로 '시'를 제외한 모든 시공간이 '실낙원'(「실낙원의 밤」)에 다름없음을 말해주는 것이기도 하다.

'시쓰기'에서 최저낙원을 이루는 시인의 눈에 보이는 '현실'은 '국가'(「국가의 탄생」)와 '공화국'(「맹목」), '계급'(「불가촉천민」)과 '도시'(「개미집」) 등 명백한 것들이지만 동시에 그것들은 '빌어먹을 마녀가 있고'(「이후의 삶」) '여왕을 배불리기 위해 지렁이를 해체해 옮기는 개미 떼들'(「실낙원의 밤」)이 있는 환상적인 것이기도 하다. 아니 어쩌면 그가 보는 현실은 분명한 것과 환상적인 것이 뒤엉킨 허상적인 것이라 할 수도 있을 것이다. 실재하는 것과 마법같은 것이 혼재되어 빚어진 현실은 그야말로 출구가 보이지 않는 허상虛像의 세계가 아닐 수 없다. 현실은 '문이 닫힌'(「육식의 날들」) 거대한 폐쇄 회로가 된다. 시인은 실재인지 환상이지가 구별되지 않는 허상의 현실과 관련하여 "현실에서는 그 어떤 폭력도 눈물도 없다. 단 하나의 단호한 명명만이 있다. 단 하나의 거대한 입과 이렇게나 많은 찢겨진 입들이 있다. 이렇게나 많은 유령들이 또다시 거리를 배회하고 있다"(「이후의 삶」)고 말한다. 고요한 듯하지만 폭력이 있고 평화로운 듯하지만 죽음이 있는 곳, 따라서 살아있는 자와 죽은 자가 분간이 되지 않는 '유령들'의 세상이 곧 시인이 본 현실이다.

죽은 자들이 사라지니 신도 사라졌다. 하지만 나의 조국의 내부에는 여전히 구원이 있고, 구원의 쾌락이 있다. 빌어먹을 마녀가 있다. 그리고 그 뒤에는 이토록 나약한 말의 악몽이 있다; 언제부턴가 온 집 안의 수도꼭지가 잠가지지 않는다. 얕은 잠 속으로까지 물이 넘쳐 들어온다. 엄마를, 아내를, 애인을, 진실 속에서 익사한 사람들을 불러본다. 내게는 숨겨진 벗들이 있으며, 숨겨진 입들이 있으며, 숨겨야만 했던 유령이 있으며……숨겨져 있으니 내게 현실은 아무런 관계도 무게도 없이 영원히 출렁이며 고인 채 썩고 있다. 단단한 벽과 늙어 소리를 잃은 악기들, 창문으로 쏟아져 들어오는 실체를 알 수 없는 그림자와, 벌레처럼 울고 있는 형광등, 찢겨진 입과 매일의 유언; 그저 악몽을 창조하는 것. 기억되는 악몽만이 가끔 진실이 된다.

「이후의 삶」 부분

현실에 넘치는 마법처럼 불가해한 사건들, 그것들은 과연 실재인지 환상인지 구별이 되지 않을 만큼 혼돈스럽다. 현실은 고요히 흘러갈 뿐이지만 그것은 환상처럼 기괴하다. 겉으로 드러난 현실은 평화롭다는 이유로 진실에 속하는 것인가. 보이는 평화 뒤에 '숨겨진 벗들' '숨겨진 입들'은 무엇을 말하고자 하는가. 우리가 가장 이성적이라 여겼던 질서와 평화는 '엄마를, 아내를, 애인을, 진실 속에서 익사한 사람들을' '숨기고' 있다는 점에서 가장 위선적이고 가장 혼란스러운 것이라 할 수 있다. 겉으로 드러난 고요는 진실인가, 허구인가. '현실에서 그 어떤 폭력도 눈물도 없'는 대신 '단 하나의 단호한 명명'이 지금 세계를 지배하는 것이라면 현실은 가장 이성적인 듯하면서 가장 폭력적이다. 그것은 이성을 가장한 폭력에 해당한다. '단호한 명명'에 이루어지는 현실은 말 그대로 폭력적으로 조작된 것이다. 겉으로 그것이 고요와 평화, 질서로 드러난다 해도 그 안에 진실은 없다. 단 1%의 진실도 끼어 있지 않으므로 현실은 환상과 다르지 않다. 오늘의 고요한 현실이 허상으로 다가오는 것도 이 때문이다.

이러한 환상과 같은 현실 속에서 시적 자아는 '언제부턴가 온 집안의 수도꼭지가 잠가지지 않는다'고, '얕은 잠 속으로까지 물이 넘쳐 들어온다'고 호소한다. 현실을 현실로 지탱하기 위한 요소들이 허망하게 거세되어가는 세상 속에서 현실은 빈껍데기가 된다. 이제 더 이상 어느 누구도 보이는 것이 진짜라고 믿지 않는다. 위 시의 화자가 "내게 현실은 아무런 관계도 없이 무게도 없이 영원히 출렁이며 고인 채 썩고 있다"고 말한 까닭도 여기에 있다. '빌어먹을 마녀'와 '거리를 배회하는 많은 유령들'이 눈에 띄게 되는 것도 이러한 현실 속에서다. 결국 우리는 사이버 공간에서만 가상 현실을 보는 것이 아니라 현실 속에서 가상을 보는 아이러니에 갇히게 되었다. 진실을 잠식한 허구가 축조한 현실은 거대한 가상현실에 해당하는 것이다.

현실이 이러하므로 시인은 '시쓰기'를 통해 최저낙원을 구한다. '신이 사라지'고 더 이상 '신비'나 '용서와 사랑'을 말할 수 없는 세상에서 지금 이 순간 이루어지는 '쓰기'는 가장 명백한 구원의 방편이 된다. 시인은 신과 영원을 둘러싼 절대적 의미망이라든가 어떠한 의미의 위계성도 없이 시를 써나간다. 완성된 무엇에 의해서가 아니라 오직 쓰는 행위에서만 구원이 이루어지는 그에게 언어는 행위 자체일 뿐 그 이상의 어떤 것이 아니다. 마치 거미가 실을 토해내듯 무작정 토해지는 시의 말들. 그것들은 영원히 의미를 보전하는 대신 순간적으로 의미를 생성한다. 적어도 시인에게는 말이 토해진다는 사실만이 구원이자 진실에 해당하는 것이다.

　현실이 거대한 허상이 되어 버린 이 시대에 시인에 의해 토해지는 시의 몽상들은 그러나 '악몽'에 다름 아니다. 위선으로 조작된 현실의 밑바닥에서 넘실거리는 '숨겨진 얼굴들'이 '그림자'가 되어 '창문으로 쏟아져 들어오'는 환상을 시의 화자는 본다. '얕은 잠속으로 넘쳐 들어오는 물' 속에 '엄마를, 아내를, 애인을, 진실 속에서 익사한 사람들'의 환영을 시의 화자는 보는 것이다. 고요와 평화로 포장된 조작된 '조국'의 이성理性을 찢고 밀려오는 '숨겨진 얼굴들'의 환영은 '나'를 혼돈 속으로 밀어넣는다. 시쓰기에 의해 '악몽이 창조'되는 것도 여기에서 비롯된다. '악몽'은 현실과 환상이 구분되지 못하고 역시 꿈과 실재가 구별되지 않는 상황 속에서 발생한다. 현실이 허상이 되고 거짓으로 차 있을 때 밀고 들어오는 꿈과 환상에는 비로소 진실과 실재가 있다. '악몽'은 거짓된 현실을 일깨우는 혼돈에 찬 진실인 셈이다. 시의 화자가 '기억되는 악몽만이 가끔 진실이 된다'고 말한 것도 이 때문인바, 화자의 몽상 속에 넘나드는 '악몽'은 곧 현실에 진실이 부재함을 폭로하는 지표에 해당한다. '악몽'을 통해서만 진실이 얼굴을 내미는 혼돈의 시대에 시인이 현실을 지우고 싶어하는 것은 당연한 일일 것이다.

　　내 모든 삶이 만약이라면,
　　이 세계가,

매일 내가 먹어야 하는 알약의 개수를 헤아리는 이 저녁의 세
　계가

(중략)

만약이라면

어떤 혐의들로부터도 패악들로부터도 자유로울 수 있을까

허물어진 얼굴을 양손에 받쳐 들고 서서

오 아무 인생이 없는 기쁨이여

세상의 모든 중심을 향해 흩어졌던 나의 신들이 결국 길을 잃
　었구나

애도할 수 있을까

오늘 밤은 머리 위로 펼쳐진 속죄의 목록들이 무척이나 아름
　답구나

「미제레레」 부분

　'미제레레'는 라틴말로 '불쌍히 여기라'는 의미다. 성경에서 우리
는 흔히 "긍휼히 여기소서"라는 말로 들어왔을 터이다. 그런데 '긍휼
히 여기'는 주체는 여기에서 누구인가? 시에서 '주主'라든가 절대자
는 등장하지 않기 때문이다. 대신 시의 화자는 '세상의 모든 중심을
향해 흩어졌던 나의 신들이 결국 길을 잃었다'고 말하고 있다. 이는
더이상 절대라든가 근원과 같은 영원성의 의미역을 환기할 수 없는
이 시대의 시의식과 관련되는 것으로, 시의 의미가 구원을 중심으로
이루어질 수 없음을 암시하는 것이라 할 수 있다. 구원을 꿈꿀 때 가
능한 의미의 위계성은 이제 시에서 구현될 수 없는 것이다. 곧 오늘
날은 서정시가 쓰여지기 힘든 세상인 것이다.

절대와 영원성을 꿈꿀 수 없는 시대란 앞서 언급했듯 세상에 진정성이 더 이상 유통되지 않는 데서 비롯되는 것이다. 그것은 문명적인 사태이기 이전에 오늘날 우리의 정치적인 사태에 해당한다. 오늘날 우리 중 아무도 현실에서 진실을 보지 못한다는 점, 현실이 온통 거짓과 조작으로 이루어지고 있다는 점은 절대성의 부재가 정치적 사태임을 말해주는 대목이다. 시인이 말하였듯 오늘의 우리 사회에서 진실은 '유령'이 출몰하는 '악몽' 속에나 깃들어 있다.

이것은 분명 죄악이다. 그리고 죄악의 주체는 진실을 은폐하는 자들뿐만 아니라 은폐된 진실을 드러내려 하지 않는 자들 모두라 할 수 있다. 오늘의 우리 사회에서 '숨겨진 얼굴'을 보려 하지 않는 자라면 모두 죄악의 주체인 것이다. 위 시의 화자가 "이 세계가,/ 만약이라면/ 어떤 혐의들로부터도 패악들로도 자유로울 수 있을까" 하며 번민하는 것도 이와 관련된다. 위선과 거짓의 사회에서 어떤 자도 죄의 낙인으로부터 예외가 될 수 없다는 인식이 여기에 있다.

패악의 사회에서 '허물어진 얼굴', '인생이 없는 기쁨', 그저 '알약의 개수를 헤아리는' 일상 등이 마치 가장 이성적인 것처럼 세상의 질서와 평화를 구성한다. 가장 이성적인 것이 가장 현실적이고, 가장 현실적인 것이 가장 이성적인 것이라고 했던 한 부르주아 철학가의 말처럼 이 시대를 지배하는 고요와 평화는 가장 이성적인 동시에 가장 현실적인 것인 듯 진실로 가장되어 유통된다.

이러한 사회를 가리켜 시인이 '만약'이라는 가정법의 어법을 끌어들인 것은 이 허위의 세계가 물 한 방울 샐 틈도 없이 공고하기 때문이다. 대화와 소통을 거부하는 철벽같은 위선의 세계는 변화와 개선의 여지를 마련해 두고 있지 않다. 세상이 '혐의와 죄악'으로 가득 차

'악몽' 속에서 최소한의 진실을 대면하고 있는데 사회는 이를 '속죄' 하려 들지 않는 것이다. '신도 길을 잃어버린' 듯한 이러한 사회에서 그렇다면 죄의식을 지닌 주체들은 대체 어디로 가야 하는가. 우리를 '긍휼히' 여길 자는 도대체 누구인가. 우리는 여전히 '악몽'을 헤매야 할 것이며 '밤새도록 고백의 시체'가 되어야 하는가. 어떻게 해도 '혐의와 죄악'이 지워지지 않는다면 '패악'의 주체들은 영원성이 상실된 세상에서 언제까지나 혼몽의 언어로 연명해야 할 것이다. 진실을 대면하고자 하는 변화와 개선이 없다면 우리에게 '혐의와 패악으로부터의 자유'는 영원히 불가능할 것이라는 점이다. 그러므로 "내 모든 삶이 만약이라면,/ 이 세계가/ 만약이라면" 우리는 "어떤 혐의들로부터도 패악들로부터도 자유로울 수 있을까" 하고 가정이라도 해볼밖에 도리가 없는 것이리라. ○ 『시현실』, 2014년 겨울호

말의 꽃으로 피어나는 주술의 노래

— 정수경의 『시클라멘 시클라멘』

1. 정수경 시의 이중성

정수경의 포스트 모더니티한 시에는 가장 아름다운 언어와 가장 추악한 고통이라는 상반된 층위가 가로 놓여 있다. 그의 시의 한편엔 유미주의를 연상시킬 만큼의 현란한 수사가 있는가 하면 다른 한편엔 삶의 밑바닥을 헤매는 이웃의 모습이 사실주의적으로 그려져 있다. 화려하고 아름다운 수사는 작위적이고 고답적이라는 느낌을 주는데 이와 달리 소외된 인간에 대한 묘사에선 분노와 증오가 여과 없이 표출되곤 한다. 이처럼 극도의 공허함이 감돌면서도 때로 매우 구체적인 느낌도 주는 정수경의 시는 진정 다루고 있는 세계가 무엇인지 그 폭을 잡기가 쉽지 않은 것이 사실이다.

험하다 싶을 정도로 거친 언어와 장식이라 할 만큼 아름답게 꾸며진 언어가 중심과 주변을 구분할 수 없을 정도로 소용돌이치는 그의 시에서 이들 양 측면들은 사실상 어디부터가 실제 체험역에 해당하는 것이며 또 어디부터가 언어적 수사의 차원에 해당하는 것인지 분간하기 힘들다. 정수경의 거칠면서 아름다운 언어, 신랄하면서 수사적인 언어들은 마치 거대한 원심분리기 속에서 뒤섞이다가 분리되기를 반복하는 듯하다. 그의 언어는 뜨거운 용광로에서 들끓다가 어느 순간은 유미적 언어로 또 어느 순간은 생경한 언어로 튀어나오곤 하는 것과 같다.

사정이 이렇다보니 그의 시의 중심된 내용이 무엇이며 그가 시를 통해 궁극적으로 꾀하는 것이 무엇인지 모호하기가 그지없다. 세계의 훼손되고 소외된 부분에 대한 통렬한 성찰이 시의 중심에 놓이는 것인가 혹은 직접적 세계와 분리된 채 미학적 언어 구축에 더 큰 비중을 두는 것인가? 그의 시선은 세계에 대해 비판적인 것인가 그렇지 않은가.

이런 의문은 그의 시집 제목이 되고 있는 '시클라멘 시클라멘'에 이르러 더욱 증폭된다. '시클라멘'이 시집의 해설된 내용대로 꽃 이름에 해당되는 것이라면 이것은 과연 그의 폭넓은 시적 내용들에 대해서 대표성을 지닌다고 말할 수 있을까? 이 아름다운 꽃이름은 그것이 미학화된 언어의 차원에 놓인 허명이 아니라면 그 외 어떤 의미망으로 구축될 수 있는 것인가? 시인의 아름다운 수사들은 단순히 언어 미학가로서의 시인다운 태도로 빚어진 것인가 그렇지 않은가. 이들 문제는 결국 미학성과 사실성이라는 정수경 언어의 이중성의 의미와 함께 그의 미적 언어의 기호적 차원, 즉 그것의 실질과 형식이 어떤 양상으로 관계맺고 있는지를 밝히는 것으로 귀결될 것이다. 또한 이는 혼돈스럽게 뒤섞여 있는 정수경의 시세계를 가늠하는 방편과도 관련될 것이다.

2. 아름답지만 공허한 언어들

　정수경의 언어에 대해 미학적이라고 말할 때에는 보다 면밀성을 요구한다. 그의 언어는 단지 아름다운 것이 아니라 매우 아름답다는 데 문제성이 있다. 그것은 언어의 미학성을 향한 시인의 의도가 인위적이라는 혐의를 띤다는 뜻도 포함한다. 즉 그의 아름다운 언어는 저절로 된 것이기보다는 만들어진 것에 가깝다는 것이다. 그의 언어는 기표와 기의가 자연스럽게 어우러져 잘 빚어진 시적 언어로 정착되는 것이 아니라 기의를 웃도는 기표의 과잉을 보인다. 이때의 기표 과잉이란 기표의 유희라든가 연쇄와는 다른 양상의 것으로서 다분히 수사적이라는 함의를 지닌다. 이는 양적 기표 과잉이 아닌 질적 기표 과잉을 의미하거니와 엄밀히 말해 수사적 과잉이라 말하는 편이 맞겠다. 옐름슬레우의 용어로 말하자면 기호에 있어 실질보다는 형식이 비대한 경우를 가리킨다. 필요 이상의 수사가 과도하고 빈번하게 쓰일 때를 이를 텐데, 이때 역시 시가 한없이 난해해질 수 있다는 것을 우리는 목도한다. 마치 화려한 장식이 가득 찬 장소에서 주의를 집중할 수 없고 현기증을 느끼는 것과 같다고 할 수 있다. 정수경의 언어는 그만큼 수사적이다.

　　　가지마다 달을 매달고
　　　나무들은 의자에 앉아 있곤 했다 그러나
　　　물을 길어 달의 집을 키울 수 없었으므로
　　　의자의 생은 점점 왼쪽 어깨가 기울었다
　　　절단된 뿌리는 자꾸 목이 마르고

외로움과 수평 맞추느라
등 뒤로 달은 그림자를 늘리고 있었다
오른쪽 어깨에 모닥모닥 앉아 놀던 한가한 바람이
왼쪽으로 기울며 미끄러져 내렸다
짧은 의자다리에 걸린 바람이
나뭇가지를 흔들자
달은 멀미를 했다

「달을 기다리는 의자」 부분

'달을 배경으로 놓여 있는 의자 위 나무'라는 한 가지 외적 대상을 묘사하고 있는 위 시의 언표들은 넘치도록 과잉되어 있다. 수사법으로 사용되고 있는 의인화는 상투적이기만 하고, 지나치게 디테일한 묘사는 시의 초점이 무엇인지 혼돈스럽게 할 정도다. 시적 어조 역시 시적 자아의 개성을 드러내지 못한다. 여기에서 부자연스럽고 작위적으로 꾸며진 수사적 언어들 외에 구할 수 있는 것은 아무것도 없다. 이는 명백한 수사 과잉이자 기표 과잉이다. 위의 시에서 언어들은 기의를 명징하고 감각적으로 시화한다기보다 오히려 기의를 과장되게 부풀리고 있다. 의미의 민낯은 덧칠된 허울에 숨어버려 흔적조차 구하기 힘들어졌다. 그런 점에서 위 시의 언어들은 허황되고 공허하다.

정수경 시의 언어는 이런 식이다. 아름답긴 한데 표정이 느껴지지 않는 아름다움, 화려하긴 한데 의미는 소실된 형국이 그것이다. 그의 언어의 미학성이 엄밀하게 말해져야 한다고 본 까닭도 여기에 있다. 그의 아름다운 언어는 단적으로 말해 인위적으로 만들어진 것이다.

오랜만에 숲속을 걸었어요
물집이 양손에 신발을 맡겼을 때
여전히 그 자리에 있는 오두막을 발견했어요
허리 굽혀 낮은 창문 안 기척을 살펴요
식탁 위 보리빵이 목젖을 눌러오네요

품위를 지키고 서 있는 포도주 한 잔만 천천히 마셔요
방심한 식사는 허리선을 훔칠지 모르니
경계를 늦추지 말아야 해요
아침마다 거울이 내
브이라인 얼굴과 에스라인 몸매를 비추거든요

「일곱 번째 난쟁이」 부분

'백설공주' 동화를 모티프로 하고 있는 위의 시는 화자가 '공주'답게 우아하고 아름다운 언어로 되어 있다. '물집이 양손에 신발을 맡겼을 때'의 구절에서 느껴지는 부자연스러움은 '발에 물집이 잡혀서 신을 손을 들었다'고 하는 실질을 웃돌면서 언표가 발화된다는 점에 기인한다. 이에 따라 표현은 우아해졌지만 의미는 형식화된 언어 속에 가려져 소실되고 만다. '방심한 식사는 허리선을 훔칠지 모르니'에서도 마찬가지 이야기를 할 수 있다. 여기에서 '밥을 너무 많이 먹으면 배가 나오고 살이 쪄서 몸매가 망가질 것이다'라는 평범한 내용은 또한 과도한 형식에 의해 감춰지고 만다. 이들 언표들은 '품위'는 있지만 실질적인 경험치는 죽이고 마는 언어라 할 수 있다. 체험의 내용은 형식화된 언어에 의해 오히려 모습을 가리고 만다.

이처럼 정수경의 언어는 아름답지만 다분히 인공적이고 부자연스
러운 아름다움에 가깝다. 그의 언어는 내면의 의미로부터 아름답게
피어난 것이라기보다 외적으로 꾸며지고 만들어진 것이다. 그의 시
가 초점 없이 요령부득이기만 한 이유도 여기에 있다. 그의 시에는
내면의 표정이 느껴지지 않는다. 그의 시는 죽어 있다. 언어의 죽음
은 시의 죽음을 낳을 뿐이기 때문이다.

3. 사실성의 언어

정수경 시의 언어가 인공적인 미학성을 드러낸다고 하지만 그의
모든 시가 그런 것은 아니다. 그의 시의 다른 축엔 사실적 세태를 그
리고 있는 시들이 존재하고 있거니와 이들 시에서 드러나는 언어의
양상은 사뭇 다르다는 것을 알 수 있다.

> 슬레이트집을 포클레인이 허물고 난 뒤
> 공원 안 공중전화 부스는
> 새로운 잠자리가 되었고
> 모로 잠을 베고 누운
> 혹이 검은 슬픔을 바닥으로 흘려보냈다
>
> 아침이 오는 게 무서웠을까.
> 밤새 내린 봄눈에 그녀는 혼자서
> 사막을 건너갔다

(중략)

구청직원이 작성하는
행려병자처리 서류에 흘려 쓴 글씨가
출구 없어 굳은 몸을 손수레에 거두어 싣는다
「낙타가 건너간 아침」 부분

　위 시는 집을 잃고 떠돌다가 죽음을 맞이한 노숙자를 다루고 있
다. '곱추'였던 '그녀'의 '슬레이트집'이 도시개발로 허물어지자 그
녀가 잠을 청한 곳은 '공원 안 공중전화 부스'였고 '밤새 내린 봄눈
에' 그녀는 결국 죽음을 면치 못한다. 시는 '행려병자'로 처리되어
'손수레에' 실려가는 '그녀'의 마지막을 그리고 있다.
　그런데 사회의 소외된 인물을 묘사하는 위의 시에서 언어는 거의
직설적으로 쓰여 있을 뿐 과도한 수사적 표현은 두드러지지 않는다.
위 시에 등장하는 사태는 언어의 덧칠을 거의 입지 않은 채 맨얼굴
로 나타나 있다. 꾸밈이나 장식에 방해받지 않는 위 시의 시적 내용
은 사태의 심각성을 있는 그대로 보여준다. 위 시는 미학성보다는
사실성에 주력한 것으로 현실의 어두운 단면을 그린 사실주의적 시
에 가깝다. 사회의 그늘진 곳에 처한 험한 삶은 마치 언어의 꾸밈을
필요로 하지 않는다는 듯 날 것으로 그 얼굴을 내민다.
　우아하거나 품위와는 거리가 먼 조악한 삶이 구하는 언어는 어쩌
면 직설적이고 생경한 것에 해당할지 모른다. 언어의 세작細作은 날
것으로 펄떡거리는 사태 앞에서 쉽게 부서지고 마는 것일까. 삶의
사실주의적 단면은 가장 직접적이고 순연純然한 언어와 만날 때라야

그 표정의 굴곡이 있는 대로 살아나는 것이 아닐까 한다. 실제로 그의 요령부득의 시들 한가운데서 명징한 언어들이 있다면 그것들은 주로 소외된 이들을 바라볼 때의 그의 날카롭고 분노서린 시선이 번득일 때이다.

> 빌딩 그림자 깊숙이 눌러쓰고
> 벤치를 지고 있는 사내
> 세상으로 나가는 모든 페이지가 봉인되었다
> 주저앉을 듯 구겨진 정강이,
> 구두 볼에 묻은 막걸리의 흔적
> 허물어진 계단을 저 혼자 오르고 있다
>
> 단풍 드는 벚나무
> 떨어지는 나뭇잎 자근자근 밟으며 웃는 아이야
> 함부로 밟지 마라,
> 깨진 유리창의 칼금으로
> 비명을 도려내고 있으니
>
> 잠든 가방을 추슬러 그가 일어선다
> 홀쭉한 가방이 바짝 옆구리를 파고든다
> 「십일월에 갇힌 사내」 부분

위의 시의 초점에 놓이고 있는 '사내'는 '갇힌'의 의미에 가장 잘 드러맞을 법한 인물로서 시인에 의해 상세하게 묘사되고 있다. '주저앉을 듯 구겨진 정강이, 구두 볼에 묻은 막걸리의 흔적'은 매우 구체적인 묘사에 해당하는 것으로 '사내'의 소외된 처지를 직접적으로 지시한다. 그는 스스로를 돌보지 못하는 듯 '허물어진 계단'처럼 외롭고 무기력해 보인다. 험한 삶의 상태에 놓인 '사내'를 바라보는 시인의 눈은 매우 날카롭다. 시인의 눈에 포착된 바는 곧 '사내'의 삶의 무너진 구석들이다. 이같은 사실주의적 시에서는 보는 것이 직접 언어화된다. '잠든 가방을 추슬러 일어나는' 모습이라든가 '홀쭉한 가방이 바짝 옆구리를 파고드는' 장면들은 별다른 수사 없이 이루어진 '사내'의 고달픈 삶의 증거들이다.

사회의 사실적 단면을 다루는 시인의 언어는 생경하다싶을 정도로 구체적이고 직접적이다. 그러한 사태 앞에서 시인은 여과없는 분노와 증오를 드러낸다. 그러한 정서는 목구멍에서 급작스럽게 솟아오르는 것처럼 거칠고 원색적이다. '웃는 아이야/ 함부로 밟지 마라/ 깨진 유리창의 칼금으로/ 비명을 도려내고 있으니'에 나타나 있는 정서가 그것인데, 이때의 험한 언어는 시인의 언어 미학에 비추어 볼 때 매우 다른 양상이라 할 수 있다. 일반적인 시인의 어법이 우아함과 부드러움으로 되어 있다면 소외된 자를 비추는 언어는 이처럼 직설적이고 노골적이다.

언어의 미학을 추구하는 그에게 이러한 언어는 순간적인 방심에서 비롯된 것인가 혹은 의도된 것인가. 아름다운 언어는 세계의 어느 영역까지를 비출 수 있는 것인가. 장인으로서의 시인답게 언어 미학에의 지향은 어떠한 상황에서도 지켜져야 하는 정언명령인 것이 아닌가. 그러나 그의 미적 언어에의 의지는 삶의 사실주의 앞에서 맥없이 무너진다. 아름다운 언어에 대한 그의 도저한 지향도 소외되고 참담한 삶의 현실에 직면해서는 잦아들어간다. 아름다운 시를 쓰는 절대 의지 앞에서 불현 듯 불쑥불쑥 고개를 내미는 거칠고 쉿된 목소리는 무엇이라 명할 수 있는가.

4. '시클라멘 시클라멘'의 자리

시집의 첫머리에 놓인 「시인의 말」에서 밝히고 있듯 시인의 언어에의 의지는 실로 집요하다. '여전히 첫 문장을 찾아 헤매는 중'이라는 그의 고백은 그가 미적 언어에의 집착이 얼마나 강렬한가를 짐작하게 한다. 그에게 시로서의 언어란 다름 아닌 아름다운 언어인바, 그가 시를 사랑하는 것은 미적 언어에의 지향과 비례하는 것이다.

그러나 미적 언어란 삶의 실재 앞에서 얼마나 허술한 것인가. 언어 자체가 기호에 불과한 것인데 실재와 분리된 채 가다듬어진 언어란 실로 충분히 가냘픈 것일 수 있다. '절망이 기교를 낳고 기교가 절망을 낳는다'는 이상李箱의 말대로 그의 언어에의 의지는 그것에 집착할수록 그것에 안식할 수 없는 사태를 야기한다. 역시 시집의 첫말에서 '고립을 견디는 처방 한 장 남겨주지 않은/ 점점 낯설어지는 이름들'이라는 그의 고백도 여기에서 비롯된다. 언어 그 자체란 무엇도 아닌 허울인 것, 아무리 시인이 언어를 갈고 닦을지라도 언어는 '안과 밖/ 어느 쪽의 선택도 받지 못한', 그러나 그 자체로 '빛과 색'이 되는 그것이라 할 수 있다. 실재에 비견하여 언어는 실재 그대로가 아닌 허울이자 형식인 것이나, 따라서 허울인 언어가 실재의 편에 들 수도 없는 것이지만 언어는 그 자체로 독립된 것으로서 자체적인 '빛과 색'을 띨 수 있는 것이리라.

　요컨대 기호로서의 언어는 실재를 지시함에도 불구하고 실재 자체가 아닌 독자적인 것이다. 그런 만큼 미적 언어에의 지향은 미의 완성을 가져올지언정 현실적 사태와는 상관없는 것이 될 수 있다. 역설적으로 미적 언어에의 지향이 강하면 강할수록 삶의 사실적 사태는 언어의 외피 속에서 그 얼굴이 사라질 수 있는 것이다. 시에서의 궁극적 지향이 언어에 놓임에 따라 야기되는 함정도 곧 여기에 있다. 아름답도록 수없이 매만져진 언어는 그것이 독립된 것인 까닭에 그 자체로 '빛과 색'을 지니겠지만 그것은 이미 실재와는 멀리 떨어진 공허한 것에 해당한다.

　언어가 지닌 이러한 아이러니 앞에서 시인의 선택은 무엇인가? 시인은 언어가 '점점 낯설어진'다 했을지라도 '그들의 자취에/ 어눌한 나의 언어를 겹쳐놓는다'고 말하였다. 이는 그가 설령 기교 앞에 절망할지라도 계속하여 언어를 포기하지 않겠다는 의지의 천명에 해당한다. 그는 그것이 '멈출 수 없다'고까지 말한 바 있다. 그에게 언어에의 집착은 '살아가는, 사랑하는 내 방식'인 것이다.

　이러한 상황에서 시인에게 '당신의 언어는 허울뿐이오, 당신은 언어를 위한 언어를 낳고 있을 뿐이며 그러한 당신에게 삶의 진실은 자취를 감추고 마오'라고 말하는 것은 어떤 의미가 있겠는가. 그것이 설사 절망과 고립을 자초할지언정 그것을 삶의 이유로 여기는 자라면 이러한 비판은 아무런 의미도 효과도 없을 터이다. 스스로 언어적 유미주의자의 길을 걷겠다고 한다면 도대체 어느 측면에서 어느 근거로 그를 균열시키고 충격할 것인가. 실재에의 지향이 목적인 대신 미적 형식을 목적으로 삼은 이에게 실재의 엄중성을 주장한다는 것은 별 의미가 없는 것이다.

　이러한 그의 정체성답게 그의 시집 제목은 당당하게도 '시클라멘 시클라멘'이다. '시클라멘'은 꽃명으로서 시인의 관점에 따르면 그것은 미적 언어의 정점에 놓인 것이다. 시인이 그의 시집에서 실로 다기한 시적 양상의 스펙트럼을 보일지라도 시집 제목으로 꽃의 이름을 선택한 것은 그의 미적 언어에의 의지를 보인 것 외에 무슨 의미가 있을까. 그것은 단지 언어에의 의지를 겨냥하는 시인의 정체성만을 말해줄 뿐이 아니겠는가. 그런데 '시클라멘'은 왜 하필 염불처럼 되뇌어지는 것인가. 단지 아름다운 꽃이름으로서의 '시클라멘'이 아니라면 되뇌어진 '시클라멘'은 무엇을 의미하는가.

　　　나는 나를 질투한다

　　　저온성 무릎을 접어 직립의 감옥을 무너뜨린다
　　　오렌지색 모자를 쓴 햇빛,
　　　죽은 새들의 비행시간 수첩을 버린다

　　　거꾸로 질주하는 핸들의 기적들
　　　꿈의 씨앗을 심는 유리창들
　　　무늬 엇는 유리잔과 꽃무늬 물병이 지키는 식탁들

　　　말랑말랑한 시간 버티는 콘크리트는
　　　어둠 속 얼굴들이 잃어버린 목록,

저녁이면 부딪치고 금이 가는 것들은
뼈마디의 연골이 사라지는 순차적 크기

잠을 지운 빈 방들이
상처 난 지느러미 끌고 골목을 떠돈다

오래 충혈된 숨구멍들
그림자 부족의 울음을 대신 울고

환한 어둠이 홀린 고양이 푸른 눈
이중거울 속으로 사라진다
　　　　　「시클라멘 시클라멘-도시를 필사하다」 전문

　　표제시이자 '도시를 필사하다'의 부제가 붙은 위 시가 실제로 도
시를 필사한 것이라면 필사된 도시의 모습을 우리는 위 시를 통해
볼 수 있을 것이다. 그것은 '거꾸로 질주하는 핸들의 기적들'이라든
가 '무늬 없는 유리잔과 꽃무늬 물병이 지키는 식탁들'에서 쉽게 연
상되기도 한다. 또한 여전히 장식적인 수사로 억지스럽게 표현된
'저녁이면 부딪치고 금이 가는' '뼈마디의 연골' 등도 도시의 삶을
상기시킨다. 이들은 도시의 숨가쁘고 소모적인 생리를 지시하는 환
유적 표현들이다.
　　이러한 언표들은 예의 시인의 스타일답게 과장되고 수사적이지
만 도시의 실재 모습에 상당히 근접해 있다는 것을 알 수 있다. '잠을
지운 빈 방들이/ 상처 난 지느러미 끌고 골목을 떠돈다'는 구절에서

역시 언어적 과잉과 사실적 실재가 동시에 표출되어 있다. 이외 '오래 충혈된 숨구멍들/ 그림자 부족의 울음을 대신 울고'의 구절도 마찬가지다. 시인은 자신의 언어에의 의지를 충분히 드러내면서 이와 함께 도시의 실질적 세태를 사실적으로 담아내고자 한다는 것을 알 수 있다.

반면 '저온성 무릎을 접어 직립의 감옥을 무너뜨린다', '오렌지색 모자를 쓴 햇빛', '죽은 새들의 비행시간 수첩을 버린다' 등의 구절은 과장된 수사이자 질적인 기표 과잉이 아닐 수 없다. 이러한 대목이야말로 죽은 언어이자 표정없는 수사에 불과하다. 이들은 시인의 언어에의 지향이 가장 조악하게 표현되고 있는 언표들 가운데에 속한다.

그렇다면 시인에 의해 필사된 '도시'란 어느 국면에 해당하는 것인가? 실재로서의 도시적 세태인가 아니면 과잉된 기표들의 언표들인 것인가? 실질의 도시적 세태들을 가리켜 그는 '시클라멘'이라는 뜬금없는 제목을 제시한 것인가? 이에 대해 내릴 수 있는 결론은 그는 두 가지 국면 모두를 가리켜 도시의 모습이라 보았다는 것이다. 즉 사실적인 도시적 세태는 물론이고 허울뿐인 미적 언어에의 지향 역시도 도시의 모습에 해당하는 것이다. 음울하고 속되고 희망없는 도시적 세태의 국면은 말할 것도 없거니와 비어있고 과장되고 조악하기만 한 수사적 언어의 국면도 도시의 얼굴이라 할 수 있다. 이는 왜인가? 도시의 얼굴이란 모두 만들어지고 치장되고 꾸며지고 한 뜨악한 것들이 아닌가. 인공적이고 장식적이라는 점에서 도시는 본성과 표정을 잃어버린 좀비같은 것이다. 진실과 실재와는 무관한 채 홀로 겉도는 수레바퀴처럼 무한한 속도로 정신나간 듯이 돌아가는 곳이야말로 도시의 모습이다. 이런 점에서 시인이 말한 '도시의 필사'는 시에 등장한 언표들의 도시적 실질과 언어적 형식 양 국면에 걸쳐져 있다고 말할 수 있다.

이때 되뇌어지는 '시클라멘'은 주문과 같은 것이다. 음울하고 절망적인 도시의 실질과 세련된 형식으로 이미 눈부시고 화려해진 도시의, 그러나 껍데기와 허울뿐인 또 다른 도시의 실질 모두를 태워버리고 재생시킬 수 있는 방편은 무엇인가? 소외된 삶들을 구원하고 허영기 가득한 빈얼굴들의 허위를 벗겨버릴 수 있는 길은 무엇일까? 그것은 도시의 두 가지 모습을 모두 날카롭게 응시하며 이들을 한꺼번에 살라버리는 일이 아니겠는가. 그것이 '환한 어둠이 홀린 고양이 푸른 눈'을 가지고 비의秘意로서의 언어인 '시클라멘'을 주문처럼 되뇌이는 것이 아닐까 하는 것이다. 말하자면 '시클라멘 시클라멘'은 타락한 도시를 송두리째 구원하고자 하는 주술의 언어에 해당하는 것이다.

그에게 이제 언어는 거친 삶에도 기교에도 갇힌 것이 아니라 '춤'이 된다('매너모드에 갇힌 낱말들/ 날개를 파닥거린다' 「전화기 속으로 내리는 비」). 그는 '어둠이 짓밟고 지나간 꽃밭'에서 '발치에 떨어진 머리칼을/ 푸른 집으로 돌아갈 신발이나 삼아' '인디오의 노래'(「지상에서의 마지막 춤」)를 부르겠다고 말한다. 이는 기교와 절망을 모두 넘어선 지평에서 부르는 주술의 노래라 할 수 있다. 또한 이것은 '가면 빌려 쓰고 꿈꾸는' 자가 '벽과 벽, 벼랑 끝에서' '타는 줄'이자 '날갯죽지에 피가 돌 때까지' 부르는 '추방당한 노래'에 해당한다(「신은 나에게 밥을 주어야 했다」). 이 모든 것이 시인에겐 '출구의 행방을 찾아' 부르는 구원의 노래인 것이다. ◎『시현실』, 2016년 봄호

'수인囚人'을 위무하는 치유의 시

— 박윤배『알약』

그것이 자발적인 것이든 타자에 의한 것이든 우리의 일상은 모두 누군가에게 매인 채 벗어날 수 없는 것이다. 남자든 여자든 나이든 자든 젊은 자든 사정은 달라지지 않는다. 그로부터 벗어나고자 몸부림친다 해도 그럴수록 더욱 끈질기게 엉겨버리는 거미줄의 벌레처럼 우리의 일상과 인연의 그물망은 경향적으로 깊이 얽혀 있다. 그 깊은 얽힘은 눈이 멀고 사지가 마비되고 심장이 무겁게 가라앉는 과정에서도, 그리고 마침내 죽음의 어두운 구덩이 속으로 빠져드는 상황 속에서도 걷어낼 수 없는 것이다. 생의 시작과 더불어 존재한 우리의 일상은 생의 마감에 이르는 순간까지 거절도 부정도 할 수 없는 채 일관된 경향성을 띠고 진행된다. 일상의 그물에 갇힌 우리는 설령 삶이 죽음을 향한 과정을 착실히 이행하는 것이라 할지라도 앞뒤 재거나 분별하지 않는다. 그것은 주어진 것이자 선택한 것이고 타자에 의한 것이자 자발적인 것이다. 우리의 앞에 놓인 생에서 출발하여 죽음을 향해 진행되는 이러한 경향적 과정은, 운명적인 것이다. 그런 점에서 우리 모두는 '수인囚人'이다.

　박윤배의 다섯 번째 시집『알약』은 이처럼 운명에 매인 '수인囚人'들을 향한 따뜻한 위무의 수사修辭라 할 수 있다. 그에게 '수인'은 '당신'에게 매여 있는 '나'이기도 하고(「수인囚人」) 식솔들에게 매여 있는 '아버지'이기도 하며(「포획되다 3」), 평생 죽은 자를 그리워하며 살아가는 '여자'(「따뜻한 조문弔文 1」)이기도 하다. 이들은 모두 하나같이 자신을 얽어매는 자들에 의해 인생이 탕진되어가는 속에서도 스스로를 상황에 가두는 자들이다. 거기엔 맹목성이 있을지언정 더하고 빼는 타산이 끼어있지 않으며 희생과 '쓸쓸함'이 있을지라도 그것을 '즐거움'인 줄로만 아는 우직함이 있다(「포획되다 3」). 타자에 대한 얽매임 속으로 자신의 삶을 밀어내는 자들은 모두 죽음에 이르는 경향적 길을 선택하는 자발적 수인들이다. 시인은 '제주 용천동굴'에서 마주한 '주홍미끈망둑'에게서 시집의 첫 상징을 구하고 있거니와, 이는 '눈이 퇴화하는 어둠' 속에서도 '六十年의 고립을 견딘'(「수인囚人」) 그것이 자신의 안위와 이기성을 바라지 않은 채 맹목적 사랑을 감내하는 자발적 '수인'들과 동일시될 수 있었기에 그러하다. 시인에게 '수인'으로 사는 일은 시력의 퇴화를 겪은 '주홍미끈망둑'만큼이나 탈논리적이고 역설적인 일에 해당한다. 시집의 첫머리시 「수인囚人」에서 '제 467호'인 천연기념물의 호칭이 곧바로 '수인번호 제 467호'로 변주된 것도 이와 관련된다. 이처럼 우리는 시집『알약』에서 '수인'이라 지칭될 만한 인물들에 대한 초상과 그를 바라보는 시인의 따뜻한 시선을 보게 된다.

　　어디 매달릴 곳 없다면

슬프겠다고

공수래 공수거空手來 空手去!

웅얼거리는 한 마리 거미

피 뽑아 지은 순은純銀빛 집에서

사지를 걸치고 누워 바둥거린다

기다림에는 이미 익숙해졌겠지만

살아가는 맛을 어디서 찾나!

(중략)

그대 포획 그물 안에 매달린

나, 팔 근력 확인하기 위해

그대 안에 없는 즐거움 꺼내려

기꺼이 자근자근 씹히는

먹잇감이 되어준다

「포획되다 1」 부분

타자에 의한 강제적인 것이 아니라 자발적 '수인'이라 하면 위의 시에서처럼 거미가 쳐놓은 '순은純銀빛 집'에서 기꺼이 죽음을 선택하는 자에 해당한다. 위 시의 화자 '나'는 자신이 '거미'의 먹잇감이라는 정황을 정확히 인지하고 있음에도 불구하고 그로부터 벗어나려 하거나 두려워하지 않는다. 그는 오히려 '그대 포획 그물 안에 매달린' 채 '기꺼이 자근자근 씹히는' 길을 택한다. 그것이 '그대 안에 없는 즐거움'을 위한 것이라 여기는 그의 그러한 행위는 도착적인 것인가?

그가 염려하는 '그대'는 어찌 보면 '찰거머리'처럼 달라붙어 타자를 흡혈하는 '포획'의 주체다. '그대'는 약자를 잡기 위해 덫을 놓고 기다리는 대표적 갑甲에 해당할 것이다. 더욱이 그것은 '살아가는 맛'을 찾지 못해 권태로워하면서 자신의 거미줄에 걸려든 사냥감을 '흔적도 없이 분해할 생각에 아랫배를 불리는' 잔인한 인물로도 보인다. 이 둘의 관계는 전형적인 착취 피착취, 갑과 을의 관계인 것이다.

그럼에도 불구하고 위 시의 화자가 자발적 '수인'이 되고자 하는 까닭은 화자의 전언에 의하면 '나, 팔 근력 확인하기 위해서'라는 데서 암시되어 있는 대로, 결국 존재론적인 것이 아닐까. 그것은 운명적인 것이다. 그로부터 벗어나 다른 영화로운 선택을 할 수 있을지라도 자기본위적인 타산과 상관없이 타자와의 끈끈한 관계를 수용하는 일은 자기 앞에 놓인 운명에 순응하는 일과 다르지 않다. 그에게 홀가분한 자유는 영화로움으로 다가오기보다 차라리 '어디 매달릴 곳 없'는 '슬픈 처지'로 여겨진다. 따라서 그는 억압과 희생을 받아들일지언정 이를 청산하고 자유를 택하는 일은 하지 않는다. 이것은 무기력한 것인가, 어리석은 것인가. 그것은 그가 바라본 인간의 조건이 '공수래 공수거' 이상이 아닌 것, 즉 쓸쓸하고 허무한 것에 다름 아니라는 데서 비롯된다. 그리고 이러한 인식 속에는 죽음까지도 받아들이는 절대적 순응이 있다. 그의 시에 죽음의 장면(「정지를 만나다」, 「입속의 푸른 잎」, 「따뜻한 조문弔文 3」)이 자주 등장하는 것도 이 때문이다.

거뭇하게 타버린 잡목 우듬지에 종달새가 까놓은 알들이
다시 팽팽하다. 그을린 아버지 누웠던 자리에서 땅거죽을 뚫
고 고사리 솟구친다. 태중 아기 손 같은 싹 햇살에 퍼질 때, 알

껍데기 밖으로 덩달아 내민 새 새끼의 붉은 두개골에도 하품 아물리는 솜털이 자란다. 출렁이는 꽃 지게 보폭 가늠하는 슬픔 언저리 듬성 놓인 징검돌을, 잇몸 헐거운 아버지는 홀쩍 건너뛰어 서천西天에 든 것이다

「따뜻한 조문弔文 3」 전문

시집에서 묘사되는 바 '아버지'는 자발적 '수인'의 대표적 인물이다. 시인에게 그는 '쨍쨍한 햇살 속에서/ 수레를 끌거나/ 지루한 장맛비에도 쇠꼴 베어오시던', '집에 포획된' 자이다. 시인은 그의 생이 '해뜨기 전 잠시 가져본 평화와/ 언뜻 스쳐간 것이 이승 행복 전부였다'고 말해준다. 그의 생은 그토록 '쓸쓸'했던 것이다(「포획되다 3」).

'아버지'가 가족을 위해 자신을 희생하면서 살았던 것은 그가 운명에 순응했음을 의미한다. '아버지'에게 그러한 삶은 개인적 자유보다 더욱 절실한 일이자 당연한 일이었을 것이다. 그는 자발적으로 '수인'으로서의 삶을 따랐던 셈이다. 희생을 감내하는 그러한 삶에는 필연적으로 '죽음'이 가로놓여 있다. 인생의 대부분이 노동과 견딤으로 이루어진 아버지에게 '죽음'은 멀지 않은 곳에 놓여 있었던 것이다. '아버지'를 둘러싸고 '죽음'의 장면이 자주 등장하는 것은 '수인'으로서의 삶에 가로놓인 '죽음'이라는 조건에 기인한다.

위의 시 역시 '아버지의 죽음'을 다루고 있다. '아버지'는 영화도 영달도 누리지 못한 채 고생만 하다 생을 마치신다. '홀쩍 건너뛰어 서천西天에 든 잇몸 헐거운 아버지'는 그가 평생 '수인'으로서 살아가다 죽음을 맞이한 정황을 가리킨다. 그는 자신의 운명에 매인 채 아무런 저항도 부정도 없이 우직하게 살아가다가 결국 탕진된 채 죽음

에 이르게 되었다. 자유라든가 영화보다 가족을 위한 희생과 그에 따른 죽음을 받아들인 '아버지'의 생은 가슴 먹먹한 쓸쓸함을 강하게 전한다. '아버지'가 환기하는 쓸쓸함은 그것이 운명이었다거나 혹은 그것이 '아버지' 당신의 자발적 선택에 의한 것이었다는 말로도 쉽게 사그라지지 않는 것이다.

이러한 수인으로서의 '아버지'의 죽음은 그런데 새로운 생명의 국면으로 전환된다. 그것은 위 시에 그려져 있듯 무덤가에서 서식하는 '고사리', '종달새' 등에 의해 이루어진다. '아버지 누웠던 자리에서 땅거죽을 뚫고 솟구치는 고사리'는 '햇살에 퍼지는 태중 아기 손 같은 싹'으로 피어나며, 이에 화답이라도 하듯 종달새 새끼들은 '알껍데기 밖으로 붉은 두개골' 위 '하품 아물리는 솜털'을 내밀고 있는 것이다. '아버지'의 무덤가에서 살아가고 있는 이들 생명체들은 '아버지'에 대한 쓸쓸하고 슬픈 기억을 한결 따뜻하게 해주는 것들이 아닐 수 없다. 이들 생명체들의 깃들임은 수인으로서의 삶을 감내하였던 '아버지'의 따뜻한 마음에 응하는 것이 아니겠는가. 어쩌면 '아버지'에게서 볼 수 있듯 순응과 희생으로 이루어진 인생이란 죽음을 가로질러 생명으로 이어지는 유일하고 확고한 통로에 해당하는 것이라 할 수 있다. 이 점에서 「사랑나무그늘」에 그려져 있는 것처럼 '사랑'과 '죽음', '죽음'과 '생명'은 별개가 아니라 끝없이 서로 순환하고 소통하는 것임을 짐작할 수 있게 된다.

과거 사람을 만나는 일이
망설여지는 내겐
흰 보자기 뒤집어씌우고 내리치는 몽둥이에

얻어맞은 듯, 봄비에 온몸이 아픈
지워낼 수 없는 추억이 있다

벌떼 부르기에 분주한 나무는
나이 들수록 윙윙거림 이명에
반경 아득하다

흰 수의 갈아입고 나 저승 살 때까지
사랑나무는 폭죽처럼 흰 꽃 피워줄 것이다

해마다 반경은
조금씩 넓어져도 거기서 거기인
둥글게 사는 것이 즐거운 일임을

싱싱한 변명으로 덮어주고 있다
「사랑나무그늘 3」 전문

　'몽둥이에 얻어맞은 듯' '온몸이 아픈 지워낼 수 없는 추억'을 지닌 화자에게 생은 여전히 벗어날 수 없는 수인의 그것이다. 상처의 기억은 그의 자유를 가로막는 크나큰 장애라 할 수 있다. '과거 사람을 만나는 일'조차 망설여진다는 화자에게 생은 갇힌 자의 그것과 다르지 않다. 비단 사랑이나 희생으로 맺어지는 관계가 아니어도 '아픈 추억'은 화자에게 운명처럼 순응해야 하는 벗어날 수 없는 조건에 해당한다.

위의 「사랑나무그늘 3」은 이처럼 운명에 갇힌 자에게 죽음과 사랑이 어떤 의미를 지니는가를 말해주고 있다. 그에게 죽음과 사랑은 동전의 양면처럼 동시적으로 현상해야 하는 성질의 것이다. 수인囚人에게 죽음이 필연적인 귀결이라면 '사랑'은 그것에 대한 위로이기 때문이다. 필연적인 '죽음'이 그를 한없이 슬프고 쓸쓸하게 하는 것이라면 '사랑'은 '죽음'을 생명으로 전환시키는 매개이기도 하다. 그것은 위 시의 '나무'가 나이테를 불려가는 것이 '나이 들어 윙윙거림 이명'을 키워가는 일인 동시에 '폭죽처럼 피울 흰 꽃'의 양을 늘려가는 일과 다르지 않은 데서도 암시된다. '죽음'과 '사랑'의 관계는 '흰 수의 갈아입고 나 저승 갈 때까지'에서처럼 화자가 죽음에 이르는 순간에 '폭죽처럼 흰 꽃을 피워' 그를 위로해주는 것에도 그대로 대응된다. 즉 화자에게 '죽음'과 '사랑'은 동시적 공존이 요구되는 것이라 할 수 있다. '죽음'과 '사랑'은 동시에 현상함으로써 비로소 존재를 완성해준다. '죽음'은 사랑을 향한 것이어야 하고 사랑에 의해 감싸져야 하는 것이다. 위 시에 형상화되어 있는 '나무'가 그러하듯 인간에게 역시 죽어감이란 결국 사랑을 키워가는 일과 다르지 않아야한다. 시인은 그러한 일이 '둥글게 사는 것'이자 '즐거운 일임'을 강조한다. 그것이 곧 운명에 순응하는 삶, 죽음과 사랑의 순환을 체험하는 '수인囚人'으로서의 삶이기도 하다.

수인의 운명에 내재하는 죽음의 필연성에 주목하는 까닭에 시인에게 '사랑'은 생의 주제이자 목적에 속한다 해도 과언이 아니다. 연작시 「사랑나무그늘」은 '사람'이 가슴 속에 품고 있는 '슬픔'과 '울음'(「사랑나무그늘 2」), '기다림', '비틀거림', '기다림'(「사랑나무그늘 4」) 등의 어두운 정서들에 대해 이를 따뜻하게 위로해주는 모습을 잘 그려내고 있다. '우르르 쏟아지는 꽃핀 그늘'(「사랑나무그늘 1」)은 아픈 기억으로 '터진 살결'(「사랑나무그늘 2」)을 나무에 봄비 내리듯 '싱싱한 변명으로 덮어주'(「사랑나무그늘 3」)곤 하는 것이다.

'사랑'이 '죽음'을 위로하고 생명으로 전환시키는 역할을 하는 것처럼 시인은 '시'가 그와 같은 역할을 해야 하는 것이라고 여긴다. '시'는 '불도저처럼 들어 앉아 경전을 읽거나 난해여서 문장 끝내 만지지 못하는 말장난'의 것이어서는 안 되고 '빈터 흔적이거나 성긴 상처 각질들 서럽도록 싸매'주는 그런 것이어야 한다. '시'는 마치 '무덤 위에서 피어나는 반딧불'처럼 어둠 속에서 '서러운 어깨'를 '환하게' 밝혀 주는 것이어야 한다고 시인은 말한다(「서정시抒情詩 공원」). 시에 관한 이러한 관점은 그에게 '알약'으로서의 시를 낳게 하는 계기가 된다.

> 한 모금 봄비와 함께 삼킨 알약에
> 무겁던 발등이 가뿐하다
>
> 앓던 자리 툴툴 털고 일어나
> 또다시 공중에 들려질
> 초록 알약을 만들러
> 중앙암 산신각 오르는 사람들
>
> 톡톡 슬픔을 걸어차며 걷는다
>
> 당신의 통점으로 달려가기 위해

흐린 연등 안쪽에
알밴 거미처럼 웅크린 나는

언제쯤
당신에게 맛있는 알약이 될까
「알약 5」 전문

　치료제인 '알약'은 위의 시에서 단지 아픈 몸을 치료하는 것에서
그치는 것이 아니라 '무거운 슬픔'을 가볍도록 치유해주는 신비로운
매개에 해당한다. 그것은 '봄비'와 '초록', '중앙암 산신각'과 동등한
계열에 놓임으로써 몸에 생명을 불어넣는 영묘한 기운을 연상시키
기도 한다. '알약'은 병을 낫게 하는 것뿐 아니라 '죽음'을 '생명'으로
전환시키는 역할을 하는 것이라 할 수 있다.
　위의 시에서 화자는 '당신에게 맛있는 알약'에 대한 강한 소망을
드러내고 있거니와 5편에 걸쳐 쓰여진 「알약」 연작시는 시인이 시에
대해 가지는 관점을 선명하게 드러내주고 있다. '맛있는 알약'이란
자족적인 것이 아니라 독자에게 실질적인 기능과 효과를 발휘하는
시를 가리킨다 할 수 있다. 시는 난해하거나 구호가 됨으로써 독자
와 유리되어서는 안 되고 독자의 마음속에 스며들어 독자의 아픈 상
처를 직접적으로 치유해야 한다는 것이다. 특히 시는 독자의 마음속
'통점'에 이르러야 한다고 시인은 주장한다. 그는 '알약'이 '마른 목
젖 너머 미끄러져'서(「알약 3」) '당신의 통점으로 달려가야 한다'고
언명하고 있는 것이다.
　시가 '통점'까지 도달하여 '슬픔'을 치유해야 한다는 생각은 시인

이 '시'를 '사랑'과 같은 성질로 여기고 있음을 말해준다. '당신'의 아픔을 치료하는 '시'는 '사랑'과 마찬가지로 '죽음'을 '생명'으로 전환시키는 것이다. 그것은 '시'가 스스로 운명에 순응함으로써 경향적으로 죽음에 내맡겨진 수인囚人들에게 따뜻한 위로가 되는 것을 뜻하기도 한다. 그러한 '시'는 운명에 갇혀 허우적대는 이들에게 봄비처럼 달디단 생명수가 된다고도 말할 수 있을 것이다.

시가 '알약'이 되어야 한다는 말은 일견 단순한 것으로 보이지만 시의 의미에 관한 깊은 통찰을 내포하고 있다. 그것은 오늘날과 같이 시의 목적과 방향이 모호한 시대에 시가 과연 무엇을 할 수 있고 무엇을 해야 하는지에 관한 진지한 성찰을 내포하고 있다. 다원주의화된 시대 시가 누릴 수 있는 개성이 무한대인 만큼 시의 기본이 사라지고 있는 시점에서 박윤배 시인은 시가 추구해야 하는 가장 근본적인 인식을 향해 있다. 그는 시가 인간을 위해 존재해야 한다는 가장 기본적인 명제로부터 시작하거니와 이때의 인간이란 운명과의 함수 속에서 일그러진 얼굴을 지닌 자가 아닐 수 없다. 운명을 외면하지 않는 자란 인생에 대해 책임을 다하는 자이다. 구원이 절실하게 필요한 자들도 이들이다. 박윤배 시인의 시가 '수인囚人'과 치유를 모티브로 하는 것은 이 점에서 시의 존재이유에 관한 근본적 대답을 시도한 것이라 할 수 있다. ◎ 시집 『알약』 해설

찾아보기

(ㄱ)

「가면무도회」 ·····················351

가상현실 ·····························105

가습기 사태 ·························152

「가위」 ·······························209

「간격」 ·································331

감시하는 시선 ·····················354

God Eater ····························157

강인한 ·································122

「강철의 지팡이가 없다면」 ······72

「개미귀신」 ···························381

「개미집」 ·····························388

거대 타자 ····························243

거대담론 ·························24, 41

「검은 일요일」 ·····················381

「경배」 ·································303

「경유지에서 온 편지」 ··········185

계급주의 문학 ·······················34

고광헌 ·································126

「고도를 기다리며」 ················19

「관족」 ·································309

구원 ·······172, 287, 322, 379, 382, 392, 409

구조적 폭력 ·························119

국가 ···································243

「국가의 탄생」 ··············241, 388

「국물」 ·································371

「굴뚝 없는 공장은 테헤란로보다 압구정동에 많다」 ··············126

권력 ·····14, 24, 96, 108, 131, 141, 151, 153, 162, 242

권혁웅 ·································154

「귀」 ····································66

「귀뚜라미와 나」 ··················382

「귀여, 차라리 깊이 잠들어라」 ·63

규율제도 ·····························162

「그날」 ·································196

「그물망」 ·····························204

근대의 패러다임 …………360
근대인의 윤리 …………359
근대적 제도 …………162
「글자가 걸어나온다·2」 ………132
금수저 …………155
기계인간 …………249
기표 과잉 …………397
기형도 …………148
기호 …………81, 180, 404
김경수 …………132
김광균 …………14
김도연 …………289
「김봉춘나자로」 …………283
김상미 …………129
김소연 …………301
김승희 …………167
김안 …………234, 379
김연종 …………98
김왕노 …………116
김은옥 …………139
김중일 …………159
김창균 …………315
김태암 …………78, 142
김필례 …………69
김향미 …………339
「꽃들은 고개를 북으로 꺾고」 298
「꽃들의 제사」 …………175
「꽃이 없이는 못 견디는 외로움을 꽃
　으로 채우다 보니 꽃들은」 …363

「꽃피는 아몬드 나무」 …………173
「꿈에서처럼」 …………313

(ㄴ)

「나쁜 꿈」 …………215
「낙타가 건너간 아침」 …………401
낭만주의 …………315
낯설게 하기 …………38
「내가 들어온 문 하나 있을 것이다」
　…………49
「너의 포인세티아」 …………305
노예 …………106
노향림 …………113
「눈보라」 …………190

(ㄷ)

「다시 番外에 대하여」 …………365
「단단한 눈물」 …………321
단편서사시 …………35
닫힌 회로 …………141, 146
「달맞이꽃과 타로 점괘」 ………293
「달아나는 풍선」 …………213
「달을 기다리는 의자」 …………398
대중성 …………33
대타자 …………217
「독자놈들 길들이기」 …………39
돈 …………81
「돈」 …………81
「동물의 왕국4」 …………154

「동물의 왕국」 ·············110
『동안』 ·············326, 338
「디지털 네이티브」 ·············268
디지털 세대 ·············262
「따뜻한 조문弔文 1」 ·············411
「따뜻한 조문弔文 3」 ·············414
「딸들의 저녁 식사」 ·············369
「뜨거운 뿌리」 ·············116

(ㄹ)

러시아 형식주의자 ·············38
루카치 ·············340
「르네상스로 가는 길」 ·············278
리리시즘 ·············41
리얼리즘 ·············32
『리토피아』 ·············28, 30, 44, 55, 92,
110, 129

(ㅁ)

마르크스 ·············79
「마르크스 이후, 관계 방정식」 ··78
'말'들의 게임 ·············93
망상조직 ·············89
「맹목盲目」 ·············241, 388
먼지덩어리 ·············249
모더니즘 ·············13
「모래시계의 구조」 ·············385
「모래의 날들」 ·············382
모방론 ·············89

「못과 망치」 ·············217
「몽치마리 새」 ·············347
「무당벌레」 ·············330
「무인양품」 ·············260
『무작정』 ·············359
무한성 ·············315
문병란 ·············55
『문예연구』 ·············52
문현미 ·············192
「물 수제비 뜨는 저녁 무렵」 ··323
「물의 바닥」 ·············251
미결정성 ·············330
「미궁에 대한 돌팔이 처방」 ····98
미와 추 ·············290
미정형 ·············337
『미제레레』 ·············242, 392, 379
미학성 ·············34

(ㅂ)

「바람이 불고 있다」 ·············194
박남철 ·············39
박윤배 ·············410
박종숙 ·············25
박청륭 ·············145
「밤은」 ·············333
「밤의 이름들」 ·············52
「백석과 함께 만주를 걷는다」 ··317
「버려진 말의 입」 ·············240
「번개팅」 ·············139

벌거벗은 생명 ·············152, 153
「법석이다」 ·····················16
벤야민 ·························207
「보는 것을 볼 것인가」 ·········354
복락원 ·························246
「복화술사」 ··············245, 387
「불가촉천민」 ·············242, 388
불확실성 ······················136
블랙홀 ························338
「비가2」 ······················148
비극적 자아 ···················348
'비무장지대' 연작시 ············193
「비정규식사」 ·················107
비정규직 ···············18, 107, 156
빅뱅 ·························337

(ㅅ)

「사과와 귤이 놓인 정물」 ·······349
「사람은 죽어서도 싸운다」 ······92
「사람」 ·······················247
「사랑나무그늘 3」 ··············416
『사랑도 없이 개미귀신』 ·······379
사물성 ························179
사실주의 ······················395
4월 16일 ······················87
사회 정의 ·················75, 100
『살 흐르다』 ···················359
상상계 ························244
상위 1% ······················75

상징계 ····················235, 250
「샛강에 물수제비뜨는 날」 ····296
「생」 ·························328
생명 ············152, 174, 308, 381
생명 경시 ·····················157
생명성 ···············151, 164, 312
「샤이니 샤이니 퀵, 퀵-유니콘의
　경우」 ·····················230
서사성의 해체 ·················341
서연우 ························262
서정 시학 ·····················32
서정성 ·················289, 290
「서정적인 삶」 ·················237
서주영 ·························86
「선퍼니처가 있는 노인정」 ····280
「설국雪國_회灰」 ··············240
『성』 ·························105
「性器, 연민에 닿다」 ············325
성완종 리스트 사건 ·············142
「세월아 말 물어보자」 ··········69
세월호 ······14, 69, 123, 143, 159
「세잔의 사과」 ·················270
「소리 속으로」 ·················199
소실점 ························327
소외 ·························108
「소하동」 ·····················387
송승환 ························52
수사적 과잉 ···················397
수용미학 ·····················32

수인囚人 ····················410

「수인囚人」 ···············411

수평적 언어 ·············236

「스노우맨」 ··············256

「스카이댄서」 ············181

「시詩」 ···············238, 335

시간 ·······················255

시간의 상대성 ··········179

시간의 함수 ·············258

시공성 ·····················252

시뮬라시옹 ·········47, 207

시뮬라크르 ····89, 90, 105, 207

「詩法」 ·····················366

『시사사』 ·······22, 145, 154, 206,
    261, 274, 288, 300, 314

시스템 ···········79, 90, 106

『시와 소금』 ··········63, 81

『시와 시학』 ··············86

『시와 표현』 ··········59, 66

『시와사람』 ···············107

『시와시학』 ···············113

『시와정신』 ·······178, 191, 378

시의 말 ·············315, 380

『시작』 ·····················156

시적 서정성 ·············262

「시클라멘 시클라멘-도시를 필사
    하다」 ················407

『시클라멘 시클라멘』 ·········395

『시현실』 ·······219, 233, 248, 394

「식육의 방」 ·············246

신달자 ·····················359

신덕룡 ·····················179

「신세계 교향곡」 ·········336

신자유주의 ·········20, 156

신지혜 ······················49

신체 ·················153, 159

신화 ·······················174

신화적 상상력 ··········175

실낙원 ·····················339

「실낙원의 밤」 ·······241, 388

실정법 ·····················274

「11월의 편지」 ·············59

「십일월에 갇힌 사내」 ·········402

쓰기 ·······················246

(ㅇ)

「아가리 속의 날들」 ·······240

아감벤 ·····················153

「아니오」 ····················55

「아다지오」 ···············266

아방가르드 미학 ··········32

「안티고네 콤플렉스」 ·········263

「알리바바」 ···············240

「알약 5」 ·················419

『알약』 ·····················410

앨리스의 말하기 ·········220

양가성 ·····················301

「애야」 ·····················345

「어느 잔디밭 이야기」 ·········113
「여전히 人하십니까」 ··········382
여행시 ······················168
「여행에의 초대」 ·············169
역사 발전 ··················89
영원성 ···········172, 312, 384
예술 대중화론 ················34
『예술가』 ····25, 49, 60, 69, 74, 78,
    88, 98, 118, 135, 151, 161, 355
옐름슬레우 ···················397
「오감도」 ·····················142
「오늘도 사과」 ················159
오은 ·························16
「완벽한 세계」 ················311
「우리 오빠와 화로」 ············35
우주 ·························174
「원소들」 ·····················254
「원효」 ·······················375
위상 동형체 ··················250
「유령들」 ·····················240
유목민 ·······················234
유미주의 ·····················395
『유심』 ···············72, 95, 126
유안진 ·······················63
유폐된 지대 ··················263
유한성 ·······················306
유형진 ·······················220
유희선 ·······················275
「육식의 날들」 ·············242, 388

은유 ·························40
의미소 ·······················307
의미의 돌기 ··················288
의미화 ····275, 287, 317, 340, 343
의사소통 ················31, 221
의식의 몽타주 ················341
이귀영 ·······················161
이근배 ·······················359
「이명」 ·······················318
「이별의 방식」 ················183
이상李箱 ···········14, 142, 404
이상우 ·······················107
이상한 나라 ··················220
이성선 ·······················42
이성적 주체 ··················250
「이슬 프로젝트-10」 ··········149
이승하 ·······················81
「이언적」 ·····················377
이종異種 현실 ················220
이중구조 ·····················289
이중적 뒤틀림 ················327
이진우 ·······················95
「이해」 ·······················258
이현승 ·······················19
「이후의 삶」 ·········241, 388, 389
인터넷 ·······················105
「일곱 개의 수박」 ············285
「일곱 번째 난쟁이」 ··········399
일상 ····179, 262, 275, 289, 291,

301, 315, 327

일상성 ·······················13, 315

「일요일의 혀」 ·····················242

「일요일」 ························387

임화 ···························35

(ㅈ)

자기self 중심 ·····················360

자동화 ·························264

자본 ·24, 26, 78, 131, 136, 151, 208

『자본론』 ·······················75

자본정치 ························158

자폐적 자아 ·····················269

「잠들지 않는 시간」 ···············86

장석주 ·························59

장이지 ·························156

전일적 의식 ·····················250

전자매체 ························105

「전화기 속으로 내리는 비」 ··409

절대성 ·····179, 221, 379, 380, 393

접힘과 돌기 ·····················287

정수경 ·························395

정숙자 ·························149

정윤천 ·························72

정지용 ·························14

정진규 ·························359

정치경제학 ··················152, 163

정치성 ·························34

정호승 ·························66

「제발 잡히지 말고」 ·············129

제의 ···························176

「조용한 춤」 ·····················211

조작되는 '말' ····················93

조작의 언어 ·····················250

조혜은 ·························83

존재의 언어 ·····················250

주관적 폭력 ·····················119

주술 ···························395

주술의 노래 ·····················409

주인 ···························106

주체 ···········18, 24, 120, 151, 394

지금 여기 ·················13, 180, 317

지록위마指鹿爲馬 ·················90

「지상에서의 마지막 춤」 ·······409

지연식 ·························339

지젝 ···························119

진정성 ······················89, 246

「집어등集魚燈」 ····················188

「집으로」 ························22

(ㅊ)

「착한사람」 ·····················381

「참나리꽃 속에 핀 여름」 ······291

「창문으로 읽는 여덟가지 삶」 ·342

「청년들을 위한 예비군 입문」 ·156

초현실주의 ·····················97

총체성 ·························340

최금진 ·························379

최서림 ·····················92
최서진 ·····················207
「최후의 사냥꾼」 ·············102
「추사를 훔치다」 ·············374
『추사』 ·····················359
출구 ·······················409

(ㅋ)

「카메라 연대기」 ·············272
카프 ·······················34
카프카 ·····················105
「콘들라베-붉은 연기」 ·········145
콘클라베conclave ············145
「크거나 작거나」 ·············95
크레바스 ···················289
「큰 노래」 ··················42

(ㅌ)

탈주 ··················89, 289, 302
탈현실성 ···················224
「태어나지 않은 이름은 슬프다」
·······················122
토마 피케티 ················75
「트로이의 시간」 ·············171

(ㅍ)

팔봉 ·······················35
88만원 세대 ················18
포스트 모더니즘 ·············97

포스트 모더니티 ·············395
「포획되다 1」 ···············412
「포획되다 3」 ···············411
폭력 ·14, 28, 120, 137, 235, 242, 390
「폴란드 그릇가게」 ···········225
표상과 의미 ················289
「푸른 버스」 ················161
「푸른 점화」 ················177
푸코 ···················159, 162
「풍물시장」 ·················28
「풍요 속 빈곤」 ··············25
프레임 ····················287
프로테스쿠스의 침대 ·········208
「피터 판과 친구들-에피소드1 :
〈허니밀크랜드〉의 이상한 삼겹
살 파티」 ··················222

(ㅎ)

하재연 ····················249
한상철 ····················327
해체시 ····················340
해체주의 미학 ··············41
허만하 ····················102
허상 ······················243
허정은 ····················22
「헛9호 공화국의 성추문」 ·····142
『현대시』 ····19, 83, 102, 149, 159
현대인 ··············61, 208, 378
현실과 환상 ················221

현실주의 미학 ······················33
호모 사케르Homo sacer ····153, 160
홍신선 ·····························110
환멸의 사회 ·····················274
환상 ·························267, 389
환상 세계 ·························225
환상과 환멸 ······················320
환유 ·····························364
황구하 ·····························28
「휴양지에서-경고문」 ···········83
흙수저 ·····························155
힉스장higgs field ·················121